U0018116

古代試婚

4

目次

壹之章 假意下堂待反擊

皇宮，林蘭曾經多次從宮門前經過，仰望這片恢弘的建築，飛簷捲翹，層層疊疊，那青紅兩色的琉璃瓦在陽光下，閃耀著粼粼的金波，晃得人睜不開眼。那樣雄偉的氣勢，那樣輝煌的色彩，無不張揚地宣告著它的萬丈榮光，它的至高無上。

至高無上，這裡面的某些人，手握生殺大權，一言即生，一言便死，權力到達巔峰，蒼生皆如螻蟻，叫人不得不敬畏。

林蘭敬畏，卻不害怕，反而有種即將踏上戰場的興奮，因為，她知道太后召見她，定是在明允那裡碰了壁，明允不會背叛她，她知道，一直都堅信不疑，這讓她充滿了勇氣，充滿了鬥志，明允不放棄她，不放棄他們的愛情，她也不會。

傳旨太監將她帶入一座四方大院，讓她在外候著。沒多久，又有一位嬤嬤來引她入內。臨近門前，嬤嬤說：「召見妳的是太后，待會兒莫要失禮。」

林蘭溫婉一笑，「多謝嬤嬤提點。」

那嬤嬤神情冷漠，沒有領情的意思，引著她進了房，回道：「太后，林大夫來了。」

裡面有人說：「讓她進來。」

林蘭眼觀鼻鼻觀心，不疾不徐地走了進去，看見炕上盤腿坐著一位神情肅然，華衣華服的老太太，屋子裡還有一位嬤嬤和幾位宮娥。林蘭心知這位老太太就是太后了，當即站定，規規矩矩行了一禮，「民婦林蘭見過太后，給太后請安。」

炕上之人並未出聲，林蘭感覺到一道略帶凌厲的目光在她身上來回梭巡。她保持著行禮的姿勢，一動也不動，耐心地等待，這樣的下馬威還嚇不住她。

良久，她才聽見太后漫不經心地說：「起來吧！」

太后語氣散漫，心裡卻多了一分戒備，本以為，這位林大夫出身低微，沒見過什麼世面，初次見到她這等身分之人，就算不畏懼，也該有幾分忐忑，可是，她觀察良久，這位林大夫不但沒有一絲緊張不安的神色，反而面容沉靜，落落大方，即便是宮中嬪妃來她這請安，也是小心翼翼，拘謹得很，看來是她低估了。

「聽說妳最近在辦什麼義診？」太后口氣淡淡地問。

林蘭面帶微笑，「回太后，民婦的師父常常教導民婦，行醫者不僅要有精湛的醫術，更要有普濟仁愛之心，所謂大醫精誠當如是也。民婦不敢忘師訓，民婦人微力薄，只能盡己之力，救含靈之苦罷了。」

太后微一怔，心中嗤笑，好一番冠冕堂皇的說辭，她淡笑道：「醫者，有德無術為庸醫，無術無德便成了騙子，有術有德方稱得上大醫，妳師父的品德倒是令人敬佩，妳的善舉也值得褒獎，只是，如今妳夫家遭逢大難，難道妳心裡一點也不著急？」

林蘭從容道：「回太后，民婦說不著急是假，只是，民婦相信，凡事皆有律法可循，不管是誰若違了法度，受到律法的制裁是應當的。都說當今聖上乃是英明君主，定會明察秋毫，不會放過違法之人，自然也不會冤枉良善之輩。再說，民婦著急也無用，還不如安心做好分內之事。」

太后微訝，這女子倘若當真有此胸懷，絕非泛泛等閒之輩。試問天底下有幾人能似她這般遇事不亂，鎮定從容？太后覺得事情有些棘手。

「林大夫好氣魄，不愧是李學士之妻。哀家愛惜李學士的才華，也欣賞林大夫的沉穩大氣，可惜，林夫人對我朝律法不甚了解，李尚書此番罪名重大，若是朝廷依法懲處，勢必牽連子女，哪怕李學士沒有半點過錯。」太后神情凝重道。

林蘭沉默不語，等待太后的後話。

「一邊是律法無情，一邊是賢才難遇，皇上也很為難，哀家看在眼裡，也是揪心，要想妥善解決這件事，需要一個理由，一個契機，哀家有心拉李學士一把，現在就看妳願不願意。」太后緩緩說道。

林蘭默然，說的真好聽，所謂的理由，就是讓明允成為秦家的女婿，好讓明允死心塌地為你們賣命。

林蘭目色沉靜，微微一笑，「願聞其詳。」她倒要聽聽這個老太婆能說出什麼花來。

太后朝曹嬤嬤使了個眼色，曹嬤嬤忙示意宮娥們退下。

太后慢悠悠開口道：「律法雖嚴，但若有充分的理由，法外施恩也不是不可。哀家的辦法很簡單，只要妳自請下堂。」

林蘭莞爾，「太后，請恕民婦愚鈍，民婦不解，難道李家之罪是因民婦而起？民婦自請下堂，李家便能免禍？」

曹嬤嬤一旁敲邊鼓，「林大夫，有些事只可意會不可言傳，太后既然許諾，便有把握讓李學士脫困，難道林大夫不願意李學士平安無恙？」

林蘭道：「民婦自然希望自己的夫君能平安無恙，可惜民婦太過了解自己夫君的性情，夫君斷不會允許民婦這麼做的。」

「李學士是個有情有義的男子，他不願捨棄妳可以理解，但是，林夫人，妳若真心愛自己的丈夫，做出這麼點犧牲，便能換得丈夫的平安，這麼好的機會，別人想求還求不來呢！」曹嬤嬤蠱惑道。

林蘭沉默，曹嬤嬤以為林蘭開始動搖了，加把勁地鼓動：「林夫人，妳只消說妳怕受到連累，自請離去，李學士還能不允？」

這可真真是好計策，叫她做個貪生怕死、薄情寡義之人，黑鍋她來背，對明允的名譽無半點損害，更能掩蓋太后的卑劣行徑，當真是一石二鳥，一舉多得啊！林蘭試問自己是不是願意做出這樣的犧牲，如果她不知道太后的計謀，那麼，她是願意的，真心願意，只要能救明允，她什麼都願意做，何況背一個黑鍋？林蘭決定改變策略，先拖上一拖，最好是能跟明允見上一面。

「林大夫，妳若執意不允，那就只能眼睜睜看著李學士陷入絕境了，妳真的忍心？」曹嬤嬤再下一劑猛藥。

林蘭目光一凜，抬起頭，決然道：「太后，請恕民婦斗膽一問，民婦自請下堂後，太后要如何幫民婦的夫君脫困？」

太后眉目一鬆，神情傲慢起來，「這妳就無須操心了，哀家說得出便做得到。」

「太后是要為民婦的夫君另覓佳偶，比如，許個郡主或是公主什麼的，然後藉此讓皇上寬宥民婦的夫君嗎？」林蘭追問道。

太后一怔，口氣冷了幾分：「妳只消說妳願不願救妳夫君便可。」

林蘭輕輕一笑，「民婦願意，但是民婦有個要求。」

「妳說。」

「民婦要見夫君一面。」

太后沉吟良久，道：「哀家許妳見一面，但是，妳要清楚，是妳自請下堂，沒有人強迫妳，在李學士面前更不能露出一絲半點為難之色，倘若妳做不到，那麼哀家的許諾也不作數，非但不作數，哀家還會嚴懲於妳，包括妳的回春堂，包括葉家。」

威脅，赤裸裸的威脅！有權有勢的人要是不要臉起來，那是相當可怕的。

林蘭堅定道：「民婦明白。」

太后鬆了口氣，慢聲道：「曹嬤嬤，這事妳去安排一下，另外，叫內務總管薛公公把葉家進貢的綢緞會褪色一事暫且壓下。」

林蘭心頭一震，看來這老太婆還真是早有準備，葉家的綢緞會褪色，只怕也是欲加之罪何患無辭吧？看來，這事還真不能硬頂，弄不好連葉家也要遭殃。罷了，先見過明允再做計較。

林蘭被太后傳召進宮，可急懷了葉德懷和陳子諭，兩人急忙商議，要怎樣才能把林蘭從宮裡安全帶出來。沒辦法，後宮之事，還得後宮的人才能幫得上，陳子諭讓銀柳速去靖伯侯府，將此事告知靖伯侯夫人，又讓福安去趟懷遠將軍府，看看懷遠將軍夫人能不能找德妃娘娘幫個忙。陳子諭自己也火速進宮，看能不能找到機會。

而此時，華文柏已經面見了聖上，回稟了此次陝西之行的情況，並將種痘之法原出自林蘭的事告知聖上。

皇上聞言若有所思，華文柏和林大夫皆可謂醫者典範，兩人的醫術自不必說，能想出種痘之法，造福無數蒼生，更可貴的是兩人的品行，淳良、正直、謙遜，這次，無論如何要對此二人好好嘉獎，樹醫者之楷模。

皇上還在尋思要如何獎賞兩位，阮公公悄悄走進來，在皇上耳邊一陣耳語。皇上面色微變，沉吟道：「你速去太后宮中傳林大夫過來。」

阮公公躬身領命。

華文柏心中一凜，林蘭在太后宮中？不會有什麼事吧？

阮公公火速趕往太后宮中，林蘭還在。

聽得阮公公傳話，太后面色沉了沉，問：「皇上怎知林大夫在此？」

阮公公聽得太后口氣不善，當即眉眼彎彎，笑道：「這次陝西痘疹疫情得以消除，林大夫算是立了頭功，皇上要召見林大夫，奴才去了回春堂，方知林大夫得太后召見，已經進宮了，奴才要是早知道，就不用大老遠跑一趟了。」

太后和曹嬤嬤面面相覷，有這般巧合？既然皇上知道林大夫在這裡，她自然不好不放人，太后溫和地說：「哀家聽聞林大夫治頭風有良方，故而傳她進宮詢問，林大夫，哀家與妳說的話，妳可都記住了？」

林蘭恭謹道：「民婦記下了。」

太后頷首，道：「記下便好，可別忘了，若是弄錯了，治不好哀家的頭風之症，哀家可是要治妳的罪。」

這算是晦澀的警告，警告她不可在皇上面前胡言亂語。

林蘭莞爾，恭謹地行了一禮，跟著阮公公一道退下。

出了太后的宮殿，阮公公虛抹了把汗，好心提醒道：「林大夫，皇上召見，可是難得的好機會，妳可得好好把握。」

林蘭感激道：「多謝公公提醒，」

沒想到進宮一趟，不僅見到了太后，還能見到皇上，此行收穫不小啊！林蘭自嘲地笑了笑，剛才阮公公在太后面前說她立了大功，那麼皇上應該對她有所獎勵吧？皇上會不會問妳想要什麼獎勵之類的話呢？若當真問了，她可不可以說把她的明允還給她？林蘭異想天開。

林蘭一離開，太后的面色便沉了下來，「陝西疫情之事，怎又跟林大夫扯上了關係？」

曹嬤嬤也道：「是有些奇怪，這林大夫又不曾去陝西，關她何事？」

太后沉吟道：「倘若是真的，這事恐怕會有變故。」

「是啊，林大夫要真立了頭功，這就不好辦了。」曹嬤嬤也是擔心，這事都快成了，可別橫生枝節才好。

太后默了默，說：「妳去打聽一下，看看究竟怎麼回事？」

皇上對這位聞名已久的林大夫頗感好奇，因為她是李明允的妻子，一個出身鄉野農家的平凡女子。是她才華橫溢，還是她貌美如花，才征服了李明允的心？她來京城不過短短一年，便在京中命婦圈子裡有著良好的口碑，連宮中的嬪妃也不時會提及她的食補養顏之法；還因為在李家出事後，她能處變不驚，一連半月的義診，令她名動京城；更因為種痘之法竟出自她之手……凡此種種，都讓他不得不對這個女人刮目相看。

現在這個女人就站在他面前，皇上細細端詳，論容貌，倒是眉清目秀，算得上中上之姿，不過勝在肌膚瑩白如雪，細膩如瓷，唇邊一道微微向上的自然弧度，顯得溫和可親，讓人不由心生好感。再看她，沉靜如水，自在安然，這份從容的氣度倒和李明允如出一轍。

林蘭一進此間，便禁不住有些緊張，強作鎮定而已，畢竟，她要面對的是一國之君，這方天地的主宰。幸好華文柏也在，林蘭的心又稍稍安定些。

「聽華愛卿說，這種痘之法是妳想出來的？」皇上語氣緩和，雖是問話，卻無質疑之意。

林蘭不露痕跡地深吸了口氣，回道：「民婦只是根據醫書上的記載，細細推敲，從理論上推斷而已，倒是華大夫，不惜以身試險，苦心鑽研，經過多次試驗方才得到安全可靠的痘苗。」

華文柏忙道：「古往今來，多少醫者苦心鑽研，著力尋求根治痘疹之法都不得其門而入，林大夫能憑藉自己精湛的醫術，做出大膽的推斷，就好比一把金鑰匙，打開了此門，叫人茅塞頓開，如在暗夜中見到指路明燈，所以，林大夫功不可沒也！」

聽華文柏賣力地誇獎她，林蘭很不好意思，尷尬道：「華大夫謬讚了，林蘭不敢居功。」

皇上見此二人都如此謙遜，都想推讓這貪天之功，心中頗感欣慰，朝廷上下，似這般心胸開闊，不計名利之人真是太少了。

「你們無須推諉，林大夫的推論加上華愛卿的用心鑽研，方有了這種痘之法，讓萬千黎民不再受痘疹疾病之苦，此功甚偉，足以載入史冊，名垂千古，朕自當論功行賞，以示嘉獎。」皇上微笑說道。

林蘭和華文柏皆肅然。

皇上忖了忖，道：「華愛卿，你們華家乃醫學世家，祖孫幾代皆為御醫，朕封你為正四品太醫院院使，總理太醫院事務。」

華文柏一怔，跪地回道：「皇上，微臣資歷尚淺，太醫院臥虎藏龍，微臣恐怕不能勝任。」

雖說華家幾代皆在太醫院任職，但他爺爺最高也只做到正五品右院判，父親到現在不過是正六品御醫，而皇上直接封了他為正四品太醫院院使，華文柏有些心虛。

「華愛卿不必推辭，你的醫術、品德，授院使一職，當之無愧，朕看好你。」皇上溫言道。

華文柏不敢再推辭，只好叩頭謝恩。

皇上笑著頷首，目光轉向林蘭，慢悠悠道：「我朝尚無女子為御醫的先例，但林大夫醫術過人，更有仁濟之心，當為醫者之楷模，朕特封妳為正六品御醫，當然，妳無須每日去太醫院點卯，妳的回春堂乃朕賜名，希望妳能好好經營回春堂，讓更多的百姓受益。」

林蘭初時想著，封她為御醫，豈不是要天天上班了？當公務員哪有自己當老闆來得輕鬆自在，心裡不太情願，再一聽皇上說可以不去點卯，這不等於掛名御醫嗎？宮裡有需要的時候去一下，平時還是經營自己的回春堂，自由自在，林蘭心喜，連忙謝恩。

皇上默了默，沉吟道：「林大夫，妳若還有別的請求，只管提出來，朕會酌情考慮。」

林蘭心頭一震，皇上此言何意？是想藉此機會對明允法外施恩？

華文柏則是大喜，這可當真是千載難逢的好機會。

面對這樣的好機會，林蘭卻是猶豫了，越是唾手可及，她越得小心謹慎，萬一皇上不是這意思，豈不是弄巧成拙？罷了，機不可失失不再來，適才那位公公就提醒過她。林蘭心一橫，決定直言不諱，正欲開口，卻見皇上眼中閃過一抹異色，只一瞬，林蘭不由心中一緊，到了嘴邊的話又吞回肚子裡，再次理了理思緒，靜靜說道：「回皇上，民婦沒有別的請求了。」

皇上似有些訝異，「當真沒有？」

華文柏急了，差點出聲提醒，可礙於天威，不敢造次。

連一旁的阮公公也急得暗暗攥緊了拳頭，林大夫啊林大夫，咱家不是提醒過妳的嗎？怎的事到臨頭又不說了呢？

「回皇上，民婦真的別無所求了。」林蘭低聲道，神情黯了下去。

殿內一陣沉寂，氣氛更顯肅穆。

良久，皇上道：「難道林夫人不想為李學士說幾句嗎？」

林蘭抿了抿嘴，坦白道：「民婦想，可是民婦不能。是非曲直，皇上心中自有論斷，民婦不敢以卑微之功求皇上赦免民婦的夫君，民婦不敢讓皇上為難。」

皇上暗暗稱讚，好一個聰慧的女子，剛才他只是試探一番，看看她會不會忘乎所以，以為憑藉自己的一些功勞就能讓他放了李明允。若真如此，那麼她便入了俗流。

「哦？妳說是非曲直，朕心裡自有論斷，那妳以為朕會怎麼論斷？」皇上故意要刁難她一下，很好奇她會如何作答。

林蘭深吸了口氣，不卑不亢道：「民婦不敢妄度聖意，民婦的夫君曾說過，皇上乃千古明君，皇上胸懷天下，所思所想皆以天下為重，所以，不管皇上做何論斷，民婦和民婦的夫君都會敬重皇上。民婦的夫君還說過，大丈夫光明磊落，不求名垂千古，但求無愧於心。民婦相信民婦的夫君是位頂天立地的丈夫，定不喜民婦像一個無知愚婦，在皇上面前哭訴哀求，讓皇上為難。」

皇上忍不住暗暗叫好，好一位錦心繡口的女子，嘴上沒有一個字是為夫君求情，卻比哀求更有效，不愧是李明允的妻子，聰慧、隱忍、大義，還有那麼一點狡猾，這樣的女子怎能不叫人喜愛？看來太后這次的心機是要白費了。

「林大夫深明大義，朕心甚悅，朕既然許了妳一個心願，自不會食言。」皇上又想了想，解下腰間一塊玉牌，身子往前傾了傾，道：「朕賜妳這塊玉牌，待妳何時有求於朕，便可拿此玉牌來見朕。」

林蘭面色沉靜依然，心中卻是大喜，皇上金口玉言，許她一個承諾，她手中就等於多了一張王牌，利用得當大有好處，當即叩首謝恩：「林蘭謝主隆恩，皇上萬歲萬萬歲。」

等林蘭和華文柏退下，阮公公小心翼翼地試探：「皇上，若這林大夫開口求皇上赦免李學士，皇上可會恩准？」

皇上淡淡地掃了阮公公一眼，悠悠然道：「阮福祥啊阮福祥，你在朕身邊伺候多年，卻還不及林大夫明白朕的心思。」

阮公公大汗，天威難測，誰知道皇上您是什麼心思？

出了大殿，華文柏終於忍不住問道：「適才這樣好的機會，妳為何不趁機替李學士求情？」

林蘭莞爾，「你不覺得我不求比求更好嗎？」

華文柏茫然搖頭。

「剛開始，我是想求來著，可往細裡這麼一琢磨，皇上有此一問，便是透了一個訊息給我，皇上有心赦了明允，但皇上絕對不可能因為我這麼一點點功勞說就赦就赦，這其中還牽涉一些人，一些皇上不得不顧忌的人。皇上既要保住鍾愛的臣子，又要顧及到某些人的顏面……」林蘭摸了摸手中的玉牌，嘆了口氣，「不是那麼容易啊！」

華文柏有點明白了，「是不是因為太后？」

正說著，聽見一人急道：「嫂子……」

林蘭定睛望去，見陳子諭神色緊張地疾步迎上前來。

林蘭神情一凝，對華文柏說：「文柏兄，這件事錯綜複雜，不是三言兩語能說得清楚，你已經幫了我一個天大的忙，林蘭不知該如何感謝，等事情有了結果，林蘭再登門道謝。」

華文柏明白林蘭的意思，她是不想他牽涉其中，便道：「文柏只是說了實話而已，林大夫不必言謝，倒叫文柏心中慚愧。林大夫若是有什麼需要文柏的地方，千萬不要客氣，文柏還是那句話，能幫上妳的忙，文柏很榮幸。」

林蘭感激道：「如果有需要，林蘭不會客氣的。」

華文柏看看陳子諭，對兩人一拱手，「那我就先告辭了。」

林蘭欠身還禮，目送華文柏離去，方凝重了神色對陳子諭道：「我們去葉家。」

出了宮，陳子諭就吩咐文山：「你速去靖伯侯府和懷遠將軍府報個平安。」

文山見二少奶奶安全出宮，大大地鬆了口氣，「小的馬上就去。」

陳子諭對林蘭解釋道：「我收到消息就讓銀柳去知會了靖伯侯夫人和懷遠將軍夫人，這會兒她們可能正在想法子如何把嫂子從太后那兒弄出來，既然嫂子已經出來了，她們也無須麻煩了。」

林蘭微微頷首，抱著歉意道：「真是麻煩大家了。」

兩人回到葉家，葉德懷正坐立不安地等消息，見林蘭安然回來，明顯的神情一鬆，詢問道：「太后召妳進宮都說了些什麼？」

林蘭示意屏退左右，方才把在太后的意思跟兩人說了。葉德懷氣得青筋暴起，怒道：「真是豈有此理，太卑劣了，虧她說得出口！惡人別人做，好人她來當，真是既想當婊子又要立牌坊！」

陳子諭嚇了一跳，忙勸道：「大舅爺須慎言。」

「慎言個屁，她敢做還怕人說？」葉德懷憤憤道。

林蘭已經憤怒過了，這會兒冷靜道：「子諭說的對，她做得再過分，無奈她是太后，連聖上都要對她顧忌三分，咱們還是小心為妙。」

葉德懷勉強壓下火氣，問道：「那妳可答應她了？」

林蘭輕嗤一聲，「哪能真應她，虛與委蛇罷了，要不然，把她逼急了，我能不能全身而退都難說。現在就一個字『拖』，我提出讓我見明允一面，太后已經答應了。」

陳子諭沉吟道：「如今咱們已經確定了太后的意思，拖也只能拖一時，咱們還得想辦法如何化解才好。」

「我看事情沒那麼糟糕，對了，今天我見到了皇上，如今我已經是太醫院的掛名御醫了。」林蘭笑道。

陳子諭和葉德懷面面相覷，這又是怎麼回事？

林蘭簡單把事情經過複述了一遍。

陳子諭大喜，「嫂子，妳是真人不露相啊！太好了，嫂子成了我朝的大功臣，太后想輕易打發嫂子也不可能了，而且從皇上的態度看得出來，皇上確實是有心赦了大哥的！」

葉德懷卻是感嘆，「那位華大夫倒是位正人君子。」

「皇上是有這份心，但是事情要怎麼解決還有待斟酌，皇上需要一個水到渠成的時機，咱們就專心應付太后的刁難。」林蘭明確思路。

葉德懷點點頭，說：「既然太后答應妳見明允一面，妳趁這個時機問問明允有什麼主意。」

陳子諭沉吟道：「我覺得，咱們還是得想辦法給太后製造點麻煩，讓太后自顧不暇。」

「可你不是說最近秦家謹慎得很，機會不太好把握啊！」葉德懷道。

陳子諭定定地說：「事在人為，沒機會咱們就製造機會。放心吧，這事就交給我，我勢必要弄出點大動靜來。」

林蘭擔心道：「你自己也要留意，千萬別露了馬腳，小心叫太后知道是你的在背地裡搞鬼。」

「是啊，能行最好，不行就不要勉強。」葉德懷附和著說。

陳子諭鄭重道：「事關重大，我一定會小心的。」

林蘭忽地想起貢品之事，問道：「舅父，咱們葉家進貢的綢緞是否存在褪色的問題？」

葉德懷正色道：「這不可能，進貢的綢緞，無論是胚布、染色原料都是最上乘的，染色配方更是葉家的不傳之祕，期間要經過二十七道要求嚴格的上色工藝，方才出成品，就算放在沸水裡煮也不可能出現褪色的情況……」葉德懷說著，心中突然一緊，「妳怎會問起這個？」

林蘭道：「今日太后向我施壓之時，提到葉家進貢的綢緞有褪色的問題，我想，這應該是太后的伎倆，欲加之罪何患無辭，舅父，為了慎重起見，您還是再去確定一下，若貢品確實沒有問題，那……咱們得想辦法在太后沒有發難之前給自己正名，先下手為強。」

葉德懷面色一凜，知道事態嚴重，若太后拿貢品做文章，不僅葉家的聲譽毀於一旦，太后還會趁機給葉家扣上欺君之罪，那葉家可就完了。

「好，我馬上去織染坊證實一下，同一批織染的絲綢，庫房裡還有保存，也拿出來驗一驗。」

「最好是能想辦法弄出太后所說的那批問題綢緞，看看是不是葉氏所出。」陳子諭建議道。

「對，還要弄清楚綢緞在什麼特殊的情況下會褪色的問題。」林蘭也道。

葉德懷深以為然，「我會想辦法的，絕不能讓太后的陰謀得逞。」

外面丫鬟傳報，說文山回來了。

大家分頭行事，林蘭出去見文山，文山說，靖伯侯府和懷遠將軍府都已經知會過了，靖伯侯夫人說她收到消息，靖伯侯不日就回京，請二少奶奶再耐心等待幾日。懷遠將軍夫人讓二少奶奶隨時與她保持聯繫，如有突發狀況第一時間告知她。

林蘭苦笑，她是有足夠的耐心，只是宮裡的太后比較心急。

太后果然很心急，第二天就安排林蘭和李明允見面，派了人來回春堂。

雖然已經料到，但是一想到馬上就可以見李明允，林蘭還是忍不住激動，這一別都快兩個月了，也不知他在牢中過得好不好？是不是瘦了？

帶上事先準備好的點心和一些藥丸，林蘭跟隨來人去了大內監牢。李明允從刑部監牢轉走以後，陳子諭就推斷他可能被轉到大內監牢去了，果然是在這裡。

古代的監獄陰森、晦暗，沉悶得讓人窒息，一路上，林蘭做了好幾次深呼吸，才能讓自己保持鎮定。

七拐八彎，一直走到最裡面，看守的獄卒才在一間牢門前停下腳步，掏出鑰匙開門。林蘭發現這間囚室與別的囚室不同，別的囚室牢門都是柵欄狀，唯獨這裡是鐵門，鐵門上方開了一扇小窗，打開就可以看見裡面的情形。

林蘭攥緊了手中的食盒，隱隱發顫，她的明允就在裡面了。

自從父親來過一回後，這幾日再沒人來打擾他，除了一日三餐獄卒定時送來飯食，留給李明允的便是沉寂，死一般的沉寂，而他再不能似先前那般淡定，變得躁動不安，無時無刻不在擔心林蘭，幾乎夜夜都被噩夢驚醒，夢到林蘭滿身是血，夢到許多他不敢回想的情形，這種折磨讓他幾欲瘋狂，偏偏他什麼也做不了，只能在此方寸之地不安地來回走動。

忽然聽見開鎖的聲音，李明允頓住腳步，緊盯著牢門，這個時候並不是飯點，是又有什麼人要見他？還是準備提審他？

牢門轟然打開，李明允看著站在門口的林蘭，遲鈍地眨了眨眼，莫不是牽掛太甚，出現幻覺？

林蘭之前設想過，李明允被關了近兩個月，肯定是滿臉鬍子拉渣，頭髮蓬亂如稻草，形銷骨立，衣衫即便不是襤褸如破布，也定是髒得能當抹布。她已經做好了充分的心理準備，不管李明允變成什麼樣，她都不能在李明允面前表現出驚訝的神情，所以，當她看見面貌乾淨如常，衣衫整潔如昔，雖然瘦了些，一雙眼卻越發清亮的李明允時，反倒怔住了，竟忘了挪步子。

兩個人就這麼你望著我，我望著你，從最初的茫然不可置信，漸漸露出了複雜的神情，有憐惜，有思念，有感傷，總之是千言萬語，竟不知先說哪一句才好。

「林大夫，請吧！」陪同林蘭來的褚嬤嬤催促道。

林蘭回過神來，低下眉眼，掩藏起眼中飽含的深情，克制住奔跑過去擁抱李明允的衝動，緩緩走了過去。

這位褚嬤嬤在路上就告誡過她，別忘了在太后面前的承諾，要不然，後果自負。林蘭明白，太后是對她不放心，特意派人來盯著她，所以，她必須克制，必須悠著點。

林蘭如此平靜的舉止，讓李明允更加肯定心中的猜測，太后必定找過林蘭了。李明允看了跟在林蘭身後的褚嬤嬤一眼，努力壓抑住內心的激動，緩緩迎了上去，柔聲問道：「妳怎麼來了？」

林蘭低著頭不敢看他，生怕看到他溫柔的眼，便會忍不住落淚，今日她是來扮演負心女子的，哪能表現得深情款款，恩愛纏綿？

她低低開口，語聲竟是有些乾澀發啞：「我……來看看你。」

是啊，說來看我，卻不敢看我，李明允的心狠狠地痛了起來，他無法問林蘭太后到底對她說了什麼？或者說是太后到底如何脅迫她？但他知道林蘭的隱忍肯定有她的道理，林蘭向來有主意，不是那種一遇到事就只會哭哭啼啼，不知所措的女人。

李明允伸手，溫柔地將她鬢邊的髮絲撥到耳後，情不自禁貪婪地撫上她的臉頰，兩個月不見，她清減了許多，下巴都變尖了，他疼惜地沙啞著聲音道：「我很好，妳呢？」

林蘭頭微微一偏，讓臉頰更貼近他的手掌。感受到他掌心的溫熱，眼睛不由得發熱，又趕緊避了避，避開他的撫摸，努力控制住情緒，抬起頭，望著他，兩個月的牢獄折磨，絲毫不減他的俊美，林蘭滿心苦澀，微微一笑，「我也很好。」

「這是桂嫂做的糕點，都是你愛吃的，還有一壺碧螺春，可惜冷了。」林蘭避開他的目光，打開食盒，端出糕點和茶。

李明允看著那些被掰成兩瓣的糕點，心中了然，定是跟林蘭一起來的嬤嬤怕林蘭給他夾帶什麼，把糕點都掰開來檢查過了。

「你在獄中一定過得清苦，快來嘗嘗。」林蘭拉了李明允坐下，揀了半塊玫瑰酥遞到他嘴邊。

李明允遲疑了片刻，張口含住。林蘭又殷勤地倒茶給他。

「家裡人可都還好？」李明允吃了一小口，面色溫和，語聲溫潤地問道。

「都好，祖母的病大有起色，能簡單說一兩個字了。現在家裡是大嫂主事，我只管忙藥鋪裡的事。你不知道，這幾天咱們回春堂和德仁堂聯手舉辦義診，前來看病的病患太多了，忙都忙不過來，幸好有舅父幫忙……」林蘭緩緩說道。

李明允從中捕捉到一個很重要的訊息，林蘭不會無緣無故在這個時候舉辦義診，在他深陷囹圄，李家前途未卜之時，如此大張旗鼓行事，高調揚名。

「這就好，妳也別光顧著忙，要照顧好自己的身體，妳看妳都瘦了。」李明允關切道。

林蘭笑了笑，「我沒事的，對了，我現在已經是太醫院的御醫了，不過皇上特別恩准我不用每日去點卯。」

李明允驚訝，「妳見過皇上了？」

「是啊，就在昨日，你還記得以前我與你說過的種痘之法嗎？你不讓我去陝西，我只好把這法子告訴華大夫了，沒想到華大夫為人誠實，硬是把我給說了出來，皇上這才特別獎賞我。」林蘭興奮地說著。

林蘭能得到皇上的賞識，無疑是件好事，對他有多少幫助且不論，有了這重身分，林蘭應該會安全很多。李明允本該安心，本該高興，可心裡卻是五味雜陳，有點酸，有點澀，原來華文柏回來了。

他訕然一笑，習慣性地刮了下林蘭鼻尖，「呵，我的蘭兒也是個六品官了呢，不簡單！」

林蘭遞上茶，在李明允的手即將碰觸到茶杯的時候，驀然一鬆，茶盞掉下去，茶水灑了李明允一身，林蘭忙掏出手絹替他擦拭。

「真是對不住，我手滑了。」

李明允捉住林蘭的手，淡笑道：「不礙事的，不用擦了。」

身後的褚嬤嬤乾咳了兩聲，林蘭忙把手抽回來。

李明允一怔，分明感覺到林蘭在他手裡塞了什麼東西。他攥緊拳頭，裝作不悅地瞪了褚嬤嬤一眼，褚嬤嬤面無表情地別過眼去。

李明允迅速將東西塞進草蓆下，一顆心怦怦急跳。看來林蘭是不便說話，才找機會塞條子。

林蘭見他藏好了紙條，暗暗鬆了口氣。褚嬤嬤查得極嚴，不但她帶進來的吃食一一檢查，食盒的上下裡外都被她摸了個遍，甚至連她身上都被搜了一番，幸好她早有防備，事先把字條藏好了。

趁褚嬤嬤不注意，林蘭對李明允眨了眨眼，又挑眉，然後故作難以啟齒的樣子，說：「明允……我有件事……想和你商量。」

李明允很了解她的這些小動作，心有靈犀道：「妳說。」

林蘭看看褚嬤嬤又看看李明允，似乎下了很大的決心，愁眉苦臉地說：「明允，父親的案子十分棘手，昨日我面見皇上，還特意為你求了情，結果……皇上很不高興，若不是念在我有些許功勞，就要連我一塊兒治罪了。」

褚嬤嬤聞言，露出沉思狀。

李明允故意嗔怪道：「是非曲直自有律法公斷，妳何必去冒這種險？萬一皇上怪罪下來，豈不是壞事？」

林蘭吞吞吐吐，低聲道：「明允……我……我想說的是，李家的事怕是不能善了了，我……我希望，你能理解我。」

李明允眉頭一擰，「妳到底想說什麼？」

林蘭泫然欲泣，帶著哭腔道：「我並不是不想與你白頭偕老，可是……誰知道會發生這樣的事呢？他們都說了，這一回你們李家父子即便不被砍頭，也要流放三千里，這輩子是沒有指望了，可我還年輕，我的回春堂剛有起色，我不想一切就這麼毀了……」

林蘭掩面哭泣的時候，還不忘給李明允遞眼色，生怕李明允不能領會她的心思。

李明允很快便明白了林蘭的用意，林蘭剛剛說了皇上對她的封賞，足以表明皇上有心赦他，多半是因為太后從中作梗，叫皇上為難，現在林蘭又把事態說得如此嚴重，分明是前後矛盾，看來，蘭兒是想要他配合演戲給某些人看。李明允當即面色一沉，冷冷地望著她，一字一頓道：「妳想我休了妳？」

林蘭戚戚然道：「望你能成全。你放心，我還是會照顧好祖母的。」

李明允霍然起身，胸膛劇烈起伏，瞪著林蘭，咬牙切齒，沉痛地指責道：「蘭兒，我李明允待妳不薄，妳怎能這樣無情，在我最困難的時候，想要棄我而去？難道妳忘了，我們曾經海誓山盟？」

林蘭嚶嚶啜泣著：「我知道你會唾棄我，可我已經盡力了，我好不容易才從山溝裡出來，好不容易才有了今日……就算你可憐可憐我，你若真心愛我，又怎忍拖累我……」

李明允氣憤地一腳踢翻了食盒，瓷盤碎了，糕點滾落一地。他憤怒得如同一隻負了傷的野獸，嘶吼道：「林蘭，算我錯看了妳，但是，妳想我休了妳，好讓妳去嫁別的男人，這輩子都別想！」

褚嬤嬤被李明允的反應嚇得驚跳著後退了兩步，幫腔道：「李學士，這就是你的不對了，你怎麼能這麼自私？你自己尚且自身難保，何必拖人下水，讓林大夫跟著你受罪？」

李明允目光如刀，猛然瞪向褚嬤嬤，「妳算什麼東西？我們夫妻之間的事，需要妳來指手畫腳？給我滾！」

褚嬤嬤被李明允吃人般的駭人眼神嚇到，心中惶惶，人人都道這位李學士溫文爾雅，怎是這般暴烈脾氣？

林蘭也做出很害怕的樣子，怯怯道：「明允，你別動怒，這件事，你再仔細想想……」

「不用想，我也不會想，我勸妳趁早死了這份心！」李明允拂袖道。

林蘭默然，低聲道：「你若執意不允，那我只好請求和離。」

李明允仰頭一笑，笑聲中透著濃烈的傷痛，「和離？蘭兒啊蘭兒，我在這裡日也想夜也念，夢裡夢外唯獨放不下妳，沒想到妳竟絕情如斯，妳……真叫我失望！」

林蘭聽著他這半真半假的話，心痛不已，歷經波折，這麼難得才能見上一面，卻只能藉著演戲來傾訴衷腸，何其悲哀？林蘭對太后恨得牙癢癢的，為什麼這世上有這麼多狠毒的老妖婆？都該叫老天收了去才好！

「妳想和離，妳只管去官府訴求，但我告訴妳，即便妳訴求到官府，我李明允也只有兩個字……絕不！」李明允恨恨地道。

林蘭難過道：「你現在太激動，等你冷靜下來，也許就不會這麼想了。」她說著掏出一個小瓷瓶，「這是丹參丸，你在這裡吃不好睡不好，需要進補，我……如果有機會，我會再來看你的。」

林蘭把瓷瓶遞過去，李明允不接，林蘭只好把瓶子放在草蓆上，眷戀地再看他一眼，淚水又湧了上來。這一次不是裝的，是真心難過。她好想好好地抱一抱他，跟他說說真心話，訴訴委屈訴訴苦，跟以前一樣在他懷裡撒嬌，聽他溫言細語的安慰，聽他說……有他在，不用怕……

林蘭不敢再逗留下去，要不然，她不敢保證自己還能不能堅持住，於是她幾乎是落荒而逃，緒嬤嬤急忙追了出去。

牢門在身後重重闔上，沉悶的聲響，如一記重錘重重砸在林蘭心上，林蘭頓住腳步，瞪著那道牢門，心道：明允，你等著，靖伯侯就快回來了，皇上也會想辦法的，大家都在努力，你一定能很快平安地走出這裡！也請你放心，不管遇到多大的困難，你不放棄我，我也不會放棄你，誰也不能讓我放棄你！

李明允怔在那裡，許久才從激動的情緒中平復過來。適才雖是演戲，但是，一想到他和蘭兒有可能被拆散，那種痛，真真切切，透徹心扉。

他放開緊握的拳，走到床邊，戒備地看了看牢門上的那扇小窗，確定沒人監視，才從草蓆下拿出字條，展開來，只見上面幾個娟秀的小字……安心，不離不棄。

安心，不離不棄！李明允陡然淚湧，那麼多個刻骨思念的日夜，那麼多個焦灼不安的日夜，都不曾落淚，這一刻，看到這幾個字，心口就像決了堤，感慨萬千，感動不已。他不知道蘭兒承受了多大的壓力，才不得不來此與他演這麼一齣戲。

他緊緊攥著這張紙條，彷彿握緊了林蘭的一顆真心，他低喃著：蘭兒，我現在什麼也做不了，只能堅守妳我的承諾，希望我的堅持可以給妳減緩一點壓力，妳我，不離不棄……

出了大內監牢，林蘭擦掉眼淚，甕聲甕氣地對褚嬤嬤說道：「妳也看見了，不是我不配合太后，實在是明允他太固執。」

褚嬤嬤面色晦暗，漠然道：「老奴自會向太后回稟。」

林蘭還是貫徹她的一字方針——拖。她已經按太后的意思做了，至於做到什麼程度，效果如何，又不是她一個人說了算的，太后也不能怪她。

太后得到回稟，面色極難看，還以為文人清高，林蘭自己提出和離，李明允肯定會答應，沒想到李明允竟然死也要拖著人家。

「妳可都看仔細、聽仔細了？他們沒有串通？」太后還是不相信自己的判斷會出現失誤。

褚嬤嬤回道：「老奴一直在邊上盯著，林大夫沒有一句暗示的話，林大夫所帶的吃食，老奴也都徹底檢查過了，包括林大夫身上，老奴也仔細搜了又搜，老奴敢保證，沒有異常。」

太后蹙眉，「那眼神呢？他們就不曾眼神交流？」夫妻之間處久了，心意相通，有時候只需一個眼神便能傳遞心意，這個可能性也很大。

褚嬤嬤心下一驚，當時她所站的位置能清楚看到兩人的神情，只是中間因為李學士瞪她，她曾挪開眼，沒能由始至終盯著兩人。嬤嬤手心裡冒汗，她這一小小疏忽若是讓太后知道了，太后追究起來，她可吃罪不起，當即硬著頭皮決然道：「老奴一直盯著他們，老奴敢用項上人頭擔保，他們二人不曾遞什麼眼色，暗通消息。」

曹嬤嬤思忖道：「看來這李學士不是個好相與之人。」

褚嬤嬤忙附和道：「是啊，林大夫才開個頭，李學士就發了好大一通火，把林大夫送去的吃食全砸了，那神情就跟要吃人似的，可嚇人了。」

太后沉吟不語，如此看來，這李學士要麼是用情太深，要麼他就是一個自私自利之人，她這步棋又落空了。

「讓我進去，我要見太后……」舞陽郡主在門外大聲嚷嚷。

太后皺了皺眉，道：「讓她進來。」又對褚嬤嬤道：「妳先退下。」

舞陽郡主衝了進來，噗通跪在太后面前，哀求道：「太后，舞陽求求您了，這事作罷吧！您這樣為難他，他就算被迫娶了舞陽，也不會真心待舞陽，更不會甘願輔佐太子哥哥，太后，您這樣做，只會適得其反的！」

太后面黑如鐵，沉聲道：「哀家自有主張，無須妳多言。」

「太后，您還看不明白嗎？像李學士這等性情中人，威脅逼迫是無用的，他們講的是寧為玉碎不為瓦全，講的是滴水之恩湧泉相報，太后若真想讓李學士為己所用，只能對他施以恩惠，而不是逼迫啊……」舞陽郡主剛從一個宮女口中得知，昨日太后召見了林蘭，她急得不行，這事越弄越擰了，再這樣下去，會無法收拾的。

太后面無表情，聲音冷硬：「哀家做事還用不著妳來教，妳只須好生待在宮裡，若再讓哀家聽見妳說這種話，哀家定不饒妳！」

舞陽郡主淒然地望著太后，她一直以為太后是慈祥的，太后對她那麼好，秦家多少兒女，太后唯獨偏愛她，她是由衷想要孝順太后，可現在，這樣的太后只讓她覺得陌生，陌生得可怕。到底是她想得太天真，還是太后人老昏庸？舞陽郡主低著頭，淚盈於睫，心裡失望至極。

而林蘭見過李明允後，心緒一直難平，做什麼事都覺得不得勁，悶悶地發著呆。銀柳等人還以為二少奶奶定是見了二少爺的淒慘模樣，才會這麼難過，幾個人在那妄自揣測，越說越覺得這個可能性最大，不覺心下淒然，二少爺太可憐了。

福安聽見了她們的談話，又以為是二少奶奶說的，急忙跑去葉家告訴葉大老爺。

葉德懷去了織染坊還沒回來，福安就把消息告訴了大夫人。

女人總是容易把事情想得很複雜很嚴重，所以，晚上葉德懷從織染坊回家時，王氏就哭哭啼啼地告訴他：「明允在獄中都被折磨得不成人樣了，林蘭探過明允回來，整個人跟掉了魂似的，連話也不會說了。」

葉德懷一聽，驚跳起來，這還了得？他的第一反應就是，太后這個老妖婆為了逼迫明允給明允吃苦頭了，當即命人火速備馬車，直奔李家暫住的小院。

林蘭正和丁若妍說探監的事，丁若妍聞言，拿帕子擦著淚，唏噓道：「二弟平安就好，可憐明則，到現在也不得見他一面，不知道他如今是何種情形。」

林蘭見她如此傷心，安慰道：「大哥被關在刑部大牢，雖然不得探視，但妳爹不是打聽過了，說他一切安好？妳且放寬心，我想這事用不了多久就有定論了。」

丁若妍淒然道：「沒能親眼見到他，我這心裡總是不安。我也不在乎朝廷會給他定什麼罪，不管怎樣，我總是隨他去便罷了，好過如今這般毫無頭緒，只能乾著急，生生地熬著。」

「大嫂，大哥不會有事的，妳信我。」林蘭覆上丁若妍的手，給她鼓勵和信心。說真的，以前她看大嫂對大哥總是冷冷淡淡，以為他們夫妻二人沒什麼感情，出事後，她才發現自己想錯了，大嫂還是愛大哥的。

丁若妍反握住林蘭的手，哽咽道：「弟妹，可我這心裡真的沒底，空得很。」

「大嫂，越是這個時候，咱們越得沉住氣。咱們再傷心難過又有什麼用，倒不如好好珍重自己，這樣便是對大哥最大的支持了。只要咱們都好好的，他們在獄中方能安心。」林蘭好言相勸。

如意急急跑了進來，「二少奶奶，大舅爺來了。」

林蘭微一怔，這麼晚了舅父還過來？

丁若妍忙擦了眼淚，「弟妹，那我先回去了。」

葉德懷進來的時候跟兩眼通紅的丁若妍碰了個面，心裡越發著急起來，見到林蘭急著便問：「明允怎麼了？是不是老妖婆折磨他了？」

林蘭被問得莫名其妙，「舅父怎會有此猜測？」

葉德懷一愣，「不是妳讓福安傳話，說明允他都被折磨得不成人形了？」

林蘭苦笑，這都是誰造的謠？看把大舅爺急得，青筋都暴起來了。

「舅父，您稍安勿躁，沒這事。」林蘭請大舅爺入座，命如意上茶。

「那福安怎這麼說？」葉德懷莫名道。

銀柳一旁訕訕，心虛地囁嚅：「可能是之前奴婢們胡亂猜測的時候，叫福安聽了去……」

林蘭嗔了她一眼，「誰讓妳們亂嚼舌根了？」

銀柳無辜道：「奴婢們看二少奶奶回來後就愁眉不展，唉聲嘆氣，就以為二少爺……」

林蘭哭笑不得，「好了好了，以後少自己嚇自己，妳們先下去，我有話跟舅父說。」

就林蘭的分析，太后見此招不奏效，必定會加重籌碼又去威脅明允，而明允最在乎的莫過於她和葉家。太后不能明目張膽拿把鋼刀架在他們脖子上，但暗地裡使些卑鄙手段令他們陷入困境還是很有可能的，所以，當下最要緊的是做好防備工作，不能讓太后抓到一點把柄，借題發揮。

「舅父既然已經確定這批貢品沒問題，就得抓緊時間先發制人，讓太后沒有文章可做。」林蘭建議道。

葉德懷沉著臉，猶自不忿，「我真懷疑這老妖婆是不是要作死了，黃土都埋半截了，還死命折騰！逼得老子火起來，老子就勸明允反了她，叫她偷雞不著蝕把米，氣死她！」

聽大舅爺罵人就是痛快，大舅爺此生唯一怕的就是葉老太太，除此之外，誰也不鳥，發起火來，想說啥說啥。況且大舅爺罵的一點都沒錯，太后此舉確實有腦殘的嫌疑，都沒有弄清想拉攏的對象是什麼人，就自以為是地以為她略施恩惠，人家就該對她唯命是從，當然，若是換作渣爹那種人，肯定早早就尾巴貼上去了，或者是她以為父子三分像，沒想到壞竹也能出好筍。越是自以為是的人，越不會反省自己的錯誤，只會一意孤行，不撞南牆不回頭。

「氣憤歸氣憤，可人家是太后，位高權重，咱們不得不小心謹慎，先把明允弄出來再說。明日回春堂的義診就要結束了，我準備關門休整一段時日。」林蘭說道。

葉德懷贊同道：「這陣子妳也夠累的，是該好好歇歇。」

林蘭莞爾，她關門歇業可不是為了休息，太后要對付葉家，最好的辦法就是從貢品入手，要對付她林蘭，最容易的就是說她賣假藥或是開錯了方子，治死了人，她才不會給老妖婆機會陷害她。

這日，皇上正在御書房批閱奏摺，阮公公輕手輕腳走了進來，站在底下神色猶豫，幾度想開口又忍住。這副糾結的神情落在皇上眼裡，皇上淡淡開口：「什麼事？」

阮公公尷尬地上前兩步，「其實也不是什麼大事，不過奴才覺得不稟又不好。」

皇上一眼瞪過去，「你少在朕面前繞彎子，朕最見不得你這副磨蹭的樣子！」

阮公公惶惶道：「回皇上，事情是這樣的，昨兒個淑妃娘娘說十七公主的生辰快到了，讓內務府送幾塊新進的綢緞過去，好給十七公主做兩身新衣裳。」

皇上眉峰一蹙，停下筆，恍然道：「瞧朕這記性，十七公主的生辰都忘了，幸虧你提醒，要不然淑妃又該怪朕不上心了。」

阮公公嘿嘿笑道：「皇上忙於國事，日理萬機，偶爾忘記那麼一兩回也是正常，淑妃娘娘賢淑溫柔，定不會埋怨皇上的。」

皇上輕微一哂，「然後呢？」

阮公公愣了愣，才接著前言道：「誰知內務府說，新進的綢緞有問題，就沒給，淑妃娘娘有些不高興，說前陣子皇后還賞了榮嬪兩塊新進的料子，怎沒聽說料子有問題，到她這，料子就出問題了？」

皇上聽了只覺頭大，後宮嬪妃眾多，一點芝麻綠豆的小事也能鬧得不可開交。

「老奴就想，內務府的薛貴是老奴一手帶出來的，平時見他挺機靈，怎的這麼不會辦事呢？老奴就去了趟內務府，問問清楚。薛貴告訴老奴，說新進的綢緞會褪色。老奴為了謹慎起見，讓薛貴當面驗證，薛貴那廝就推三阻四，老奴不免生疑，親自拿了塊料子放沸水裡煮了半天也沒見掉一點顏色。老奴就責問薛貴，到底是怎麼回事，薛貴先時還不肯說，在老奴再三逼問下，薛貴才說了實話……」阮公公話到此處頓了頓，聲音輕了下去：「薛貴說，是太后讓他這麼說的。」

皇上聽到這，已經覺出其中微妙之處。太后近日的舉動用意何在，他是心知肚明，今年內務府進的綢緞皆來自葉家，太后的目的太明顯了。

阮公公偷偷觀察皇上的神色，小心翼翼道：「老奴不知太后此舉何意，只是想著為了幾匹緞子，惹得幾位娘娘們生閒氣不值得……」

皇上擱了筆，靠著椅背沉思片刻，道：「阮福祥！」

「老奴在。」阮公公躬身聽命。

「傳朕旨意，薛貴管理庫房不善，調去雜役司刷恭桶。」

處罰薛貴，是敲山震虎之舉，希望太后能收斂一點，莫要做得太過分。

薛貴被處罰的消息，很快傳到太后宮裡。

太后聞訊怔了半晌，手中的念珠差點被扯斷，咬牙道：「哀家還是小看了他們！」

曹嬤嬤一時沒明白，他們是誰。

太后冷哼一聲，「傳褚嬤嬤來見。」

不多時褚嬤嬤聽傳趕來。

「昨日吩咐妳的事，可有眉目？」太后問道。

褚嬤嬤怯怯回道：「回稟太后，奴婢正要安排，回春堂卻關門歇業了，說是一連半月義診，大夫們都累得夠嗆，而且藥鋪裡的藥材也不齊，因此暫時關門休整，也沒說什麼時候重新開張。」

太后懊惱地砰的一拍桌子，曹嬤嬤緊張得差點喊出「太后小心手疼」。

「這個林蘭，果真狡猾！」太后恨恨地道。短短幾日，就把她安排的後手一一化解。不動聲色，反應迅速，如此心機，太后不禁懷疑，當日在大牢裡那一幕是他們夫妻聯手演的一齣苦情戲。

「太后……看來他們是鐵了心，不肯領太后的情。」曹嬤嬤道。

太后已是惱羞成怒，「李明允頑固不化，既然不肯為我所用，那就休怪哀家容不下他！」

曹嬤嬤凜然道：「太后預備怎麼辦？」

太后忖了忖，眸中寒光一閃，說：「速傳秦忠入宮。」

身為國舅爺，當朝一等忠義公的秦忠此時正被一樁醜事弄得焦頭爛額，自上次被太后訓斥後，他已經嚴加約束家人和下人，誰知秦家子弟安逸慣了，驕縱成性，就在剛才，鴻臚寺卿登門求見，說秦家一嫡系子弟在酒樓與一外族人發生了爭執，差點把人打死。那外族人不是一般人，正是出使我朝的高麗王子，現在高麗使臣非常憤怒，已經進宮面聖去了，鴻臚寺卿怎麼勸也勸不住，真是一波未平一波又起，而這一次涉及的是外事，弄不好會引起兩國交戰，直把秦忠驚出一身冷汗，立即更衣，準備進宮請罪，連太后傳召都顧不得了。

葉家的花廳裡，傳出葉德懷爽朗的笑聲：「子諭，你行啊！這個馬蜂窩捅得，夠那老妖婆和秦家頭疼一陣了！」

陳子諭笑道：「這次是老天送的好機會，我只是抓住了機會。大舅爺，您是沒瞧見皇上那張臉黑得，雷霆震怒啊，把秦國舅嚇得差點尿褲子……」陳子諭一笑，牽動了嘴角的傷口，忍不住齜牙抽了口冷氣，摸摸青腫的嘴角，又罵道：「他娘的，秦辰澍這個兔崽子，下手可真狠，我現在渾身都疼，那高麗王子更慘，被揍得跟豬頭似的！」

葉德懷笑道：「難道你們挨打的時候，沒說出自己的身分？」

陳子諭回憶當時的情形，更想笑了，只是嘴角疼得厲害，又不敢笑，模樣甚是滑稽，說：「那高麗王子又不會咱們中原的話，嘰哩咕嚕的，誰聽得懂啊！當時翻譯官又去點菜了，我只管喊，你們不能打人，打人犯法……那些囂張的紈綺最不放眼裡的就是律法，你越拿律法壓他，他越是不屑！」

林蘭忍不住噗哧笑了出來，可憐的高麗王子啊！再看陳子諭鼻青臉腫的模樣，又覺得過意不去，關心道：「讓我師兄給你看看吧，可別傷了內臟。」

陳子諭搖手，「不用，一點皮肉傷而已，以前跟寧興那小子一起混，沒少打架，習慣了。」

「那我給你弄些跌打損傷的藥，便是外傷也不能忽視，萬一破了相，芷箐該找我算帳了。」林蘭道。

陳子諭臉色微紅，尷尬道：「反正她現在也見不著我。」

葉德懷笑道：「就衝你這回這般賣力，等你成親，大舅爺保證送一份厚厚的大禮。」

陳子諭捂著嘴角，嘿嘿笑道：「大舅爺，乾脆以後我們一家老小一年四季的衣裳，您老都給包圓了得了。」

葉德懷眉毛一挑，爽快道：「沒問題，小事一樁，你就算天天要換新衣裳都成！」說罷又是哈哈大笑，看到秦家吃癟，他比賺多少銀子都樂。

陳子諭忙道：「我說笑的，您可別當真。」

林蘭莞爾，忽想起一事，問：「這次高麗王子受辱，會不會引發兩國交戰？」

陳子諭想了想，道：「那還不至於，就算真打起來，高麗也不是我朝的對手，他們不過抗議抗議，交涉一番，找回個面子罷了。只要皇上說個話，加以安慰，應該沒那沒嚴重。關鍵是秦家的霸道已經引起公憤了，上次還只有武官們在鬧，這回我爺爺也不答應了，聯合了幾位內閣大臣一起上摺子參秦家，秦家想善了都不可能。」

葉德懷興奮道：「事情鬧得越大越好，看那老妖婆還有沒有這個閒情來搶人家的丈夫！」

就在朝廷上下為秦家子弟打了高麗王子一事鬧得沸反盈天之時，平南大軍凱旋歸來。

在喬雲汐的安排下，靖伯侯很快見了林蘭。

喬雲汐已經把事情的大概跟侯爺說了說，靖伯侯進了趟宮也了解了七八分，所以也無須林蘭再贅述，直接進入正題。

「侯爺，這事只能求您幫忙了。」林蘭誠懇地求助。

靖伯侯捧著茶盞沉吟良久，喬雲汐給林蘭使眼色，讓她安心。

「要想李學士出來不難，關鍵是以什麼方式出來。」靖伯侯緩緩開口。

「還請侯爺賜教。」林蘭正色道。

靖伯侯淺啜了一口茶，說：「皇上若只是想赦免李學士，即便太后干涉，也不難辦，只是這樣一來，對李學士的前程不利，即便法外開恩，赦了李學士的罪，李學士的官位是保不住了，重新啟用的話，還要另找機會，不知要耽擱到何日。似李學士這等人才，皇上還是很看重的，希望李學士能有更大的作為，所以，依我看，皇上是想找個合適的機會，比如能讓李學士戴罪立功，是磨礪，也是考驗。」

靖伯侯的分析比林蘭等人之前所想又更進一層，不愧是政壇常青樹，看問題看得深看得遠，能直擊要害。

靖伯侯看著林蘭，溫和道：「李夫人不必太過擔心，我想，這個機會應該很快就會有了。」

林蘭眼睛一亮，似靖伯侯這種人，沒影沒把握的事，他是絕對不會說的，當即笑道：「聽了侯爺這番話，妾身就放心了。」

靖伯侯微笑地頷首，「之前的事，李夫人應對得很好。」

林蘭謙虛地笑了笑，「妾身是個弱女子，能做的有限，還須侯爺幫襯一些才好。」

靖伯侯由衷地讚賞，這個女人很聰明，知道什麼時候該做什麼事，該示弱時示弱，該張揚時張揚，懂得利用自己的長處，把優勢發揮到極致，跟她說話，省心又省力，一點就透。李明允啊李明允，有妻如此，夫復何求？

「這事，我會留心。」靖伯侯給了肯定的回答。

送走林蘭，靖伯侯修書一封，命人即刻送去四皇子處。他與四皇子同征西南，幾個月相處下來，對四皇子的心思不能說不了解，四皇子抱負遠大，只是年輕氣盛，難免心浮氣躁，急功近利，四皇子對李明允更是求賢若渴，李明允落難，正好給了他這個機會，怕只怕，四皇子沉不住氣，反而壞事。所以，不得不告誡一番，在時機未成熟之前，不可輕舉妄動。

出了靖伯侯府，林蘭的心終於安定下來，兩個多月了，大家看她鎮定從容，笑容依舊，其實她每天都提著一顆心，沒有睡過一天安穩覺。沒辦法，大家都看著她行事，她的情緒、她的一舉一動都會影響到周遭的人，所以，她只能咬牙撐著，好在總算是要熬出頭了。

林風因在平南一役中表現英勇，立下不少戰功，被提拔為校尉。經過戰火洗禮的林風，好似變了一個人，皮膚黑了，人更壯實了，關鍵是錘鍊出沉穩的氣概，有了軍人的威嚴。林蘭很高興，她的大哥不再是昔日澗西山裡那個被老婆罵得縮頭縮腦、唯唯諾諾的男人了，是一個堂堂正正的男子漢了。

寧興如今也是一名將軍了，以前他的外號小霸王，現在又多了個外號叫黑魔王。其實寧興一點也不黑，真不知這黑魔王的名號怎麼來的。

兄妹重逢，好朋友重聚，大家著實開心了幾日。雖然大家都不說，但林蘭明白，大家心裡都藏著一句話……如果明允能出來，那就圓滿了。

太后那邊因為秦家再度出了不肖子，闖了大禍而自顧不暇，也無心再去對付李明允，所以，這一陣子，日子過得相當太平。

正如陳子諭推測，皇上嚴懲了打人的凶手，再許了高麗不少好處，才平息了此事。當然，皇上才不花冤枉錢，許出去多少，都得秦家自己掏出來。秦家這回大出血，丟了面子，賠了銀子，秦家幾位在朝為官的，調職的調職，降職的降職，元氣大傷。

林蘭認為皇上是趁機在削弱秦家的勢力，外戚太強，不利於皇權鞏固，這是歷史的教訓。

陳子諭這次也得了好處，陪高麗王子挨了一頓打，官升至從六品鴻臚寺左寺丞。這一次算計秦家，可謂是大獲全勝，收穫頗豐。

到了九月中，北方又傳來捷報，突厥人求和了，朝廷準備派使臣前去狼山接受突厥投降，商談結盟事宜。

皇上為使臣人選糾結，大臣們提議了幾個人選，他都不甚滿意，後來靖伯侯道：「突厥雖求和，但突厥人殘暴凶狠，且反覆無常。高祖的時候，我朝也曾與突厥議和，邊議邊戰，一直持續了八個月之久，若派個膽小懦弱之人前去，只怕不能成事，當派一個有勇有謀之人方可。」

皇上深以為然，「愛卿所言極是，只是滿朝文武，要選這樣一個人出來卻是不易。」

靖伯侯給一旁的四皇子遞了個眼色，四皇子會意，上前請命道：「父皇，兒臣願往。」

靖伯侯道：「四皇子乃皇室貴冑，前去與突厥談判，豈不是太瞧得起突厥人了？不妥不妥。」

皇上亦覺得不妥，緩聲道：「宏奕為國之心，朕甚感安慰，只是正如周愛卿所言，朕若派你前去，也太瞧得起他們了，且突厥人反覆無常，若是有個閃失，反倒令我軍陷入被動。」

四皇子猶豫道：「其實有一個人倒是挺合適，此人智謀非凡，且膽識過人，當得此重任……」

皇上感興趣道：「哦？有這樣的人才，朕如何不知？」

四皇子道：「兒臣保舉李明允李學士出任特使。」

皇上眉頭微挑，沉思良久，淡淡開口：「周愛卿以為如何？」

靖伯侯道：「臣也以為李學士擔得此任。李尚書貪贓枉法，罪不可恕，但李學士乃我朝難得一見的人才，皇上英明，何不給他一個戴罪立功的機會？」

皇上眉頭舒展開來，又問其餘大臣：「爾等以為如何？」

這些大臣都是善於察言觀色，看皇上如此神情，心知皇上已有此意，再說了，此行雖可立大功，但也凶險，萬一輪到自己頭上，還是有幾分膽怯的，又兼他們早就有心幫李學士一把，當即齊聲道：「臣等以為李學士是最佳人選。」

皇上神情更舒朗，「既然諸位愛卿一致推舉李學士，那朕就特封李學士為特使，出使狼山。」

靖伯侯唇角漾起一抹意味深長的笑意，大家提了這麼多人選，其中不乏合適之人，但皇上一一否決，其心意不難揣測，就是等大家想起李明允這個人來，皇上才好來個順水推舟，叫某些人無話可說，這就是靖伯侯所說的時機。

早在兵部收到西北戰報之時，靖伯侯就給林蘭透了個信，林蘭早有了心理準備。這趟出使狼山，雖然有風險，卻是個絕佳的時機。能為國效力，明允是不會推辭的，她更相信，西北大軍與突厥周旋多年，一再獲勝，突厥人若是敢有異議，就再迎頭痛擊，不老實就打得他們老實。

李明允還沒回來，聖旨卻先來了，歸還李家被封的大宅。

寧興和陳子諭等人聞訊趕來，大家都很興奮。林蘭帶著眾人回到李府，姚嬤嬤指使著下人打掃，重新布置房間。葉德懷的兒子葉思成帶著周嬤嬤和桂嫂等人來了，還抬來雞鴨魚肉和美酒，殺雞宰羊，準備迎接李明允回家，好好慶祝一番。

冬子和文山去宮外等二少爺，卻被告知皇上正召見李明允，還須過一陣子才能出宮。文山怕二少奶奶等得心急，就先跑回來知會一聲。

落霞齋熱鬧非凡，人人激動，微雨閣裡卻是冷冷清清，丁若妍站在窗邊，望著落霞齋的方向，鬱鬱寡歡，明允就要回來了，可是明則還不知何時才能出來。

不知何時起，想到明允的時候越來越少，明則卻是漸漸住進了心裡。也許是看明白了一些事，也許是明則的轉變讓她好感漸生。雖然她知道自己對明則，更多的是作為妻子的本分和責任，談不上愛戀，但是，這兩個月來，她不止一次地想，如果可以，她願意試著去愛，只是不知上蒼還會不會給她這個機會……

林蘭看著祝嬤嬤安頓好了老太太，方從朝暉堂出來，只見錦繡急急跑來，邊嚷道：「二少奶奶，二少奶奶，二少爺回來了……」

林蘭莫名地心慌忐忑，忙叫銀柳幫她看看頭髮有沒有亂。

銀柳笑道：「沒亂沒亂，好得很呢，二少奶奶最好看了！」

林蘭嗔她一眼，忽地低呼起來：「哎呀，桃枝準備好沒？柚子皮，還有火盆……」

錦繡看二少奶奶緊張的模樣，忍俊不禁，「二少奶奶放心，周嬤嬤都準備好了，熱水也燒開了，二少奶奶快走吧，這會兒二少爺怕是已經到落霞齋了。」

老遠就聽見陳子諭的聲音：「快過來讓我抽幾下，你在裡面睡大覺，老子可是絞盡了腦汁，跑斷了腿，還挨了一頓揍，趕緊給我站好了……」

眾人哄堂大笑。

李明允揶揄道：「那換你進去睡大覺，我替你跑腿！」

「我謝您好意了，這桃枝還是要抽的。」

「哎喲，你輕點，意思一下就好了……」

「過火盆！過火盆！」林風催促道

「還過啊？這都過幾個火盆了。」

「進一道門，過一個盆，一個都不許少。」葉思成說。

「真麻煩……」李明允嘟噥。

寧興那個大嗓門說：「晚上你進嫂子的門還得過一個火盆……」

眾人又是大笑。

林蘭窘得滿面通紅，幸好自己不在場，要不然，非得找地洞鑽下去不可。寧興，你個臭小子，小心我把火盆扣你腦門上！

銀柳偷笑，「看來二少爺被他們折騰得夠嗆！」

錦繡跑進院子，高聲道：「二少奶奶來了！」

院子裡頓時安靜下來，林蘭埋怨錦繡嘴快，現在他們正鬧得起勁，她還想等他們鬧夠了再進去的。這下好了，不進也得進了。

林蘭一跨進院子，就看見李明允笑呵呵地望著她，大夥兒也都笑嘻嘻的，這讓她窘迫不已。原本幻想的小夫妻劫後重逢，應該是深情對望，相顧無言，唯有淚兩行，或是直接抱頭痛哭，涕淚俱下，怎樣也不該是這樣的情形，太不文藝了，太不煽情了！

林蘭還在琢磨自己該哭，還是該笑呢？該說歡迎回家，還是你回來了呢？站在李明允身旁的陳子諭卻是推了李明允一把，打趣道：「剛才還挺能說的，見到嫂子就成沒嘴的葫蘆了？」

李明允冷不防被人推了一下，腳下一個踉蹌，差點摔一跤，不由得回頭瞪了陳子諭一眼，腹誹著：你個臭小子，給我記住了，等你成親那日，非鬧你個天翻地覆不可！

陳子諭不以為然，挑了挑眉，大聲道：「哎呀，原來是嫌咱們在這裡礙事，那個……大家識趣點，趕緊退散趕緊退散！」

眾人轟的一笑，須臾退了個一乾二淨，這速度堪比老鼠歸洞，林蘭瞧見走在最後的林風，還很周到地把東廂房的門關上了。霎時，院子裡只剩下她和明允。

李明允握拳在嘴邊乾咳兩聲，朝林蘭走過來，兩眼還戒備地瞄了瞄東西廂，這幫傢伙指不定正趴在門縫瞧好戲。

走到林蘭面前，李明允方才收回東張西望的目光，專注在林蘭面上，微微一笑，清亮的眸子裡柔光瀲灩，附在林蘭耳邊，輕聲愉悅地說：「蘭兒，我回來了。」

林蘭不由得瞪大了眼，她又不是瞎子，一個大活人站在面前，還不知道他回來了？虧他還是大才子，竟是這般詞窮！

正要嗆一句，你誰啊，我不認識你，卻聽他溫柔得近乎耳語地說：「蘭兒，我好想妳……」

還是這般沒創意，可是看著他柔軟得似要滴出水來的眼神，禁不住鼻頭一酸，眼眶就濕了，大顆大顆的眼淚滾了下來。長久以來的思念、委屈、擔心、害怕，各種情緒像潮水般湧上來，怎麼也克制不住。

李明允被她洶湧的眼淚震到，一時間有些手足無措，幾個月沒哄人，有些生疏了，稍愣了一下，便緊緊擁她入懷，讓她伏在他的肩膀哭，把所有的委屈都哭出來。

「蘭兒，都是我不好，是我設想不周，害妳受了這麼多苦，是我不好，我發誓以後再不會離開妳，以後做什麼都以妳為先。」李明允低聲勸慰，心疼得緊。

林蘭伏在他肩上小聲哭泣，她從未怨過他什麼，他做了他該做的事，有些事誰也無法預料，那不是他的錯，錯的是李渣爹，錯的是韓氏，她只是心疼，心疼他受的苦。

兩邊廂房裡趴在門縫準備看好戲的，見他們相擁哭泣，也禁不住心酸起來，陳子諭嘆了口氣，感慨道：「大嫂太不容易了！」

葉思成也嘆道：「表弟娶了表弟妹，真是天大的福氣。」

寧興卻是攥緊了拳頭，憤憤道：「我若在京中，直接帶一隊人馬，抄了秦家的老窩！」

陳子諭剜了他一眼，「說你有勇無謀你還不承認，也不知你這勝仗是怎麼打的！學學你二哥我，不費一兵一卒就攪得秦家天翻地覆！」

寧興瞪回去，「就你有腦子！」

「噓……別吵，別驚了他們！」林風噓聲道。

兩人立時住了嘴，又去趴門縫，外頭卻不見了人影。

李明允擁著林蘭進屋，外頭起風了，別吹了風受了涼才是。

李明允扶她坐下，去絞了帕子替她擦臉，安慰道：「別哭了，再哭眼睛就要腫了。」

林蘭扯過帕子捂著臉，帶著哭腔道：「你不知道我有多害怕，我成天防這防那，跟太后老妖婆鬥法，生怕有一點疏忽，就會失去你……」

李明允聽得心狠狠地揪了起來，擁著她輕拍她的背低聲道：「我知道，我都知道！好在一切都過去了，沒事了，妳不會失去我，永遠不會！」其實他何嘗不害怕，更讓他痛苦的是，明明看到了危險，卻什麼也做不了，這種折磨令他癲狂。

「可是，你還得去狼山，聽說這趟差事很危險。」林蘭抽泣道。

李明允笑了笑，「看似危險罷了。不要緊的，這次出使，皇上特別撥了五千人馬，由我全權指揮，只保護我的安全，你猜皇上派了誰與我同去？」

林蘭怔怔地忘了哭泣，「難道是……寧興？」

李明允捏捏她哭紅的鼻尖，柔聲道：「妳可不可以不要這麼聰明？」

林蘭卻是喜道：「當真？」

李明允用力點頭，「這下妳可以放心了吧？」

林蘭擦去淚水，決然道：「不行，我還是不放心！你說過不會再離開我，我要跟你一起去！」

李明允為難道：「妳一個弱女子，怎好去那種地方？」

「怎麼不行？你去得，我便去得！別忘了，我還有幾手拳腳功夫，再說，我是大夫，帶上我，萬一你有個水土不服、頭疼腦熱的，我還能照顧你呢！」林蘭自覺這個理由十分充分。

李明允盤算著，先敷衍，再慢慢勸她。

林蘭卻是看穿了他的心思，「你若是不答應，我偷著去也是要去的，你前腳出發，我後腳就跟著來，你若放心我一個人上路，你只管不答應！」

李明允苦笑，又愛又恨地揉她的臉，「真拿妳沒辦法。」

她原本肉肉的臉頰，揉起來很有趣，現在卻是消瘦得觸手便是骨頭，李明允一陣難過，喉嚨哽得難受，罷了罷了，與其留她在京中，兩地牽掛，還不如帶著她，於是，他啞著聲音道：「好，我帶妳去，但是妳得聽我的，不許自作主張。」

林蘭破涕為笑，用力點頭。兩人額頭抵著額頭，靜靜享受著久別重逢的喜悅。

「咚咚咚！」有人敲門。

「大哥大嫂，酒席準備好了，開席了！」寧興被大家拱了出來，硬著頭皮來敲門。

李明允和林蘭相視一笑，李明允應道：「就來。」說著，幫林蘭理了理頭髮，看著她因為泛著淚光而格外清亮的眼眸，李明允情不自禁吻了上去。

溫熱的唇、輕柔的吻，讓林蘭禁不住心頭一顫，面上隱隱發燙，羞赧又不捨地推了他一下，「大家還等著呢！」

李明允微微一笑，拉著她的手，「走吧！」

花廳裡，宴席已經擺開，大家正你推我讓地準備入席，雲英來報：「裴小姐和懷遠將軍夫人來了，還有華家小姐。」

林蘭喜道：「快請進來。」又一想，這裡都是男子，多有不便，忙吩咐如意在東廂另開一桌酒席，又讓銀柳去把大少奶奶請過來。

陳子諭原本鬧騰得最起勁，一聽說裴芷箐來了，馬上變得一本正經，也不說笑了。這下，寧興總算找到機會報仇，「二哥，未來二嫂來了，你也不出去迎接一下？」

陳子諭瞪他，拎了一罈酒砰的放在他面前，「喝你的酒！」

寧興笑得賊兮兮的，接過酒罈子說：「這算是你的喜酒？」

陳子諭道：「放心，喜酒少不了你，到時賀禮可得送大份的，要不然別怪老子在酒裡兌水。」

寧興瞪眼道：「這麼缺德啊？信不信我這就跟未來二嫂去告狀！」說著就要起身。

陳子諭忙拉住他，咬著牙道：「行行行，算你狠，今天你是我老大，成不？」

寧鄉得意地一揚眉，「這還差不多。」扭頭對林風道：「林兄，看見了吧？這就叫一物降一物。別看他這麼囂張，只要一說到未來二嫂，他馬上就老虎便成貓，而且是極溫順的那種貓。」

林風哈哈大笑，陳子諭一旁乾瞪眼，恨不得拿塊狗皮膏藥把寧興的嘴巴堵上。

李明允看著兄弟們又齊聚一堂，心中感慨萬千。這次能夠化險為夷，實在是萬幸。若沒有大家的努力，他差點就成了太子黨和四皇子黨博弈的犧牲品。如今，秦家勢力被削弱，皇上的意圖已經彰顯，只怕京中很快會有一場風雲變故，當真要感謝靖伯侯給他出了這麼好的主意，出使狼山，可以讓他避一避風頭，正好歷練一番。

林蘭等女眷在東廂房開了一席，這還是她進李家後，第一次以女主人的身分在家中宴請賓客，沒有長輩在的日子就是爽啊！不用請示，不用顧忌，自己就能說了算，再加上一個和睦的妯娌、一個疼愛自己的丈夫，她幻想的古代愜意生活差不多就是這個樣子了。

裴芷箐和丁若妍以前經常一起參加京中閨閣的聚會，丁若妍出閣後，兩人的聯繫才少了，許久不見，倒也不生疏，一下就聊上了。

華文鳶是來問回春堂何時開張的事，沒想到撞上了這樁好事，便欣然入席，算是道賀。自上次聯合義診後，回春堂就關門歇業，生意全跑德仁堂去了，華文柏又升任太醫院使，宮裡的事都忙不過來，根本沒時間照顧德仁堂的生意，於是，這擔子就落在了華文鳶身上。

華文鳶的意思是，如果回春堂還要繼續休整，能不能把回春堂的坐堂大夫借他們使使，工資雙倍，林蘭打趣道：「妳這是想挖我牆角呢！」

華文鳶笑嗔道：「我倒是想，誰知道那些個大夫都跟妳回春堂簽了三年的協議，害我想找個幫手都找不到。」

這是實話，她原是想請幾個大夫來坐堂，可京城裡稍有名氣的，有某項專長的大夫就那麼幾個，還都跟林蘭簽了約。不得不說，林蘭很有生意頭腦，哪個大夫手上沒幾個固定的病患，大夫請進來，病患自然跟著來，難怪回春堂的藥材是銷得最快最多的，林蘭是治病救人、賺錢賺名氣兩不誤，手段高明啊！華文鳶是自嘆弗如。

林蘭笑道：「既然妳來找我，便是回春堂明日就要開張，我也得勻幾個大夫給妳，明日我就讓王大夫安排一下。」

華文鳶見她答應了，喜道：「那我就以茶代酒，先謝謝了。」

林蘭薄嗔道：「妳我之間還客氣什麼？客氣就是見外，咱們互相幫助是應該的。」

馮淑敏笑道：「都說同行是冤家，妳們倒跟親姊妹似的。」

林蘭笑道：「說明我們有緣唄！況且，局部的團結更有利於發展，互幫互助，共同繁榮嘛！」

「若論生意經，咱們這四顆腦袋加起來也趕不上林大夫一個。」裴芷箐湊趣道。

眾人皆笑了起來，只是丁若妍的笑容顯得有些心不在焉。

林蘭能理解丁若妍的心情，李明允回來了，李明則的事還沒著落，丁若妍難免感懷惆悵，便道：「大嫂且放心，明允已經出來了，大哥的事，他一定會想辦法的。」

裴芷箐也道：「是啊，皇上已經赦了李學士，還委以重任，定會對李家從寬處理的。」

丁若妍這才打起精神，點頭笑了笑。

林蘭舉杯，真誠地對幾人道：「這些日子以來，多虧了各位鼎力相助，大恩不言謝，以後只要有用得著我林蘭的地方，妳們只管開口，只要能辦到的，自不必說，便是辦不到的，林蘭也會盡力想辦法辦到。來，我先乾為敬，妳們隨意。」

華文鳶打趣道：「剛剛是誰說客氣就是見外來著？這麼快就跟我們見外了？」
馮淑敏笑道：「若真心道謝，那便一個一個地敬。」
林蘭睜大眼，「林夫人，可不興落井下石的。」
裴芷箐嗔道：「妳就別裝了，子諭都說了，妳是海量，這酒，妳不僅要一個個地敬，還得換了大盞來。」
林蘭眼睛睜得更大了，咬牙道：「子諭這傢伙果然是重色輕友的，回頭看我怎麼收拾他！」
眾人笑得更歡暢了。
花廳那邊也很熱鬧，幾杯酒下肚，大家興致更高，談笑風生，好在葉思成把關把得牢，見差不多了，就說：「今兒個兄弟們高興，可咱也得知趣些不是？人家小夫妻久別重逢，那個什麼乾柴，什麼烈火的，咳咳，你們明白？」
寧興愣了愣，嘿嘿笑起來，連連應聲：「明白明白！」
李明允好不尷尬，握拳掩嘴清了清嗓子，違心地說：「還早著呢！」
陳子諭笑得賊兮兮，拍拍李明允的肩膀，「老大，春宵一刻值千金，兄弟我就不耽誤你了，省得嫂子找我算帳。」然後起身大手一揮，豪氣地說：「兄弟們，走，上我家繼續喝去！今晚，咱們不醉不歸！」
葉思成揚聲道：「上你家幹麼呀？溢香居，我已經訂好了雅座，美酒佳餚都備齊了！」
寧興忙站起來，大眼一橫，「大家還愣著幹麼？趕緊換陣地！」
大夥兒說走就走，李明允口是心非地說：「真走啊？這酒還沒喝完呢！」
陳子諭走了兩步回頭，壞笑道：「老大，你真的要留我們？那我們可不走了。」
李明允忙賠笑，「大表哥酒席都訂下了，那個……浪費了可惜不是？那個……我送送你們。」

眾人齊齊向李明允投以鄙視的目光，然後大笑著揚長而去。

李明允鬆了口氣，還好表哥想得周到。送走了陳子諭等人，李明允問冬子：「二少奶奶那邊結束了沒有？」

冬子回道：「還沒呢？要不，小的去催催？」

李明允忙阻止，「別去打擾她們。」

李明允看看辰時還早，想了想，踱步往朝暉堂而去。

朝暉堂裡，祝嬤嬤笑呵呵地餵老太太喝藥。

「老太太，看您今兒個氣色好了許多，您心裡也很高興是吧？真沒想到咱們還能回到這裡，如今二少爺回來了，老爺和大少爺想必也不會有什麼大礙，哎……總算是熬過來了。」

老太太喉嚨裡呵呵幾聲，很著急的神情。

祝嬤嬤懂她的意思，「老太太，您別急，這會兒府裡來了好多客人，在為二少爺劫後重生慶祝呢。等二少爺忙完了，自然會來看老太太的。」

老太太的目光平靜下來，想露出欣慰的笑容，嘴角卻是歪斜得更加厲害，嘴唇抖了抖，含糊地說：「好……」

餵完了藥，祝嬤嬤又擰來帕子，替老太太擦去嘴角的藥汁。

「俞……」老太太只能發出一個音。

祝嬤嬤溫聲道：「老奴讓俞姨娘回屋歇著去了，這陣子，俞姨娘伺候老太太也是辛苦。」

老太太認同地點點頭，目光中透出些許歉意。俞蓮這孩子，命苦啊！跟著她來京城，沒享幾天福，盡遭罪了。

外頭翠枝傳報：「二少爺來了。」

老太太眼睛一亮，嘴角抽搐著，很努力地想要說什麼，卻一個字也說不出來。

祝嬤嬤忙安慰她：「老太太，別著急，慢慢說。」

「允……允……」老太太萬分艱難地才吐出這個字。

祝嬤嬤笑道：「是二少爺來了，二少爺來看您了。」

正說著，李明允大步走了進來，來到老太太床前，朝她行了一禮，「祖母，孫兒回來了。」

老太太一瞬不瞬地盯著李明允看，眼角慢慢滲出一滴淚，她努力想要把手抬起來，手腳卻不聽使喚，一直顫抖著。

李明允看她如此，又上前一步，握住她的手，在床沿坐了下來。

老太太握著孫子的手，情緒更是激動，眼淚順著眼角滑了下來，滲入花白的鬢角。

祝嬤嬤掏出帕子幫她拭去眼淚，自己的眼眶也是熱熱的，輕聲道：「老太太，二少爺來看您，您高不高興？」

老太太點點頭，含糊道：「高……興……」

李明允看著老淚縱橫的祖母，心裡是五味雜陳。對祖母，他有過怨懟的，且不論她當年知不知情，祖母對母親的冷淡、對韓氏的偏袒、對葉家的鄙夷、對他的疏離，不能否認，李家會走到今日這般境地，祖母是要負一定責任的，可如今看她癱瘓在床，口不能言，又覺得她很可憐。

老太太用盡全力握著李明允的手，歪斜著嘴，發出含糊不清的聲音，神情很是急切，滿目期待，好像要交代什麼，要請求什麼。

李明允一番斟酌，道：「祖母請放心，孫兒一定會想辦法讓大哥出來的。」

老太太似乎安靜了一會兒，又激動起來。

祝嬤嬤已經明白老太太的意思，老太太這是希望二少爺幫幫老爺，祝嬤嬤為難地看著二少爺。

李明允輕輕一笑，拍拍老太太的手，「今日祖母也累了，祖母早些安歇，孫兒明日再來看您。」說著，放開了老太太的手，起身行禮，只當沒看見她眼底的失望。要他幫父親脫困，他做不到，那是父親該得的懲罰。

老太太雙目漸漸失去了神采，人也安靜下來，只眼角的淚不斷滑落。

祝嬤嬤急忙對老太太說：「老太太，老奴去送一送二少爺。」

出了朝暉堂，祝嬤嬤猶豫道：「二少爺，您別怪老太太，沒有哪個做娘的忍心看自己的兒子受苦，即便她心裡也是惱著的。」

李明允淡笑，「祝嬤嬤，您是好人，好人會有好報的。」

祝嬤嬤愣了愣，二少爺答非所問啊！

李明允抬頭望望朗月稀星，深邃如墨的夜空，旋即又道：「當然，惡人也該受到應有的懲罰，此乃天理也。」說罷，李明允微一欠身，大步離去。

祝嬤嬤呆了半晌，搖頭嘆了一氣，心知二少爺無論如何不會幫老爺了。

貳之章
歷劫重逢表情意

李明允回到落霞齋時，周嬤嬤正帶著眾人收拾，雲英說二少奶奶送客去了。

如意來稟：「二少爺，熱水和柚子葉已經準備好了。」

李明允頷首，出獄時，皇上特賜湯浴算是替他去穢。雖說是御賜的湯浴，但湯池裡的水也不知是第幾手了，洗的不是舒適，而是一種恩典。若論舒適，還是家裡的大浴桶舒服啊！

李明允舒舒服服泡了個澡，等他出來，林蘭已經簡單沐浴過，換了身藕色的中衣，正伏在案頭寫什麼。

「在寫什麼呢？」李明允從背後環住她的的腰，下巴輕輕抵在她的肩窩，柔聲地問。

男人熟悉的氣息混和著柚子葉的清香驀然竄入鼻息，林蘭心中微微一漾，輕道：「華家小姐向我借幾個大夫，我擬個名冊，讓二師兄安排一下。」

李明允拖著長音哦了一聲，靜靜地擁著她，耐心等她擬好名冊。

林蘭把紙張折疊好，裝入信封，欲開口喚人，想到他這樣抱著自己叫人看見了不好，羞赧地輕微一掙，「我要叫人了。」

李明允笑笑，不捨地鬆開了手，乖乖坐到一邊，拿起林蘭幫他準備好的茶，把玩著茶蓋。

林蘭喚來銀柳，把信交給她，又吩咐了幾句話，方才打發了銀柳出去。回過頭來，看李明允頭髮還有些潮濕，便去取了乾淨的帕子來。

「瞧你，頭髮都沒擦乾。」林蘭走到他身旁，動作輕柔地替他抹乾頭髮。

李明允愜意地閉上眼，嘆道：「回家真好。」

林蘭莞爾，「你去看過祖母了？」

「嗯，祖母的氣色好多了。」李明允淡淡說道。

「她能恢復到這個狀態已是不易，要想更進一步，怕是難了。」林蘭道。

李明允一陣沉默，不是難過，只是有些感慨。祖母落得如此下場，還念念不忘父親，而父親只想著他自己。

今天是高興的日子，且不提這些掃興的事，林蘭笑問道：「你們怎這麼早就散席了？」

李明允想起表哥的話，心裡不禁熱乎起來，捉了她忙碌的手，拉她坐在膝上，「別擦了，讓我好好抱抱妳。」

林蘭靜靜地依偎在他懷裡，能重新擁有這樣安寧靜好的時光，讓她有種恍如隔世，恍如夢中之感，美好得似不真實，可耳邊分明是他沉穩有力的心跳，鼻息間是她熟悉的貪戀的氣息，告訴她，這一切都是真的。她不由得彎起了嘴角，從沒一刻，幸福二字在她心中是那樣的清晰。

「蘭兒，讓妳受苦了。」膝上的人兒分量輕了不少，她的腰身也更纖細了，不難想像這些日子以來，她有多不容易，李明允心生憐惜，手上緊了緊。

林蘭輕輕搖頭，「只要你能回來，受多少苦、多少委屈都是值得的。」

李明允動容地吻著她微涼的額頭，溫柔地低喃著：「蘭兒，我李明允這輩子做的最成功的一件事，就是娶了妳。」

林蘭笑著抬頭，望著那雙瀲灩著無限柔光深情的眼眸，悠悠問他：「若是太后當真拿我的性命威脅你，你會娶舞陽郡主嗎？」

李明允不假思索地回答：「不會。」

林蘭驚訝，「那我怎麼辦？」

李明允輕撫著她面頰上細緻的肌膚，眼底滿滿的盡是愛戀之意，啞著聲音道：「我不會讓妳出任何意外，也不會另娶他人。我也不知道該怎麼做，但是我想，總會有辦法的。」他頓了頓，又說：「如果當真走到了絕路，那麼我唯一能做的就是寧死也不負妳。我死了，妳對太后而言就沒有意義了。」

林蘭心頭一凜，忙捂了他的嘴，蹙眉道：「不許說死啊死的，我只相信，留得青山在，不愁沒柴燒，天無絕人之路。」

李明允微微一笑，捉了她的小手放在胸前，目光深邃如海，溢滿柔情，慢慢地低下頭吻上讓他渴望已久的櫻唇，在她唇邊含糊著，魅惑著道：「蘭兒，想我嗎？」

這個問題簡直是廢話，林蘭用實際行動告訴他，她有多想他，想到心痛，想到發狂。她拿捏著力度「狠狠」咬了下他的唇，柔嫩的丁香小舌靈活而熱烈地探入，捲著他的舌尖糾纏著。

她的熱情好似一把火，讓他周身的血液瞬間沸騰起來。她這麼「想」他，他又豈能示弱？立即反守為攻，讓她知道，他的「想」有多麼迫切，比她更甚。

林蘭終於知道自己的「坦誠」對於一個清心寡慾了兩個多月，身體健康狀態良好，又近而立之年的男人而言是多麼危險的一件事。

他的吻如同暴風驟雨，來得凶猛而熱烈，像千軍萬馬來襲，攻城掠地不遺餘力。她節節敗退，毫無還手之力，只餘喘息的份。

他的手也沒閒著，早解開了她的腰帶，鑽入她的衣襟，握住她的豐盈，肆意揉捏起來，指腹更不時摩挲著頂端柔嫩的櫻紅，迫得她溢出聲聲嬌吟：「明允……」

林蘭發出貓兒一般的低語，更像是一帖催情的藥劑，李明允只覺身下脹得發痛，再也無法自抑，猛地將她打橫抱了起來，疾步走向床邊，迅速扯掉兩人的衣裳，將她壓在身下。細密地吻下，沿著她的頸項、鎖骨一路向下，一邊啞聲低喃著：「蘭兒……天知道我有多想妳……」

當他的唇在她小腹流連時，林蘭就有所警覺，怎奈此刻大腦被情慾衝擊得反應遲鈍，等她想起來要阻止時，他已經埋在她的雙腿間，含住了她最敏感的地方。

「啊……不要……」林蘭低呼著，出於本能想要併攏雙腿，但為時已晚。

這樣的親暱太讓人羞澀了，這樣的親暱太過刺激，林蘭禁不住顫慄起來，忍不住想要後退，低聲哀求著：「明允，饒了我吧……」

他根本不允許她退縮，她退一分，他便進兩分，舌尖捲入她的花徑，貪婪地汲取那裡的蜜汁。

「明允……求求你了……」林蘭貓兒似的嚶嚶求饒，小腹處竄起無數道電流，迅速蔓延到四肢百骸，身體的每一個細胞都在叫囂著、渴望著，渴望著得到更多。

感受到她的花徑不斷收縮，蜜汁更是源源不斷湧出，李明允這才抬起頭，跪在她的兩腿間，將她的雙腿分開到極致，看著自己的昂揚一點一點沒入其中。

「唔……」清晰地感受到他緩慢而堅決的入侵，以及那堅硬與灼熱，她沒有疼痛，只有難以言喻的被充實的快感，林蘭忍不住弓起身子迎向他。

李明允覆上來，抱著她，吻著她柔軟的耳垂，喘息著問：「蘭兒，疼嗎？」

林蘭抱著他，不住搖頭，「不疼……」

李明允微微一笑，腰身發力，驀然一沉到底，引得身下的人兒一陣輕顫，嬌吟連連。

一番抵死纏綿，彷彿明日便是末日一般的抵死纏綿，不僅是肉體的交合，更是心靈的碰撞。在歷經劫難後，唯有以此，以最熱烈的方式來表達對彼此的珍愛。

也不知多了多久，林蘭累得快要虛脫，李明允終於在一陣快速衝擊後釋放出來。兩人緊緊相擁著，雖是疲累，卻是饜足。

「蘭兒，妳還好嗎？累不累？」李明允平復了呼吸後，輕吻著林蘭的唇，溫柔詢問。

林蘭累得連話也不想說了，這一場肉搏戰，本來就敵我勢力不均，加之他是天天待在牢裡吃吃睡睡，養精蓄銳，而她，每天忙得跟個陀螺似的轉不停，身心備受煎熬，實力懸殊更大，她不僅累，腰也快斷了。

林蘭推了他一把，虛弱無力道：「好重，我喘不上氣了！」

李明允笑了笑，從她身體裡撤了出來，翻身下床，在散落一地的衣物中撿起自己的衣物，披上外衣，去了淨房。須臾，他端了熱水出來，絞了帕子，仔細替她拭去身上的細汗，又要幫她清理下體。

林蘭忙躲開了去，難為情道：「我自己來……」

李明允看她臉紅得都快滴血了，也不堅持，去倒了一杯水遞給她，「喝口水，潤潤嗓子。」待收拾林蘭收拾好了，李明允脫了衣裳上床，讓林蘭伏在他身上，輕撫著她光潔的背，聲音透著滿足後的慵懶，感慨道：「蘭兒，在獄中的時候，我就想，如果能出去，什麼官我都不做了，帶著妳回豐安老家，或者去蘇杭，咱們平平淡淡地過日子，可惜……事與願違，還得去一趟狼山。」

林蘭笑道：「去狼山也很好啊！男子漢大丈夫，不趁年輕的時候多歷練歷練，早早就做了米蟲，等將來你老了，定會覺得虛度了此生，會後悔的。再說，將來你的兒孫纏著你講故事，你一開口，想當年你爺爺我，每天不是遛鳥就是種花，多蒼白，多無趣啊！」

李明允笑了起來，撫著她的秀髮，道：「妳說的也是，確實有些無趣。」

「對了，這次寧興兄弟同去，我哥是不是也會一起去？」林蘭問道。

「應該會的，妳哥現在是寧興的手下。」

「那就更好了，都是自己人，既能放心又有伴。」林蘭已經開始期待狼山一行，「對了，林夫人說，你什麼時候出發告訴她一聲，她想請咱們幫她帶封信給懷遠將軍。」

李明允忖了忖，道：「大概還需要半月吧！」

「這麼快？」林蘭扳著手指算，「那我這幾日得好好安排一下，在出發前把玉容的婚事給辦了，還有回春堂重新開張，還有……對了，你能不能在出發前把大哥弄出來？咱們這一走，這個家就扔給大嫂了，大嫂一個人要照顧祖母，又要打理家事，我怕她太辛苦了。」

李明允沉吟道：「大哥的事應該很快會有著落，今日面聖之時，我已經向皇上求情，皇上答應會盡快考慮。」

林蘭喜道：「真的？那太好了，今天我看大嫂落落寡歡的樣子，心裡還很過意不去，我的丈夫回來了，她的丈夫還在蹲大牢。」

李明允哂笑，似乎想起一件事，問道：「對了，這些日子可有韓氏的消息？」

林蘭撇了撇嘴，「沒有。說來也怪，我都安排了人去盯著她們，可是，她們突然就沒了消息，都這麼久了，也不知明珠身體裡的毒清了沒有，韓氏到底帶著明珠去了哪裡？」

李明允默然片刻，道：「算了，咱們已經盡力了，人各有命，明珠該遭此一劫。」

提起這件事，林蘭對李渣爹就深惡痛絕，憤憤道：「怪只怪你父親太狠毒，不知道皇上會怎麼發落他。」

李明允嗤一聲，「這一回，他是逃不過制裁了。在獄中，我曾見過他一面，妳知他來做甚？」

林蘭眉頭一擰，「不會是來勸你從了太后之意？」

李明允冷笑道：「他心裡只有他自己，別人在他眼裡都只是可利用和不可利用的棋子。」

果然無恥，這種人渣就應該受到最嚴厲的懲罰，要不然，就是老天的眼瞎了。

「算了，別提他了，希望咱們在出發前，皇上能發落了他，我倒要看看他會落到何種下場。」

林蘭希冀道。

李明允看她一臉忿然，問道：「妳不是累了嗎？」

林蘭道：「剛才是很累，休息一下好多了。」

李明允眼睛一瞇，一隻手不老實地撫上她的胸，輕輕揉捏著，不懷好意笑問道：「既然不累，咱們再來一次？」

林蘭立刻拍掉他的手，紅著臉推開他，「我累了，要睡了。」說著，轉過身去，緊緊捂著被子準備裝死。想到剛才的激烈程度，林蘭禁不住心神蕩漾。

李明允笑嘻嘻地貼了上來，手跟泥鰍似的鑽進被子裡，探到她的小腹下，低笑道：「妳累了就別動，我動就好了。」

林蘭扭捏地躲閃著，語氣並不堅定地說：「不行的……」

李明允趴在她耳邊，可憐兮兮地說：「都這麼久沒碰妳了，真的是想得緊，再說，等咱們出發後，大軍之中，多有不便，又得煎熬著……蘭兒，行了，好不好？我會輕一點的……」邊央求著，身下的硬挺一下又一下抵著她的臀。

聽他說得可憐，林蘭心軟，捂著被子的手不覺鬆開了。

縱慾過度的後果就是睡得完全不省人事，第二天，林蘭睡到自然醒，很久沒有睡得這般過癮，覺得很是神清氣爽，眼珠子滴溜溜地一轉，身邊早沒了人影。隔著床帳，看外面光線不甚明亮，林蘭又安心地賴了一會兒床，帳子裡似乎還瀰漫著激情後淫靡的氣息，身上是劇烈運動後的酸痛，她臉上一陣發燙，扯過枕頭抱在懷裡，一個人傻傻地發笑。

想到還有很多事要做，林蘭很不情願地忍著渾身酸痛爬了起來。掀開簾帳一看，屋內的窗戶都關得嚴嚴實實的，難怪光線這麼暗。下意識瞄了几上的鐘漏，頓時大驚，這都快午時了。那傢伙居然不叫她，害她睡這麼晚，大家不用猜都知道是怎麼回事了，這會兒肯定都在看她笑話。林蘭羞憤地恨不得找個地洞鑽下去。

連忙穿好衣服，都不好意思開口叫銀柳進來服侍，自己整理好床鋪，又去開了窗，好讓那羞人的氣息都散了去。

屋子裡傳出動靜，外邊守著的銀柳敲門進來。

「二少奶奶，您睡醒啦？」銀柳語氣平和，可眉眼間盡是曖昧的笑意。

林蘭只好厚著臉皮，裝作沒看見，淡淡地問：「二少爺呢？」

「二少爺一早就起來了，說是要去一趟葉家，中午會回來用飯。」銀柳笑嘻嘻地說，末了加了一句：「二少爺吩咐過，誰也不准吵醒二少奶奶。」眼底的曖昧之意更加明顯。

饒是林蘭臉皮厚也有些掛不住，乾咳了兩聲，說：「給我準備熱水，我要梳洗。」

銀柳笑道：「早準備好了，二少爺吩咐了，說二少奶奶醒來便伺候二少奶奶泡個澡。」

林蘭的臉刷的紅了起來，趕緊低頭，強作鎮定地說：「不用那麼麻煩了。」

這邊剛收拾好，就聽見外頭如意道：「二少爺回來了……」

看到這個始作俑者神清氣爽、滿面春風地走進來，林蘭憤憤咬牙，這傢伙是顯擺他有能耐嗎？自己一早起了來，還「貼心」吩咐大家不准吵她，好讓人覺得他是多麼的神勇？

林蘭支走銀柳，就衝李明允翻白眼，狠狠瞪他。

李明允見她這副模樣，知她在惱什麼，不由得哂笑，「怎麼了？還沒睡夠？」

林蘭恨恨地說：「你怎不叫醒我？」

李明允擁著她，在她紅潤的臉頰上親了一口，寵溺道：「我不是心疼妳嗎？這陣子妳都沒睡過一個安穩覺。」

這廝大大的狡猾，怎不說是他自己惹的禍？要不是昨晚他一而再，再而三的，她至於這樣嗎？

林蘭雙手抵住他的胸，與他保持距離，以便用眼神表示她的抗議。

李明允啞然失笑，哄道：「好好，都是我的不是，咱們夫妻久別重逢，那啥……大家都能理解的，不就是多睡了一會兒嗎？沒什麼大不了的。」

林蘭咬牙切齒地說：「敢情被笑話的不是你？」

他表情誇張地說：「誰敢笑話來著？立刻打了出去。」

「她們嘴上沒說，心裡在笑話，我……我沒臉見人了……」林蘭握起粉拳狠狠捶他。

李明允笑呵呵地任她發脾氣，看她羞惱的模樣，更覺得她可愛。

「咱們是夫妻，夫妻之間做什麼都是天經地義，誰來笑話？再說，要笑話也得先笑話我才是，好了好了，不鬧了，桂嫂已經準備好午飯，快去吃些東西填填肚子，下午咱們去靖伯侯府。」李明允好言哄道。

林蘭這才作罷，用過午飯，兩人一道去了靖伯侯府。李明允說是去道謝，但林蘭認為，李明允定是去請教狼山一行需要注意的問題。早些年，靖伯侯在西北跟突厥人交戰過數年，對突厥王庭的情況以及突厥人的習性、西北的戰況都頗為了解。所謂知己知彼，方能運籌帷幄。

李明允和靖伯侯去了書房談事情，林蘭就跟宇兒玩耍，時間過得飛快，倏忽一下午就過去了。回程的時候，林蘭想著在京時日無多，可還有那麼多事沒做，就覺得心慌。

李明允看她心不在焉的，便道：「今早我去葉家，跟舅父商議了玉容的婚事。玉容在葉家待了兩個多月，深得舅母喜歡，舅母說了，玉容本就是葉家的人，她的婚事就由葉家來操辦，不說如何風光，也得辦得體體面面的。到時候，妳只須給她添些陪嫁就好。」

林蘭最擔心的就是玉容的婚事，玉容跟了她一年多，忠心耿耿，在她心裡，玉容和銀柳的地位自是與別的丫鬟不同，她可不想委屈了玉容，可是操辦婚事這種事她不在行，她自己的婚事都是草草了事，可以說毫無經驗，都不知該從何處入手。現在好了，舅母把這件事攬了過去，相信舅母辦得肯定比她好，林蘭也就心安了。

「至於回春坊，妳就安心交給二師兄和五師兄去打理，還有老吳和福安，想來沒什麼問題。夫人，除這兩件事，您還有什麼指示？」李明允討好地笑道。

林蘭忍著笑，嗔了他一眼，「等想到再吩咐你！」

李明允看她眼底流露出愉悅的神色，心情大好，給她作了個揖，拖著長音道：「為夫遵命！」

林蘭失笑，捶了下他的肩膀，依進他懷裡，心裡甜甜的，有丈夫可以依靠的滋味真好！

李明允回來後，每日都在外忙碌，午飯、晚飯必定趕回來陪她吃用，順便彙報工作。林蘭就在家中準備去狼山的行李，以及玉容的陪嫁。

林蘭讓周嬤嬤去京城最有名的珠寶行替玉容打製了一套銀飾、一套金飾，另又封了五十兩銀子給她添妝，看得一眾丫鬟們眼紅不已。

林蘭看她們一個個眼睛發綠，笑道：「只要妳們好好做事，將來等妳們出嫁，我也照樣給妳們來一份。」

眾人興奮不已，趕緊道謝，一個個做事越發賣力，看來物質鼓勵永遠都是最有效的。

現在已是深秋，等隊伍出發到狼山，已經是寒冬，西北風大氣候寒冷，一般的棉衣怕是抵不住，好歹得弄身裘皮來禦禦寒。

葉家做的是綢緞生意，什麼貂皮狐毛的沒有，林蘭只好去別處尋找，林夫人卻是讓人送來了幾塊上好的獸皮，省去了林蘭不少事。

丁若妍的女紅不錯，又自告奮勇地提出由她來縫製。這下林蘭更沒事做了，閒得發慌。

就在出發前三天，朝廷對李敬賢的處罰結果終於出爐。李敬賢被判流放到黔西苦寒之地，即日押解啟程，而李明則削去官職，貶為庶民，放了出來。

李明允頭一天得了信，第二天早早去大牢接李明則。

李明則在獄中過著與世隔絕的日子，對外頭發生的事一無所知，更不敢相信自己就這樣被放了出來。獄卒叫他出來的時候，他還以為自己在做夢，直到見到李明允，方才確定自己不是在做夢。逃出生天的李明則不禁感慨萬千，抱著兄弟差點就掉眼淚。

李明允安慰了他幾句，扶他上了馬車，一路上，把這些日子發生的事跟他說了說，李明則這才明白，自己能出來，全是因為李明允的關係。

馬車並未直接回家，而是先出了城南，來到城南五里亭。

亭子裡，兩個官差押解著一個身帶枷鎖的犯人正翹首以望，遠遠看到馬車來，兩官差相互對了個眼色。

李明則下得車來，見到戴著枷鎖的父親，疾步上前，跪地便拜，「父親，兒子來遲了。」

李敬賢知道自己此去怕是再也回不了京城了，心中百感交集，想著若是能再見一見兒子，也就甘心了，可是當他看到平安無事的李明則，還有一身華服的李明允，心中頓時生出一絲希望。

「兒啊……」李敬賢喚了聲便哽咽住，愴然落淚，想拉李明則起來，卻因戴著枷鎖行動不便。

「父親，兒子……來送送您。」看父親如此，李明則也是哽咽。對父親，他不是沒有怨恨，可終究是父子親情，血濃於水，看到原本威嚴的父親落到這般淒涼的境地，心裡很不是滋味。

李明允走過來，靜靜地站在一旁看著父親。

看到李明允氣定神閒的模樣，李敬賢心緒複雜莫名。他恨，如果當初李明允肯拉他一把，答應太后的要求，他何至於被流放黔西？到那種山窮水惡的地方，還不知要受多少苦。可他又不能表露恨意，他一直知道李明允不是池中物，定會有發達之日，將來還是要靠著李明允，說不定還會有重返之時。權衡利弊，他壓抑住對李明允的怨恨，神情更顯悲涼，一手拉了李明則，一手想去拉李明允，可李明允負手而立，根本沒有要與他牽手之意。

李敬賢一陣失落，淒然得無比悔恨，慚愧地說：「是為父對不住你們，連累你們，如今為父看到你們無礙，心中甚感寬慰。為父此去黔西，只怕咱們父子今生不得再見，為父……為父……」他說著，熱淚縱橫。

李明則難過道：「父親，等風平浪靜後，兒子一定會想辦法接父親回來。父親此去，一路要多多保重。」

李明允不想跟父親敘別，給兩位官差使了眼色。兩官差會意，跟他到一旁。

李明允拿出一疊銀票，拜託他們好生照顧李敬賢。不是他同情父親，而是他不想父親還沒到黔地就受不了路上的艱辛，一命嗚呼。他要他好好地活著，在黔地無望地活著，像隻狗一樣落魄潦倒地活著。

李敬賢一邊跟李明則揮淚告別，一邊偷偷留意李明允和官差的舉動，見李明允似乎塞了幾張銀票給官差，官差眉開眼笑地連連點頭，李敬賢不由得心裡打鼓，是不是李明允收買官差，讓官差在路上整他，抑或半路上就把他做了？

這樣想著，淚也流不出來了，轉而是冷汗涔涔。

李敬賢緊張地小聲問李明則：「你們來時，你二弟可與你說了些什麼？」

李明則道：「父親，二弟雖然對父親冷淡了些，但兒子以為，二弟還是顧念父親的。」

李敬賢半信半疑，上次他去大牢勸說李明允的時候，已經感覺到李明允對他的恨意，如今，他戴罪之身，李明允和葉家想要對付他易如反掌，說到底，捏死他不會比捏死一隻螞蟻費力多少。李敬賢深感不安，惶惶道：「為父只怕你二弟心裡怨恨為父，一心想替他死去的娘報仇。明則，為父現在能依靠的只有你了，你一定要救救為父。」

李明則一陣錯愕，父親怎會這樣想？

「父親多慮了，二弟不是這樣的人。」李明則正色道，他絕不相信二弟會是那種落井下石的人，更不會做出弒父的大逆之舉，如果是，二弟也不會救他。

李明允交代完畢走回來，看李敬賢神色惶然，淡淡道：「官差那邊已經打點過了，這一路，父親可以少吃些苦頭，等出了京城地界，他們會替父親落了枷鎖。」說著又拿出幾張銀票，遞到李敬賢手裡，說：「聽說每個囚犯到了那邊，都得先吃一通殺威棍，父親帶上這些銀票，到時候也好打點一番，免去皮肉之苦。」

李明允不用看也知道一旁那兩雙眼睛在放綠光，這些銀票交給父親，不用等到黔地，就會落入那兩個官差手裡。反正好人他已經做了，結果如何，那不是他要考慮的事。

李敬賢拿著銀票的手不住地顫抖，唏噓道：「明允，為父對不住你……」

李明允立馬抬手止住父親的話，這些虛偽的言辭聽了只會讓人噁心。

「父親，過去的事就不必再提了，您老兀自珍重吧！」李明允的語氣淡漠而疏離，終於不必再裝孝子賢孫，一年多的復仇之路，雖然有些曲折，也出了不少意外，但最終還是達到了目的。母親，您在九泉之下，是不是能感到一絲欣慰？

官差見時候不早了，催促著上路。李敬賢不捨地看看兩個兒子，又回望京城方向，莊嚴的城牆隱約可見，還記得初入京為官時，他騎在馬背上，指著隱約的城牆，對葉氏說：「遲早為夫會成為一品大員！」那樣的意氣奮發，躊躇滿志……而如今，榮華成雲煙，他沒能成為一品大員，反成了發配的囚犯，世事無常，世事難料啊！

送走了父親，兄弟倆默默無語地坐上馬車回城。李明則許是在感慨，感慨他自己，感慨父親，感慨李家，神情沮喪，而李明允在想的則是父親藏在天津的財物，都到這個時候了，父親還瞞著不說，是以為自己還能用到這些財物嗎？

回到李家，丁若妍早就倚門翹首，見李明則終於回來了，不由得熱淚盈眶。李明則也很激動，兩人默默執手，淚眼相看。

林蘭在一旁看得心酸，心酸之餘又忍不住感慨，這才比較符合有情人劫後重逢的場景嘛！

李渣爹得到了應有的懲罰，塵埃落定，第二天就是玉容和福安的婚禮。對這件事，葉家大舅母王氏是上了心的，婚事辦得井井有條，熱熱鬧鬧。

看著徐家老倆口笑得嘴巴都合不攏了，福安望著新娘子呵呵地傻笑，那種從心裡溢出來的喜悅和喜愛，讓林蘭覺得自己的眼光真不錯，替玉容找了個好歸宿。唉，原本這幸福是屬於白蕙的，可惜她執著於不該執著的，讓幸福與之擦肩而過。

因為明日就要出發，林蘭和李明允就不去鬧什麼洞房，吃過酒席就準備先回李府，恩准其他人可以繼續作樂。本來銀柳要跟去，林蘭堅決不同意，她自身已經是附帶，若是再附帶一個，大大的不好。文山會點拳腳功夫，李明允就帶上了他，但其他人是不行，要不然桂嫂會說，我跟去做飯，如意會說，我跟去洗衣服……那就成了一家子隨軍上陣，不像話。

所以，銀柳和文山跟林蘭先回了李府，其餘的都去了徐家繼續鬧新房。

回到李府，下人來報，說華院使等候多時了。

林蘭和李明允忙去前廳見華文柏。

華文柏今日是帶了旨意來的，皇上知道林蘭要跟去狼山，特封她為太醫校尉，命她隨軍出行。女子封為太醫校尉是史無前例之事，皇上也是酌情恩准，讓林蘭此行名正言順。

林蘭對這位皇帝越發有好感了，實在是一位善解人意的明君啊！本來她跟李明允去是不合法度的，而且還得處處受李明允的限制，現在好了，她不用偷偷摸摸，躲躲藏藏了。

李明允對華文柏始終有種很微妙的情緒，但也知此人心胸豁達，光明磊落，自己那點心思反倒有小肚雞腸的嫌疑，於是一笑釋之，拱手道：「辛苦華兄了。」

他稱的是華兄，而不是華院使，顯然是沒有見外的意思。

華文柏會心一笑，「可惜華某剛走馬上任，要不然，華某倒想與李兄一道去狼山，也去見識見識大漠的風沙，走一段戎馬征程。」

李明允微笑道：「華兄心懷蒼生疾苦，慷慨赴疫區之舉著實叫人敬佩，不過此次狼山之行，李某還是希望沒有華兄的用武之地。」

華文柏一怔，林蘭卻是抿嘴而笑，只聽得李明允又道：「若是和談成功，沒有了戰爭，沒將士傷亡，華兄豈不是沒有了用武之地？」

華文柏這才會意，抱拳作揖，「那就只有拜託李兄盡力促成和談，讓我軍將士不再流血犧牲，讓邊關百姓也能幸福安寧。」

李明允鄭重道：「李某定竭盡所能。」

林蘭上了茶，紅裳來請，說大少奶奶找她。林蘭先行告退，留他們二人說話。

丁若妍連夜趕製，終於趕在林蘭出發前做好了李明允的兩身裘皮大衣，還給林蘭做了身貼身的狐皮小襖，可以穿在棉衣裡，不會那麼臃腫且又保暖。

丁若妍的手藝沒得說，關鍵是還這般細心周到，讓林蘭很感動，連聲道謝。

丁若妍微笑道：「別的我也幫不上什麼忙，妳喜歡就好。」

林蘭抱著狐皮小襖，歡喜得緊，「喜歡，簡直太喜歡了，我自己都沒想到。」

丁若妍笑嗔道：「妳呀，心裡只想著小叔，把自己都給忘了。」

林蘭面色微紅，嬌嗔道：「還是大嫂心疼我！」

丁若妍喟嘆，「如今李家只剩兩兄弟了，你們此去西北，定要多多保重，安然回來才是。」

林蘭放下小襖，拉著丁若妍一旁坐下，「大嫂就不用擔心我們了，倒是妳自己，雖說如今家裡人丁不旺，但要支撐一個家不容易，再說還有祖母要照顧。姚嬤嬤是個有能力的，也忠心，讓她做妳的幫手能省不少力。我院子裡的丫頭，妳也儘管使喚，周嬤嬤為人周全，做事心細，有什麼需要商量或是幫忙的，妳只管去找她。大哥現下賦閒在家，沒了收入，家中的產業又都被……哎，我知道，這幾個月來，妳貼了不少體己進去，我和明允這一去少說也得一年半載的，若是能順利把事辦好，皇上一高興，明允再去求求情，說不定大哥就能官復原職，只是，這段時日，總不能就這樣坐吃山空。」

丁若妍苦笑，「那又能如何呢？妳大哥他除了讀書，別的也不會，還能做些什麼呢？」

林蘭笑道：「東直門的鋪子我已經交給葉家大舅爺打理，不過還有兩間鋪面尚未租出去，我看大哥平日裡對茶葉頗有研究，他若是有興趣，拿去開間茶葉鋪倒是不錯。鋪子裡弄兩間雅室，把父親書房裡的那些字畫掛上，還有明允寫的字，應該能吸引一些文人墨客。且不管賺多賺少，關鍵是有事做，就不會胡思亂想，不至於頹廢了。葉家大舅爺正好認識幾位茶商，大嫂若是決定了，只管讓大哥去找大舅爺，大舅爺為人熱情，定會幫忙的。」

丁若妍對經商是一竅不通，開什麼鋪子都不感興趣，但是林蘭說的對，明則遭遇連番打擊，原本心情就不好，若是一直閒在家中，只會越來越沮喪，還不如讓他出去找事做。男子賺錢養家天經地義，不在乎賺多少，而是讓明則覺得自己並非一無是處，再說，按林蘭的法子，開茶葉鋪子，吸引些文人墨客，也能讓明則多交些朋友，丁若妍越想越覺得這事可行。

「我先問問明則，看他意下如何，他若想做，我會支持他的。」丁若妍微微一笑。

「大少奶奶，您發發慈悲，不要趕奴婢走，奴婢願意一輩子伺候大少奶奶……」綠綺一頭衝進來，噗通跪在丁若妍面前，磕頭磕得咚咚響，哭求道。

林蘭和丁若妍面面相覷，丁若妍茫然不解道：「妳先別哭，我何時說要趕妳走了？」

「是我讓她走的。」李明則大步踏進門來，他沒料到林蘭也在，頓時面上一窘。

綠綺見了大少爺，越發悲切，扯著大少奶奶的裙襬哭得更厲害了，哽咽著：「大少奶奶，奴婢打小就伺候大少奶奶，一直盡心盡力，從不敢有半分違拗，大少奶奶就算要奴婢做牛做馬，奴婢也心甘情願，只求大少奶奶開開恩，勸大少爺不要趕奴婢走……」

丁若妍困惑地看著李明則，「是不是魏姨娘做錯了什麼？」

李明則道：「不是她做錯了什麼，而是我錯了，我不想一錯再錯，害人害己。」

丁若妍更加茫然，林蘭倒是猜到幾分原由，看來李明則是想洗心革面，做個專一的好丈夫了。這是他們的家事，林蘭在場兩廂尷尬，起身道：「大哥大嫂有事要忙，林蘭就先告辭了。」

咚咚咚一陣急促的腳步聲傳來，巧娟神色慌張地跑了上來，氣喘吁吁道：「大少爺、大少奶奶、二少奶奶，二少爺請你們速去前廳。」

三人面色一凜，林蘭急問道：「可是出了什麼事？」

巧娟搖頭，「奴婢不清楚，是文山急匆匆地趕來傳報的。」

李明則忙道：「我這便過去。」

綠綺還拉著丁若妍的裙襬不放，淚眼婆娑，悲切道：「大少奶奶……」

丁若妍面色沉了沉，「我們現在有要事，妳的事回來再議。」說著，她扳開綠綺的手。

三人急忙趕去前廳，前廳裡，華文柏已經不在了，李明允一見到三人，快步迎上來，說：「剛才鄭巡捕來報，說父親在路上出事了，人已經送回京城，華兄先趕過去救人了。」

李明則臉色大變，嗓音發緊：「父親到底怎麼了？」

李明允看了看一旁的兩個女人，把李明則拉到一邊低語，只見李明則面色發白，急道：「那還等什麼，咱們趕緊過去瞧瞧！」說著，一把拉了李明允就往外走。

林蘭急忙喚住兩人：「那我們呢？」

李明允和李明則對望一眼，李明允道：「妳們還是在家中等消息吧！」

呃？李渣爹可真能耍花樣，走都走了，還陰魂不散！

林蘭驀然想起一事，急道：「明允，別忘了明日一早就出發。」

李明允點點頭，跟李明則一道走了。

林蘭一直等啊等，等到銀柳她們都回來了，李明允還沒回來。

京都府衙的大牢內，華文柏幫李敬賢上了藥，包紮好傷口。

李明則看著不省人事的父親，心中甚是著急，「華院使，我父親的傷要不要緊？」

華文柏拿帕子擦去手上的血漬，對眾人道：「出去再說吧！」

一行人出了大牢，到前堂說話。

「伯父的傷勢頗為嚴重，雖然血已經止住了，但救治得遲了些，錯過了最佳時機，眼下只能盡人事了。若是明日能醒過來，性命或許能保。」華文柏如實相告。

李明允拱手道：「辛苦華兄了。」

華文柏淡淡一笑，擺擺手，「李兄不必客氣，我這就先回去配製些療傷的良藥來。」

李明允再三謝過，送華文柏離去。

李明則神色愴然，口中不住喃喃著：「怎麼會這樣……怎麼會這樣……」

京都府尹杜大人為難道：「李大人，這件事，本官應如實上報朝廷。」

李明允點點頭，父親是朝廷要犯，出了這等事，自然是要上報朝廷的，「杜大人職責所在，無須為難，公事公辦即可。」

杜大人面色一鬆，琢磨著李家出了這等事，李明允非但沒有受到牽連，皇上還對他委以重任，可見皇上對李明允的喜愛非同一般。若是李明允這次出使能順利歸來，怕是前途不可限量，便有心賣李明允一個面子，「本官會上報朝廷，就說李大人押解途中突發疾病，危在旦夕，這才允許他先返京城，等病癒了再押往黔西。」

李明允拱手道：「多謝杜大人通融，在下還有一個不情之請。」

杜大人和顏悅色道：「李大人請說。」

「在下，想見一見那位傷人的婦人。」李明允道。

杜大人思量後吩咐手下：「帶李大人去見見那瘋婦，小心護著李大人，莫教那瘋婦傷著了。」想到李敬賢那血淋淋的傷處，杜大人不禁打了寒顫，這瘋婦到底跟李敬賢有什麼天大的冤仇，下手這般狠。可憐的李敬賢，就算保住了性命，也是廢人一個了。

李明允拱手道謝，和李明則一道跟著差官去了女牢。

李明則一路上咬牙切齒，「這瘋婦委實心狠手辣，二弟，你為何不讓杜大人嚴懲這個惡婦？」

李明允淡淡地睨了他一眼，難道李明則還猜不到那瘋婦是誰？還有誰會恨不得殺了父親？不得不說，韓氏這招絕對陰毒，她不殺你，而是廢了你，叫你下半輩子都不能再人道，這樣的打擊，對父親來說，無疑是最沉重的。

牢房內，韓秋月戴著手銬腳鐐，一動也不動地蜷縮在稻草堆裡。聽到開門聲，她驀然抬起頭，見是李明則和李明允，她神色微異，旋即冷聲道：「他死了沒有？」

李明則做夢也想不到自己口中的瘋婦惡婦竟然是母親。分別不到三月，母親彷彿老了幾十歲，兩頰消瘦得深陷進去，膚色蠟黃，加之頭髮散亂，衣衫襤褸，若不是聽聲音，他根本不能把眼前這個形如乞丐的婦人跟自己的母親聯想在一起。

「娘，為何是您？您不是回老家了嗎？」李明則腦子一下子轉不過彎來，茫然不解地問。

韓秋月眸中寒意大盛，掙扎著坐起來，恨恨道：「為什麼？你該去問你那個禽獸不如的父親！問問他的心是不是黑的？他的血是不是冷的？或者他根本就沒有心？」

「這……這到底是怎麼回事？」李明則完全不清楚狀況。

韓秋月情緒激動，渾身顫抖著，聲音也不受控制地顫抖：「我真想不到你父親會如此狠心，他想要我的命便罷了，可他連自己的親生女兒都不肯放過……」她手腳並用艱難地爬起來，踉蹌著向前抓住李明則的手，淚水在她臉上沖刷出兩道明顯的痕跡，她悲憤道：「明則，你不知道你的父親有多狠毒，他讓你送來的不是糕點，是要我們母女性命的毒藥！他在糕點裡下了毒，可憐你妹妹……餓了好幾天，哪知道父親送的糕點裡會有毒……」

李明則大驚失色，「娘，此事當真？」

韓秋月悲戚難抑，哽咽道：「幸虧你妹妹命大，有貴人及時相救，才保住了一條命，可是……可是，大夫說，你妹妹再也不能生育了，我可憐的明珠啊……」韓秋月嗚嗚的哭了起來。

李明則幾乎不敢相信自己的耳朵，父親盡做出這等泯滅人性的事，憤恨之餘，他又不禁自責，為什麼當初自己就不能警醒些？母親和父親鬧到不可收拾的地步，父親甚至一度不願去贖母親和妹妹，又怎會這麼好心送糕點？是他疏忽了，他親手送上的糕點，差點就要了母親和妹妹的性命，他這是間接做了父親的幫凶。

韓秋月哭嚷道：「他毀了明珠，我就要毀了他！我就算殺不死他，也要他從此不能人道，要他活得人不像人鬼不像鬼！」

父親的絕情讓李明則深感痛心，虧他還一直敬他是個父親，然而看母親這副模樣又是心痛，哽咽道：「娘，為何您不來找兒子？有什麼事您可以跟兒子商量的！」

韓秋月悲戚道：「明則啊，娘什麼都沒了，娘這條命不值錢，但是你不一樣，你還年輕，做不做官也不打緊，跟若妍好好過日子也是好的！娘豁出一條爛命跟那個狼心狗肺的東西拚了，值得……」

李明允一直在邊上默默地聽著，看來韓秋月失蹤後並未離開京城，而是一直躲在某處打聽父親的消息。

「娘，兒子一定會想辦法救您出來。」李明則唏噓道。

「明則，你不用管娘了，娘只求你，以後好好照顧你妹妹，你妹妹的下半輩子，就只能依靠你這個親哥哥了。」韓秋月說到李明珠，神情更是悲痛。

「娘，您放心，我一定會照顧好妹妹的，我也會想辦法救您。」李明則決然道，忽然想起還有個李明允，忙去求李明允：「二弟，我娘當初是對不起你娘，但是她已經落到這種地步，就算是報應也夠了！二弟，平心而論，始作俑者是父親，真正該受到懲罰的是父親，二弟，哥求你，你救救我娘吧！」說著便要向李明允下跪。

李明允伸手止住李明則，看看落魄的韓秋月，暗自斟酌，只要父親沒死，那麼韓秋月頂多是傷人之罪，最多坐幾年牢，而且父親如今是落水狗，人人喊打，估計不用他開口，官府知道韓秋月的身分，看在他的面子上，也會對韓秋月網開一面。

韓秋月見自己的兒子要對李明允下跪，又見李明允神色猶豫，便道：「明則，你不用求他，他巴不得娘死了更好！」

李明則急道：「娘，您不要這麼說，二弟心地善良，絕非您所想的那樣，若沒有二弟，兒子現在都還在大牢裡蹲著。」

李明允心底冷笑，韓秋月啊韓秋月，妳以為我想救妳嗎？誰知道妳出去了，會不會再出什麼么蛾子？

李明允忽略韓秋月，對李明則道：「我會向杜大人求情的，不過，如果父親活不下來，這事恐怕比較難辦。」

李明則感激道：「只要二弟肯幫忙就好。」

出了女牢，李明則又去見杜大人，把事情原委選擇性的跟他道了道，反正大意就是父親被人閹了純屬活該。

杜大人聽了十分驚訝，明白李明允的意思，答應會酌情考慮。

等李明允回到家中，酉時都快過了。林蘭還沒睡，一直等著他。

李明允梳洗完畢，往床上一躺，疲憊地嘆了口氣。

林蘭把油燈移到床前的高几上，放下簾帳，在他身邊躺下，方才問：「父親怎麼了？」

李明允把手臂給她枕著，自己一手枕在腦後，嘆道：「妳想都想不到，老巫婆原來一直在京城裡藏著。」

林蘭驚訝，「父親的傷是老巫婆弄的？嚴不嚴重？老巫婆應該是想殺了他吧？」

李明允輕嗤一聲，「妳也太小看老巫婆了，她的報復手段非一般人能想得出來。」

「那她把你父親怎麼了？」林蘭好奇道。

「閹了。」李明允淡淡道。

林蘭誇張地倒抽一口冷氣，果然夠狠。李渣爹這回算是徹底完了，變太監了。林蘭很陰暗地想，老巫婆終於幹了件大快人心之事啊！她偷偷看李明允的神色，見他似乎並不為父親被閹感到難過，她又忍不住陰暗地想，明允的心思是不是跟她一樣？

「那……父親現在沒事吧？」林蘭小聲地問。

「華兄說能挺過今晚應該能保住性命。」李明允面無表情道。

「哦……」林蘭點點頭，對華文柏的醫術她還是很有信心的。不過被閹割後，很長一段時間是非常痛苦的，心靈上、肉體上都是不能承受的痛，李渣爹真慘啊！

「那你準備怎麼辦？要救老巫婆嗎？」林蘭又問。

李明允苦笑，「如果父親死不了，不用我救，老巫婆大不了坐幾年牢也就出來了，況且大哥還苦苦求我。」

「所以，你就心軟了？老巫婆這人這般歹毒，萬一她對你還心懷怨恨，又想著法子來對付咱們怎麼辦？」林蘭覺得不妥，「你該想辦法讓她把牢底坐穿才是。」

李明允瞅了她一眼，「我若落井下石，那大哥非得恨死我不可。妳放心，我跟大哥說清楚了，老巫婆出來後，絕對不能留在京城，這是我答應救人的條件。」

林蘭癟了癟嘴，「這還差不多，她若是留下，大家都不得安生。」

「這一點，大哥自己也清楚。」李明允又是苦笑。

「好了好了，趕緊睡吧，沒多少時間了，明天可得早起呢！」林蘭起身去熄了燈，窩在李明允懷裡，調整一個舒適的姿勢，準備睡覺。

黑暗中，只聽李明允幽幽地說：「明珠在城北的一座小庵堂裡，大哥明日去接她回來。」

林蘭默然良久，才「嗯」了一聲。雖然她不喜歡李明珠，甚至討厭李明珠，但是李明珠落到這般境地，她還能說什麼？接就接唄，反正以後分開過，眼不見為淨。

第二天，臨出發前，李明允收到杜大人那邊的消息，說李敬賢已經醒了，韓氏大概得關一陣子，要不然他也不好交代。

李明允會意，如果杜大人馬上就放了韓秋月，他心裡還真有點不舒服，先關一陣子也好。

家裡的事，他不想再過問，能做的他都已經做了，以後怎樣，也得等他從狼山回來後再說。

大軍已在城外集結完畢，分成九列，嚴陣肅立。五千墨色鐵甲征塵未洗，帶著磅礡的殺氣，讓這個清晨的風顯得格外寒冷。彷彿他們不是去簽訂盟約，而是去與突厥決一死戰。

寧興一身墨甲雪翎策馬而來，身形筆直如劍，神情肅穆，威嚴赫赫。到了李明允跟前，雙拳一抱，大聲道：「李大人，大軍集結完畢，請大人檢閱！」

李明允微微頷首，目光從左到右掃視一遍，沉聲道：「出發。」

寧興策馬轉身，大手一揮，高聲發令：「出發！」

五千大軍瞬間統一步調，整齊劃一地發動起來。

林蘭一身男裝打扮，策馬緊跟在李明允身後。看著獵獵旌旗，聽著五千士兵撼地動瓦的腳步聲，不禁暗暗佩服，寧興帶的兵馬果然不同凡響，這等氣勢，大有虎狼之師的意思，有他們護衛，大大提高了安全指數。

李明允初時怕林蘭跟不上，畢竟林蘭剛學會騎馬，不過幾次回頭，看林蘭都緊跟著，漸漸也放寬了心。再看看後面那輛馬車，李明允的眉頭又皺了起來。

馬車裡坐的是秦家忠勇侯秦勇的嫡長孫，官拜兵部左侍郎的秦承望。他作為副使，與李明允一同去狼山。秦家祖上也是行伍出身，在開創我朝基業時立下汗馬功勞，但後來安享於太平，熱衷於謀利，漸漸從行伍中脫離出來。到了秦忠父輩這一代，已經變成了純粹的文臣，直到秦家出了位皇后，為了鞏固政權，秦家才開始有意地培養武將。可惜幾代人只出了秦勇這麼一個人才，且很不幸的在多年前捐軀沙場。秦承望是秦勇的嫡孫，此人既不會領兵打仗，又不懂兵法，能坐上左侍郎之位，全仗祖父的威望，太后的提攜。

秦承望任副使是前兩日才定下的，聽說是太后的意思。皇上剛打壓了秦家，母子關係緊張，不得不順了太后的意思，緩和下氣氛。秦承望此去是想趁機占分功勞，撈點政治本錢，但靖伯侯警告過他，秦承望此人甚傲，剛愎自用，兵部的同僚都對他很有意見，所以，李明允有些擔心，隊伍裡有個難纏的人可不是件好事。

大軍才行了半日，秦承望就提出要休息，可行軍不比閒遊，每日走多少路程、在哪裡落腳，都是事先安排好的，不是你想歇就歇。你一歇，整個隊伍都得停下來。

寧興老大不高興，到李明允這發牢騷。

「皇上怎麼派這麼個廢物來？才走了半日就要休息，這要到猴年馬月才能走到狼山……」

寧興比李明允更了解秦承望這個人，所以，一聽說秦承望任副使，他就很不高興。什麼狗屁副使，添亂副使還差不多。

李明允蹙眉沉吟道：「你去告訴他，皇上有命，大軍必須在一個月內奔赴狼山，時間緊迫，刻不容緩。他若是吃不消，可以撥給他一隊人馬，他自己慢慢來。」

第一次不合理的要求若是不拒絕的話，秦承望定會得寸進尺。忍讓不是辦法，還是按章辦事的好。就算告到皇上面前，他也不怕。

寧興樂道：「好咧，我這就讓人去回他。」

李明允無聲嘆息，才第一日就這麼不配合，後面麻煩只會更多。

林蘭看穿他的心思，笑道：「不必為這種小事煩惱，你是正使，只要咱們把事辦妥了就成。」

李明允微微一笑，關切道：「妳怎樣？還吃得消嗎？」

林蘭下巴一揚，挑眉道：「你別小看了我，我的筋骨比你可結實多了。」

李明允哂笑，「如果吃不消了，別逞強，我替妳安排馬車。」

「是啊，太醫校尉，妳去坐馬車，沒人會笑話妳的。」寧興也笑道。

「再說吧，你能堅持我就能堅持。」林蘭挺直了脊背，一副不服輸的模樣。

須臾，寧興的近衛回來稟報，說秦副使要與大軍同行。

寧興輕蔑道：「看來，對付這種人就得來硬的。」

秦承望一連三天都提出中途休息，全被李明允拒絕，就再也不提了，一路上倒是相安無事。

林蘭是真正體會到軍旅生涯的辛苦，比前世在大學裡軍訓時不知要辛苦多少倍。一連數日行軍，在馬上顛簸得她渾身骨頭都好像散了架，儘管馬鞍上墊了棉墊，大腿內側還是磨破了皮。李明允也好不到哪裡去，因為不好意思用棉墊，他的傷更厲害，但是比起那些用雙腳丈量土地的士兵來說，他們有馬騎已經很不錯了，所以，兩人都是咬著牙堅持著。

李明允心疼林蘭，幾次提出讓她坐馬車，都被林蘭拒絕了。李明允拗她不過，只好由著她去。

數日，大軍抵達勝州，隊伍稍作休整，補充給養和醫藥。

寧興給李明允交個底，這五千大軍，其中三千人馬是他的直屬部下，雖然帶兵的時日不長，但是將士們一起打過仗，浴過血，都是訓練有素，驍勇善戰的將士，值得信任。寧興又從中挑選了五百精英，裝備都是最精良的，交由林風統率，作為李明允的近衛隊，直接保護李明允的安全。另外兩千人馬是從北山大營撥過來的，帶隊的馬友良也是位勇猛的將領，立過不少戰功，這次屈居寧興手下，好像有些情緒。而且這一路來，馬友良似乎跟秦承望走得比較近。

李明允會意，寧興的意思是，真正能靠得住的是他手下的三千人馬。邊關局勢瞬息萬變，就在大軍出發前，還收到邊關戰報，邊關守將與突厥又廝殺了幾回。最近收到的戰報，我方有一座城池失守，突厥人氣焰又囂張起來，這給和談帶來了不可預知的困難，危險性也大大增加。說不定，到了那邊非但和談不成，還會陷入拉鋸戰。這種情況下，首先要對自己的兵馬有充分的了解。

李明允思索片刻，道：「過了陰山，咱們就能跟懷遠將軍部會合了，從現在開始，你派人好好盯著秦副使和馬友良，咱們有備無患。」

寧興道：「這一路上我都派人盯著呢！我就怕秦承望這小子會在關鍵時候背後捅咱們一刀，在秦家人眼裡，你、我都是四皇子的人，他們一定會想辦法破壞和談，或是搶了咱們的功勞。我真不明白，皇上為何要多此一舉，這不是給咱們添麻煩嗎？」

李明允沉吟道：「皇上自有皇上的考量，現在還不是跟秦家撕破臉的時候，至於咱們，寧興，你一定要記住，咱們只是忠於皇上。」

寧興肅然點頭，「這個我知道，咱們不參與皇位之爭，誰有本事誰坐江山，跟咱們沒關係，不過……大哥，說句實話，太后對你已有成見，若是將來太子順利即位，恐怕會對大哥不利。」

這點李明允不是沒有考慮過，當初若不是陳子諭給秦家下了套，讓秦家自顧不暇，後果不堪設想。在太后心裡，已然把他劃入不肯合作的名單，不肯跟她合作，就是不效忠太子，不效忠太子，就是四皇子的人。李明允頗為無奈，要做個純臣太難。他私底下也試探過靖伯侯的意向，靖伯侯說，我朝自仁宗開始休養生息，此後幾代君王無不致力於推行新政，關注民生，重文輕武。雖國力日漸昌榮，然兵力漸弱，如今北面突厥、西部吐蕃、南邊南詔等，漸漸強大，對我中原虎視眈眈，眼下是時機尚不成熟。等吐蕃內亂平息，南詔王權鞏固，他們若是聯手對付中原，中原危矣。太平之世，君王仁厚是天下之福，若逢亂世……

後面的話，靖伯侯沒往下說，但李明允已經明白靖伯侯的意思。若逢亂世，帝王羸弱，則是天下之禍。就目前天下局勢而言，夷族崛起是必然趨勢，中原成了他們嘴邊的一塊肥肉，太子生性懦弱，是不合適當一個亂世之君，相比而言，有血性、有霸氣的四皇子更為合適。

這是從大局考慮，從個人自身出發，若太后容不下他，那他會毫不猶豫助四皇子一臂之力。

「這些事以後再說，眼下，咱們的任務是促成和談，而且必須是重挫突厥後的和談。」李明允正色道。

寧興深以為然，「大哥，我聽你的。」

屋外，侍衛稟報：「勝州縣尉楊大人求見。」

李明允一喜，忙道：「快請進。」

只見一位五短三粗，面帶重髯，生得孔武有力的中年男子走了進來，向李明允拱手一揖，「李大人，屬下收到靖伯侯來信，等候多日，特趕來見李大人。」

這位楊萬里縣尉，當年曾在靖伯侯手下當過校尉，英勇善戰，別看他長得粗魯，但貌粗心細，多有急智，且對突厥的情況頗為熟悉，所以，靖伯侯早早修書一封，讓楊萬里在勝州等候，隨李明允前往狼山。

李明允哈哈一笑，起身迎了上去，「楊大人免禮，靖伯侯曾多次提起你，對你讚譽有加，這一次還須楊大人鼎力相助了。」

楊萬里面色凜然，「侯爺吩咐，屬下萬死不辭。李大人，屬下已經事先徵集了兩萬擔糧草，並集結了手下五百勇士，跟隨李大人前去狼山。」末了，他又解釋道：「因為勝州乃軍事要地，為免突厥偷襲，屬下不能帶更多的士兵前往，還請大人見諒。」

這一路上，寧興都在跟李明允交流兵法，出發前，李明允也看過一些兵書，知道勝州地處兩國交界處，若是前方戰況不利，勝州進可支援，退可防守，是十分重要的防禦之門。勝州若破，突厥大軍必然長驅直入，威脅中原，所以，楊萬里的顧慮是對的。

「楊大人所言極是，有楊大人跟隨就已經足夠。」李明允笑道，又指了指一旁的寧興，介紹道：「這位是武略將軍寧興寧將軍。」

兩人抱拳一禮，算是認識了。

「以後你就跟在寧將軍手下。」李明允吩咐道。

「是。」楊萬里大聲應道。他早就盼著上戰場，可惜朝廷讓他窩在這裡做縣尉，每每聽到邊關戰況，把他的心癢得跟百爪撓似的，幸虧侯爺還記得他，給他這次機會，激得他熱血沸騰，早盼著李特使到來。

寧興就喜歡直爽的漢子，況且這人又是靖伯侯推薦的，自然也親近起來，拍拍楊萬里的肩膀，「楊大人，快跟我們說說邊關的情況。」

另一邊，林蘭帶著文山去了趟勝州的醫藥院。雖說李明允的使命是和談，但是出了勝州，過了陰山，部隊隨時有可能遭遇突厥騎兵，等與懷遠將軍部會合，說不定還得參加戰鬥，傷亡在所難免，所以她要多備些藥材，尤其是金創藥。其實出發前，在葉家和德仁堂的幫助下，已經備了不少，一路上她又補充了一些，寧興都說，從未見那支部隊去打仗，藥備得這般充足齊全的。可她還是不放心啊，想要更多更多。

然而，等林蘭到醫藥院一看，傻眼了，這裡到處都擠滿傷患，連院子裡都搭起了簡易的棚子安置傷兵，呻吟慘叫此起彼伏，聽得人毛骨悚然。

文山驚訝道：「怎麼有這麼多傷兵？」

陪同林蘭的一個侍衛說：「突厥人從西北突破不得，上月又轉到陰山這邊侵擾。前方將士傷亡慘重，都送到勝州來醫治，這不，都人滿為患了，軍醫忙不過來，藥品也快告罄，後方的補給還不知什麼時候能送到。」

林蘭和文山面面相覷，這麼說，她們想從這裡弄點藥去是不可能了。

繼續往裡走，只聽得一聲高過一聲的慘叫，那種撕心裂肺的嘶喊，讓林蘭心裡猛地一緊，拉過一位捧了藥包要入內的醫護問：「這裡面在做什麼？」

那醫護急急回道：「今天剛送到的一個士兵，腿傷嚴重，若是不鋸掉，怕有性命危險……」

林蘭聽得揪心，問：「有沒有麻藥？」

醫護苦著臉道：「麻藥早用光了。」

「難道就這麼活活地鋸？」文山只覺全身汗毛都豎了起來。

「那有什麼辦法？不鋸就是死，鋸了，能熬過去便能活下來。」醫護說著就要進去了。

林蘭一把拉住他，「你去告訴醫官，讓他們稍等一會兒。」轉頭又吩咐道：「文山，你速回大營，取一包麻沸散來。」

文山應了一聲，轉身跑了出去。

那醫護喜道：「你有麻藥？那太好了。」

林蘭訕然，「有一些，不過不多了。」不是她小氣，她的藥也是用來救人的，在戰場上，藥品比黃金更貴重，藥品就是將士們的性命。只是聽說要活生生鋸掉一條腿，而且是在沒有麻藥的情況下，這個士兵八成痛也要痛死了，她做不到見死不救，所以，只好忍痛割愛。

醫護歡天喜地進去稟報，須臾一個身形高瘦的年輕醫官走出來，他身前繫一條大白圍裙，那圍裙上還有醒目的血漬，他拿圍裙擦擦手，看著林蘭，問：「你有麻沸散？有多少？能不能多給一點？」

呃……多給點，那我自己怎麼辦？這次來醫藥處本來是想跟你們拿藥的，現在倒反過來找她拿藥。林蘭學著男子的禮儀，拱手一揖，為難道：「我的藥品也不多，原是想問你們要一些的，我們的隊伍馬上就要過陰山了。」

年輕的醫官一挑眉，審視著林蘭，「這麼說，你們就是奉命前去狼山和談的李特使的軍隊？」

林蘭道：「正是。」

「那你是特使隊伍裡的醫官？」他又問。

林蘭拱手一禮，「在下林蘭，藍色的藍。」

醫官嗤地一笑，「你們從京裡來，怎會沒藥？是捨不得拿出來吧？」他斂了笑容，指指院子裡、走廊上橫七豎八躺著的傷患，語聲沉痛：「這些士兵可都是為了守衛疆土，與突厥浴血奮戰才受的傷，你們從京城來，不知道前方的戰況有多慘烈，死了多少人，他們也是有家有父母妻兒的，難道你就忍心眼睜睜看著他們因為缺醫少藥而死在這裡嗎？」說到後面，話語裡已是有明顯的責備之意。

林蘭被他的義正辭嚴說得有些汗顏，可她若是把藥給了他，那明允的隊伍要是有了傷亡，難道還把人送回這裡來救治？到那時，只怕藥早被他用完了，還耽誤最佳救治的時間。不行，她得先保證自己隊伍的醫藥供給。

「這位大人，不是我不肯幫忙，實在是任務下達得倉促，準備不夠充分，要不然，我也不用上你這裡來拿藥了。」林蘭硬著心腸道。

醫官見林蘭不似在說謊，心中更是不悅，冷冷道：「這就是你的不是了，就算再倉促，也該知道，隊伍要上前線，首先要準備的就是糧草和藥品，就算出京時準備不足，也該一路補充，林大夫怎能如此疏忽？」

林蘭難為情地乾咳兩聲，「你教訓的是，我是第一次當軍醫，沒有經驗。」

醫官板著臉繼續教訓道：「你一個人沒經驗，會害死很多人的，真不知道朝廷怎麼會派你這種人來，成事不足，敗事有餘。」

林蘭刷的臉紅起來，你這小子，你當你是哪根蔥，居然教訓起我來？她長這麼大，兩世為人，還沒被人這樣教訓過。可她偏偏還不能反駁，一反駁，這傢伙說不定會派人去她那搶藥，真是憋悶死了。

「你先把你們的藥品給我，等後方的補給上來，我再還給你。」

就在林蘭琢磨著是甩臉走人，還是嗆他幾句解解氣的時候，對方突然來了這麼一句。

「呃？我們的隊伍明天就出發了……」林蘭支吾道。

他不耐煩地嘖了一聲，「你這人怎的這般磨蹭，我又不會賴你。」

「不行啊，這事可不是我說了算的。」林蘭忙推諉。誰知道你們的補給什麼時候會到，她可等不起。

「那誰說了算，我找誰去。」

呃，這更不行，明允哪知事情輕重，也許他會以為少一點藥材不打緊，再加上他的古道熱腸，很有可能會答應的。林蘭忙道：「這位仁兄，你這不是害我嗎？」

他左右看了看，輕哂一聲，「害你一個可以救這麼多人，我會毫不猶豫地害你。」說著他把圍裙一解，衝裡面大喊：「阿蘇，走，跟我去一趟特使軍營！」

「哎哎哎……」林蘭連忙攔住他，急道：「這樣吧，我回去盤一盤，都給你們是不可能的，真的，我們的藥材也不夠，最多勻三分之一給你，再多的話，就算你求到特使那也是不可能的。」

他眉頭一擰，看著林蘭，說：「那好吧，我這就隨你去取藥。」

林蘭心中懊惱至極，這都什麼事啊，明明是來添藥的，這下倒好，還得往外拿，這廝若是去了她那，她那點家底可就露餡兒了，真是好心沒好報啊！

正在這時，文山氣喘吁吁地跑了回來，遞上一包藥，「麻沸散拿來了。」

裡面的醫護大聲呼喊：「楚大夫，楚大夫，不好了，傷患休克了……」

醫官臉色大變，忙繫上解了一半的圍裙，急道：「馬上準備動刀。」說著還不忘從文山手裡一把拿過藥包，邊對林蘭說：「回頭再去找你，林大夫。」

林蘭見他進去了，問一旁的侍衛：「這位楚大夫可是這裡的負責人？」

侍衛道：「正是，楚大夫可是我們這裡最好的大夫，大家都稱他聖手楚。」

林蘭低眉思量了一下，沉聲道：「我們走。」

出了醫藥院，林蘭馬上吩咐文山：「你速速回去準備一下，把咱們的藥材藏好了，只留三分之一。尤其是金創藥和麻沸散，少留一點。」

文山納悶，這是為何？

林蘭見他發呆，催促道：「還不快去！」

文山愣愣地哦了一聲，忙先小跑回去。

林蘭先去見李明允，走到門外，見秦承望和馬友良在廊下嘀咕，不知道說些什麼，馬友良似乎不太高興，大眼睛瞪得滾圓。

林蘭忙閃到一根柱子後。須臾，一個侍衛出來傳報：「李特使請兩位大人入內。」

看來李明允這會兒是沒時間見她了，林蘭轉身回自己的藥房，文山正帶人轉移藥材。

「快點快點，動作快點，把這些還有這些都搬到後邊糧庫去。」

見二少奶奶來了，文山上前道：「林大夫，小的讓人把這些仙鶴草、血餘炭、棕櫚、蒲黃、三七、艾葉、側柏葉……大部分都搬去糧庫，麻沸散留了六十包，金創藥留了一百瓶。」

林蘭盤算了一下，說：「這樣差不多了。」就算勻三分之一給那個楚大夫，也夠他支撐一陣子，等到後方的補給了。

「你再吩咐這些人，讓他們統一口徑，就說咱們只有這些藥材，多的沒了。」

文山恍然道：「難道有人要謀算咱們的藥材？」

林蘭鬱鬱道：「可不是？我好心救人，反倒惹出麻煩來，那醫藥院的楚大夫非逼著我把咱們的藥材先給他。」

「那怎麼行？咱們自己都不夠呢，再說明天咱們就要出發了！」文山急道。

林蘭嘆了一口氣，「算了，他也是為了救人，都是我朝將士，總不能眼睜睜看著他們死。」

文山黯然，「那倒也是。」雖然一路上聽將士們說打仗如何慘烈，但是都不及今日見到的情形衝擊力更大，那場面實在是太讓人發怵了。

「你叫大家動作快點，那位楚大夫興許很快就來了。」林蘭再次催促，如果那個士兵不幸犧牲了，楚大夫肯定立馬趕來，如果命大，那麼楚大夫還有還一陣好忙，不管怎樣，還是希望那個可憐的士兵能活下來。

文山忙去催促大家。

林蘭慢慢走了出去，回想起剛才看到秦承望和馬友良嘀咕的情形，總覺得有些不安。秦承望這廝不知道有多傲慢，明允幾次好心請他一起商議大事，他都要跟明允對著幹，明允說東，他就說西，頤指氣使的，好像他才是正使似的，什麼東西嘛！現在還跟馬友良私下裡嘀咕，誰知道他在搞什麼鬼。

「林大夫……」

林蘭聽見有人喊她，抬頭一看，只見林風笑咪咪地走過來。

林蘭笑道：「大哥這個時候不是在訓練士兵嗎？」

林風道：「已經結束了，這不，剛才有幾個將士們練得猛了，不小心把對方戳傷，我來找妳拿點金創藥。」

林蘭嗔道：「真是的，這還沒上戰場呢，就傷了！知道是訓練，也不留點分寸！」

林風不以為然道：「訓練就得動真格的，要只是擺擺架子，等上了戰場，敵人可不會對你手下留情，不是你死就是我亡。」

林蘭揶揄道：「不錯啊，大哥才當了幾日兵，說起來就一套一套的了。」

林風不好意思地摸摸腦袋，訕然道：「妹妹就別取笑我了。」林蘭笑道。

「好了好了，文山在裡面，你去跟他拿藥去。」

見林風就要走了，林蘭靈機一動，「還是我跟大哥一起去看看吧，你們這些粗人，也不會處理傷口，若是發炎了就不好了。」

林風卻是不好意思，「怎好勞動妹妹？」

林蘭嗔他一眼，「我可是大夫，說什麼勞動不勞動的。」

果然，就在林蘭給受傷的士兵包紮傷口的時候，有人來報：「林大夫，有位楚大夫找您。」

來得好快！林蘭不慌不忙地包紮著，直到弄妥貼了才起身，就見楚大夫抱著雙臂倚在門邊，一雙細長的鳳眼微瞇著，那眼神如隔簾望月般，心思不甚明瞭。

林蘭微露詫異之色，「楚大夫這麼快就忙完了？那位傷患……」

楚君浩面無表情地說：「沒能救回來。」

林蘭看到他眸中閃過一絲遺憾，她也很遺憾，作為大夫，再沒有比眼睜睜看著一條生命消逝在自己手中更為遺憾的了。

林蘭沉默了片刻，以示哀悼。

「我過來取藥。」楚君浩適時提醒她。

林蘭好似恍然，哎呀一聲，「我一回營就聽說幾位將士訓練的時候受傷了，一直在忙活，藥品都還沒來得及盤點。」

對方的丹鳳眼眼角挑了挑，輕嗤道：「就你這小氣的性子，自己有多少家底還不是一清二楚？還需要盤點？盤算著別給我都搶了去才是真的吧？」

林蘭很惱火，這廝說話實在不討人喜歡。

文山手腳很快，等林蘭帶著楚君浩到醫藥處時，該藏的東西都藏好了，原本堆得滿滿當當的屋子，現在空蕩蕩的，只餘屋角一堆藥材。

林蘭從楚大夫眼裡看到了失望，這廝定以為可以痛快洗劫一番，沒想到還不夠他塞牙縫。

「就這麼些？」楚君浩毫不掩飾地失望道，失望之餘還有些隱隱的惱怒，這個醫官實在是太不稱職了。

林蘭苦著臉道：「就這麼些了，不然我幹麼去你的醫藥院？」

楚君浩做了兩次深呼吸，平復心情，問：「你能給多少？」

林蘭伸出三根手指，三成。

楚君浩蹙了蹙眉，一雙鳳眼越發細長。須臾，伸出一隻手，神色堅決，「醫藥院的傷患實在太多了，等後方補給上來，我一定如數奉還，親自送去給你。」

林蘭斟酌再三，牙一咬，如同壯士斷腕般決然道：「好，五成就五成，但你得說話算話。」

本想叫他立字據的，但是，戰時誰還來計較這些，他若是個言而有信的君子，自然會歸還，若是言而無信，可以找出千百種理由來賴帳。其實這藥送出去，她也沒打算往回要。人家又不是拿去牟利的，都是救人而已。

林蘭的爽快，總算叫冰塊臉上露出了一絲暖色，林蘭讓文山把藥盤出一半來。

文山很配合地垮著臉，心疼得跟割他的肉似的，磨蹭道：「林大夫，咱們統共就這些，要是特使大人怪罪下來……」

林蘭暗讚文山機靈，故意唬著臉訓斥道：「你磨咕什麼？都是救人用的，特使那裡，我自會去交代，藥不夠，咱們另外再想辦法就是。」

楚君浩神情複雜地看了眼林蘭，心道：這小子還不算太糟糕！

林蘭十分欽佩自己的先見之明，還好動作快，她相信，若是楚君浩見到她的存貨，定會兩眼放綠光，不謀個幾大車去斷不會甘休，就沒見過跟人家拿藥還要得這般理直氣壯的。

送走楚君浩，林蘭鬆了口氣，回到自己屋子，李明允還沒回來，一直等到晚飯都涼了，李明允才一臉疲憊地回來了。

林蘭忙打水給他洗臉淨手，道：「飯菜都涼了，我讓人拿去熱一熱，你先歇會兒，喝口茶。」

李明允溫言道：「不用麻煩了，隨便吃點就是。」

「那怎麼行？冷飯冷菜傷胃，再說，等過了陰山，指不定連頓熱乎的都吃不上了，趁這會兒有條件，多吃一頓好的也是好的。」林蘭說著，讓文山把飯菜拿去熱了。

李明允自己動手倒了杯茶，坐下來，揉了揉發脹的腦仁。

「今天都議了什麼？看把你給累得。」林蘭憐惜道，要去替他按摩。

李明允卻是不讓，拉了她坐下，「這些日子妳也受累了，好好歇會兒吧！」默了默，又道：「今日勝州守備馮大人來了，秦副使許是聽說邊關戰況不利，膽怯了，非要馮大人派三千兵馬護送，連馬友良都跟他一個鼻孔出氣，弄得馮大人好生氣惱。這勝州是邊關要塞，防禦之事一刻不得鬆懈，更別提隨意調撥軍隊。」

林蘭嗤道：「他這麼貪生怕死，跟來做甚？來撿現成便宜的？就算有便宜，也不是隨隨便便可以撿的。我說呢，他和馬將軍鬼鬼祟祟的嘀咕什麼，準沒好事。」

李明允冷笑，「他還能嘀咕什麼？挑撥離間唄！寧興是主將，且隊伍中三千人馬原是西山大營的，兩千來自北山大營。這西山大營和北山大營一直較著勁，秦承望只消說，萬一遇險，寧興肯定讓北山大營的將士去當先鋒，馬將軍不急才怪。」

林蘭憂心道：「大軍不能一條心實在是個隱患，而且，咱們也沒料到形勢變化得如此之快。看來突厥人根本無心和談，和談不過是他們拖延時間，麻痺我軍的策略罷了。當初，我還是想得太簡單了，這趟差事實在是凶險。」

李明允安慰道：「既來之則安之，何況靖伯侯派了個好幫手來，咱們謹慎些，應該無大礙的。」

看李明允眼神閃爍，林蘭馬上警覺道：「你可別打什麼主意，我是定要跟你去狼山的，你別想把我扔在這。」

李明允苦笑，這個人女人實在太聰明，他的心思都瞞不過她。

「越是危險，我更要與你同去。今兒個我去趟醫藥院，那裡的傷兵多得都快擠不下了，可見前方戰況之激烈，所以，你更得帶上我，一個好醫官，最少也抵得幾百兵馬吧？再說了，你留我在這裡擔驚受怕的，只怕你還沒回來，我就要擔心死了。」林蘭很認真地道。

李明允無奈地抵著她的額頭，喟嘆道：「蘭兒啊……嫁給我，是妳命好，還是命不好？」

林蘭笑著蹭他的額頭，「只要能跟你在一起，我心裡就是快活的，人活著不就圖一舒心嗎？」

李明允點點頭，揉揉林蘭的頭髮，自嘲地笑道：「這會兒我覺得李家祖上還是積了些許陰德的，不然怎麼會讓我娶到妳這麼好的媳婦？」

林蘭大眼一瞪，反駁道：「此言差矣！娶到我，是你八輩子修來的福氣！」

李明允心中一樂，哈哈大笑，滿心的鬱悶都散了去，拖了她入懷，開心地好一頓搓揉。

文山聽見屋裡頭的笑鬧聲，不覺嘴角揚了揚，少爺好久沒這麼開懷笑過了，捧著飯菜猶豫著是不是送進去。這會兒進去顯得不太識趣，可不送進去，飯菜又該涼了。這該死的鬼天氣，冷得能把人的鼻子凍下來。斟酌一番，文山還是敲了敲門。

第二天一早，隊伍集結出發，由楊萬里率一千兵馬做前鋒，馬友良不是怕死嗎？怕死就讓他殿後好了。五千多人馬浩浩蕩蕩出了勝州城，往陰山而去。

參之章

遠征突厥覓契機

楊萬里對這一帶的地形非常熟悉，由他帶路是最好不過的。別小看楊萬里帶來的五百兵馬，這五百人都是楊萬里親自挑選的，其中斥候就有二百之眾，其餘皆為陌刀手和弓弩手等沙場悍將。

為了謹慎起見，楊萬里派斥候先探路，確定安全後大軍再前進。如此行了兩日，已經進入陰山腹地。

這日黃昏，突然天色大變，狂風大作，大風颳得人睜不開眼。西山和北山的大軍經歷過酷暑，卻不曾經歷這般嚴寒惡劣的天氣，一時間被吹得東歪西倒，站都站不穩，更別說前進。

李明允提議找個地方避避風，秦承望躲在馬車裡不敢出來，叫屬下過來傳達他的意思。這一次，總算跟李明允不謀而合。

寧興叫來楊萬里問他附近可有避風的地方，楊萬里道：「再有兩個時辰就到達陵武隘口，看天色馬上會有一場大風雪，如果大軍不能盡快通過山谷，大雪一下，封了道，大軍就會被困在此處，若是遇上突厥奇襲就不妙了。」

李明允相信楊萬里的經驗，吩咐大軍繼續前行。

秦承望反正坐在馬車裡吹不著風，你們硬要頂風前行，吃苦頭的是你們，所以他意外的沒再發表意見。

可惜越往裡走，道路越發艱險，其中有段還是羊腸小徑。為了安全，眾人都下馬牽著走，李明允讓人去通知秦承望，最好是下馬車，萬一馬車一個顛簸，掉下山崖，可不是鬧著玩的。

秦承望滿腹牢騷，可是看著那艱險的道路，一邊是陡峭的山崖，心裡也發怵，便老老實實下車步行，把自己裹得嚴嚴實實的跟隻熊似的，在兩名侍衛的攙扶下抖抖索索地前行。

走到半道，天空飄起了鵝毛大雪，前方一片白茫茫，連路都看不甚清楚。

李明允擔心人擠人，在這羊腸小徑上很容易造成事故，便傳令下去，要大家保持一定距離，不可推攘。又在隊伍中尋找林蘭的身影，可大雪風揚，哪裡還尋得見，心裡擔心不已，只好安慰自己，有文山跟著林蘭，一定沒事的。

就在快出山谷之時，前方來報，陵武隘口有異常。

發現陵武隘口異常的並不是斥候，而是楊萬里派去的傳令兵。幾位將領迅速聚集一處，臨時找了個擋風的處所聽小兵回稟。秦承望也很關心地湊過來，他關心的是自己的安危。

「小的奉命前去陵武隘口通知那裡的守軍，我部要在隘口暫避風雪，隘口的守衛很戒備地問咱們有多少人、要去哪裡。小的曾多次護送給養過隘口，隘口不過三百守衛，守門的就那麼幾個，就算叫不全名字，也大多臉熟。小的見那守衛面生，就沒急於回答，反問他周全今日不輪值？那守衛含糊地點頭，又追問小的。小的心裡生疑，周全是隘口的伙夫，哪裡會輪值？小的就回他，咱們是運送糧草前去沙溢的，他又問咱們有多少人，小的沒敢多說，就五百，想借他們這避避風雪，他就說要請示一下，沒多久來回我，說行。小的趁著他去回稟的空檔，偷偷觀察了一下隘口的情況，發現那裡的崗哨布置跟原先不一樣，小的跟他敷衍了幾句就趕緊回來稟報。」小兵一口氣麻溜地把情況說明。

楊萬里是熟悉這一帶的，他最有發言權，寧興讓他先說。

楊萬里沉思片刻，面色極其凝重，「看情形，陵武隘口已經被突厥人占領了。」說著他抽出腰間長刀，在雪地上比劃，邊解釋道：「從勝州到沙溢，沿途共有三個隘口，之前我們已經路過青峰隘口，過了陵武隘口就是白虎關，這條路線是我方最重要的糧草補給線，每關皆有守軍，如果陵武隘口失守了，只怕前面的白虎關也已失陷。」

「那怎麼辦？這條路走不通了，咱們得趕緊換條路。」秦承望一聽有危險，馬上就露出貪生怕死的嘴臉。那聲音顫得，也不知是嚇的還是凍的。

秦承望是副使，大家不敢當面指責他膽小如鼠，但心裡都是十分鄙夷，再看看一派淡定從容的李明允，兩廂比較，眾人對秦承望的鄙夷又多了幾分。

「不行，此刻大雪已經封了山中小道，根本看不清道路，後退的話，只有死路一條。若等在此處，就算突厥人不來侵襲，就這麼大的風雪，不用到天明，將士們凍也要凍死了。」楊萬里出言反對。

李明允問那小兵：「陵武隘口有異，你果真確定？」

那小兵正色道：「小的敢以項上人頭擔保。」

李明允點點頭，又問楊萬里：「這三處關口若是有一處遇險，如何通知其他隘口？」

楊萬里道：「會燃起烽火，因為道路崎嶇艱險，我們走得慢，其實三處隘口相隔並不遠，燃起烽火，便能看見。」

大家不由得抬頭看著漫天風雪，這樣的大風雪，便是燃起烽火，又有誰能看見？可見這看似嚴密的防禦，還是有弊端的。

大夥兒不由得又萬幸，幸虧這傳令小兵機警，若是冒然進了隘口，豈非羊入虎口，誰知道隘口裡有多少突厥兵馬？

寧興眉頭一擰，凜然道：「既然後無退路，那就殺過去。」說著他虎目一瞠，從一干將領面上一一掃過。

西山大營的副將葛彪率先回應：「屬下願做先鋒，殺進隘口，剿滅突厥狗。」

另外幾位將領也不甘示弱，摩拳擦掌，爭先恐後地請命，而北山大營的將領則看馬友良的意思，馬友良沒開口，他們只能靜默。

寧興知道馬友良的那點小九九，不就怕他拿北山大營的弟兄們當犧牲品嗎？好，這個頭功你們不要，我們西山大營要了，讓你們北山大營躲在後面當縮頭烏龜好了。

這種調兵遣將的事是寧興的職責，李明允不發話。

寧興振臂一揮，眾兵將安靜下來，還以為要到沙溢才有仗打，沒想到半道上就來機會，這可是頭一份功勞，誰不想要啊？怕死的話從個屁軍，回家老婆孩子熱炕頭得了！於是西山大營的將領們看沉默的北山大營將們的眼神中，不加掩飾地透出鄙夷之色。

這讓北山大營的將領們心裡頗不好受，先前平南，北山大營沒輪上，讓西山大營出了風頭，兩陣營的暗中較量已經輸了一回，這次來北地，再叫西山大營的人搶了先，那他們真沒這個臉了。眾人心中蠢蠢欲動，怎奈馬友良依然一副死人臉，就是不發話，把大家憋得，那臉色比便祕好不到哪裡去。

寧興點到楊萬里：「楊縣尉，陵武隘口具體是個什麼情況，你先跟大家說說。」

楊萬里抱拳道：「就屬下分析，突厥人此次突襲陵武隘口，人數不會多，若是動靜太大，也瞞不過我軍前方斥候。屬下滿打滿算，如今隘口內最多不會超過五百人馬，將軍如果信得過屬下，就讓屬下帶五百人入隘口。」說著他看了眼李明允，憨厚地笑道：「拿下隘口，就算屬下送給大人和將軍的禮物。」

寧興和李明允對望一眼，心神領會，楊縣尉有與突厥人交戰的經驗，且又熟悉隘口的情況，他去自是最合適的。

寧興大聲道：「楊縣尉聽令，著你率五百人馬前去攻打隘口！葛彪，你率五百陌刀手和三百弓弩手伺機配合楊縣尉，行動要快，務必一舉拿下陵武隘口！」

兩人肅然領命，下去準備。

秦承望道：「寧將軍，你也得派人保護李大人才是，他可是肩負皇命，不得有任何閃失。」

這話說得，好像他多麼關心李明允的安危似的。保護李大人，不就等於保護他自己嗎？自己怕死還要拖人墊背。

寧興嘴角一扯，笑意冷然，「我軍五千人馬對付他們區區幾百突厥兵還不在話下，秦副使若實在害怕，就讓馬將軍率北山大營的弟兄保護秦副使吧！」

雖是性命攸關，但惺惺之態還是要做的，秦副使義正辭嚴道：「寧將軍莫要想岔了，你們這次的主要任務是護送李大人，保護李大人的安全，本官所慮唯此而已。」

秦承望可以不要臉，馬友良可以袖手旁觀，但是北山大營的弟兄們受不了了，有人嘀咕道：「我們北山大營的弟兄也不是孬種……」

話還沒說完，馬友良厲眼瞪過去，那人悻悻地住了嘴。

李明允微微一笑，這樣下去，馬友良漸漸不得人心，都到了這個地方，這個時候，他若還打自己的小算盤，遲早把自己給栽進去。

不用去作戰的士兵也不能閒著，寧興吩咐全軍戒備，隨時準備戰鬥。

秦承望趕緊又躲回馬車裡去避風雪，還讓將士們在他前面嚴陣守衛，足足布防了十層才安心。

林蘭就在他們商議怎麼拿下陵武隘口的時候，正忙著清點藥材。聽說過羊腸小徑的時候，有一輛運糧車掉下山崖了，她只怕藥材也有損失，清點後，發現藥材並無缺損，才鬆了一口氣。

李明允身邊的侍衛來找林蘭，林蘭趕緊跟了過去。李明允見到林蘭，懸著的心總算放下。

「適才有突發狀況，沒能及時來找妳，怎樣，妳還好吧？」雖然林蘭站在了他面前，可是回想之前那段路，小腿都還在發抖，林蘭是個女兒家，就更不用說了。

林蘭卻是不在乎，「我能有什麼事？以前上山採藥，比這樣險的路我都如履平地，不過，這雪下得真大，我就擔心藥材有損，好在老天保佑，剛剛清點了一遍，一點也沒少。」

李明允薄責道：「妳呀，別老惦記那些藥材，自己的安危要緊。」

「那怎麼行？糧草少了，不過大家餓上幾頓，若是藥材少了，是會要人命的。」林蘭睜大眼睛跟他辯。

李明允知道自己說不過她，只好苦笑，「前方隘口可能被突厥人占領了，現在楊大人帶兵前去攻打，怕是會有一場惡戰，妳就待在我身邊，哪也不准去。」

林蘭已經聽說了隘口的事，不過她一點也不擔心，過青峰隘口時，她就留意過，整個隘口裡，就算塞滿了人，也不會超過七八百，這裡有五千多大軍呢，難道都是泥捏的擺設？

林蘭反過來安慰他：「這肯定是小股敵人，來搞偷襲的，咱們這麼多人馬，不用怕他們，正好拿來練練手，也好壯壯士氣。」

李明允忍不住輕哂，「妳倒是有大將之風。」

林蘭不以為然，「就算突厥大軍來了，咱們也不能犯怵啊！打仗不是光有戰略武功，關鍵是要有氣勢，要是自己先膽怯了，未戰已是輸了三分！」其實打仗的事，林蘭還真不懂，但她知道一個道理，狹路相逢勇者勝。

負責保護李明允的趙卓義笑道：「嫂子是巾幗不讓鬚眉，這話真該叫秦副使來聽聽。」

李明允一眼瞪過去，趙卓義嘿嘿一笑，卻是住了嘴。

趙卓義是林風手下最得力的，武藝也最精湛，林風讓他帶幾十人，貼身保護李明允。

約莫過了半個時辰，前方回報，陵武隘口已經拿下，共殲滅敵兵三百餘眾。眾將士歡欣鼓舞，原本快凍得凝固了的血液都沸騰起來。

首戰告捷，葛彪帶人清理戰場，楊萬里去審問活捉了的厥兵，其餘將領安頓人馬。半個時辰後，陵武隘口恢復了往日的平靜，只餘蒼茫的大雪在暗夜裡紛揚。

議事廳裡，兩位特使及寧興手下的副將們齊聚，聽到審訊結果，眾人皆倒抽一口冷氣。

正如楊萬里所料，前方白虎關已經失陷，昨兒個夜裡，突厥五百兵馬喬裝成我軍將士，說是護送傷兵前去勝州。因為是夜裡，看不甚清楚，加之突厥人不知從何處弄到了我軍口令，輕鬆敲開了白虎關的大門，打了個措手不及，白虎關三百兵馬全軍覆沒。今兒個傍晚，他們如法炮製又一舉拿下了陵武隘口，若不是一場大風雪，只怕這會兒青峰隘口危矣。

突厥人密謀突破這條補給線已久，一直不得機會，這次突厥阿史那將軍率七萬兵馬圍攻沙溢，前方戰事吃緊，讓他們有機可乘，偷偷越過我軍布防進入陰山。如果這條補給線落入突厥人手中，突厥大軍就可以從這裡奇襲勝州後方，沙溢的大軍對付阿史那的七萬大軍已經吃緊，根本不可能回援。

屋子裡生了炭火，火光豔豔，可眾人身上皆是冷汗。雖然這場風雪讓他們吃盡苦頭，但現在看來，這簡直就是一場救命的瑞雪。

生命補給線，有時候也是要命的漏洞。

如果不是他們緊趕慢趕的，哪有這麼巧，碰上突厥兵又識破了他們的陰謀。

「那些突厥人倒是硬氣，屬下費了老勁才撬開他們的嘴。突厥兵拿下陵武後，已把消息送去了白虎關，按他們的計畫，白虎關得到消息，馬上會增兵，待青峰隘口拿下，他們就會長驅直入了……」楊萬里先前審訊突厥兵，已是口乾舌燥，這會兒又費了一番口舌說明情況，嗓子都是啞的。

寧興抓住重點問：「可知突厥會增兵多少？」

楊萬里道：「問不出來了，但是突厥人若想來個出其不意打下勝州，沒有五千人馬也是白搭。」

寧興認同地點頭，勝州守軍兩萬，其中有一部分還是傷兵，戰鬥力自然下降。如果突厥人的計畫得逞，先混一部分兵馬進城，再來個裡應外合打得勝州兵馬一個措手不及，大概幾千人馬就夠了。

「這事得趕緊派人去回去稟報馮大人才是，讓他加強戒備。」李明允神情凝重道。

寧興道：「通知馮大人是必須的，楊縣尉，你的手下熟悉地形，你速派人回去稟報馮大人。」

楊萬里凜然領命。

寧興又道：「陵武隘口失守不過是幾個時辰前的事，虧得咱們來得巧，也打了他們一個措手不及，想必這會兒突厥尚未增兵……」

話說到這，西山大營的將領們已經蠢蠢欲動了。寧將軍的意思很明顯，趁白虎關立足未穩，尚未有防備端了它。

秦承望學聰明了，不置一詞，反正又不用他去送死，就算突厥大軍來，幾千人馬守住隘口，人家一時也攻不下，等到後方援軍到，他想全身而退還是容易的。

北山大營的弟兄們心裡都快憋出火來了，這麼簡單的事，頭一份功勞讓西山大營的人搶了去，看到西山大營的人那得意的神情，自己就好比臉上挨了一巴掌。疼是小事，關鍵是臉沒了。於是，一個個眼巴巴地看著馬友良。

手下們的心思馬友良如何不知，他咳了兩聲，倚老賣老地說：「寧將軍還是莫要把形勢估計得太樂觀的好，如今白虎隘口是個什麼情形，你我都不得而知，如果突厥已經開始增兵，我們冒然前去攻打，豈不是自投羅網？還是等風雪停了，後方援兵趕到，再做商議的好。」

寧興反駁道：「用兵貴在神速，若是瞻前顧後，貽誤戰機，才是得不償失。正因為今夜大風雪，而白虎關的突厥人又收到陵武隘口送去的消息，才會掉以輕心，咱們才能打他一個措手不及。

若是等到後方援軍趕到，只怕突厥的援兵也到了，到時候，只怕白虎關就成了一塊硬骨頭，想要啃下來，咱們自己不知得崩掉幾顆牙。」

「將軍，打吧！剛才葛副將和楊大人已經占了頭功，白虎關就留給我老張吧，末將願帶五百人馬前往白虎關！」副將張奎高聲請命。

眾人皆附和，一時間群情激奮。

寧興直接忽略馬友良，去看李明允的意思。

李明允覺得寧興分析得很有道理，若讓突厥人占了先機，就等於在勝州的後防線上撕開了一道大口子，沙溢也將陷入腹背受敵的局面，遂沉吟道：「事關沙溢和勝州的安危，就算是冒險也值得一試。」

李明允和寧興一夜未眠，天色剛明，白虎傳來捷報，寧興高興得一拳將茶几砸了個散架，忙去部署守衛事宜。李明允揉揉酸澀的眼睛，回到房裡準備休息一會兒，一看，林蘭卻是不在，問了侍衛，侍衛說攻打隘口的時候有十幾個士兵受了傷，林大夫一直忙著照顧傷兵，沒回來過。

李明允不由得皺眉，連日趕路，昨晚又一夜沒合眼，他是個男人都覺得疲憊不堪，更何況是林蘭，難道她是鐵打的嗎？軍醫處又不是只有她一個大夫？李明允開始後悔，真不該心軟帶上她，看她這不要命的架勢，愁死人啊！

寧興派了西山大營的兩千人馬前去白虎關守衛，其餘人等留在陵武隘口等候消息，又另派人前去沙溢聯繫懷遠將軍部。

到第三日上，白虎關依然平靜如常。聽說白虎關和陵武隘口出事，著實把守備馮德嚇出一身冷汗，不敢怠慢，火速派兵增援，加強關口防禦。

援軍已到，寧興部準備繼續前往沙溢。這個時候，秦承望病了，手腳冰涼，看上去也就活人多口氣。

李明允收到消息，說昨兒個夜裡，秦副使讓人端了好大一盆冰到屋子裡不知道做甚，現在李明允知道秦承望要幹什麼了。定是聽說阿史那七萬大軍在攻沙溢，這廝嚇破了膽，想裝病好回勝州去，至於這病什麼時候能好，就看懷遠將軍什麼時候打退敵兵了。

林蘭亦清楚秦承望的小算盤，問李明允：「我待會兒要過去給秦副使看病，你是個什麼意思？」

寧興十分瞧不上秦承望這貨，悻悻道：「一聽說有危險，他比誰都溜得快，咱們流血流汗，他只管瞅著機會撈現成便宜，沒門！」

李明允淡然一笑，「他要走就讓他走，他在這，你還得派人保護他不說，咱們還得防東防西的，索性走了清靜。」秦承望走了，馬友良也沒處嘀咕了。

林蘭笑道：「可不是？不過副使病了也不是小事，明允，你得寫個摺子上報朝廷，就說如今突厥七萬人馬圍攻沙溢，沙溢戰事吃緊，而秦副使因水土不服突然病了，留在勝州養病，你只好獨自前往沙溢。」

林蘭的用詞很講究，先說明沙溢的戰況，然後說秦副使突然水土不服，而不是受風寒之類，但凡有點腦子的都知道是怎麼回事了，更何況英明如皇上，李明允敢肯定秦承望跟來是有目的的，下絆子、奪功勞那是可想而知，若是他身後之人再有更深一層的意圖，那就更麻煩了，先在皇上面前報備一下是必須的。

李明允從善如流：「蘭兒的建議甚好。」

於是，林蘭給秦承望下了診斷，說他水土不服，給開了幾副藥，李明允也去安慰了他一番，讓人送他回勝州。

秦承望是只要能不去沙溢，管你給他作何診斷，他的目的已經達到了，不過，他也很是惺惺作態地唏噓了一番，慚愧自己的身體不爭氣，不能與李明允一道去沙溢。

送走這個瘟神，大家都覺得輕鬆許多，大軍繼續開拔。

不出兩日，沙溢在望。

懷遠將軍林致遠已經收到消息，早早派人出來迎接。

一進沙溢城，就能感受到緊張的氛圍。城牆上崗哨林立，人人面上皆是肅殺之氣，城下，將士們井然有序地忙碌著，修築工事的修築工事，操練兵馬的操練兵馬。

前來迎接李明允的校尉方振，已經跟李明允粗略說明了這兩日的戰況。前陣子，阿史那大軍攻得異常凶猛，幸虧將士們拚死守衛，才得以保全。後來收到白虎關隘口傳來的戰報，懷遠將軍還很是擔心了一陣子，沒想到，白虎關一勝，阿史那就退了。

看來楊萬里的猜測很對，阿史那強攻，肯定是為了配合突厥奇兵奪下陰山補給線，計畫失敗，阿史那自然就退了。

眾人被引進將軍府，所謂的將軍府，不過是城中一處簡陋的宅子，若不是門口懸掛的牌子和肅然站立的守衛，只怕誰也想不到這裡就是將軍府。

方振說將軍去巡城了，稍候回來。

李明允擺擺手，「軍務要緊。」又讓方振先和寧興去把人馬安頓下來。

林蘭親自去監督藥材的搬運，藥材放何處都安排得仔仔細細的，免得需要時什麼都找不到。

「哎……這些是麻沸散，必須放在顯眼的位置，這個金創藥小心點，別碎了……」

林蘭叮嚀這，囑咐那的。

突然，士兵們都放下手中的活，肅然而立，口中齊聲喊道：「將軍！」

林蘭回頭看去，只見一位黑甲白袍，身材頎長挺拔的將軍在幾個侍衛的簇擁下朝這邊走來。一張臉被風沙吹得黑黝黝，一雙眉眼卻格外有神，透著久經沙場的沉穩，不怒自威。

這位就是傳說中的懷遠將軍林致遠，馮淑敏的老公？馮淑敏很少提到林將軍，倒是楊萬里的部下常提起林將軍。這位將軍征戰邊關十餘年，殺敵無數，曾經只帶了三千騎兵深入突厥王庭，差點端了突厥的老窩，突厥人對他是又恨又怕。對於邊關的軍民來說，林將軍就是他們的定海神針，他們堅信，只要林將軍在的一日，突厥人就無法踏進中原一步。

對這樣一個人，林蘭自然也十分景仰。正琢磨著是不是該跟他打個招呼，但見林將軍已經大步離去，進了將軍府。

方振的辦事效率極高，且林將軍早就有示下，不一會兒就把寧興的部下安置妥當。

見到懷遠將軍，李明允本想寒暄幾句，林致遠卻是手一擺，自顧自在主座坐下，神情冷然，絲毫沒有套近乎的意思，開口就問：「陰山補給線是怎麼回事？」

李明允淡然一笑，不以為意，早就聽靖伯侯說過此人，面冷心熱，比起那些喜歡做假客套之人，李明允更喜歡這種直截了當之人，當即道：「寧將軍，你來說吧！」

寧興抱拳行禮，把陰山所遇之事細細道明。

林致遠越聽眉頭鎖得越緊，待聽寧興說完，沉吟道：「看來羅咄此人不簡單啊！」

方振見李明允和寧興一臉茫然，便解釋道：「羅咄是突厥大汗的第三子，聽說此人詭計多端，陰險狡詐，看來所言不假。此次突厥派出十萬大軍來襲，就是由羅咄率領。」

「這次多虧你們機敏，若是讓羅咄詭計得逞，後果不堪設想。」林致遠正色道：「此番，李大人和寧將軍功不可沒。」

李明允笑道：「也是天佑我朝，機緣巧合。」

林致遠哈哈一笑，「李大人居功不自傲，難得難得！」

林致遠征戰多年，也見過幾位特使，自以為身負皇命，就很了不起，到這來頤指氣使的，什麼都不懂，就喜歡亂放屁，瞧著都心煩，恨不得一腳將人踹回去。剛才他故意冷著臉，給這位李大人一個下馬威，省得他翹尾巴，認不清形勢，沒想到這位李大人非但沒有絲毫不悅，還這般謙虛謹慎，林致遠對他的好感增添了幾分，也就不端架子了。

「林將軍鎮守邊關十餘年，殺敵無數，保得一方安寧，在林將軍面前談功勞，下官著實汗顏。」李明允微笑道。

千穿萬穿，馬屁不穿，林致遠的面色又和悅了幾分，連方振等人也覺得心裡舒坦，心道：這位李大人真會說話。

林致遠喟嘆道：「李大人日夜兼程趕來，可惜突厥人反覆無常，這和談一事怕是要擱置了。」

李明允道：「下官來時就已經有此準備，我朝與突厥和談，哪次不是邊戰邊談，每一次勝負都會成為雙方的籌碼。這次前來，下官不準備馬上遞交文書，等林將軍重挫羅咄大軍，再舉和談事宜，方為上策。」

寧興毅然道：「林將軍，此番末將帶來五千兵馬，希望能跟隨林將軍上陣殺敵。」

林將軍擺擺手，「寧將軍的責任是保衛特使大人，焉能去殺敵冒險？」

寧興不服道：「將軍可是看不起末將？末將雖然歷練得少，但絕對不是貪生怕死之輩。」

李明允這一路看寧興那興奮勁，就知道他的心思。寧家乃功勳世家，祖上曾出現過好幾位著名將領，寧興的夙願就是上陣殺敵，沙場建功。當初他去西山大營，是皇上破例提拔，有好些人不服他，說他不過是沾了祖宗的光，所以，這小子一直憋著一口氣，想要證明自己，也因此平南之時，他才會請命。這次來到北方，突厥人近在咫尺，他焉能錯失良機？

李明允故意瞪他一眼，「不得放肆，林將軍自有他的計較，這跟看得起看不起沒什麼相干。」

寧興訕訕不語。

林致遠也不以為忤，不想上陣殺敵的士兵就是孬種，寧興有這種膽氣，他很欣賞。眼下突厥大軍壓境，沙溢的守軍不過五萬，增援的部隊還未到達，此時憑空多出五千人馬，簡直就是雪中送炭，他何嘗不樂意？只是，若是特使大人有什麼不測，這個責任他可是擔當不起。

「李大人，這幾日突厥大軍暫時退去，但本將軍以為，他們很快就會捲土重來，沙溢危險之地，李大人還是莫要久留的好。我會安排大人先回勝州，待時機成熟，再請李大人前來。」林致遠道。

李明允笑道：「一切皆聽林將軍安排，不過，下官有個不情之請。」

林致遠眉頭一擰，說：「大人請說。」

「下官回勝州，只需一千兵馬護送即可，其餘人等，希望可以留下來幫將軍鎮守沙溢，也算圓了將士們熱忱報國之心。」

寧興眼睛一亮，希冀地望著林將軍。

「馮大人已經派兵加強陰山補給線的防禦，突厥人再想搞偷襲已是不易，所以，下官回勝州這段路程應該不會有什麼危險。當然，如果林將軍允許的話，下官倒是願意在此多留幾日，若沙溢果真危矣，下官再走不遲。」李明允又道。

林致遠看看李明允，又看看一臉期待的寧興，為難道：「容本將軍考慮考慮。」

公務談罷，李明允示意大家先退下，然後拿出馮淑敏的書信交給林將軍，「這是將軍夫人託下官帶給將軍家書。」

林致遠微感驚訝，接過書信。李明允不打擾人家看家書，告辭出了議事廳。

找到林蘭的時候，林蘭已經把藥材都整理完畢，正跟這裡的老軍醫了解情況。

「林大夫……」

李明允站在門口看了林蘭半天，她都沒發現，只專注地聽人介紹。看情形，他若是再不開口，就只能一直站在這裡等了。

林蘭回頭一看，是李明允，忙向老軍醫道聲抱歉，笑嘻嘻地走過來，「你忙完了？」

李明允微微一笑，「看來，妳比我還忙。」

林蘭笑道：「你忙的是大事，我忙的是小事。」

李明允看林蘭瘦了一大圈，顯得個子越發高了，心疼道：「妳也歇歇吧，不用這般拚命。」

林蘭嘟了嘴道：「我哪裡能歇得住？前幾日仗打得激烈，很多將士都受了不同程度的傷，就這幾位軍醫根本忙不過來。我不知道便罷，既然知道了，哪有置之不理的？」

李明允一聽，臉都黑了。當初可是說好了，帶她來是只是照顧他的，結果呢？她一見到傷患，就知道發揮救死扶傷的精神，也不管他了。李明允靈機一動，神情一萎，摸了摸額頭，有氣無力道：「也不知怎的，這幾日頭好痛，嗓子也痛，渾身乏力。」

林蘭果然緊張起來，「你沒事吧？可別是受了風寒！趕緊回屋去，我替你好好瞧瞧！」說著，拉著李明允出了醫藥院。

李明允嘴角揚起一個幾不可察的弧度，也只有這法子，才能誆得她回屋去。

回到住所，林蘭就把李明允按到床上，自己坐在床沿替他細細把脈，摸摸額頭，又看了舌苔，最後呼了口氣，「幸好沒什麼大礙，可能是累了。你一個文弱書生，千里跋涉，日夜兼程的，沒累趴下已經算是奇跡了。」

李明允不服地囁嚅：「我怎麼就變文弱書生了？我哪裡文弱了？妳一個女人都沒趴下，我一大老爺們憑什麼還不如妳？」

林蘭嗔他一眼，「喲，還不服氣了，行行行，你最厲害，你是文武雙全，你是金剛不壞……」

李明允一把將她拉進懷裡，一個翻身將她壓在身下，一手摸上她的腰身，笑咪咪地威脅道：「看來，不服氣的人是妳，要不，咱們來證明一下？」說著就撓她癢。

林蘭笑得險些岔氣，斷斷續續地求饒：「我認輸，我認輸，別鬧了……」

李明允這才住了手，抱著她躺著，柔聲道：「蘭兒，別這麼拚，我會心疼的。」

林蘭知道他是關心自己，心裡暖暖的，依偎在他懷裡，輕聲道：「你不用擔心我，我有分寸的。你也知道，我這人從不會虧待自己，若是吃不消，我早躲起來睡覺了。」

李明允根本不信，「你們做大夫的都有一個通病，見到傷患就忘了自己。妳別跟我打馬虎眼，現在開始什麼也不許想，閉上眼，老老實實睡一覺才是正經。」

林蘭嘀咕道：「現在可是大白天，睡什麼覺啊？你好意思睡？」

李明允挑眉道：「我是特使當然不行，妳一個小小的醫官，誰管妳啊？」

林蘭反駁：「我可是皇上親封的太醫校尉，皇上讓我來這，可不是來睡覺的。」

李明允按住她想要作亂的手，唬道：「我可是皇上親封的特使，你們都得聽本特使的命令，現在，本特使命令妳，睡覺。」

林蘭掙不開，腦子一轉，裝作聽話道：「好吧，既然特使有令，那下官只好從命了。我睡覺，你忙你的去。」

李明允笑著在她臉頰上親了一口，笑道：「這才聽話。」貪戀地又抱了一會兒，替她掖好被子，再三囑咐：「乖乖休息，不許逃跑。」

林蘭很聽話地點頭，等李明允出去了，她一骨碌爬起來，準備開溜，結果一開門，兩把大戟擋住了去路，趙卓義上前道：「嫂子，李大人有命，他回來之前，不准嫂子離開。」

別看趙卓義這廝平日裡嫂子嫂子叫得熱乎，辦起公事來，毫無情面可講，不行就是不行，林蘭好話說盡也沒得逞，只好悻悻作罷，蒙起頭來睡覺。

也著實是累了，這一覺睡得昏天暗地，不知時辰，突然一陣急促的號角聲響起，接著又是震天動地的擂鼓聲。林蘭初時還以為自己在做夢，迷迷糊糊睜開眼聽了一會兒，嚇得迅速爬起來，這麼大的動靜，莫不是出事了？

林蘭慌忙穿好衣裳，打開門，趙卓義和兩守衛還在門邊杵著。

「出什麼事了？」林蘭問。

趙卓義道：「這是集結的號角，準備戰鬥的擂鼓，怕是突厥來襲。」

靠，這群突厥狗能不能讓人消停一會兒？

林蘭拔腿就往外走，趙卓義攔住她：「嫂子，這會兒情況不明，您還是在這裡待著安全。」

林蘭很不客氣地推開他，「都什麼時候了，你們還不快去保護李大人，在這攔我做甚？」

「可是……可是……」趙卓義很是為難。

「可是什麼？你可是李大人的近衛，李大人若是有個閃失，我唯你是問。快，去看看李大人在何處。」林蘭唬道。

趙卓義可不敢丟下林蘭，只好跟著她。

一出將軍府就是校場，只見各營將士快速而有序地各就各位，絲毫不慌亂，可見這位林將軍帶兵有方。林蘭正想找個人問問情況，就見林風和李明允回來了，李明允凝重的臉上分明寫著情勢嚴峻幾個字。

「是不是突厥人來了？」林蘭迎上去問道。

李明允點點頭，「據斥候回報，突厥大軍傾巢而出，不出半個時辰就要兵臨城下。」

林蘭倒抽一口冷氣，據她所知，這裡的守軍不過五萬，前幾日阿史那率七萬人馬強攻沙溢，已經傷亡了數千，這次若傾巢而出，那沙溢還能不能守得住？

「林大人讓我等迅速撤離沙溢。」李明允補充一句。

「現在就走？」林蘭詫異著，這運氣可不是一般的好，到沙溢第一天就碰上突厥來襲。

李明允瞇起眼望向城頭，沉聲道：「楊縣尉！」

楊萬里上前聽命。

「你先派一隊人馬確定陰山補給線有無異常。」

要撤退，也要等確定退路安全方能撤退。突厥人既然能偷襲白虎關，很難保證他們不會再次潛入陰山。

楊萬里領命退下。

林蘭道：「那我也去準備一下。」早知道來了就得走，她還忙乎個啥勁啊！

李明允吩咐趙卓義：「保護好夫人。」

趙卓義大聲應著，跟著林蘭去了。

林蘭旋風般衝進醫藥處，只見這裡的人都不慌不忙的，該幹啥幹啥，彷彿不知道突厥大軍就要兵臨城下了。

林蘭找到正在幫忙煎藥的文山，「文山，快準備一下，咱們要撤了。」

文山懵懵然，「啊？要撤？突厥大軍不是要來了嗎？咱們不留下來幫忙？」

呃，她也想留啊！可這不是幾個人打群架，是十幾萬人搏命廝殺，明允的安全要緊啊！

「囉嗦什麼，快！」林蘭沒空跟他解釋。

「你們不用這麼慌，有林將軍在，怕什麼？」一個老軍醫慢吞吞地說道。

一個吊著臂膀的士兵贊同道：「就是，別說突厥只有十萬人馬，就是再來個十萬，林將軍也有辦法收拾他們。」

林蘭不否認懷遠將軍很神勇，歷史上也有許多以少勝多的例子，比如淝水之戰，比如火燒赤壁，那可都是用了計謀的情況下，但現在敵我力量懸殊，兩軍死磕，就算林將軍再厲害，他也只是個人不是神，大家都太迷信林將軍了吧？

「你不信？」那個士兵偏著頭，四十五度角瞅著林蘭，「不信就等著瞧好了。」

等著瞧？她倒是想留下來看看神勇無敵的林將軍是如何以五萬之眾打敗十萬敵軍的，可是李明允若是要撤，她是肯定得跟著走，林蘭撇了撇嘴，「文山，趕緊去收拾一下，藥材咱們就帶三成。」

文山哦了一聲，叫上一起來的醫護們去整理藥材。

林蘭帶著藥材出了醫藥處，看見好些士兵抬著大水桶上城頭。林蘭不解，拉住一個士兵問：「你們這是做什麼？」

士兵道：「這是林將軍的主意，往城牆上倒水，這種天氣立刻就結冰了，突厥人想爬上來，非摔死他們不可。」

林蘭驚訝，這樣也行？

她心裡實在好奇，回頭吩咐文山：「你先把東西送回將軍府，我還有點事。」

文山是老實人，不疑有他，帶人先走了。趙卓義頭疼道：「嫂子，您還有什麼事？」

林蘭瞇眼笑嘻嘻道：「現在突厥人還沒到，咱們上城頭看看去。」

趙卓義慌了神，「嫂子，這可不行，城牆上很危險的。」

「還沒開打，有什麼危險？」林蘭說著徑直往城牆上去。

趙卓義忙叫手下回去稟報李大人，自己也跟了上去。

城牆上，寒風凜冽，颳在人臉上跟刀割似的疼，林蘭不禁腹誹：這些突厥人真是精神可嘉，這麼惡劣的天氣還出來打仗，也不怕凍死！

趴在垛口往下看，只見城牆上白花花亮晃晃的一片，果然結冰了，還挺厚的一層。

「嫂……林大夫，這樣危險……」趙卓義看林蘭趴在垛口上，嚇得小心肝一抽一抽的，這差事不好當啊！

一旁一個手握刀戟的士兵鄙視地瞪了趙卓義一眼，嘟噥道：「膽小鬼！」

趙卓義萬分鬱悶，偏偏還不能還嘴。

「報……」一個斥候飛奔上來，跑到林致遠面前，「突厥騎兵已經快到陷馬坑。」

林致遠面不改色，沉聲道：「再探。」

斥候又一路飛奔下去。

「還挖了陷馬坑啊！這個頂用嗎？」林蘭小聲地問那個鄙視趙卓義的士兵。

士兵神情頗為自豪，「這陷馬坑是這兩天才挖好的，一共有三道，第一道就是深坑，第二道、第三道底下插了竹籤、釘子，人馬掉進去，不死也得去掉半條命。等著瞧吧，這回突厥騎兵要折了。」

林蘭不由得感嘆一句：高明啊！突厥人來勢洶洶，未曾想，還沒靠近沙溢就先折了兵馬，銳氣大挫啊！

林蘭望著不遠處一身白袍黑甲，挺立如松的懷遠將軍，頓覺此人的形象高大威猛了許多。

趙卓義也來精神了，望著遠方黑沉沉的夜，心中熱血沸騰，要是能參戰就好了，全然忘了之前還著急著催促林大夫回去。

不多時，斥候再來報。

「突厥第一波騎兵已進入第一道陷馬坑，約莫折損了百餘騎，現在又朝第二道陷馬坑而去。」

林致遠面色毫不見微動，心中卻在盤算著，突厥共有騎兵一萬，阿史那此人作戰喜以騎兵為先鋒，做出勢不可擋的架勢，且看這次能折他多少兵馬。

李明允聽說林蘭去了城頭，心中大急，忙叫林風去找林蘭，別人去還未必能說得動她。

林風帶了兩個侍衛急忙上了城頭，尋找妹子。

林蘭一身男裝打扮，個子又不高，在一眾全副武裝的將士裡還真不好找。

林風急得大聲喊：「林大夫……」

「何人在此喧譁？」林致遠扭頭看過來，神色極為不悅。

的確，在如此緊張的時刻，大家都是屏氣凝神，嚴陣以待，林風這一嗓子吼得確實很突兀。

林風到沙溢城後，還沒見過威名赫赫的懷遠將軍，此時一見，不由得愣住，此人好生面熟。

林蘭見林風被懷遠將軍呵斥了，哪裡敢露頭，扯了扯趙卓義，小聲道：「你過去說一聲，我……我就先回去了。」說罷，趕緊開溜。

趙卓義哭笑不得，擠過去找林風。

林致遠見此人被自己一喝都傻了，心中更是不悅。不過，此人應該是李大人的部下，便按捺住怒氣，冷冷道：「杵著做什麼？還不快退下！」

林風抱拳施禮，退了下去，可心中疑慮更甚，實在是太像了。

趙卓義扯了扯林風的袖子。

林風回頭一看，是趙卓義，忙小聲道：「我妹子呢？」

趙卓義撇了撇嘴，「看見你來，溜了。」

李明允見到林蘭回來，心裡的大石總算落了下去，卻是憋了一肚子火。這個女人，太不知輕重了，居然跑到城頭上去。礙著大家都在，李明允不好數落她，只擺了冷臉，以示他很生氣。

林蘭知道他生氣了，小心賠笑，乖乖站到他身旁。

看她那討好的神情，李明允心中的氣消了大半，總算還知道自己錯了。

「李大人，范德等幾名校尉求見。」侍衛進來回稟。

馬友良眼皮子一跳，瞄向李明允。范德是他的手下，他們不說見他，反倒要見李大人，搞什麼名堂？

李明允也看了馬友良一眼，隨即道：「讓他們進來。」

范德等人進了大廳，就朝李明允單膝下跪，高聲道：「李大人，我等請求留下殺敵。」

馬友良霍然起身，喝道：「軍務之事，豈容爾等置喙？」

李明允抬手，示意馬友良不要著急。

范德道：「寧將軍的部下都上城頭了，我等躲在這裡算什麼英雄？難道我們北山大營的弟兄來此，只是為了保命不成？」

馬友良氣得吹鬍子瞪眼，恨不得一巴掌拍死這個沒腦子的混帳東西，這麼迫不及待趕去送死，到時候北山大營的弟兄都身先士卒，功勞就全讓寧興這小子占了，好鋼也要用在刀刃上不是？這幫兔崽子怎麼就不能理解他的苦心？

「要你們猴急什麼？大家都去打仗，李大人誰來護送？別忘了，我們此行的任務是什麼？」儘管馬友良很想罵娘，但礙著李明允在，只好壓下心頭的火氣。

范德等人顯然無法體會馬友良的「苦心」，不甘地囁嚅道：「寧將軍帶了兩千弟兄上戰場，那好歹也算上北山大營一份，什麼衝鋒陷陣的事都他們西山大營的弟兄上，顯得我們北山大營的弟兄都是孬種似的。」

馬友良心火蹭蹭蹭的往上冒，罵道：「如何調兵遣將，還用不著你來教！你們給我放明白點，保護好李大人的安危才是頭等要務，再囉裡囉嗦，信不信老子撤了你的職！」

李明允淡笑道：「爾等拳拳報國之心，可敬可嘆，不過爾等莫要以為撤退就是貪生怕死，凡事要以大局為重。」

林蘭實在看不來馬友良的行為，想當初，徐州會戰，湯恩伯也是如此，為了保存自己的實力，臨陣脫逃，害得川軍孤軍奮戰，最後全軍覆沒。說句心裡話，讓馬友良護送，還真是不放心。於是，不痛不癢地嘀咕了一句：「像你們這樣老是北山大營西山大營的掛在嘴邊，一聽就不是一條心。」

林蘭嘀咕得雖輕，但是議事廳裡每個人都聽得清楚。

馬友良臉色一變，有種小心思被戳破的尷尬，而且說話的人是李大人的夫人，他又不好無禮，但這話他若不辯駁一番，人家還道他心虛，便道：「林大夫此言差異矣。我等是北山大營出來的，平日裡說習慣了，一時改不了口也是人之常情。我等都是粗人，沒有那麼些歪歪腸子，說句話還在肚子裡繞三圈。」

林蘭漫不經心地笑道：「馬將軍急什麼？我只是就事論事，不論你們是北山大營來的，還是西山大營來的，都是皇上親指的護衛軍，你們老是把自己的出身掛在嘴邊，別人聽了，難免會有想法。」

「林大夫說的極是，既然大家都是護衛軍，寧將軍就該一視同仁，不能每次有好事都想著自己弟兄，拿我們當後娘養的。」范德這個大老粗順竿子爬，也不知有沒有聽明白林蘭話中之意。

李明允不動聲色地看著馬友良，林蘭這幾句敲打也是有必要的，馬友良的小算盤打得響，可別以為人家都是傻子。
馬友良的臉色更難看了，對李明允抱拳道：「李大人，末將絕無二心，若李大人不信，只管請旨免了末將的職。」
李明允哂笑一聲，要免你的職，何須請旨這麼麻煩？馬友良大概忘了，他有這支隊伍的全權指揮和任免的權力，之所以不動他，是怕北山大營的弟兄們有情緒。如果馬友良能及時醒悟就罷了，若是執迷不悟，他有的是辦法收拾他。
「馬將軍言重了，本官還能信不過馬將軍？」李明允雲淡風輕地笑道，又對范德等人道：「爾等的心情，本官了解，寧將軍也絕無看輕爾等之意，先下去吧！」
正說著，就聽見震天的喊殺聲響起，突厥人攻到城下了。
眾人俱是色變，李明允馬上道：「大家速速集合，先做好迎戰準備。」現在走不走得成還是未知數，先做好準備總沒錯。
范德等人肅然領命，退了下去。
馬友良急著出去訓人，也道：「末將出去安排一下。」
李明允微微頷首。
林蘭見大家都出去了，方道：「看來，北山大營的人耐不住了。」
李明允嘆道：「都是有血性的漢子，若馬將軍能屏棄小我之見，便能如虎添翼。」
「估計馬友良再慫幾回，他的威信就徹底沒了，到時候隊伍再進行整編，什麼北山大營、西山大營，全部打亂，你中有我我中有你，看他能怎麼辦。」林蘭嗤道。
李明允眉毛一抬，細裡一想，這個法子極好，全盤打亂，方可擰成一股繩。
林風和趙卓義進來。

李明允問：「外面情況如何？」

林風道：「突厥人開始強攻了，東西北三處城門都受到攻擊。」

「你去盯著點，有情況隨時來報。」

林風看見妹子，又想起心中的疑慮，只是現在情況緊急，不是說話的時候，便沒開口，抱拳行禮後退下了。

突厥人這次是卯足了勁，一副不攻下城池誓不甘休的勢態，沙溢城的將士們也很頑強，戰鬥足足持續了兩個時辰，還是僵持不下。

林蘭想到肯定有很多傷兵，很想去醫藥處幫忙，可李明允不允，只要他一點頭，再想把林蘭拉回來就難了，就她那救死扶傷的使命感，估摸著她還會上城頭去救人，太危險了。

楊萬里匆匆來報：「李大人，屬下派出兩撥斥候，到現在沒有一人回來，恐怕後方有異常。」

李明允神情一凜，果然不出所料，突厥人不會放過陰山補給線，現在李明允不禁擔心沙溢的安危，更擔心勝州那邊。

林蘭也很著急，「這可怎麼辦？先不說咱們能不能撤，萬一突厥人拿下陰山補給線，攻打勝州怎麼辦？」

楊萬里道：「這點倒不用擔心，馮大人已經加強了三關的防禦，通行口令也換了，突厥人想用詭計過關是不可能的。強攻的話，這三關都是地勢險要，易守難攻，沒那麼容易。」

李明允背著手在屋子裡踱來踱去，須臾頓住腳步，雙眸清亮透著決然之意，吩咐道：「楊縣尉，此事非同小可，還請你務必摸清陰山補給線的情況。」

楊萬里凜然道：「遵命。屬下親自去一趟，探明情況。」說著就要離開。

李明允又叫住他：「楊大人……」

楊萬里轉身，「李大人還有何吩咐？」

李明允深深吸氣，道：「你多加小心，若情況不妙，立刻撤退，安全為上。」若非情況特殊，李明允是不會讓楊萬里親自去冒險，所以，不得不多囑咐一句。

楊萬里目光微閃，「屬下明白。」

兩軍交戰一直持續到東方天際露出魚肚白，沙溢城以傷六千死二千的重大代價擋住了突厥人瘋狂的進攻，當然，突厥的傷亡更加慘重。

戰爭過後的沙溢城一片狼藉，三處城門皆損壞嚴重，尤其是北城門，被敵人的流火砲打得千瘡百孔。李明允很擔心，沙溢城還能承受幾次這樣的強攻？

「他娘的，這一場打得真是痛快！」寧興整張臉都被煙熏得漆黑，只餘兩隻烏溜溜得大眼透著酣戰後的興奮。

李明允瞄了他一眼，這人簡直就像煤堆裡爬出來似的，身後葛彪等人也好不到哪裡去。

「咱們的人傷亡多少？」李明允問道。

寧興叫張奎，張奎回道：「死了幾十位弟兄，重傷不多，輕傷二百餘人。」

這樣的傷亡情況已經比李明允預想中的要少，看看四周忙於修築工事、打掃戰場的將士們，生死搏殺了一夜，沒能喘口氣就得準備著迎接下一場戰鬥，李明允的心情格外沉重，這樣的戰爭太過殘酷。

「你們先下去休息，聽說林將軍受了傷，我過去看看。」李明允吩咐一聲，去到將軍府。

林風候在門外，焦急得踱步，見李明允過來，忙迎上去，「大人……」

「林將軍如何？」

林風搖頭，「軍醫在裡面，現在還不清楚。」

稍等了片刻，軍醫端著托盤出來，盤子裡是一支帶血的斷箭，說幸好箭上無毒，只是傷在臂膀上，短時間裡不能開弓射箭了，要是傷口迸裂，想要痊癒就難了。

房裡傳來林致遠的大嗓門：「胡大夫，你少危言聳聽，趕緊忙你的去！李大人，請進！」

胡大夫搖搖頭，端著盤子走掉了。

李明允和林風進入房中，見林致遠肩膀上包紮了厚厚的繃帶坐在披了虎皮的大椅上，看起來精神還不錯，李明允不禁暗自喟嘆，這些人都是鐵打的嗎？

「李大人，你怎麼還沒撤？」林致遠抬頭問道。

李明允道：「走不了。」

林致遠笑道：「怎麼？你怕本將軍頂不住？」

李明允微微一笑，「陰山補給線似乎出了問題。」

林致遠的笑容倏忽隱去，轉而是凝重的神色，急問道：「什麼情況？」

林風回道：「我家大人命人先去探路，怕突厥人再度潛入陰山，結果，派出去的斥候一去不回，現在，楊縣尉已經親自帶隊前去查探。」

「楊萬里？」林致遠沉思起來，楊萬里此人他有耳聞，曾經也是靖伯侯的屬下，擅長追蹤術，他親自出馬應該沒什麼問題。現在他不解的是，突厥人再度潛入陰山意欲何為？想從背後包抄沙溢城？他們就不怕陷入腹背受敵？想攻打白虎關？那是易守難攻之地，上一次僥倖被他們偷襲成功，焉能讓他們輕鬆再取第二次？

「等楊縣尉弄明情況，我們就知道突厥人到底打什麼算盤了，現在最關鍵的是，突厥人會不會捲土重來。我看沙溢城損毀嚴重，只怕難以抵擋再一次的強攻。」李明允擔心道。

林致遠也是憂心忡忡，「突厥從未如此大規模地進攻沙溢，似有不拿下此城不甘休之意。眼下，勝州的守軍不多，遠征西北的大軍尚未歸來，沙溢左右無援，確實難以支撐。」頓了頓，他毅然道：「無論如何，也得堅持一個月，一個月後，西北大軍必然回歸。」

林風一直觀察林致遠的一舉一動，想要把眼前這個人跟久遠記憶中的人重疊起來。

「將軍，聽您的口音，似乎是江浙一帶人。」林風忍不住開口。

林致遠被這個風馬牛不相及的問題問得怔了一下，仔細看這位年輕人，見他目色清明，並無那種諂媚套近乎之意，便道：「正是，本將軍是湖州人。」

林風心頭一震，湖州？他竟然真的是湖州人！

看他臉上露出驚訝之色，林致遠笑了笑，「怎麼？有什麼不對嗎？」

「沒、沒什麼。」林風不知該如何形容心中的震撼，現在他已經有八成的把握。

李明允看了看怪異的林風，乾咳了兩聲，笑道：「如此說來，我和將軍也算半個老鄉了，我外家是豐安的。」

林致遠呵呵一笑，「那麼，我與大人還算有緣。」

從軍務要事突然轉折到老鄉緣分的事上，連李明允自己都覺得不太合適，時間不對、地點不對，便趕緊收住這個話題，請將軍好生歇息，就準備告退。

出了門，李明允小聲問林風：「你怎麼好端端地問起這個？」

林風心不在焉支吾著：「沒，就問問。」

反正一時也走不了了，林蘭獲准去醫藥處幫忙。醫藥處只有七八位醫官、十幾名醫護，這一場惡戰下來，傷亡不少，醫藥處人滿為患，大家忙得連解手的時間都沒有。

「哎……你砍了幾個？」

「哪有那時間數啊！這邊剛砍翻，那邊又爬上來，跟割韭菜似的，割了一撥還有一撥！」

兩個士兵在討論殺了多少個敵兵，引得一旁的人也來了興致。

「這仗打得過癮，流火砲炸得那些突厥狗哭爹喊娘……」

「這些突厥狗真他媽的不怕死，從沒見過這麼瘋狂的，踩著同伴的屍體往上爬，連梯子都省了……」

「是啊，我也是第一次見這麼狠的，看來那個羅咄王子是想要在咱這立功啊！不過有林將軍在，他想得逞，沒那麼容易！」

「林將軍那真叫一個神勇，開弓滿弦，一箭就一個翻一個……」

大家說得起勁，身上的傷痛都忘了。

林蘭聽見他們說什麼流火砲，大感好奇，難怪聽到爆炸聲，原來是打砲啊！有這麼好的武器裝備，那還怕突厥人個鳥啊！

林蘭湊上去問：「那個流火砲是怎樣的？」

一個士兵道：「你到城牆上看一看不就知道了？」

林蘭「切」了一聲，繼續忙活，不說拉倒，等收拾了你們這些傷兵老爺，姑奶奶自己去瞧。

林風找到醫藥處，把林蘭拉了出來。

「哥，你幹麼呢？沒見我正忙著嗎？」

「妹子，哥有件要緊事跟妳說。」林風把林蘭拉到偏僻的地方，準備告訴妹子他的發現。

「什麼要緊事啊？有治病救人更要緊嗎？」林蘭翻了個白眼，嘟囔道。

「妳有沒有覺得林將軍很面熟？」林風問道。

林蘭奇怪道：「沒覺得啊！」

林風想想也是，爹走的時候，妹子才四歲，不記得了也是正常，林風又道：「我剛才問了林將軍，他說他是湖州人。」

「湖州人怎麼了？」林蘭是穿越者，雖然繼承了本主的一些記憶，但是這個銜接度還是存在一些問題。她只記得兩三年前的事情，也就是說，現在的林蘭根本不知道自己原本是湖州人氏。

林風錯愕地看著妹子，「妹子，妳的記性也太差了吧？」居然連自己是哪裡人都忘了。

林蘭默然，她充其量是個假冒偽劣產品，哪記得那麼多事？

「哥，你到底要說什麼啊？」林蘭心虛地問。

「妹子，當年妳還小……」

「林大夫……林大夫……」

林風剛開了個頭，就聽見有人急喊林大夫。

林蘭忙道：「哥，有事遲些再說，我現在真的很忙，我先走了。」說著，就跑回了醫藥處。

林風重重一嘆，算了，乾脆等這仗打完了再說吧！

林蘭忙得昏天暗地，只聽得有人高聲詢問：「拋石手呢？還活著的話就吱一聲！」

林蘭抬頭一看，是方振。

一個士兵搖搖晃晃站了起來，「方校尉，屬下還活著呢！」

緊接著又有幾個人站起來。

方振瞅了他們一眼，指著兩個傷勢較輕的說：「拋石機壞了，你們得想辦法趕緊修好，萬一突厥人又來了，就沒法發射流火砲了。」

呃？她還以為流火砲是大砲打出去的，原來是用拋石機。這樣的威力可沒法跟大砲相比，面對如此強敵，沒有厲害的武器，光憑不怕死是沒用的。林蘭忙放下手中的活，去追方振。

「方校尉，方校尉……」

方校尉停下腳步，回過頭來，「林大夫，有事嗎？」

林蘭笑呵呵地問：「我想問問，咱們這除了流火砲，還有沒有別的殺傷力更大的武器？」

方校尉笑道：「若是有，這會兒林將軍也不用苦惱了。如果沒別的事，我得先走了，還得帶人去重挖陷馬坑。」

還陷馬坑啊！敵人上過一次當，還能上第二次當？說不定，下一次就是步兵打頭陣了。

「那你們這有兵工廠嗎？」林蘭問。

方振莫名其妙，「什麼兵工廠？」

「就是……就是做流火砲的地方。」

方振這才恍然，「有啊！」指了指西南角一處建築說：「就那，這會兒正在趕製流火砲，昨晚幾乎把庫存都用光了，幸虧你們這次來，運來了硝石和硫磺。」

方振說罷戒備地看著林蘭，「你可別去那，那裡是軍事重地，很危險的。」

林蘭假模假樣地笑道：「我就問問，不會去的。」

等方振一行走遠了，林蘭拔腿就往西南角而去。

◆　◆　◆

楊萬里直到夜裡才回來，他帶著斥候小分隊，沒敢走大路，而是從山上過，在白虎關和沙溢城之間發現有一股突厥伏兵，若是從下面山道上過，就會被射殺。他沒驚動突厥兵，從他們身後繞過去，到白虎關查看了一下，那裡倒還安靜，沒有發現異常，他已經告知白虎關的駐軍，前方有突厥人埋伏。

「李大人、林將軍，這股突厥伏兵人數不多，大約就一兩百人，若是需要，屬下即可帶人去解決了他們。」楊萬里道。

林致遠思忖良久，道：「看他們之意，不像是要包抄沙溢後路，也不似要侵襲陰山補給線，倒似要斬斷沙溢與勝州之間的聯絡。先不要動他們，我懷疑勝州那邊可能會有情況。試想，突厥兵剛剛全力圍攻沙溢，造成他們對沙溢勢在必得的假象，故而我等全力防守，這時候突厥兵卻轉而東進，去攻打勝州，又掐斷沙溢與勝州之間的聯絡，我們不能及時回援，勝州豈不危矣？又或者，他們的確是對沙溢勢在必得，切斷聯絡，就能讓我等陷入孤立無援的境地。」

眾人聽林將軍這麼一分析，一股寒意從腳後跟竄上脊背，皆是一身冷汗。勝州若是失守，那突厥大軍就能長驅直入，南下中原了。

「所以，先不動他們，暫且盯著。」林致遠吩咐道：「楊縣尉，你再辛苦一趟，回勝州，請馮大人加強戒備。」

楊萬里領命，不曾喘口氣，又出發了。

李明允心事重重地回到屋子裡，屋子裡空蕩蕩的，林蘭還沒回來。李明允以為林蘭還在醫藥處忙，這個時候，就算九頭牛也休想把人拽回來，李明允只好隨她去，自己脫了衣服準備休息，沒想到趙卓義急匆匆地趕來稟報，林蘭不見了。

李明允愣了一下，道：「什麼叫不見了？」

「屬下一直以為嫂子在醫藥處，加上醫藥處到處都是人，也就沒在意。到了晚上，屬下想提醒嫂子該休息了，卻發現嫂子不見了。屬下幾乎把整個醫藥處都翻遍了，也沒見嫂子的人影，屬下又去別的地方找，也沒找著……」趙卓義心虛地說。叫他保護人，卻把人給保護丟了，他真的沒臉來見李大人。

李明允擔心的可遠比別人多，怎麼說林蘭也是個女的，雖然女扮男裝，但是人家稍微留意一下就能識破，這滿城都是男子，她一個女人多危險啊！

「去通知林風，讓他帶人馬上去找……站住，告訴他們，動靜別太大。」李明允急切地下命令，自己也趕緊把衣裳穿好，出門去找。

這會兒，林蘭正蹲在兵工廠裡，跟兩位師傅琢磨怎麼製土地雷。前世看過一部電影，那裡面的地雷可算是花樣百出，什麼子母雷、天女散花雷、跳雷，炸得鬼子鬼哭狼嚎，後來跟同學一起參觀軍事博物館，她就特別留意了下。具體的製作方法她不是很清楚，只能說個大概，不過這裡製流火砲的師傅們非常感興趣，本來還要攆人，後來拉著她不放。

三人琢磨大半天，終於出了一個成品，林蘭看著黑乎乎的陶罐，有些忐忑，這東西真能炸嗎？

「走，去試試。」唐師傅興奮地小心翼翼抱著陶罐從後門出去，來到一片空地上，挖了個坑，把陶罐埋了進去，放好引線。

「找個地方躲起來……」唐師傅朝林蘭等人揮揮手，大家連忙找掩體躲好。

唐師傅拉著引線也退了下來，大家屏氣凝神，緊張地看著那塊空地。

「我要拉了，膽小的捂上耳朵，閉上眼睛。」唐師傅戲謔道。手上的引線一扯，只聽得砰的一聲，土石飛濺開來，地上炸出一個大坑。

唐師傅雀躍地大喊：「成了成了！」回頭去拍拍還捂著耳朵的林蘭，「小子，你說這東西叫啥？地雷？哈哈，好，這名貼切，就叫地雷！埋在土裡的雷，看不把突厥狗炸上天……」

林蘭被他幾下大力金剛掌拍得險些吐血，慚愧地聳了聳肩，想她說個理論都說得亂七八糟，虧得他們還能聽懂，果真做出地雷來，古人的智慧不可小覷啊！

「老鄧、老柯，你們趕緊照著法子再做一個，好去稟報將軍。若是將軍同意了，咱們先不做流火砲，先弄他幾百個地雷出來。」唐師傅還沒有從興奮的狀態中恢復過來，說話的嗓門極大。

不過，林蘭懷疑唐師傅是被剛才的巨響震得耳朵不好使了，才這麼大聲。

林蘭一把拉住要走的唐師傅，嘿嘿笑道：「唐師傅，跟您商量個事兒。」

唐師傅心情好，對林蘭這個大功臣是有求必應，爽快道：「你說。」

「這個地雷是你們研製出來的，跟我沒關係，你們出去可別提起我啊！」林蘭道。

唐師傅怔了怔，旋即哈哈笑道：「小兄弟，你這麼謙虛做甚？要不是你出的好點子，我們怎麼想得到？等報過林將軍，林將軍肯定給你記大功。」

林蘭忙擺手，「還是莫要提起我的好，我這人不喜歡張揚，真的。」

唐師傅狐疑地看著林蘭，「這年頭，像你這麼低調的人可不多。」

「好吧，我老實跟你說。這是我們家族不外傳的技藝，說這東西殺傷力太大，弄不好會遺禍百姓。雖然我也是一知半解，那個……如果叫我家族的人知道這地雷是我傳出去的，那我可就成了家族叛逆，死後也進不了祠堂了。」林蘭編瞎話編得順溜，配上那忐忑不安的表情，顯得格外真誠。

唐師傅恍然地哦了一聲，「這還真的挺嚴重，小兄弟，不管怎樣，我老唐先代表沙溢的將士們謝謝你了。」

這三更半夜的，突然一聲巨響，把沙溢城的將士們都驚著了，還以為突厥人又來了，大家紛紛抄傢伙準備再戰一場。

林致遠也被震得從榻上驚跳起來，急問道：「什麼情況？」

侍衛稟道：「回將軍，聲響好像是從西南傳來。」

西南是軍火庫和流火砲作坊，難道突厥人奇襲軍火庫？

林致遠從牆上取下弓箭和長刀，「走，去看看。」

李明允等人正四處尋找林蘭，猛聽得一聲巨響，也是嚇了一跳。聽著聲響是從西南方傳來，以為有敵情，忙吩咐趙卓義帶人繼續尋找，自己和林風往西南而去。

一時間，西南這個小角落成了全城關注的焦點。

林蘭剛踏出作坊，就見前面一群人氣勢洶洶趕來，為首的好像是林將軍，還有明允。她忙把腳縮回去，躲在門後，問在院子裡幹活的夥計這裡有沒有別的門可以出去。

夥計莫名其妙地指指南邊一扇小門。

林蘭抱拳道：「謝了！」一溜煙溜出了南門，見沒人注意，拉了拉袖子，整了整衣裳，混入人群，回到了將軍府。

「林大夫？」守門的侍衛見林蘭回來，驚呼道。

「當然是我，不然你以為是誰？」林蘭若無其事，笑咪咪地說。

「不……不是，趙校尉說您不見了，李大人正帶著大夥兒四處找您呢！」侍衛結巴道。

「哦，白天聽士兵們說起拋石機，覺得挺稀奇的，就溜到城頭去見識見識，見識過了就回來了，嗯……你去告訴他們，我已經回來了，讓他們不用找了。」

侍衛聽話的哦了一聲，跑出去找人。

過了半個時辰，李明允興沖沖地回來了，當然，高興的前提是，侍衛說林蘭已經回來了。

「蘭兒，這回沙溢城有救了，軍營製造軍火的唐師傅研製出一種叫地雷的武器，埋在地下，只要人一踩上去就會炸上天。妳想，若是咱們在城外埋上這麼幾百顆，突厥人焉能靠近沙溢城一步？定炸得他們魂飛魄散，比流火砲好使多了。林將軍也是大喜過望，現在正命唐師傅他們抓緊造更多的地雷……」李明允開心道。

自從北上，林蘭就沒在李明允臉上看到這樣燦爛的笑容，林蘭配合地做出驚喜的表情，「真的？那太好了，之前我還擔心沙溢會守不住呢，那個唐師傅真厲害！」

李明允深以為然，「軍中不乏這樣的能人，唐師傅這時候研製出地雷，真是太及時了，真乃天佑我朝。」

林蘭默然：確實是老天保佑，讓我穿來這裡，要不然哪來地雷啊？

「嗯，大家終於可以睡個安穩覺了。」林蘭笑著用力點頭。

「想睡安穩覺，現在還不是時候，陰山裡潛伏的突厥兵還未解決，勝州那邊能否安然還尚不得而知……」李明允說著心思又沉重起來，突然想起林蘭之前失蹤的事，當即唬著臉問：「之前妳去哪了？」

林蘭做出很無辜的表情，「沒去哪啊，之前一直在醫藥處待著，你也知道傷兵多得快把醫藥處擠爆了。」

李明允一眨不眨地瞪著她，一副妳給我說實話，不然就要啥啥的神情。

林蘭避開李明允如炬的目光，癟了癟嘴，說：「後來，我偷偷溜上了城頭，去看那個拋石機。我就是感興趣嘛，去看一看是個什麼東西，再後來我就回來啦！」

李明允不太相信，「就這樣？」

林蘭用力點頭，打馬虎眼，「當然就這樣，不然還能怎樣？你叫我亂跑，我也不敢啊！」

李明允腹誹：不敢？您老還知道謙虛啊？可真稀罕呀！

◆　◆　◆

李明允總覺得林風這幾日不太對勁，常常一副心不在焉的樣子，不管是作為上司還是作為妹婿，李明允都有必要關心一下。

找到林風的時候，林風正在馬廄刷馬。說是在刷馬，可林風只揀一處刷，都快把馬的皮給刷下來了，那馬兒很不安地動來動去。

「大哥。」不談公事，沒有屬下在的時候，李明允就叫林風大哥。

「我看你最近好像有心事。」李明允用的是肯定的語氣，明眼人都看得出來林風滿臉心事。

林風停下手上動作，看著李明允，忽地把刷子一扔，道：「妹夫，我有件要緊事，不知該不該告訴妹子，你幫我參詳參詳。」這件事憋在心裡沒處說，真是難受得緊，簡直寢食難安。

李明允眉頭一擰，這事跟蘭兒有關？那他更得聽了。

「邊走邊說。」

林風把戰馬交給一旁的小兵，出了馬廄。

「我懷疑林將軍是我父親。」林風輕嘆道。

李明允還以為自己聽錯了，表情驚疑不定，「你說什麼？林將軍是你父親？」這實在是太突然了，他一時難以接受。

林風望著城牆上迎風招展的旗幟，目光漸遠，彷彿陷入久遠的回憶，緩緩道：「蘭兒肯定跟你說過，我們的父親可能已經不在了。的確，這麼多年，我們一直以為他不在了。我八歲的時候，父親去參軍，當時，父親是在湖北一帶剿匪，跟家裡還有聯繫，後來父親的隊伍北上抗擊突厥，就失去了聯繫。我十一歲那年，跟父親一起參軍的同鄉殘了一條腿回到鄉里，告訴我母親，他親眼看見父親陷入敵兵重圍，身上被砍了好幾刀，怕是沒命了，我娘當場就暈了過去……我娘不相信父親死了，到處打聽父親的消息，但都打聽不到，再後來，老家鬧旱災，鬧饑荒，顆粒無收，很多鄉親都餓死了，我娘只好帶著我和妹子一路要飯到了澗西村……妹子在逃荒途中生了重病，我們娘仨只好在澗西村暫時住下。我娘本想等妹子的病好了再回老家打聽父親的消息，如果父親沒死，一定會回來找我們的，沒想到妹子一病就是幾年。期間我曾奉我娘之命回過一趟老家，老家的人大都不在了，就剩我大姑，我大姑說父親已經死了，軍中來了陣亡告知書。我不敢把這消息告訴娘，回去後，只跟娘說沒有打聽到父親的消息……」

林風說著，眼角濕潤起來，「我娘再也沒提起父親，但我知道我娘其實已經猜到了，只是不願意承認。我娘臨終的時候，一直喊著父親的名字。父親以前叫林三，因為在家中排行老三。」

李明允踟躕道：「你能肯定林將軍就是……你父親？」

林風低頭抹了把眼睛，深吸一口氣，抬眼道：「父親去參軍的時候，我已經八歲了，父親的樣貌我記得清楚。相隔十三年，父親的樣貌雖然有了變化，但他下巴上的痣不會變。還有，他說他是湖州人，而我的老家就是湖州，我有八成的把握，林將軍就是我父親。」

「那為何不索性問問清楚？」李明允問道。

林風搖搖頭，「我不敢問，我甚至希望他不是我父親。如果他是我父親，他沒死，為什麼他不回來找我們？我們離開了老家，可大姑還在老家，我已經告訴大姑我們在豐安縣澗西村，就算他忙於抗敵，可他派個人回鄉隨便打聽一下，就知道我們的下落，然而，這麼多年他都沒有找過我們……如今，他是懷遠將軍，在京城有他的將軍府，他又娶了一房嬌妻，還生了一個兒子……我……我真不知道該如何面對他。」

李明允默然，如果林風說的是真的，那麼，林將軍就成了拋妻棄子、無情無義的小人。蘭兒是最恨這種負心人，如果讓蘭兒知道她竟與自己的繼母相交甚篤，不知蘭兒會作何感想？也難怪林風不敢告訴蘭兒，不但林風糾結，現在他也很是鬱悶。

「這其中，會不會有什麼誤會？」李明允儘量把事情往好處想，因為這些日子跟林將軍接觸下來，他覺得林將軍不像是這種薄倖之人。

「誤會？我也希望這其中有誤會，但我實在找不到可以替他開脫的理由。」林風自嘲地苦笑。

李明允沉吟道：「這件事還是先瞞著蘭兒的好，她的脾氣你也知道，最見不得這種不平事，更何況是關係自身？我找機會試探一下林將軍，等弄明白了再做決定。」

李明允想，如果林將軍果真如此不堪，那麼，這個岳丈他也不想認。

肆之章

身世惱人明就裡

林蘭忙裡偷閒，溜去火器坊，唐師傅帶著一干人日夜趕工，已經做出了幾百個地雷，而且比起第一個試驗品，又有了改進，不需要拉引線，只要一腳踩上去，就會觸動機關，引發爆炸，林蘭對唐師傅佩服得五體投地。

「埋這個東西也得小心點，最好是有個分布圖，自己人總該知道哪裡能踩，哪裡不能踩，萬一炸到自己人就不好了。」林蘭提醒道。

唐師傅一拍腦門，「對啊，要是大家亂埋一氣，自己都忘了哪有地雷就糟糕了，我得趕緊去跟方校尉商量一下，這些地雷今天就要埋下去了。」

唐師傅又狠狠地拍了一下林蘭的肩膀，差點把林蘭拍到地上去。

「哈哈，小兄弟，你這提醒真是太及時了！」唐師傅朗聲笑著，撇下林蘭去找方振。

林蘭吃痛，揉揉肩膀，衝著唐師傅的背影囁嚅：「再被你這麼拍幾下，我的小命也玩完了。」

地雷埋下去第三天，突厥人又來了，據探子回報，突厥人這次大約來了萬餘人。

林致遠心知肚明，突厥人這種小打小鬧不過是做做樣子，不過，大家還是湧上城頭，無非是想見識一下這個新式武器的威力。

遠遠地看見突厥兵黑壓壓的一片，如天邊的烏雲壓境。這一次突厥人前進的速度緩慢，顯然是上次吃了陷馬坑的虧，生怕又有什麼險阱，故而小心翼翼，讓步兵打頭陣。

「將軍，馬上就要進雷區了。」方振既緊張又興奮，一雙拳頭攥得咯咯作響。

林致遠一臉沉靜地望著遠方。

葛彪等人懷著三分疑慮七分期待，小聲地問寧興：「將軍，您說那些鐵罐子真的能行嗎？」

寧興神情嚴肅，壓低了聲音道：「行不行，待會兒就見分曉。」

最緊張的莫過於唐師傅和林蘭，兩人一瞬也不瞬地盯著遠方，心中暗暗祈禱：一定要炸，炸死這些突厥狗！

「進了進了……」方振激動得聲音發顫。

只聽得砰砰砰的連續幾聲巨響，突厥隊倒下一大片，隊伍頓時亂作一團，混亂中，又是幾聲巨響傳來。

「炸了，炸了，果然炸了……」將士們興奮地歡呼起來。

突厥兵紛紛後退，沒多久，騷亂的隊伍又安靜下來，只見一面大旗從隊伍後方迎了上來，突厥兵分成幾列，繼續前行。

「哈哈，我布的是梅花形的雷陣，分成縱隊也休想見縫插針。」方振很是得意地說。

林致遠橫了他一眼，似乎是嫌他聒噪，方振嘿嘿地直笑。

果然，突厥兵又踩中了地雷。

寧興一拳捶在牆磚上，痛快道：「炸死這些突厥狗！」

突厥兵試探了好幾回都沒能成功突進，看著一個個同袍被炸得四肢殘缺，鮮血淋漓，都嚇破了膽，不敢再冒然前進。

林蘭哈哈大笑，「今日總算見識到什麼叫不敢越雷池一步。」

「突厥人退了……」方振指著那面迅速向後退去的大旗大聲道。

林致遠此時才露出一絲微笑，看來這玩意兒果真好使，能派上大用場，當即吩咐道：「命火器坊全力打造地雷。」

唐師傅果真是個人才，不用林蘭提醒，他已經開始研製威力更大的地雷，比如在雷罐裡加碎鐵皮，爆炸後，鐵皮飛射出來，足以穿透堅硬的鎧甲，殺傷範圍更大。

林蘭悻悻搖頭，不得不承認，這個世界上最恐怖的動物是人類。

有了雷區做防禦，突厥人想要穿越這片雷區，必將付出慘重的代價，沙溢城的將士們都鬆了一大口氣，而突厥人在陰山安插伏兵的意圖也終於顯山露水。不出林將軍所料，羅咄果然率兵東進，一舉攻下了勝州的防禦前哨塔木大寨，兵臨城下。

楊萬里接到命令，俐落地收拾了伏兵。林致遠親自率二萬大軍回援勝州，又命方振率三千人馬繞到突厥大軍身後，在其撤退的必經之路上埋下地雷，準備來個前後夾擊。

李明允等人隨著援軍再度回到勝州，此時的秦承望已經慌忙撤離了勝州。

沙溢守軍突然出現，打了羅咄一個措手不及。計畫失敗，羅咄不得已，命大軍撤退。林致遠率軍窮追不捨，攻城的時候都是士卒在前，逃命的時候就變成主帥在前。可憐的羅咄，自信滿滿而來，卻被炸上了西天，突厥兵見主帥陣亡，頓成無頭蒼蠅，潰敗之勢如山崩，如大河決堤。

半個月後，突厥大汗派使臣來請求和談。

這幾日，李明允、林將軍及勝州的守備馮德一直在商議如何跟突厥談判，覺得突厥人反覆無常，就算和談成功，只要他們兵馬一壯，就會毫不猶豫地撕毀和約，一而再，再而三地進犯，一紙合約根本無法約束他們。

馮德道：「依老子的意思，和談個鳥，派大軍直搗突厥王庭，滅了他們一了百了。」

林致遠道：「要想殲滅突厥，談何容易？獻宗時，我朝二十萬大軍遠征突厥，不也沒能徹底擊潰突厥？突厥地域遼闊，又是遊牧民族，居所不定，你去他們走，你走他們回，如何殲滅？」

李明允道：「林將軍所言極是，可咱們總是被動挨打也不是個辦法，不但所費軍力十分龐大，還不能有效壓制突厥，邊關的百姓連年遭受戰亂之苦，民不聊生。和談，不過是給突厥人一個喘息的機會，對我朝只不過是換取一時的安寧。」

馮德鬱悶道：「那你們說該怎麼辦？」

李明允起身走到布防圖前，望著沙溢、勝州等地道：「這幾日我一直在想，歷朝來，我朝只固守陰山一帶，雖說背靠陰山，有一定的防禦優勢，但問題就出在我們只想到如何防，而從未想過如何才能給突厥造成威脅。」

林致遠眼睛一亮，起身上前道：「其實，本將軍一直有一個想法。」他指了指黃河以北道：「若是我朝把疆土推進三百里，推進到黃河以北，在哪裡修築城池，建築工事，就好比一把弓箭對準突厥門戶，扼住了突厥人的咽喉。」

馮德一聽，頓時撫掌大呼妙哉，又道：「這樣一來，突厥人首先要擔心的是自己的疆土能不能守住，再想隨心所欲南下就不可能了！他娘的，這次就給突厥人一個教訓，他答應最好，不答應就打到他們答應為止！」

三人相視一笑，心裡已經有了打算，這一次，絕不能讓步。

秦承望聽說打了勝仗，病馬上就好了，第一時間趕回了勝州來履行自己的職責，談判。

「李大人，咱們得好好合計合計怎麼跟突厥使臣談判。」秦承望積極道。

李明允只是敷衍他：「跟突厥的談判不會那麼容易，慢慢來吧！」

「慢慢來怎麼行？趁著這次打了大勝仗，咱們得速戰速決，以免突厥人反悔，又生變故。」秦承望不滿道。

李明允心裡冷笑：秦大人啊秦大人，你想的未免太天真了，突厥人想反悔豈是你一紙合約能限制的？

「李大人，別忘了，你我可是肩負皇命而來，焉敢不盡心竭力以報皇恩？」秦承望慷慨激昂，好似他有多麼憂國憂民，有多麼忠君愛國似的。

馮德輕蔑地瞥了秦承望一眼，譏諷道：「國有難，秦大人憂得大病一場，突厥一敗，秦大人的病就好了，看來秦大人的確是憂國憂民。」

秦承望臉色微變，不悅道：「馮大人此言何意？」

馮德抬了抬兩條濃眉，道：「秦大人難道聽不出來下官是在稱讚秦大人嗎？病來得及時，病好得更及時。」

秦承望臉色一沉，羞惱道：「別怪我沒有提醒諸位，若是誤了和談大事，皇上怪罪下來，你們誰也擔待不起！」

李明允溫言道：「秦大人稍安勿躁，等西北大軍歸來，咱們手握重兵，對突厥的威懾就更大，到時候再進行談判，豈不是更有勝算？」

「那麼，依李大人之見，是要拖延和談？」秦承望冷笑道。

林致遠道：「事緩則圓，秦大人應該比我等更懂這個道理。」

秦承望輕嗤一聲，「只怕突厥人會覺得我朝沒有誠意，到時候來個魚死網破，這個罪責又該由誰來承擔？」

馮德不客氣道：「秦大人，你別忘了，現在打勝仗的是咱們，不是突厥人，現在需要拿出誠意的是突厥人，而不是我們。」

秦承望見他們三人沆瀣一氣，憤憤道：「既然你們是如此態度，本官定會如實上報朝廷，是非曲直自有皇上決斷。」說罷甩袖憤然離去。

馮德等他走了，罵道：「貪生怕死之輩，裝什麼忠肝義膽！」

林致遠道：「突厥使臣就要到了，在我軍部署尚未完成之前，最好莫讓此人知道你我的意圖。李大人，你還是先給靖伯侯通個消息，若此人在摺子上胡說八道一番，你我又不能在聖上面前分辯……」

李明允頷首道：「此事我已有主張，皇上乃聖明君主，比你我更迫切希望邊關能從此安寧。」談完國事，馮德先行離去。

林致遠道：「總算是可以緩口氣了，說起來，林某還不曾謝過李大人夫婦對內子的關照。」

李明允淡然一笑，「將軍客氣了，林夫人與內子一見如故，相交甚篤，相互照應也是應該。」

林致遠笑道：「內子在信中一再提起李夫人，說山兒很喜歡李夫人，嚷著要叫李夫人姊姊，林某對李夫人也很是敬佩，能不辭辛勞隨李大人北上。」

李明允笑道：「將軍過獎了，山兒十分聰明伶俐，我們都很喜歡。」

說到寶貝兒子，林致遠目光變得柔和慈祥，「林某上次離開的時候，山兒還不會走路呢！」

李明允笑道：「那將軍下回見到山兒，可要認不出了。」

林致遠哈哈笑道：「估計連我這個爹也不認得了。」

「哪能啊？骨肉親情，此乃天性，即便分離再久，也不會不認得的。」李明允意有所指，「對了，說起來內子的老家也在湖州，不知將軍在老家可還有親眷？說不定，還認識呢！」

林致遠驚訝，「哦？那可真是巧了，林某家姊還在湖州。」

「內子也有個姑媽在湖州，不過李某還未曾去過，也不知那姑媽如今是否安好。」李明允試探道：「將軍鎮守邊關十餘年，可曾回鄉探親？」

林致遠嘆了一口氣，「很多年沒回鄉了，也不知家中情形如何。」

李明允又道：「將軍心懷邊關黎民，捨小家顧大家，著實叫人敬佩。看將軍年紀，理應早就成家了，哎，若是我朝多幾位像將軍這般忠義之士，何愁疆土不保？」

林致遠眼中閃過一抹痛楚遺憾之色，黯然道：「李大人謬讚了，其實，林某也是不得已，林某在老家原本有妻兒，可惜，林某護得邊關百姓，卻護不了自己的妻兒，害得他們皆死於饑荒……」

李明允心頭一凜，問：「將軍的原配已經去世？」

林致遠無奈地點點頭，語聲沉痛：「十年前，老家鬧旱災，顆粒無收，浮橫遍野，林某的妻兒也未能倖免……哎，林某本以為衣錦還鄉，可以讓妻兒過上好日子，沒想到，回鄉後聽到的是如此噩耗……」

李明允更是驚訝，「將軍可是親眼所見？」

林致遠遺憾地搖搖頭，「是家姊所言。這也是林某此生最大的遺憾，若我那大兒子還在人世，現在應該有李大人這般年紀了，還有我那小女兒，多機靈的丫頭，就這麼沒了……」

看他滿目傷感，李明允沒有繼追問，心中已是了然，看來問題出在那個大姑身上。

李明允安慰了林將軍一番，忙去找林風。

「大哥，當初你找到大姑，是她親口說你父親已經死了？」

林風很肯定地點頭，「她是這麼說的。」

「那你可見到了軍中的陣亡告書？」

「我問了，可我大姑說弄丟了。」林風道，看李明允眉頭微蹙，林風問：「怎麼？你問過他了？他怎麼說的？」

李明允沉思道：「你大姑平時跟你們關係怎樣？」

林風想了想，說：「不怎麼好，我大姑這人好吃懶做，我姑父就更不用說了，還嗜賭。父親在的時候，他們常來我家借銀子借米，父親靠打獵為生，我們一家也只能勉強糊口，哪有多餘的銀子米糧借給他們？剛開始，父親還借了他們幾回，後來實在借不出，他們就說是我娘挑唆的，背後不知道說了我娘多少壞話。」

李明允嘆息道：「大哥，看來一切都是大姑在搞鬼。我今天問過林將軍，當年他回鄉找過你們，是你大姑告訴他，你們都死了，死於饑荒。」

林風一臉錯愕，「不可能吧？大姑就算再恨我娘，也不能胡謅說我們死了……」

李明允瞅著他，遺憾道：「人心險惡，有時，就是親人也不能全然相信。」

「那……那怎麼辦？你相信我父親說的話嗎？」林風有些無措，他不敢相信，父親竟然回鄉找過他們，父親沒有忘了他們……

李明允回想起林致遠當時沉痛遺憾的神情，道：「我覺得林將軍不似在說謊。」

林風無比沮喪道：「當初我怎麼就沒有一點戒備之心呢？怎麼就信了大姑的話呢？」

李明允安慰道：「這事也不能怪你，誰想到你大姑會拿人命開玩笑，害得你們一家骨肉分離，害得你娘跟你父親陰陽兩隔。」頓了頓，他又道：「這件事，我想，應該告訴蘭兒了。」

林蘭安靜地聽林風和李明允說完，然後面無表情地看著他倆。

李明允和林風面面相覷，的確，這事很突然，但林蘭總該有點反應才是，或驚訝，或高興，或難過……或者提出疑問，可林蘭一點反應都沒有，叫兩人有點摸不著頭腦。

「妹子，妳說這事該怎麼辦？」林風很頭疼。

林蘭驀地起身，拔腿就往外走，李明允忙追了上去，「蘭兒，妳上哪？」

林蘭走得飛快，李明允和林風見她徑直往林將軍住所而去，都急了，看林蘭這架勢，是要去興師問罪呢！

「妹子妹子，妳聽我說，這事，咱們回去慢慢商議，妳說認咱就認，妳說不認咱就不認……」

林風試圖拉住林蘭。

林蘭甩開大哥的手，走得更快了。

李明允暗暗叫苦，就知道蘭兒是個急脾氣，所以一直沒敢告訴她。這會兒事情都弄清楚了，才敢跟她商量，沒想到她還是這麼沉不住氣。這要鬧起來，還不知如何收場。

林致遠正埋頭研究黃河以北的地形，只聽得外面侍衛道：「林大夫，將軍正在辦公，未經通傳不得入內……」

緊接著聽見門被人用力推開，林致遠不禁皺了皺眉頭。

林蘭旋風般衝到林致遠面前，一雙大眼怒視著眼前這個原本讓她十分景仰的男子，而現在，看著這個人，這個說是她父親的人，林蘭心裡只有憤怒，腦海裡一遍遍都是母親臨終前流著淚喚著林三這個名字嚥下最後一口氣的情景，而這個男人早已另娶嬌妻，生了兒子。

林致遠被她瞪得莫名其妙，出於各種原因，林致遠還是耐著性子，原諒了她的無理，溫言問道：「李夫人有何事？」

李明允和林風隨後趕到，林風去拉林蘭，「妹子，別這樣，回去再說……」

李明允對林將軍抱歉道：「打擾將軍了，我這便帶內子回去。」

林蘭用力甩開林風，「你拉我做什麼？要說就當面鑼對面鼓地說清楚！」

她逼上前一步，口氣硬冷：「請問將軍閣下，你是何時回湖州的？」

林致遠看看李明允，又看看林蘭，一頭霧水，「李大人，李夫人這是……」

「回答我，你必須回答我。」林蘭態度強硬地逼問。

李明允尷尬道：「還請將軍告知。」不論如何，他必須跟蘭兒站在同一陣線。

林致遠心中十分不悅，這哪是問話，簡直就是在審問犯人。礙著李明允的面子，林致遠道：「辛巳年四月，怎麼了？」

辛巳年四月？林風錯愕地呢喃著：「只差了一個月，一個月……」他就是辛巳年三月回湖州的，而大姑說父親已經陣亡了。

林蘭冷笑，「辛巳年四月？很好，如果我沒記錯，山兒今年五歲，七月出生，也就是說，將軍回湖州後，聽人說你妻兒都不在了，將軍馬上就另娶了一房嬌妻，將軍當時一定很遺憾吧？為什麼不早點回鄉，早知道妻兒不在人世，早就可以另娶她人，白白耽誤了這麼多年……」

林致遠的臉更黑了，慍怒道：「李夫人，這是老夫的家事，無須李夫人置喙，老夫如何行事更輪不到李夫人來評說！」

林蘭戚然一笑，恨恨地道：「你說我沒資格說你是嗎？林三，林致遠，你睜大你的眼睛好好看清楚，站在你面前的是誰？」

林致遠聽得林三這個名字，如遭當頭棒喝，不可置信地看著林蘭：「妳……妳是誰？」

「我是誰？我叫林蘭，他叫林風，我娘叫沈佩蓉！」林蘭一把把林風拽到林致遠跟前，「你說我們是誰！」

林致遠驚得踉蹌一步，林蘭、林風……這是他給自己的兒子和女兒取的名字，他如何不記得？看著眼前兩張年輕卻憤怒的面孔，他努力試圖將這兩人與自己記憶中的影像重疊起來。

「妳……是蘭兒？你……是風兒？」林致遠顫著聲音，覺得自己彷彿置身幻境，不可思議，不敢相信。

林蘭胸膛劇烈起伏，「蘭兒也是你叫的嗎？你有什麼資格叫我？在別人眼裡，你是戰無不勝威名赫赫人人景仰的將軍，可你在我心裡，只是個薄情寡義不負責任的混蛋！虧得娘天天盼著你，臨終前還對你念念不忘，而你，只聽人說我們死了，就當我們死了，林致遠，你當我們是什麼？你養的小貓小狗嗎？死了就死了，丟了就丟了，你當我娘又什麼？人家死了老婆還得齊衰一年，你倒好，迫不及待另娶她人，高高興興開始你的新生活！林三，林致遠，你就是個不折不扣的大混蛋！」

林致遠聽著女兒厲聲控訴，心中愧疚難當，他是真沒想到自己的一雙兒女竟還活著，竟然就在自己身邊，而大姊竟然騙他……林致遠真是有苦難言，顫聲道：「蘭兒，妳聽為父解釋……」

「為父？你是山兒的父親，不是我的父親，你少在這裡自作多情！在我心裡，我的父親早就死了，我寧可你早就死了！」

林致遠急道：「風兒、蘭兒，為父對不起你們，但是，請你們理解為父當年的苦衷！」

苦衷？有個屁苦衷！不過是為自己的薄情寡義找理由罷了！

林蘭扭頭問林風：「大哥，這樣的父親，你還想認嗎？」

林風看著一臉愧色的林致遠，這一刻，他不再是戰場上指揮若定，威風凜凜的將軍，只是個乞求得到兒女諒解的父親，可是……他能諒解嗎？父親為報效國家，無法顧及妻兒，他能諒解；父親被人誆騙以為他們不在了，沒有堅持找他們，他能諒解，但是，他無法諒解父親這麼快就把他們忘了，這麼快就娶了別人，這叫娘情何以堪？妹子說的對，父親是個薄情寡義不負責任的混蛋。

林風雙唇緊抿，目光越來越冷漠，拉了林蘭的手，「我們不認識這個人，我們走！」

林致遠伸出手想要挽留兒女，可他的手還未及碰到林蘭的衣角，林風和林蘭已經決然離去。

李明允搖頭輕嘆，林將軍雖然情有可原，但蘭兒說的也有道理，若真是夫妻情深，父子情深，林將軍怎能在得知妻兒不幸的消息後，隨即就娶了馮家女兒？就衝這一點，就算他有萬般理由，也無法讓人原諒。

「李大人……」林致遠又是慚愧又是尷尬，沒想到李大人是他的女婿，現在蘭兒和風兒恨死了他，不肯聽他解釋，他只能求助與女婿了。

李明允輕嘆，「將軍若是還想認一雙兒女，怕是要費些力氣了。」說罷，抱拳告辭。

對於認不認父一事，他可不敢擅作主張。

林致遠頹然坐下，痛苦地抱著頭，他要如何才能獲得蘭兒、風兒的諒解？

林蘭出了門，眼淚就流了下來。她不是為自己哭，只是為娘不值得。娘一個人帶著他們兄妹受了多少苦，最後換來的竟是這樣的結果，難道男人都是沒心沒肝的動物？當然她也要為自己哭一哭，她怎麼就跟繼母成了好朋友？這算什麼事？

「妹子，別難過，咱們就當咱們的爹早沒了。」林風安慰道。

「誰說我難過？我才不難過，這樣的爹還不如沒有！」林蘭悶聲道。

「嗯，那咱們就當不知道，就當今天的事沒發生過。」林風說道。

林蘭白了他一眼，沒好氣地說：「怎麼可能當沒發生過？我恨死他了，以後我見到他一次，就罵他一次！」

林風怔然：也不必如此吧？

李明允走了過來，道：「大哥，你先回吧，我來勸勸她。」

林風點點頭，不放心地看看妹子，重重嘆了一口氣，走了。

李明允看林蘭眼睛紅紅的，疼惜道：「回去洗把臉，免得讓人看見，還以為我欺負妳了。」

林蘭一眼瞪過去，警告道：「你可不許幫他，不然我跟你翻臉。」

李明允苦笑，「怎麼會呢？我是妳丈夫，自然是幫著妳的。」

回到屋子裡，李明允去絞了熱帕子給林蘭擦臉，半開玩笑道：「我猜林將軍這輩子都沒被人這樣指著鼻子罵過。」

林蘭撇著嘴，「他活該！」

「不過，他畢竟是妳父親，難道妳真打算一輩子不理他？」李明允試探道。

「我理他做什麼？」林蘭憤憤道：「如果換作是你，我死了，你會轉身就去娶別人嗎？」

李明允忙捂住她的嘴，「呸呸呸，什麼死不死的，哪有人這樣做比較的？」
林蘭拉開他的手，「你別跟我打馬虎眼，說你會不會就是了！」
李明允握著她的手，認真道：「如果這麼不幸的事真的發生在我身上，我就出家做和尚去。」
林蘭鄙夷道：「好啊，你去做和尚，哪家寺廟收留了你，保證香火旺盛！」
李明允哭笑不得，「那我就隨了妳一起去，免得妳一個人孤單。」
林蘭嗔道：「一聽就是假話！」
李明允笑著摸摸她的頭，「這還真不是假話，沒了妳，我一個人在這世上也沒意思了。」
他面上雖笑著，可目色溫柔，無比真誠。林蘭默然，她相信這一刻他是真心的。
「那林夫人呢？妳們這麼要好，等回到京城，她若是來找妳怎麼辦？還有山兒，他最喜歡念著妳了。」
林蘭鬱悶地絞著帕子，「以前不知道也就罷了，現在知道了，讓我當做沒事一樣不可能，大不了，以後不來往。」
「哎……我看林將軍有得煩惱了……」李明允苦笑。
林蘭調整了下情緒，決定不為這事煩惱，該煩惱的人也不該是她，於是又去了醫藥處。
林致遠卻是無心再看布防圖，林風和林蘭的出現，讓他又是驚喜又是痛苦，他一個人琢磨良久，覺得還是得從女婿身上入手。
李明允聽說林將軍找他談公事，就知道林將軍這是要假公濟私，可人家打著公事的名頭，他不去還真不行。
林致遠再次見到李明允，親熱地叫了聲：「明允……」
李明允嘴角抽了抽，覺得頭皮發麻，這樁差事不好做啊！對林將軍，於公他是打從心眼裡敬佩，於私嘛……還是有些意見的。可人家的畢竟是貨真價實的老丈人，老丈人若開口相求，他能不幫嗎？可若是幫了，蘭兒會跟他翻臉，左右為難啊！

林致遠熱情地吩咐人看茶，然後屏退左右，小心翼翼地問道：「那個……蘭兒她回去後，跟你說了什麼？」

李明允咳了兩聲，一臉為難道：「蘭兒警告我，不許摻和。」他想先把自己摘出來。

林致遠神情一滯，可他實在沒別的法子，只好腆著臉道：「明允，這事，你可得幫幫忙，蘭兒那裡，你得幫我說說好話。」他算是看明白了，兒子林風不難搞，難搞的是蘭兒，只要蘭兒原諒了他，風兒應該沒問題。

李明允為難道：「林將軍，不是我不想幫，只是……蘭兒的脾氣您也見識過了，她心裡認定的事情，別人再怎麼說也沒用。」

哎，那句話怎麼說來著？不是一樣人，不進一家門，他和蘭兒怎麼都這麼倒楣，碰上這樣的爹呢？不過，話說回來，林將軍比起自己的父親還是好了很多，人家起碼還是對國家有貢獻的，也沒有刻意去騙人害人，只是薄情了些。

「這件事，是我的不是，當初驚聞噩耗，我也是不敢相信，可家姊說得有鼻子有眼的，又不由我不信。我以為從此陰陽相隔，心灰意冷了好一陣子，可日子還是得過不是？我也是想著，總不能叫老林家絕了後，恰好一個同僚極力撮合，為我保媒，這才娶了馮氏……蘭兒這麼生氣，也是應該的，是我對不起她娘，對不起她們兄妹倆，我只想用我的餘生去彌補這份遺憾。」林致遠愧疚道。

李明允不知該說什麼，其實這世上比林將軍差勁的人多了去，莫說妻子死了，就算妻子活著的時候，三妻四妾也是平常，根本算不了什麼，但他的想法和林蘭一樣，都希望彼此就是彼此的唯一，相扶一生，也許是他們的想法過於理想化了。

「林將軍，這些年，他們兄妹倆吃了好多苦，因為沒有父親的庇護，母親又早逝，所以蘭兒的個性很要強，若不是如此，她早就被嫂子逼著嫁給大財主作妾了。」李明允嘆道。

「什麼？她嫂子逼她嫁給大財主作妾？那風兒呢？他這個做大哥的就允許自己的妹子受這樣的委屈？」林致遠一聽就怒了。

呃？李明允本來想表達的意思是，蘭兒個性要強，想說動她不容易，必須得有十二分的誠意，沒想到，無意中告了那個張揚跋扈、貪財無良的嫂子一狀。

「大哥當然不許，是大嫂瞞著大哥的。」李明允替林風圓了一把，不過，那時候的林風還真是懦弱，要不然姚金花她敢這麼張狂？

「這個賤人，等我回去後再好好收拾她！」林致遠咬牙切齒道。

李明允腹誹：若不是您老一去多年，也不給家裡一點消息，何至於陰差陽錯，造成今日的局面？您先好好自省才是。

「林將軍，當年您北上抗敵，怎不給老家去封信呢？蘭兒的母親到處打聽您的消息。」李明允問道。

林致遠神情一黯，嘆道：「之前我都有寫信回家，後來，在一次戰鬥中，我負了重傷，軍醫們都說沒救了，我硬是咬著牙從鬼門關爬了回來，足足養了大半年才好，後來也一直有給老家去信，只是我不知，當時老家鬧旱災，蘭兒她娘帶著他們兄妹逃難去了。」

說到這，林致遠目光一凜，握緊了拳頭，恨恨地道：「我早該想到，家姊對佩蓉心有怨恨，我卻信了她的胡話！等邊關大事了結，我定要回去質問她！」

李明允沉默半晌，緩緩開口：「林將軍，依我看，您也不用著急，蘭兒現在是在氣頭上，自然什麼話也聽不進去，不過，我相信，只要您拿出十足的誠意，蘭兒和大哥會原諒您的。」

「這個自然，他們兄妹受了這麼多苦，我這個做父親的沒能好好保護他們、照顧他們，是我失職，現在上天能給我這個贖罪的機會，我只有感激。」林致遠真誠道。

默了片刻，林致遠帶著一絲討好的意味道：「我看你和蘭兒感情深篤，她一定肯聽你的勸，你也幫我勸說勸說，現在我可就指望你了。」

李明允硬著頭皮，訕訕道：「我會勸她的。」

林致遠得了這一句承諾，長呼一口氣，神情愉悅起來，問道：「你跟我說說，你和蘭兒怎麼認識的？這些年過得如何？」

這個問題……說起來話就長了。李明允頭疼地想了想，總不能告訴他，我跟你女兒結緣是源於一紙假婚契約吧？這幾年過得怎麼樣？那簡直就是水深火熱啊！怎麼說呢？

正在糾結，只聽外面侍衛來報：「突厥特使到了……」

這下子換李明允長呼一口氣，「這些事，以後我慢慢跟您說。」

林致遠道：「也好，正事要緊。」

兩人一道去了守備府。

◆ ◆ ◆

楚君浩對林蘭初時的印象並不太好，覺得林蘭不會辦事，還很小氣，尤其是當她從沙溢回來後，貢獻出大堆的藥材時，他更肯定了自己的想法，這人不是一般的小氣，還很狡猾。但是這幾日相處下來，又覺得此人醫術精湛，也很敬業，性子也隨和，那些傷兵似乎都很喜歡跟他聊天。不過，楚君浩始終覺得這人長得太女氣，聽說他跟特使大人關係不一般，還跟特使大人同住一房……

楚君浩每每想到這一點，就忍不住起一身雞皮疙瘩，龍陽癖他只聽說過，現實中還沒見過，真想不到特使大人好這一口。

「文山，文山……幫我把繃帶拿來。」林蘭在給一個傷兵換藥。

文山應了一聲，忙遞上繃帶。文山跟來此地原是為了照顧二少爺，結果變成了二少奶奶的跑腿，成了醫藥處的醫護。

林蘭麻利地幫傷兵包好傷口，囑咐道：「傷口恢復得很好，但還是要注意，不能沾水，也不能喝酒……」

「知道了，林大夫，你都囑咐幾百遍了。」傷兵笑呵呵地說。

林蘭抬了抬眉毛，「有這麼多嗎？我怎麼不記得？」

旁邊一個傷兵揶揄道：「石頭是把林大夫囑咐別人的也算到自己頭上了，石頭覺得林大夫說的每句話都是在跟他說呢！」

眾人哄堂大笑。

叫石頭的傷兵不以為然道：「人家林大夫說的都是金玉良言，咱得記在心上。」

林蘭知道這些大老粗們話裡的意思，也不怪他們。她雖男裝打扮，但怎麼看也不像個男人，軍中只有幾位知情的，私下裡叫她嫂子，在外都叫她林大夫，興許大家以為她有龍陽癖。斷袖什麼的，古來有之。不過大家也就是開開玩笑，沒有惡意，她更不會在意。

林蘭點點頭，中肯地說：「石頭是模範傷兵，你們要是都像他一樣配合，我們這些做大夫的就省心了。你，鐵蛋，昨天是不是偷偷喝酒了？」她又指著剛才說話的那個傷兵，故意繃著臉質問。

鐵蛋詫異道：「林大夫，你不禁醫術高明，連鼻子也這麼靈啊？」

林蘭走過去敲了他一個爆栗，「酒袋子都露出來了，還用聞？」

鐵蛋忙低頭看枕頭下，果然酒袋子沒藏好，露出來了，當即訕訕道：「裡面是水，是水……」

林蘭才不信他的鬼話，「文山，給我沒收了！」

文山笑嘻嘻地上前，把酒袋子從枕頭下拿出來，朝鐵蛋晃了晃，「這個我先替你保管了。」

鐵蛋哭喪著臉，囁嚅道：「林大夫簡直比娘兒們還厲害。」

石頭幸災樂禍地笑，有人起鬨道：「林大夫比娘兒們俊多了……」

眾人又是一陣哄笑，林蘭雙手插腰，指著他們，「我看你們的嘴一個個比娘兒們還碎！」

突然，大家如同見了鬼似的，都噤了聲，老老實實躺著不動了。

林蘭回頭一看，原來是楚君浩這個冰塊臉來了。

這個楚君浩，簡直就是一座會移動的冰山，走哪哪冷場。

楚君浩面無表情地說：「林大夫，你跟我來一下。」

林蘭歪了歪嘴，最不喜歡楚君浩說這話，每次他叫她，她都有種被嚴肅而又古板的訓導主任叫去訓話的感覺。

「文山，這裡你收拾一下。」林蘭吩咐一聲，跟上楚君浩的腳步。

「林大夫，聽文山說，你在京城開了間藥鋪？」楚君浩說話也是冷冰冰的。

「是啊！」林蘭懶洋洋地回答。

「那你可認得京城德仁堂的華少東家？」

「你說華文柏？」林蘭好奇道，難道他也認識華文柏？

聽林蘭直呼華文柏的名字，楚君浩蹙了蹙眉，看來是認識了，便道：「你既然在京城開藥鋪，又認識華少，有件事要請你幫個忙。」

喲，從冰塊臉嘴裡聽到「請」這個字可真不容易。

林蘭抱著雙臂，好整以暇地看著他，一副洗耳恭聽的樣子。

楚君浩道：「你也知道咱們的藥材不多了，而北方一帶藥材緊缺，我催了多次，補給都沒能供上，眼下是戰事稍緩，剩下的藥材還能頂一陣子，可萬一情勢有變，傷患增加，非得斷藥不可，到時候，你我空有一身醫術又能如何？巧婦難為無米之炊。」

林蘭揣摩著他的意思：「你是不是想叫我回京城去籌備藥材？」

楚君浩定定地看著她，「正是此意，你在京城有藥鋪，又跟華少認識，辦起事來容易很多。」

「你也跟華少認識啊，為什麼你不自己去？」林蘭才不想離開呢！明允的事還沒辦完，她怎麼能走？

楚君浩嘖了一聲，「我這不是走不開嗎？我走了，這裡誰負責？你啊？」

林蘭挺直了腰桿，「我負責就我負責，難道我的醫術還不如你嗎？」

楚君浩默默地瞅了她片刻，道：「如果你願意長駐邊關，我很樂意讓你負責。」

呃？長駐邊關可不行，明允辦好了事就得回京覆命，到時候她自然是要跟著回去的。

林蘭挺直的腰桿又軟了下去。

楚君浩輕笑，就知道他不願意留下來，「你若不放心李大人，我可以給你一個承諾，李大人上哪我楚君浩就跟到哪。我不能保證他的安危，但我保證如果李大人一旦有意外，我必定及時盡全力救治，你能做到的也只有這一點不是嗎？而且我的醫術也不比你差。」

呸呸呸，說事就說事，幹麼咒我家明允？林蘭狠狠地剜了他一眼。

「將士們上陣殺敵，為國流血，你我能做的只有儘量讓傷者得到有效的救治，林大夫，這事只有託付你了。」楚君浩懇切道。

林蘭猶豫著，這事也是要緊，似乎的確是沒有比她更合適的人選了，只是……

「那採辦藥材的銀子呢？」林蘭問，沒錢怎麼辦事？這可不是一筆小費用，難不成要她貼啊？她已經貼了不少了，這次帶來勝州的藥材，少說有三成是她自掏腰包籌備的。

楚君浩難得地露出淡笑，「銀子你不用擔心，馮大人自會解決，總不至於叫你做虧本生意。」

林蘭低眉想了又想，道：「這事，我做不了主，我得問過李大人才能決定。」

皇宮御書房，皇上拿出一封摺子對靖伯侯說：「這是邊關送來的八百里加急文書，你看看。」

靖伯侯躬身高舉雙手接過摺子，打開來細看，不禁喜上眉梢，「皇上，此事若成，乃千秋萬世之功啊！」

皇上挑眉，慢悠悠道：「周愛卿以為此事可行？」

靖伯侯道：「皇上，請恕微臣直言，我朝疆土遼闊，物產豐厚，一直是外族垂涎之地，故而歷朝歷代邊關征戰不休，唯有高祖之時，四海皆對我朝俯首稱臣，何也？就是因為高祖之時兵強馬壯，外族不敢來犯，而高祖之後，歷代君主皆重民生，漸漸忽視武力。國雖富然兵不強，故而外族又起異心，到今時，北方突厥、西北吐蕃、南方百夷，以及隔海相望的倭族漸漸崛起，他們無不對我朝虎視眈眈。前次大勝吐蕃，兵出奇招是一個因素，最關鍵是吐蕃內亂為平，一旦吐蕃王權穩固，必會捲土重來，若是與外族聯手，我朝豈不危矣？」

皇上深以為然地點點頭。

靖伯侯又道：「此番林將軍大勝突厥，突厥可汗最鍾愛的三王子也命喪邊關，突厥元氣大傷，不得已再提議和。然，突厥人反覆無常，即便簽訂了合約又如何？一旦時機成熟，他們會毫不猶豫撕毀合約大舉進犯。李特使和林將軍所獻之計，臣以為乃是上上良策，皇上應趁此良機，給突厥人一個狠狠的教訓，擴疆三百里，駐軍突厥門戶之前，則進可危及突厥王庭，退有黃河天險為屏障，攻守皆宜，這樣才能叫突厥人害怕，讓他們知道我朝天威不可侵犯，犯我中華者，雖遠必誅之。」

靖伯侯說得慷慨激昂，皇上聽得也是熱血沸騰，他離了寶座，在書房內踱了幾個來回，忽而頓住腳步，抬起頭來，面上有一絲猶豫，「此舉會不會激怒突厥？」

靖伯侯神情凜然道：「對付強悍的外敵，只有比他們更強悍，勝者為王，敗者為寇。我北方駐軍，在西北、陰山連敗突厥，使其銳氣大減，元氣大傷，突厥人即便不服，即便憤怒，短期內也沒有能力與我軍抗衡，此乃天賜良機。一旦錯過，等突厥恢復了元氣，或是與吐蕃等國達成了協定，我朝再想成事可就難了。」

皇上再度陷入沉思。

靖伯侯又道：「如今西北十萬大軍已回陰山，加上陰山駐軍，少說也有二十幾萬，現在處於下風的是突厥，該怕的是他們。」

皇上聞言眉頭鬆開來，重重呼出一口氣，快步走到御桌前，提筆在摺子上批覆：准奏！

又命人八百里加急送往邊關。

而書案上的另一封秦承望送來的摺子，隨後被皇上扔到火盆裡燒了。

李明允與突厥特使只是做了簡單的交流，態度不冷不熱，這是作為勝利者應有的姿態，但秦承望十分不爭氣，一味腆著笑臉，小心伺候，一副狗奴才的嘴臉，看得馮德和林致遠心裡冒火。好在他只是個副使，若是正使，將士們的血都白流了，仗都白打了。

林蘭等李明允回來，跟他說了楚君浩要她回京城籌備藥材的事。

李明允自然是贊成的，邊關氣候惡劣，整天飛沙走石，連他都有些受不了，更何況是蘭兒？加之憑空冒出個老爹來，蘭兒是提到林將軍就生氣。林將軍呢？一心一意要求得子女的原諒，弄得大家都不能安心做事。蘭兒離開，正好讓緊張的氣氛緩一緩，冷靜冷靜，對大家都有好處。

「你真希望我走啊？」林蘭噘著嘴，有點不高興，明允怎能答應得這麼爽快呢？都沒有表現出一點捨不得的樣子。

李明允好言勸道：「我自然是希望妳能在我身邊，可是採辦藥材更要緊，楚軍醫把這事交給妳，是對妳的信任，我也覺得沒有人比妳更合適做這件事了，咱們當以國事為重不是嗎？再說，西北大軍不日就到了，這裡十幾萬大軍駐守，妳還怕突厥人打進來？就算借突厥人幾個膽，他們也不敢啊！妳就放心吧，妳相公我，會很安全的。」

林蘭心裡稍稍釋然，她知道李明允說的都對，只是她就是放心不下。

林蘭支吾道：「那……讓文山留下來伺候你。」

「不用，回京的路長著，妳身邊沒個可靠的人跟著，我怎麼能放心？還是讓他跟妳走，我再讓趙卓義帶幾十個兄弟護送妳回京。」

林蘭摟住他的腰，把臉貼在他溫暖的胸膛，囁嚅道：「那我不在的時候，你一定要照顧好自己，不許餓著自己，凍著自己，不許以身犯險。如果去談判，身邊一定要多帶些人馬……還有，除了談公事，不許跟那個老傢伙說話……」

李明允抱著她一一應承，聽到最後一個要求，不由得笑著低頭在她耳邊輕聲道：「妳怕我被他收買了？」

林蘭抬頭道：「很難說，你必須堅定立場，必須堅決地支持我。」

李明允寵溺地親親她的額頭，笑道：「遵命，我的夫人！」

「還要幫我看著大哥，大哥向來沒什麼主見，沒準兒那老傢伙在他面前訴訴苦，流幾滴眼淚，他就心軟了。」林蘭越想，不放心的事就越多。

李明允戲謔道：「我看，還是妳自己留下來監督大哥好了。」

「你以為我不想啊？我這不是肩負重任嗎？」林蘭翻白眼。

李明允笑著摟緊了她，真是捨不得呢！

「蘭兒，妳回去就不要回來了，藥材讓趙卓義送回來就是，妳就在京裡等著我，我辦完了事就會回來的。」李明允柔聲道。

「可是，你的事什麼時候才能辦完啊？萬一皇上下旨，命你在這裡督造防禦城怎麼辦呢？」林蘭知道李明允已經上了摺子，請求皇上批准他們的計畫，只是這件事不是幾個月就能辦好的，說不定會拖上好久。

李明允笑道：「所以妳才必須回去，要不然，我很有可能得在這邊待上三五年的了。」

林蘭恍然大悟，「我知道該怎麼做了，我可不想你在這裡待這麼久，要待就讓那老傢伙待著，就讓他老死邊關好了。」

◆◆◆

三月的京都，雖然還有些寒冷，但老樹已經開始吐新枝，枝頭也開始吐嫩芽，春意漸濃。

林蘭一行經過一個多月的長途跋涉，總算是到地方了。

趙卓義安排手下的弟兄去客棧，自己跟隨林蘭到李府。

林蘭事先也沒通知李家的人，準備給大家一個驚喜，誰知一到府門口，自己卻被驚了一把。

只見李府門口放著一具棺材，幾個披麻戴孝的人在那哭哭啼啼，許多街坊在圍觀，一人在破口大罵：「李明則，你個混蛋，你個騙子，當初是你花言巧語，信誓旦旦，我才信了你，沒想到你個縮頭烏龜，出了事就知道躲！你娘更不是個東西，竟然灌我紅花，還要謀害我的性命，你們李家惡事做絕，就不怕遭報應嗎？李明則，你給我滾出來，要不然，我一頭碰死在你家門前……」

林蘭一見此人，十分驚訝，這不是碧如嗎？她不是早讓吳嬸給了她三十兩銀子讓她離京了嗎？怎麼這會兒跑李府來撒潑了？

「丁若妍，妳個妒婦，妳逼死了我妹子，還不還我妹子的命……」又有一男子衝出人群，奮力地敲著李府大門。

那幾個披麻戴孝的哭得更起勁了。

「我苦命的兒啊……」

「姊姊……」

外面鬧翻了天，而李府大門緊閉，呃……這也實在太丟人了，到底怎麼回事？

林蘭尚不了解情況，不好置喙，跟文山打了個招呼，三人繞到西側門。

文山上前敲門，「老張，老張，開門，是我，文山……」

門上的小窗打開，一人湊在小窗上望了望，見來人果然是文山，趕緊開門。

老張緊張兮兮地東張西望，壓低了聲音：「快進來快進來，別叫那些人瞧見了！」

「老張，這是怎麼回事？」林蘭進門問道。

林蘭一身男裝打扮，老張一時沒認出來，文山提醒道：「二少奶奶問你話呢！」

「二少奶奶？」老張仔細地認了認，頓時激動道：「二少奶奶，您可回來了，再不回來，這個家可就亂套了！」

「出什麼事了？」林蘭被他說得心裡一沉。

老張唉聲嘆氣道：「都是大少爺啦！先時要遣了魏姨娘，魏姨娘不肯走，大少奶奶也勸，大少爺沒辦法，只好留下魏姨娘。大家都以為這事就這麼過去了，誰知過了年，大少爺又說要遣人，魏姨娘一時想不開，就……」老張做了個抹脖子上吊的手勢。

「現在魏家人抬了棺材上門鬧事，硬說是大少爺、大少奶奶逼死了魏姨娘。」

文山詫異道：「是想來訛銀子的吧？」

老張苦著臉道：「可不是？可人家既要做婊子又要立牌坊，銀子也要，還要咱們李家讓魏姨娘葬入祖墳，要李家把魏姨娘的靈位擺進祠堂，這……這怎麼行……」

林蘭聽得不由怒從心來，強壓著怒氣又問：「那個碧如又是怎麼回事？」

老張道：「老奴也不知道碧如是從哪冒出來的，魏家來鬧了好幾日，她是昨兒個來的。」

林蘭弄清楚了事情大概，吩咐老張：「你去告訴大少爺、大少奶奶我回來了，我先回去換身衣裳，稍候過去找他們。」

老張應了一聲，忙不迭跑去報信。

趙卓義道：「嫂子，要不，我去打發了他們，對付這些潑皮無賴……」趙卓義舉起他沙包大的拳頭說：「還是拳頭最管用。」

林蘭嗔他一眼，「你也知道他們是潑皮無賴，有這麼好打發的嗎？」再說了，打出人命的話，還得吃官司，外面不知情的人，還道李府仗勢欺人呢！

文山拍怕趙卓義的肩膀，「我先帶你去安置。」

林蘭回到落霞齋，守門的雲英見到二少奶奶，激動得話都不會說了，文山大聲喊：「周嬤嬤、桂嫂，二少奶奶回來了……」

周嬤嬤和桂嫂正在屋子裡說魏姨娘的事，猛聽得文山大嗓門，兩人皆怔住。愣了一會兒，周嬤嬤道：「我好像聽見文山的聲音。」

桂嫂點頭，「我也聽見了，說是二少奶奶回來了。」

兩人大眼對大眼，驀然回神，趕緊起身去開門。

林蘭納悶，人呢？人都上哪兒去了？

文山正要再嚷一聲，只見廚房裡、東廂西廂的人都跑了出來。

周嬤嬤見二少奶奶果真回來了，又驚又喜，趕緊吩咐道：「雲英趕緊收拾房間，如意，快去藥鋪通知銀柳，桂嫂，看看廚房裡還有什麼菜，趕緊去添置……」

見到這麼多熟悉的面孔，真是倍感親切，若不是門外還橫著一副棺材，林蘭真想抱住周嬤嬤好好敘敘。

「周嬤嬤，先讓人給我打盆洗臉水，我這臉髒得都快不能見人了，再給我準備身衣裳，我要去見大少奶奶。」

周嬤嬤馬上會意，二少奶奶剛回家就遇上這樣的糟心事，依二少奶奶的性子，哪能坐視不理。

「我去打洗臉水。」桂嫂連忙跑去廚房打水。

「奴婢去準備衣裳。」錦繡也跑開了去。

冬子則帶了文山和趙卓義去安置。

須臾，桂嫂打來熱水，周嬤嬤親自伺候林蘭洗漱。

「二少奶奶，您回來怎麼事先也不給家裡捎個信？這趟差事很辛苦吧？老奴瞧您都黑了瘦了，二少爺呢？二少爺沒一起回來嗎？」周嬤嬤有滿腹的話要問。

林蘭邊洗臉邊道：「二少爺還沒回來，那邊的事還沒完，我這趟是回來籌備藥材的。」

「這麼說，您還得回去？」周嬤嬤難掩失望之情。

林蘭笑道：「不了，藥材備好，自有人送過去，我就在家等二少爺。」

周嬤嬤稍感安慰，「這就好，這就好，二少爺和二少奶奶不在，這家都不像一個家了。」

錦繡道：「二少奶奶，奴婢們可想您了，每天都在念叨二少奶奶什麼時候回來呀！」

林蘭笑道：「難怪我的耳朵老發熱，原來是被妳們念叨的。」

正說著，外面雲英道：「大少奶奶來了。」

林蘭趕緊繫好腰帶，道：「錦繡，去開門。」

「弟妹，妳果真回來了，老張來報，我還不敢相信呢，快過來瞧瞧。」丁若妍拉著林蘭的手，將她上下打量，不由得眼眶微潤，「黑了，瘦了，在邊關一定很辛苦吧？」

「邊關自是比不得家裡舒服，不過，也沒那麼糟糕。」林蘭讓丁若妍坐下，給周嬤嬤使了個眼色，周嬤嬤帶著桂嫂和錦繡退下。

「大嫂，魏姨娘的事，妳打算怎麼處理？」林蘭直奔主題，現在可不是敘舊的時候，她想到那副棺材，心裡就犯堵。

丁若妍抹了把眼淚，唏噓道：「魏姨娘打小就跟著我，我們之間雖說是主僕，卻是親如姊妹，妳大哥他也不知是中了邪還是怎麼的，一定要將人遣走……魏姨娘半夜裡就懸了樑。魏姨娘沒了，我心裡也很難過，當初是我做主抬了姨娘的……」丁若妍哽咽住，緩了口氣繼續道：「念著往日的情分，我本想厚待魏家人，他們要多少銀子都成，畢竟那是一條人命，可魏家不要銀子，只要魏姨娘的牌位入祠堂，可哪有妾室的牌位入祠堂的？從來都沒這種規矩。」

魏家不要銀子，這點倒是出乎林蘭意料，是嫌銀子給的不夠多？還是真的不要？

「那大哥呢？」

「他也很難過，他只是想把人遣走，但也不是說以後就不管她了，只要魏姨娘沒有再嫁，他會負責魏姨娘以後的生活，他真不是要逼死魏姨娘的……」丁若妍嘆道。

林蘭能理解李明則的想法，大嫂在李家落難之時，對他不離不棄，想來對李明則的觸動很大，所以，他希望用實際行動來報答丁若妍，沒想到卻逼死了一條人命。他對丁若妍有情，但對魏姨娘來說，卻是絕情。

「現在又跑出個碧如來，罵了兩天街，說婆母當初想害死她，嚷得街坊鄰居都知道了，我……我真不知該如何是好。」丁若妍愁苦道。

碧如說的沒錯，當初，韓秋月的確是對她下了狠手。只是，碧如這次來鬧，是為了洩恨，還是有別的目的呢？

林蘭默了默，安慰道：「事情總會有解決的辦法，碧如好解決，把她交給我，至於魏家的人，咱們再跟他們談談。」

「跟魏家人已經談過好幾回了，都沒結果。」丁若妍嘆氣道。

「那就再談，要不，現在就把人請進來？」林蘭堅定道。

丁若妍詫異地看著林蘭，「現在？」

「是啊，他們這樣鬧，多不好看，這事得盡快解決。」

丁若妍咬了咬下唇，道：「好，我這便讓老張把人請進來。」

「讓大哥一起來，他是當事人，他必須出面。」

丁若妍走後，林蘭讓周嬤嬤出去，先把碧如遣開，就說林蘭要找她，她救過碧如的命，想來碧如不會不去見她。

兩刻鐘後，眾人齊聚前廳，林蘭怕魏家人耍橫，特意叫上文山和趙卓義。

之前林蘭看到的敲門男子是魏姨娘的大哥，適才林蘭向丁若妍了解了魏家的情況，魏家只是窮，窮得叮噹響，人品倒也不壞。這些年，多虧了魏姨娘接濟，她兄長才娶了個老婆，如今魏姨娘死了，對魏家而言就是斷了一條生路，人家能善罷甘休嗎？加上確實有些兄妹情誼，這樣鬧也就無可厚非了。

其實這樣的情況處理起來更頭疼，林蘭倒寧可他們是潑皮無賴。

魏家兄長進得門來，見到李明則和丁若妍就赤紅著眼，怒目相視，一副要吃人的表情。

「還有什麼好談的，不答應讓我妹的牌位入祠堂，什麼都免談！」魏家兄長態度十分強硬，那脖子梗得青筋都爆出來了。

李明則道：「你這要求實在太過無理，試問哪家有妾室牌位入祠堂的規矩？」

「我管你什麼規矩不規矩，我妹已經枉死，我不能叫她再做孤魂野鬼！」魏家兄長粗著脖子，瞪著眼嚷道：「你們一日不答應，我妹就一天不下葬，一直擱你們家門口！」

丁若妍無奈地看著林蘭，似在說：妳聽到了吧？他們就是這樣，根本沒法談。

林蘭控制好面部表情，露出親和力十足的微笑，上前道：「魏家兄長，可否聽我一言？」

魏家兄長從李明則臉上收回憤恨的目光，轉向林蘭，也是充滿了敵意。

林蘭道：「我是李家二少奶奶。」

魏家兄長的神情有了細微的變化，李家二少奶奶的名頭他聽說過，在京城裡，李家二少奶奶頗有美名，人稱她活菩薩，可一想到她是李家的人，肯定幫著李家說話，魏家兄長的神情又冷漠起來。

「我今兒個剛從邊關回到京城，魏姨娘的事，我很難過。在我的印象中，魏姨娘一直是個溫婉嫻靜、謹守本分的女子，也是我家大嫂最值得信賴的人，所以，心痛魏姨娘的，不是只有你們，相信我們李家的每一個人都心痛惋惜……可惜，事情已經發生了，現在追究誰對誰錯都於事無補，不能讓魏姨娘起死回生。魏家兄長，你們的心情，我能理解，你們也希望魏姨娘能盡快入土為安。」林蘭緩緩說道。

李家二少奶奶沒有一開口就為李家辯駁，沒有指責他們的要求無理過分，這樣讓魏家兄長心情稍稍好過些，對李家二少奶奶的敵意也弱了幾分，她的話還是能聽聽的。

「人死如燈滅，而我們這些活著的人，能做的只有完成她生前的心願。魏姨娘生前，最牽掛的便是家人，所以，我們李家會替她好好照顧家人。魏家兄長，聽說魏家嫂子又有了身孕，你母親身體也不是很好……」林蘭喟嘆著，邊觀察魏家兄長的神情。

果然，說到魏家的難處，魏家兄長神色黯然地低下了頭，不復之前的劍拔弩張。不過只一瞬，他猛地抬起頭，振振有辭道：「我不要你們的錢！」

林蘭笑著溫聲道：「我在城外有座莊子，眼下正缺人手，如果你願意，我很希望你能來幫忙打理莊中事務，用自己人我比較放心。雖然工錢不是很高，但也足夠你們一家衣食無憂，想來，魏姨娘在泉下有知，也能安心。」

魏家兄長露出猶豫之色，有些不信。

林蘭又道：「莊上的合約都是五年一簽或十年一簽，做得好，提工錢，再續約。我還想收一批學徒，教他們醫術。自己莊子裡、鋪子裡的孩子們優先，以後，這些人都是要派上大用場的。」

魏家兄長的神色慢慢地從猶豫變為心動，眸光發亮，嘴唇抿了又抿，似乎在找一個更能說服自己的理由。

丁若妍和李明則緊張地看著魏家兄長，期待著他能鬆口，只要他鬆口，這事就算成了一半了。

林蘭再接再厲，誠懇地說：「魏家兄長，我沒別的本事，能為魏姨娘做的就只有這些了，但請你相信，我們李家是有誠意的。」頓了頓，她又道：「至於魏姨娘入祖墳一事，其實我也希望能如此，只是，你也知道，按我朝慣例，沒有子嗣的妾室死後是不得入祖墳的，若是真這麼做，我們李家受譴責也就罷了，只怕魏姨娘也會被人詬病，想她在地底下也不得安生。我和大嫂商量過，想了一個折中的法子，在李家祖墳周邊為魏姨娘置一塊墓地，這樣，既不違了規矩，魏姨娘也不至於孤單，魏家兄長，你看這樣安排可好？」

丁若妍慚愧不已，之前她怎麼就沒想到取這折中之法？一遇到事自己就先亂了陣腳，手足無措。還是林蘭沉穩，心思縝密。

「魏家兄長，綠綺九歲開始跟著我，我一直視她如姊妹，發生了這樣不幸的事，大家都很難過，若是禮法規矩允許，不用你開口，我也會這麼做的。」丁若妍柔婉道。

魏家兄長的神色又好看了些，他也知道自己的要求不合禮法，只是好好的一個人就這麼沒了，他實在嚥不下這口氣。如今，二少奶奶提出這折中之法，倒是可以權衡。

「魏家兄長，我希望你能好好考慮，為了魏姨娘，為了你們魏家，說句實話，我們李家是不怕你們鬧的。從來只聽說過休妻需要七出之由，沒有誰聽說過休個妾需要什麼理由，直接把人趕出去了事。心腸好一點的，給你一點遣散費，心腸冷的，哪管你死活？我家大伯算是仁義了，許下承諾，只要魏姨娘一日沒有改嫁，就會照顧她一日，是魏姨娘自己想不通，走了絕路，讓人扼腕嘆息。此事，於情，我們自覺虧欠；於法，沒有半點違背；於理，我們一次次誠心誠意地與你們商量，魏家兄長，你若覺得還是無法接受，那我們只能請官府來仲裁了，反正我們李家如今也不是什麼官宦之家，沒什麼好顧忌的了。」林蘭的口氣稍微強硬了些。正所謂敵退我進，魏家兄長已經動搖，她再適當施壓，用最後一根稻草壓死駱駝。只要魏家兄長不是傻子，就該知道，如果這事鬧到官府，只會對他們不利。

魏家兄長一咬牙，對林蘭道：「二少奶奶，我信妳的話。」

滿屋子的人頓時都鬆了一口氣。

趙卓義聽了這許久，心裡很是感慨，嫂子太厲害了。人家說不要錢，那就不提錢，給你一碗飯，其實說來說去，魏家還是要錢，只是明著要錢，自己心裡過不去，覺得是拿自己妹子的命敲竹槓。嫂子是曲線救國，既滿足了人家的需求，又保住了人家的面子。緊接著又以招收學徒誘之，對於窮人家來說，再沒有比子女的將來更有吸引力的了。嫂子一再打感情牌，先瓦解了人家的戾氣，再拋出折中之法，最後施以威壓，魏家還能堅持得住？這就是手段啊！以前真沒看出來。

見魏家兄長鬆了口，林蘭拿出兩張銀票塞給魏家兄長。她早就想好了，如果人家講理，這銀票就給，她這人，從不欺負老實人，但他若是一味胡攪蠻纏，一分錢也休想得到。

魏家兄長跟燙了手似的，連連擺手，後退幾步，「不不不，我說過我們不要銀子！」

林蘭笑道：「這銀子不是給你的，是給你安排魏姨娘的後事，斷不能叫魏姨娘委屈了。墓地就由我們李家來安排，其他事還是要魏家兄長多操心了。」

林蘭硬把銀票塞給魏家兄長。

魏家兄長看著手裡大張的銀票，錯愕著又要遞回來，「用……用不了這麼多……」

「拿著，別省，怎麼好怎麼安排，讓魏姨娘走得安心，咱們也能安心不是？」林蘭擋了回去。

魏家兄長此時已經完全沒了恨意，對這位二少奶奶除了感激還是感激，很想說點什麼，但是嘴笨不知道該說什麼，只好抱拳行禮，轉身出去了。

丁若妍起身感激道：「弟妹，今天真是多虧妳了。」

李明則也道：「弟妹，真是對不住，妳剛回來，都沒能喘口氣，就讓妳操心破費。」

丁若妍瞪了他一眼，「還不都是你闖的禍？魏姨娘哪點不好，你非得一根筋地要她離開！」

李明則囁嚅道：「我哪知道她會尋短見？」

丁若妍又是狠狠瞪眼，轉而對林蘭道：「待會兒我讓人把銀子給妳送去，妳已經幫了我這麼大一個忙，斷不能再叫妳破費了。」

林蘭薄嗔道：「大嫂這是要跟我見外不是？又不是什麼大錢！墓地的事，大哥，你還是趕緊去辦，盡快讓魏姨娘入土為安的好，免得又生事端。」

李明則點頭，「我即刻就去辦，對了，二弟還好嗎？聽說他一時還回不來。」

林蘭道：「事情進展得還算順利，今年應該能回來吧！」

李明則道：「這我便放心了。」一說罷，出門去了。

林蘭跟丁若妍說：「我忘了囑咐大哥一件事。」也趕緊追了出去。

「大哥……」

李明則頓住腳步回過頭來。

林蘭走了過去，輕聲問道：「那個碧如……」

李明則神情窘迫道：「之前她來茶葉鋪子找過我，我沒答應她……這事，我還瞞著妳大嫂，怕她生氣……」

林蘭笑了笑，「我知道了，大哥趕緊去辦事吧！」

看來碧如是想回到李明則身邊，遭到拒絕，因而惱羞成怒，正巧魏家來鬧，她便趁機摻和了。這些女人，怎麼就這麼想不通呢？

大門口的棺材終於抬走了，圍觀的人群也散了。林蘭叫來姚嬤嬤，讓她去買些紙錢炮仗，燒一燒，放一放，去去晦氣。

銀柳得了信，一路小跑著回來，把如意甩出老遠，剛到府門口，正巧碰見林蘭要出門。

「二少奶奶，您真的回來啦，奴婢還以為如意誆我呢！」銀柳興奮地嚷嚷著。

林蘭見她跑得氣喘吁吁，額上都是汗，笑嗔道：「妳瞧妳，還是這副急性子！」

「奴婢能不急嗎？奴婢恨不得會飛呢，那樣就能飛到邊關找二少奶奶去了！」銀柳擦了把汗，笑嘻嘻地說。

真好，聽著銀柳小麻雀似的嘰嘰喳喳，林蘭的心情都好了很多。

「二少奶奶這是要出門嗎？」銀柳問，二少奶奶出府肯定不是特意來迎接她的。

林蘭道：「我要去辦件事，妳先回落霞齋吧！」

銀柳黏了上來，「讓奴婢跟著二少奶奶吧！以前二少奶奶出門辦事都帶著奴婢的，這幾個月把奴婢閒得都快發霉了！」

林蘭啞然失笑，「妳既不嫌累，就跟著吧！」

周嬤嬤事先把碧如叫到了一間冷清的茶座。

「周嬤嬤，二少奶奶怎麼還不來？」碧如等得心急，茶都喝一壺了，還不見林蘭的身影。

周嬤嬤笑道：「妳莫著急，二少奶奶剛到家，總得洗漱洗漱，打扮打扮，才好出門不是？」

碧如只好又耐著性子等。

「二少奶奶，人在樓上……」錦繡領著林蘭上樓。

周嬤嬤笑道：「二少奶奶來了。」

碧如連忙正襟危坐，其實她是有些心虛，二少奶奶救過她的命，還給她銀子。只是她走來走去，兜兜轉轉，還是回到了京城，心裡總有些不甘。沒想到回到京城一打聽，李家早就倒楣了，李老爺被流放，韓氏回了老家，大少爺也受到牽連，丟了官，開茶葉鋪子去了。真是大快人心，韓氏如此狠毒，終於得到報應。於是，她又起了念頭，沒有了韓氏的阻撓，她和大少爺就能重新聚首，她相信大少爺還是喜歡她的，沒想到，大少爺冷漠地拒絕了她，這讓她很憤怒，難道大少爺之前對她的情意都是假的嗎？大少爺說過，只有和她在一起的時候才是最快活的，他只喜歡她……她為了大少爺吃盡苦頭，差點連性命都沒了，大少爺卻如此絕情，她怎能甘心？於是她就上門去鬧，他們不讓她好過，她也不讓他們安生，只是……要面對二少奶奶，她多少有些忐忑。

林蘭進得門來，見碧如一本正經坐在那，如臨大敵似的，不由得好笑，溫聲打招呼：「碧如，好久不見了。」

林蘭笑臉相迎，碧如有些繃不住，勉強擠出笑來，起身行了一禮，「二少奶奶安好！」

周嬤嬤替林蘭拉出椅子，林蘭施施然坐下，笑道：「我很好，我以為妳也會過得很好。」

碧如神情一滯，苦笑道：「二少奶奶說笑了，像我這樣的人，還能好到哪裡去？」

林蘭給自己倒了杯茶，自打入了京城，她就像陀螺打轉，茶都沒喝上一口。

啜了口茶，林蘭慢悠悠道：「其實過得好不好，不在於吃得多好、穿得多好，而在於自己的心境。我也是農家出身，吃過的苦不會比妳少，但我從沒覺得自己過得不好，每天都是開開心心。不開心是一日，開心也是一日，人生短暫，何必總想些讓自己煩惱，讓自己不開心的事呢？」

碧如聽懂林蘭言下之意，是說她此舉無異於自尋煩惱。

「二少奶奶別怪我，佛爭一炷香，人爭一口氣，我實在是嚥不下這口氣。」碧如賭氣道。

林蘭輕笑，「那妳爭了又如何？妳明知道大少爺不會再接納妳，妳哭妳鬧妳撞牆妳上吊，妳毀李家的聲譽，妳毀韓氏的聲譽，都起不了作用，李家的聲譽早就沒了，韓氏的惡名也早傳開了，大少爺什麼也不會在乎的，妳這樣做除了妳自己難過，還能得到什麼？只會讓大少爺更厭惡妳，把心裡僅存的那點對念想都抹殺。妳道旁人會同情妳，會與妳一起罵大少爺對妳始亂終棄？不，妳錯了，別人只會看妳的笑話。如果哪家的少爺看上了丫頭，要死要活的非要與這丫頭生死與共，那才會被人嘲笑呢！少爺和丫頭，不都是玩玩的嗎？哪個是真心實意的？」

「不會的，大少爺是真心喜歡我的……」碧如的底氣並不足。

「妳又錯了，大少爺從來都沒有真的喜歡過妳，大少爺喜歡的是大少奶奶，他為了大少奶奶，連溫婉可人的魏姨娘都要遣了，還會要妳？」林蘭譏諷道，這個女人到這時候還在做夢呢！

碧如臉色慘白。

「都說寧可信這世上有鬼，也不能信男人的嘴，尤其是那些甜言蜜語，不過是哄哄咱們女人罷了，妳若當真，便是自己犯傻，自己跟自己過不去，何必呢？」林蘭悠悠說道。

碧如眼中慢慢浮起一層薄霧，淒然道：「也許妳說的對，可我真的不甘心，為了他，我失去了孩子，差點連命也沒了，我是真心喜歡大少爺的……」

「人之所以痛苦，就是因為看不透自己的心，總是執著於一些不該執著的事情。有些事過去了就是過去了，人要往前看，而不是往後看……」

碧如眼中那層薄霧終於凝結成淚，大顆大顆滾落下來，抽泣著道：「那我以後該怎麼辦……」

林蘭嘆了一口氣，「本來我是不想來這一趟的，要解決妳的方法有很多，當然我不會使像韓氏那樣陰狠的手段，只是，妳的命是我救的，我不希望看到妳這樣作踐自己。怎麼辦這個問題，妳該問妳自己，而不是問別人，路是自己走的。」

周嬤嬤插了一句：「碧如，回鄉吧。妳還年輕，找個老實本分的人嫁了，安安生生過日子，這才是咱們女人最好的出路。」

碧如悲道：「還有誰會要我？」

「怎麼沒人要妳？妳長得俊，又有一雙靈巧的手，只要妳願意，有的是好男人喜歡妳。做富家妾，是能衣食無憂，可時時刻刻都得看主母的臉色，一個不小心可能連命都保不住，整天提心吊膽，勾心鬥角的，妳喜歡過這樣的日子？妾再富貴也是賤流，妻再貧寒卻有尊嚴，碧如，妳自己好好想想吧！」林蘭說罷給錦繡遞了個眼色，錦繡上前，把一包銀子放在碧如面前。

林蘭沉下臉，「這是我最後一次幫妳，妳若還是執迷不悟，我也不管了，但是妳若再敢上門來鬧，我會把妳送交官府。妳要撞死在李家門前，大不了我出幾個錢，買一張蓆子，裹了扔到亂葬崗去。我言盡於此，妳好自為之。」

碧如伏在桌上放聲痛哭，林蘭搖了搖頭，起身離開。

出了茶室，銀柳道：「二少奶奶，您也太好心了，還給她銀子，您都不知道這兩天她鬧得多歡騰，把李家的十八代祖宗都罵了個遍。再說，這是大房的事。」

林蘭薄斥道：「什麼大房二房的，李府也是我家呢！我是不怕她鬧，但聽著見著總歸堵心不是？若是花點小錢能息事寧人，又有什麼關係？」

銀柳訕訕地吐了吐舌頭。

周嬤嬤道：「二少奶奶說的是，想來二少奶奶撂下那番狠話，碧如是再不敢來了，她也就是吃定了大少爺好脾氣。」

錦繡道：「二少奶奶一回來，就腳不沾地地忙這忙那，趕緊回去歇歇吧！」

周嬤嬤也道：「正是正是，晚上，我讓桂嫂做一桌二少奶奶最喜歡吃的菜，算是替二少奶奶接風洗塵。」

林蘭笑道：「被妳這麼一說，我可是嘴饞了。妳們都不知道，在邊關的時候，條件甚是艱苦，有口熱的水喝都不錯了。這幾個月下來，我的腸子都快淡出鳥來了，是得好好補補。」

周嬤嬤聽了，很是心疼，「苦了二少奶奶了，哎，可憐的二少爺還得再吃多少苦啊……」

趙卓義趁著嫂子出門，他也趕緊出門，去了趟懷遠將軍府。

臨出發前，林將軍特意把他叫去，交給他一封書信，命他送到將軍府上，還再三囑咐此事莫讓林蘭知道。趙卓義是不知道將軍葫蘆裡賣的什麼藥，把這事偷偷告訴了李大人，李大人說，就按將軍的意思辦。

馮淑敏做著針線活，邊聽山兒念書，看山兒搖頭晃腦的認真勁，很是安慰。老爺說過，將來要教山兒習武，將來也做一員大將，可她不喜歡，自己的丈夫長年鎮守邊關，夫妻離多聚少不說，每日都是提心吊膽的，就怕聽到有不好的消息。若是將來山兒也上了戰場，她真是愁也要愁死了。

「夫人，外面有人求見，說是帶來了老爺的書信。」丫鬟來報。

馮淑敏驚喜不已，忙放下針線活，「快把人帶到前廳，我即刻就來。」

山兒停止了念書，從高椅上滑下來，跑到母親身邊，拉著她的袖子，大眼睛忽閃忽閃地望著眉開眼笑的母親，奶聲奶氣地說：「山兒也要看父親的信，山兒已經會認字了。」

馮淑敏疼愛地摸摸山兒圓圓嫩嫩的臉蛋，笑道：「那山兒跟娘一起去。」

山兒歡喜地用力點頭，拉著母親往外走，小短腿費力地跨過高高的門檻。

聽了趙卓義的自我介紹，馮淑敏驚喜道：「原來林大夫也回來了？」

趙卓義道：「林大夫此次回京是為邊關籌備藥材的。」

馮淑敏喜道：「回來就好，我還一直念叨她呢！」

「這是林將軍讓屬下交給夫人的信。」趙卓義把信呈上。

馮淑敏拿著信，滿心皆是歡喜，再沒有比收到老爺的信更讓人高興的事了。

山兒迫不及待地嚷嚷：「娘，快打開，快打開……」

馮淑敏笑嗔了山兒一眼，尷尬地對趙卓義道：「這孩子，跟他爹一個急脾氣。」

趙卓義心說，小公子比林將軍可愛多了，笑呵呵地說：「小公子是想將軍了，屬下還有要務，就先告辭了。」他留在這裡，夫人不好意思看信，人家都急成這樣了，他還是識相地早走的好。

馮淑敏命丫鬟封了包銀子打賞，又讓管家送趙卓義出門。山兒依在母懷裡，母子倆一起看信。

「夫人見字如面……」山兒一字一字讀道，仰頭問：「娘，爹為什麼不寫山兒見字如面？」

馮淑敏不禁莞爾，摸摸山兒的頭，柔聲道：「你爹不知道山兒已經會認字了呢！等你爹回來，山兒背書給爹聽，你爹一定很高興。」

山兒這才釋然，「我會背好多好多書給爹聽！」

「來，咱們繼續念。」馮淑敏目光向下。

「為夫一切安好，勿念。今有件要事須告知夫人，林蘭、林風乃為夫失散多年的兒女……」

馮淑敏心頭一震，忙收了信，溫聲哄道：「山兒，你爹在信中有要事相告，你乖乖去玩。」

山兒癟了癟嘴，很不情願地挪著小短腿出去了。

馮淑敏此刻內心極度混亂，哪裡還顧得上照顧山兒的情緒，兀自繼續看信.

「其中原委曲折，一言難盡，待為夫回京再與夫人細說……為夫虧欠他們太多，怨不得他們心中有恨，他們一日不認我這個父親，我便一日寢食難安，為夫知妳與蘭兒相交甚篤，她定不會排斥於妳，還請夫人助為夫一臂之力……」

馮淑敏看完信，久久不能言語，心中五味雜陳，紛亂無緒。當初嫁與老爺之時，老爺告知他前妻與兒女皆在多年前死於饑荒，如今卻突然冒出一雙兒女，還不是別人，正是她一直視為好友的林蘭。如此突兀，她和林蘭的關係竟成了繼母與嫡長女的關係，這簡直叫人難以接受。

從道理上而言，她應該替老爺高興，一雙兒女失而復得，她應該理解老爺認子認女的切切之心，但是，道理是一回事，做起來談何容易？且不說這樣的角色轉換，她和林蘭都會無比尷尬，如何相處、如何自處都成問題。關鍵還是山兒，莫名其妙從嫡長子變成了嫡次子，原本屬於山兒的東西，現在都要拱手讓給那個素未謀面的長兒……

馮淑敏自認不是懷心腸的人，但作為一個母親，她焉能不為自己的兒子叫屈？馮淑敏百般糾結，實在難以釋懷。當初她還特意問過大姑的……對，大姑，就是大姑告訴老爺沈氏和兩個孩子都死了，為此，老爺還特意立了衣冠塚，還帶她去祭拜過。

馮淑敏面色冷然，叫來管家，命管家速去一趟湖州，把大姑請到京中。

山兒鬱悶地撿了根樹枝，在後花園的地上比劃，小嘴嘟噥著：「林蘭、林風、林山……爹取的名字真不怎樣，不過，還是比邱元思的爹要強，元思冤死，太不吉利了……」

◆◆◆

林蘭洗了個澡，好好睡了一覺，神清氣爽。天天在家不覺得，出去受了一次罪，真心覺得還是自己家裡舒服啊！

吃飯的時候，林蘭也沒閒著，向錦繡和周嬤嬤了解家中的情形。

她和李明允走後，李明則在葉德懷的幫助下，開了間茶葉鋪子，生意還過得去，而韓秋月關了月餘也被放了出來。韓秋月原本不肯走的，李明則態度堅決地要她走，為此，韓秋月還哭鬧了一陣，差點把老太太氣得舊病復發。李明則就拿住這一點，硬把韓秋月送走了。

看來李明則還是言而有信的。

被韓秋月這麼一鬧，老太太的病情反覆，時好時壞，情況不太妙，林蘭決定稍後過去看看。

李明珠還是住在綴錦軒，現在很少見她出來，難得出來一趟，也不說話，只繃著一張臉，好似寫著生人勿近。

想不到錦繡居然也能說出這樣的成語，細細琢磨，還真是貼切，林蘭不禁莞爾。李明珠遭此打擊，性情大變也是正常，只要她不像以前一樣惹是生非就好。

李渣爹養了數月的傷，年後才被押解去黔地，臨行前，李明則都沒去送他，只讓人送去一些銀子衣物。李明則還肯送東西去，李渣爹都該燒高香了，就不知他還有沒有命走到黔地。

總之，一切還是在林蘭的預想範圍之內，真正讓她頭疼的是……馮淑敏。要是馮淑敏知道她回來了，肯定會找她，到時候怎麼辦？不理？還是當作什麼也沒發生？

林蘭糾結了一下，搖搖頭，依她的功力，還做不到坦然面對。那麼乾脆說清楚，這個爹她是不會認的，妳這個繼母自然也不能認，以後還是當作不認識好了。林蘭給自己一個肯定的點頭，對，就這麼辦。與其尷尬，還不如一次把話挑明，要怪就怪那個老傢伙去，跟她沒關係。

「對了，陳公子和裴小姐年前成親了，大少爺和大少奶奶還去喝了喜酒。」錦繡道。

「真的？」林蘭驚喜道：「太好了，這兩人總算修成了正果，我得送份厚禮去。」

周嬤嬤笑道：「哪用得著二少奶奶操心？大少爺和大舅爺都替你們送了一份。」

林蘭笑道：「得，這下好了，我欠了兩人情。妳瞧著好了，陳子諭那傢伙保准還會跟我討紅包，便宜他了，得三份呢！」

周嬤嬤笑道：「陳公子如今去了高麗，皇上命他出使高麗，估計得大半年才回得來。」

「是嗎？高麗王子因他白挨了一頓暴揍，他是該去這一趟。」林蘭笑道。

正說著，丁若妍身邊的紅裳來了，送來了二百兩銀票。

林蘭有些不悅，道：「大嫂怎得這麼見外呢？」

紅裳回道：「大少奶奶說，二少奶奶已經幫了他們很多了，不好再叫二少奶奶貼銀子。雖說兄弟妯娌間幫忙是應該，但這也是二少奶奶的心意，他們只有感激的，不能當成應當應分。大少奶奶還說，等二少奶奶稍空些，再來找二少奶奶說話。」

丁若妍也太客氣了，林蘭莞爾，讓周嬤嬤收下，對紅裳道：「大少奶奶現在何處？」

紅裳回道：「大少奶奶每天晚飯後，都會去朝暉堂看老太太。」

「哦，我待會兒也會過去。」林蘭道。

吃過晚飯，林蘭帶上銀柳去了朝暉堂。

老太太的病情比林蘭想像的要嚴重，神智都不太清楚，見到她時，那眼神只是一片茫然，似乎不認得她了。

祝嬤嬤抹著老淚說：「二少奶奶，您得想想辦法，再這樣下去，只怕老太太……」

看老太太這樣子，是撐不了多久的，這種病就是靠養，靠精心調理，受不得氣，如今，她已是回天乏術。

「前幾個月，老太太的病情已經大有好轉，老太太本來說等開了春，天氣暖了，要回老家，她就是死也要死在老家，可現在……」祝嬤嬤到底伺候了老太太十幾年，感情深厚，說到傷心處，淚流不止。

丁若妍安慰道：「祝嬤嬤莫要擔心，二少奶奶定會想辦法治好祖母的。」

林蘭也只能敷衍著：「慢慢會好起來的。」

俞蓮一直安安靜靜地站在一旁，眼中含著悲傷，只是不知是為老太太傷心，還是為自己無望的前景擔憂。

說實話，俞蓮是最倒楣的，被人算計做了妾室，本想著好歹總能混個衣食無憂，將來若是有幸生個一兒半女，還能有個依靠，誰知道沒幾天，李敬賢就出事了，身邊又沒有個可倚仗之人，這日子艱難可想而知。

看過老太太，林蘭和丁若妍一道出門，邊走，丁若妍邊道：「弟妹，妳能否給我個准信，祖母她還有多少時間？」

林蘭默了默，道：「看情形，挨到夏天就差不多了。」

丁若妍黯然，嘆了一口氣，「幾個大夫都是這麼說，看來，是真沒辦法了。我在想，祖母回鄉是不可能了，是不是請大伯父過來？總得有個兒子送終不是？」

林蘭認同道：「只能請大伯父過來了，聽說三叔父身體也不是很好，怕是禁不起車馬勞頓。」

「那我回去便讓明則給老家去封信，希望大伯父能及時趕來。」

「對了，我聽說大哥的茶葉鋪子生意不錯。」林蘭轉了個話題。

丁若妍微微一笑，「多虧了弟妹那些點子，加上葉家大舅爺的提點，明則自己也很用心，生意還算過得去，我看明則做生意倒比做官舒心。」

「舒心就好，其實，也不是一定要做官，做官多累，上要奉承，中要團結，下要盡心，一言一行都得謹慎小心，不能出一點錯。如果樂在其中還好，若是覺得勉強，還真是痛苦。」林蘭感嘆道。

「明則也是這麼說的。」丁若妍笑道：「我也想開了，只要他高興，隨他做什麼，只是我家中父母總嘮叨。明則開茶葉鋪子後，他們越發看不上明則了。」丁若妍想到來自父母的壓力就倍感頭疼。

「妳父母也是心疼自己的女兒，慢慢的他們就會理解了。」林蘭安慰道，她能想像得出丁家父母現在有多懊惱多後悔，本以為結了一門如意親事，沒想到，李家這麼快就倒灶了。天底下的父母沒有一個不自私的，看女兒淪為商人婦，心裡能好過嗎？

回到落霞齋，林蘭開始寫信給李明允。

寫信這種事，真的很久沒做過了，前世都是發簡訊、打電話，能發個電子郵件算不錯了，可這個時代哪有這麼先進的東西，寫封信，對方能收到就該謝天謝地了。寫信給李明允又不同於給別人，有太多的話想要跟他說，怎麼寫呢？林蘭咬著筆桿，望了半天房樑。

親愛的明允……親愛的相公……親愛的允……

林蘭打了個哆嗦，自己都覺得惡寒，有些話從嘴巴裡說出來不覺得肉麻，怎麼一寫出來就這麼彆扭呢？

算了，彆扭就彆扭吧！林蘭在這個稱呼上糾結良久，終於落筆……小允子。

李明允看到這個稱呼會不會雞皮疙瘩掉一地？林蘭越想越開心，繼續惡作劇。

我今天終於到家了，家裡的人好親切，家裡的床好柔軟，家裡的飯菜好香，我想著你遠在邊關享受不到這些，所以，特意多賴了一會兒床，多吃了一碗飯，算是替你那份一併享受了……

老巫婆已經被趕回老家了，父親也重新踏上了遠去黔地的征途，他的傷據說恢復得很好，但是少了的東西是接不上了。大哥開了茶葉鋪，生意還算興旺，大嫂知道你喜歡碧螺春，已經準備了一大包，我讓她少準備點，或者弄些茶葉末給你就好了，免得你在那邊太享受，就不想回家了。

你一定想問我有沒有想你，我很坦白的，我睡覺的時候想了一下，吃飯的時候又想了一下，現在寫信給你，不得不又想了好幾下，那你呢？你想我了嗎？如果你想我沒我想你多，以後就不寫信給你了。

北方還下雪嗎？京都的迎春花都開了（我猜的，沒親眼見到）。跟突厥談得怎麼樣？某些人是不是還一副哈巴狗的慫樣？你得小心提防。

我哥他有沒有叛變？那老傢伙沒去騷擾他吧？我再鄭重地提醒你，不許趁我不在的時候跟老傢伙套近乎，你遠著他點。

啊！桂嫂送宵夜來了，我已經聞到雞絲麵的香味，就先擱筆了。放心，我不會吃撐了的，你不在，沒有人幫我揉肚子，好了，就這樣吧，再想你一次。

林蘭收了筆，很滿意自己的傑作，特意摺了個心形，塞到信封裡。為防止有人偷看，林蘭在信封外封上火漆。

忽而想起得提醒一下李明允，又把火漆扣了，打開信紙添了一句：如果你發現信封上的火漆被人動過手腳，你就把送信的人抓起來打他四十大板，誰叫他不會辦事。

寫完後，林蘭重新把火漆封上，全然忘了自己就是在火漆上動了手腳之人。

第二天一早，林蘭就去了回春堂。

伍之章

皇儲爭位樹勁敵

回春堂的人都知道東家回來了，早就做好了迎接工作。藥鋪裡打掃得乾乾淨淨，纖塵不染，還很喜慶地擺了幾盆山茶花。福安帶著一干夥計列隊歡迎，見到林蘭下馬車，忙上前請安：「二少奶奶，您可算回來了，大夥兒都盼著您呢！」說著朝身後揮揮手，後面眾夥計們齊聲道：「恭迎二少奶奶回來！」

切，這是誰想的花點子，真俗！

腹誹歸腹誹，林蘭還是挺受用的，笑嗔道：「你們看看，把這裡整得跟酒樓似的，來看病的都不敢進門了。」

銀柳笑道：「奴婢覺得，這排場還是小了點。」

林蘭嗔她一眼，「是不是還要弄幾個炮竹放一放？」

話未落音，就聽見劈里啪啦的聲響，莫子遊當真在放鞭炮，那些個坐堂大夫也跑出來湊熱鬧。林蘭愕然，這名堂搞得也太大了，好似歡迎專家蒞臨指導的陣仗。

「行了行了，趕緊打住，再這麼弄，我都不敢進屋了！」林蘭笑道。

眾人歡歡喜喜簇擁著林蘭進屋。

天色尚早，還沒有病患，林蘭看著整潔的鋪子，心情舒暢。莫子遊和王大海請林蘭到雅間，莫子遊樂呵呵地拿出一疊帳本，神情得意地遞到林蘭面前，「師妹，瞧瞧，這是妳走後鋪子裡的收益。」

林蘭接過來，翻看了幾頁，驚訝道：「不錯啊，我還以為這鋪子在你們幾個手上要虧本呢！」

莫子遊自豪道：「師妹真是小瞧我們了，我們可是很用心的！這幾個月，咱們回春堂的生意已經超過了德仁堂和京城其他幾家藥鋪的總和，厲害吧？」

林蘭嘖嘖點頭，「真不錯，哎，你們沒有賣假藥吧？」

莫子遊差點吐血。

林蘭笑道：「好了，不跟你開玩笑了，你們做得很好，要再接再厲，年中我給你們分紅利。」

莫子遊頓時又喜形於色，「那師兄就先謝謝師妹了。」

福安親自端了茶來，林蘭問道：「玉容還好嗎？」

福安笑得有些靦腆，支吾道：「玉容她……有了身孕。聽說二少奶奶回來了，她本想過來看二少奶奶，只是這陣子害喜害得厲害，我娘不放心她出門……」

真是又一件大喜事，林蘭高興道：「讓她安心養胎，等我得空了，我去看她。」

敘了一番話，林蘭拿出一份藥單交給莫子遊，「我這趟回來，是專門為邊關籌備藥材的。邊關將士傷亡眾多，藥材又缺得厲害，你按著單子抓緊準備一下。」

莫子遊一看那單子，臉就垮了下來，「要這麼多？師妹不會是想捐這麼多吧？」

林蘭笑道：「這只是其中三成，回頭我還要去德仁堂找華掌櫃，先跟她合計一下，再進宮面聖，若是朝廷出錢購買，你懂的……」

莫子遊怔了下，旋即喜道：「那就是一筆大生意了！行，我馬上就去辦！」

隨後林蘭又去了德仁堂，華文鳶現在是德仁堂的主事，華家的男子都在太醫院任職，德仁堂就交給了華文鳶。聽說李家二少奶奶來訪，華文鳶連忙出來相迎。

「林大夫，妳什麼時候回來的？」華文鳶驚喜道。

「昨兒個剛回，找妳商量正事呢！」林蘭說明來意。

華文鳶爽快道：「邊關有需要，自然是要先滿足，不過這批藥材數量不小，我還得先跟兄長商量商量，盡快給妳回覆。」

「嗯，一定要快，如果朝廷旨意下來，咱們就能拿得出貨。」林蘭道。

辦完了正事，林蘭又去了葉家，跟大舅爺報平安。

二舅母戚氏已經回豐安去過年了，沒見到她，林蘭有些遺憾。大舅父和大舅母聽說李明允在那邊一切平安，都鬆了口氣。

林蘭發現幾個月不見，王氏清減了許多，那眉頭也是時不時不自覺地蹙著，大舅父雖然爽朗依舊，但說話間也是心不在焉，不由暗忖，葉家是不是遇上了麻煩事。

出了葉家，林蘭回到回春堂，把福安叫來問話。

「葉家是不是有什麼麻煩？」

福安怔了怔，道：「二少奶奶知道了？」

林蘭心一沉，果然有事。

「你且說來。」

福安道：「小的也是聽家父說的，今年葉家綢緞入貢的事怕是要黃了。」

林蘭驚訝，「為何？」

「小的也不是很清楚，似乎是宮裡娘娘嫌葉家的綢緞色澤不夠豔麗還是什麼的，反正就是不喜歡的意思，以前入貢的沈家現在可活絡了，到處找門路打點關係。」福安把自己知道的說給二少奶奶聽。

林蘭感覺這是有人故意在為難葉家，去年葉家進貢的綢緞，宮裡可沒人說不好，不管是品質還是花樣色澤，都比沈家的要好很多，現在卻嫌這嫌那，分明就是想剝奪葉家入貢的資格。葉大舅爺為了葉氏綢緞入貢一事，可費了不少心力，入貢才一年就被剝奪入貢資格，傳出去，葉氏的生意必定一落千丈，難怪大舅爺心事重重，大舅母都瘦了一大圈。

如果說這是有人在故意刁難，那肯定是太后和皇后。明允得罪了太后，得罪了秦家，太后和皇后一時拿明允沒辦法，但是給葉家穿穿小鞋還是易如反掌的。怎麼辦呢？難道就這樣眼睜睜地看著入貢資格被旁人奪去嗎？林蘭想來想去，決定去一趟裴府。

「二少奶奶，咱們去裴家看裴夫人嗎？」半道上銀柳問了一句。

林蘭一直在想葉家的事，心不在焉道：「嗯，也是要看看裴夫人的。」

銀柳覺得二少奶奶這話怎麼有點怪呢？難道二少奶奶去裴家是找裴大學士？也對，裴大學士一直對二少爺很照顧，二少奶奶替二少爺去看看裴大學士也是應該的。可問題是她手裡還捧著送給以前的裴小姐，現在的陳三少奶奶的結婚賀禮呢！這賀禮不送去陳家，難道要讓裴夫人轉交？

馬車到了裴府，冬子上前去遞名帖，不一會兒，就有人出來相迎。

「銀柳，把東西帶上。」林蘭囑咐道。

「帶了，不過，二少奶奶，這東西您不親自交給陳家三少奶奶嗎？」銀柳抬了抬盒子。

林蘭兩眼望天，忘了忘了，她竟然把這碴給忘了。裴芷箐都成親了，怎麼還會在裴家？哎，她的想法裡，裴芷箐還是裴家小姐呢！

「李夫人，我家夫人有請。」管事嬤嬤滿臉堆笑來請林蘭入內。

林蘭忙小聲吩咐銀柳：「把東西交給冬子，只拿上滋補品就好。」幸虧她沒忘了給裴夫人也備了一份禮。

跟裴夫人寒暄了幾句，林蘭就告辭轉而去了陳家。

終於見到了裴芷箐，林蘭拉著她上下打量，笑道：「嫁了人就是不一樣，漂亮多了，看來日子過得很滋潤啊！」

裴芷箐嗔笑道：「剛一見面就揶揄人，去趟邊關就學了這個？」

林蘭歪著腦袋笑看她，「這可是跟妳家那位學的，難道妳沒覺得嗎？」

裴芷箐護短道：「子諭可比妳老實多了。」

林蘭腹誹：妳家那位還老實？也就在妳面前裝裝兔子，一轉身，他就是隻狐狸，狡猾的狐狸！

丫鬟上了茶，裴芷箐道：「子諭還說你們這一去，沒個大半年回不來，沒想到你們這麼快就回來了，看來，這趟差事很順利嘛！」

林蘭苦笑道：「順利倒還算順利，不過危險也是真的。妳不知道，前線有多凶險，隨時都有可能遭遇敵人，隨時都可能會送命的。幸虧我朝將士英勇，倒楣的是突厥人。這次，我是回來辦公務的，明允還在邊關呢！跟突厥人談判沒那麼容易，大半年能結束算是最順利了，要是不順利，還不知拖到什麼時候去……」

裴芷箐很是羨慕的神情，林蘭經歷的事她永遠都不可能去經歷，雖然有危險，雖然很辛苦，但這都是人生的閱歷。沒有見過大山大水，沒有見過血染黃沙，一輩子就待在一座四方小院裡，大門不出，二門不邁的，日復一日，年復一年，單調而無趣。

「那，妳這次回來能待多久？」

「應該不會走了，除非邊關戰事再起。」林蘭淺嘗了一口茶，只覺茶水入口清潤甘甜，「是陳皮蜂蜜水啊？」

裴芷箐笑道：「舞陽就愛喝這個，我喝著也覺得挺好的，就喜歡上了。」

「這陳皮蜂蜜水酸中帶甜，清香宜人，健脾養胃，還能美容養顏，是挺好的。」林蘭道。

「我可不知道這些，只是覺得挺好喝的。」裴芷箐也笑道。

「對了，舞陽郡主還好嗎？」林蘭看似漫不經心地問。

裴芷箐沉默了片刻，笑容有些苦澀，「她……怎麼說呢？」

「如果不方便說，那就算了。」林蘭無所謂地笑笑，雖然她很好奇，也很八卦，但別人不想說，她是不會刨根問底的。

「她現在很苦惱，太后，想把她許給鎮南王世子，可她不喜歡，她……她已經、已經有喜歡的人了。」裴芷箐低聲嘆息道：「我也不知道該怎麼幫她，妳也知道，就算是平民百姓家的女兒，誰不是父母之命媒妁之言，從來由不得咱們自己做主，更不用說舞陽的身分。」

林蘭真為舞陽郡主感到悲哀，舞陽郡主成什麼了？什麼太后的寵愛，秦家最驕傲的郡主？說難聽點，她是秦家和太后手裡的一顆棋子而已。為了秦家的利益，想把她許給誰就許給誰，一會兒是明允，一會兒又是鎮南王世子，誰曾想過舞陽郡主心裡的感受？

「鎮南王世子是什麼來頭？」林蘭蹙眉問道，能被秦家瞧上的，肯定是對秦家有益處的。

裴芷箐為林蘭續了一杯茶，邊道：「這鎮南王雄踞一方，手握兵權。」

沒錯，秦家現在最需要的就是兵權，要不然，怎麼跟四皇子抗衡啊？現在皇上越來越重視武力，秦家不得不在這方面努力，只有爭取到越多的兵權支持，太子的地位才能穩固。

「那……親事定下來了嗎？」

「應該快了，所以舞陽才很煩惱，現在秦家對她看得很緊，二門都別想出來。」

哦……本來林蘭還想請裴芷箐從舞陽郡主那探探消息，現在看來是不成了。不過，裴芷箐好像跟三皇妃的關係也不錯，當然，喬雲汐跟三皇妃的關係似乎更好，只是靖伯侯現在很受矚目，他的一舉一動都有很多人盯著，靖伯侯府屬於敏感地帶，所以最好還是不要去麻煩他們的好。

「芷箐，有件事，我想麻煩妳幫我打聽打聽。」林蘭道。

「什麼事？」

「我聽說內務府要重新考慮今年綢緞入貢的資格，這入貢資格，按以前的慣例，都是一定就三年，我想著這其中是不是有什麼貓膩？妳也知道上次的事，葉家算是得罪了秦家……」

裴芷箐沉吟道：「妳說的很有可能，這內務府決定入貢資格，最終得由皇后娘娘點頭，只要皇后隨便說個理由……就可以輕而易舉剝奪入貢資格。」

林蘭蹙眉道：「這樣說來，葉家沒有機會了？要是葉家的入貢資格被剝奪了，對葉氏綢緞的生意將是重大的打擊，好歹也得貢滿三年不是？」

裴芷箐輕笑，「這也不是絕對，事在人為。」

「可皇后若是有心對付葉家，葉家是一點勝算也沒有啊！」林蘭憂心道，事情若是好辦，葉大舅爺也不會那麼擔心了。

裴芷箐嗔了她一眼，笑道：「妳平時不是點子挺多的，怎麼這會兒愁眉不展了？這樣吧，我先去三皇妃那打聽打聽，到時候再商議。」

要的就是這句話！林蘭喜道：「那就拜託妳了，哎……今天我來，還有一件要緊事！」

裴芷箐苦笑道：「妳到底還有多少事啊？能不能一口氣說完了？」

林蘭笑嘻嘻道：「飯要一口一口吃，事要一件一件來嘛！銀柳，把東西拿過來。」

銀柳忙上前，把匣子放在桌上。

裴芷箐看看匣子，又看看林蘭，「這是……」

林蘭把匣子推到裴芷箐面前，「這是我和明允送上的賀禮，妳看，妳和子諭成親，我和明允都沒能喝上喜酒，等他們倆的事都辦好了，回來了，咱兩家好好聚一聚，當然，這酒可得你們請。」

裴芷箐面色微紅，嗔道：「妳的賀禮，葉家大舅爺早替你們送了，妳還這麼客氣！」

「那不一樣，你們是誰啊？子諭是明允的好兄弟，妳是我的好姊妹，你們的賀禮，我必須親自送上才行。」林蘭笑道。

從陳府出來，林蘭望向北方，天空碧藍澄淨，只遙遙飄著幾縷浮雲，漸漸遠去。真是好天氣，若是沒有那麼多煩心事，多好……

晚上，林蘭又寫信給李明允。

小允子：你知道嗎？陳子諭那傢伙出使高麗了，拋下新婚的妻子，老爺子（你懂的）也太不厚道了，人家新婚燕爾的，子諭那小子肯定滿腹牢騷。對了，玉容都快當娘了，福安那小子真是有福氣啊！我在想，什麼時候撮合撮合銀柳和二師兄，不過我又很糾結，如果銀柳嫁給了二師兄，豈不是成了我的師嫂？那以後，是她叫我二少奶奶，還是我叫她師嫂呢？頭疼啊……這樁虧本買賣，我要好好考慮才行。

林蘭封好了信，放進匣子裡，等藥材準備好，估計得有滿滿一匣子了。

「二少奶奶，華家小姐求見。」錦繡來報。

林蘭驚訝，這麼晚了，華文鳶還過來？

「快請！」

華文鳶見面道：「真是失禮了，這麼晚還來打擾妳，不過，我想妳一定急著等我的回覆，就顧不得失禮了。」

林蘭笑道：「沒事，妳什麼時候來，我都歡迎。」

「都怪大哥，這幾日太后身體不適，太醫院的御醫們日夜守值，大哥快戌末才回來。妳說的事，我和大哥說了，大哥說德仁堂會全力配合，所以明日我會召集在京中的藥材供應商先商議一下，大哥還問妳什麼時候進宮，他和妳一道去面見皇上。」

林蘭喜道：「真是太好了，有你們德仁堂全力配合，這件事辦起來就容易多了。」

華文鳶笑得諱莫如深，「瞧妳說的，你們回春堂的事，我們德仁堂什麼時候不是全力支持？」

藥材的籌備工作進展得十分順利，皇上肯掏錢，打著皇命的旗號，自然好辦事。現在林蘭擔心的是葉家的事，便讓周嬤嬤回去打聽一下，結果周嬤嬤帶回來一個爆炸性的新聞，說葉馨兒跟她夫婿處得不是很好，那阮家少爺把個丫頭弄上了床，結果被葉馨兒當場捉住。她當著阮家少爺的面，就把丫頭打了個半死，賣到青樓去，阮家少爺氣得要休妻。

林蘭聽得半晌無語，葉馨兒還真是慓悍，不過，當初她為了拖明允下水，那樣的手段也使得出來，可見她是一個豁得出去的人。

「這阮家老爺與阮公公沾親帶故，葉家搭上宮裡這條線，靠的也就是阮家。大小姐跟阮家少爺鬧得不愉快，而且大小姐嫁過去才多久，便跟小姑吵架，跟婆婆頂嘴，阮家對她都很有意見，若不是念著葉家的那些好處，早就把人休了，哎……大小姐，這是做啥啊？其實阮家少爺人不錯，可大小姐一天到晚不給人好臉色，有哪個男人受得了？如今，葉家入貢一事出了問題，大老爺都沒臉上門求人家。」周嬤嬤唉聲嘆氣地說。

難怪大舅爺鬧心，本來還能去求求阮公公，現在可好，皇后刁難，宮裡的關係因為葉馨兒之故又用不上。

「她若想好好過日子，就不會這麼鬧，我看她是巴不得阮家休了她。」林蘭沉吟道，還以為葉馨兒嫁了人，心就能定下來，好好過日子，結果……

「阮家才不會休了大小姐，跟葉家結親，就好比抱了一棵搖錢樹，阮家才捨不得放手。二少奶奶，您是不知，大小姐帶了多少陪嫁過去，夠他們阮家吃上幾輩子的。」周嬤嬤道。

「那就更糟了，阮家不肯休她，她就只能落得空有一個阮家少奶奶的稱呼，得不到夫婿的疼愛，被公婆厭棄，被阮家上下當透明人，她的日子更難過。」林蘭嘆道。葉馨兒啊葉馨兒，妳說妳這腦子是不是榆木疙瘩啊，怎麼就不開竅呢？

周嬤嬤搖頭，「要是阮家虧待她，大舅爺還能為她出頭，現在是她不爭氣，誰能幫得了？」

「算了，不說她了，人各有志，路是自己走的，後果也要她自己去承擔。妳且說說，入貢一事，大舅爺可有對策？」林蘭擺擺手，不想再提葉馨兒這個人。

「阮家是不肯幫忙了，估計這事難辦。」周嬤嬤憂心忡忡地說。

裴芷箐那邊也傳來壞消息，說是事情定下了，綢緞入貢資格要給沈家，過幾日就要下旨了。

林蘭是削尖了腦袋想法子，大舅爺幫了她和明允那麼多，況且，這場變故也是因明允而起，怎麼得也得幫他們一次。

第二天一早，林蘭進了宮，一是向皇上回報籌備藥材的工作進展，二嘛……

「皇上聖諭一下，京城各家藥鋪都積極回應，藥材就捐了三成，各家供應商也表態，會以最低的價格最快的速度把所需藥材運抵京城，估計再有三五日，藥材便能備齊了。」

皇上聽了，深感欣慰，「林大夫辦事效率高啊！」

林蘭拍馬屁道：「這哪是臣妾會辦事，是皇上體恤邊關將士！皇上愛民如子，百姓們焉能不感激，焉能不盡心盡力？」

皇上哈哈大笑，「林大夫不僅會辦事，還很會說話！」

林蘭笑道：「臣妾從不說假話，都是肺腑之言。」

皇上更是開懷，忍不住打趣道：「很顯然，林大夫的肺腑之言，比誰都說得動聽，朕就喜歡林大夫的肺腑之言。」

看皇上高興，林蘭故意道：「皇上今兒個是心情好吧？聽什麼都順耳！」

皇上眯著眼笑道：「真被妳說中了，今天收到李愛卿的摺子，和突厥的談判有很大的進展。」

「真的嗎？」林蘭驚喜著。

皇上眉頭一蹙，「難道李愛卿沒告訴妳？」

林蘭癟了癟嘴，「他哪裡還想得到臣妾？他心裡就只有國事。」

皇上故意嗅了嗅，道：「阮福祥，這殿中是不是放了醋？」

阮公公錯愕，也用力嗅了嗅，「皇上，沒有啊？」

林蘭已經憋紅了臉，皇上這是在笑話她呢！

皇上看她那窘迫的樣子，忍俊不禁，「沒有？朕聞著怎麼這麼酸呢？」說著朝林蘭努努嘴。

阮公公會過意來，故意道：「是啊，怎麼就這麼酸呢？」

林蘭的臉更紅了，總以為天子是很威嚴的，不苟言笑，沒想到皇上跟平常人家的老爺子一樣隨意，還開臣子的玩笑。

說完了公事，趁著皇上高興，林蘭大大方方道：「皇上，臣妾斗膽想問皇上一個問題。」

「哦？妳且說來聽聽。」皇上心情很好。

「皇上覺得去年葉氏入貢的綢緞質地如何？」林蘭笑嘻嘻地問。

皇上笑著點頭，「不錯，質地細膩柔軟，花樣新鮮，比前幾年的好。」

林蘭歡喜地屈膝福身，「多謝皇上讚譽。」

皇上等了一會兒，還想聽下文，林蘭卻不說了，阮福祥倒是明白了林蘭的意思。本來這事他是不想多嘴了，葉家那個女兒太不像話，不過，怎麼說，葉家與阮家也是姻親，加之皇上對李特使夫婦喜愛有加，既然林大夫起了這個頭，他就幫幫腔吧！

「能入得了皇上的眼，那肯定是最好的。」阮福祥笑著說。

林蘭忽而嘆了一口氣，道：「可惜皇上以後用不著了。」

皇上納悶道：「何故？」

「聽說內務府要重新考慮葉氏綢緞的入貢資格。」

皇上神色一凜，端了茶盞，慢悠悠說：「朕沒記錯的話，入貢資格三年一選，怎的，這麼快就要換了？」說這話的時候，皇上的目光瞟向阮福祥。

阮福祥忙躬身回道：「聽說是皇后不喜歡葉氏的綢緞，說質地欠佳，花樣俗氣。」

林蘭不由得瞄了眼阮公公，到底是宮裡混的，這話說得就是有水平。皇后的話，與皇上剛才的評語正好相反，皇上能承認自已的眼光不行嗎？當然是不可能的。

皇上默了默，輕哂一聲，「林大夫的意思，朕明白了，皇后既然眼光獨到，就讓她自己去選。阮福祥，這件事就交給你去辦。」

林蘭大喜，「多謝皇上成全，臣妾就說皇上是最英明的了！」她不是傻子，皇上話中的諷刺之意已經很明顯，這下皇后估計是要出醜了。

林蘭出了宮就去葉家，讓大舅爺拿出今年的新緞子來瞧瞧。

「這是今年新出的重緯花段，用八枚經緞織成。這花部是用十六枚和二十四枚緯緞織成，工藝複雜，十分精細，花樣皆是當下最時興的，一匹得百十兩銀子呢！還有這妝花羅、織雲錦、撚金紗，不是舅父自誇，目前為止，還沒有哪家能織出比咱們葉家更好的料子。」葉德懷自豪道，說罷又重重一嘆，「可惜，誰說好都沒用，皇后一句話，這樣上上等的料子也成了垃圾。」

林蘭看過料子後，信心滿滿，安慰道：「舅父，您先別氣餒，事情不是還沒定嗎？不到最後，勝負難料啊！」

葉德懷苦笑道：「外甥媳婦，妳就別安慰我了，宮裡已經傳出消息，這入貢資格多半是要落在沈家頭上了。昨天那沈老爺在溢香居大擺筵席，京城裡做綢緞生意有些名堂的都去了，真是氣人啊！輸給別家我這心裡還能好受些，可偏偏是沈家，他家的東西跟咱們的比，那不是差一檔兩檔的！」

林蘭笑道：「若不是怕入貢資格取消對葉氏的生意有損，我倒是希望看到宮裡的娘娘們見自己身上穿的還不如那些命婦身上的料子好時的懊惱表情。舅父，您就放心吧，連皇上都誇葉氏的綢緞好。」

葉德懷驚訝，「皇上說了？」

「是啊，皇上說葉氏的綢緞質地上乘，花樣新鮮，很好。」林蘭笑嘻嘻地說。

葉德懷先是一喜，轉而又黯然，自嘲道：「皇上說好又有什麼用？咱能拿出來嚷嚷嗎？人家會說，既然皇上都說好，怎麼你們葉家的入貢資格還被取消了？騙鬼的吧！」

「舅父是糊塗了，皇上都這麼說了，皇上的意思您還不明白？」

葉德懷愣了愣，小心翼翼道：「妳的意思是……這事有轉機？」

林蘭肯定地點點頭，「舅父且安心等著吧！」

過了兩天，內務府讓葉氏把今年的新料子趕緊貢上去。

葉德懷喜孜孜地跑到回春堂找林蘭，道：「外甥媳婦，事成了！」

林蘭並不驚訝，皇上有心幫忙的事，不成才怪了。

「外甥媳婦，這事說起來真是有趣極了。聽說，皇上把沈家的料子和咱們葉氏的料子標明了讓皇后選，皇后自然是選沈家的，皇上就問，這沈家的料子好在哪裡？皇后大大讚美了一番，結果皇上說，剛才皇后誇的是葉氏的料子，看來皇后很識貨……哈哈，真是笑死人了，老子想到皇后吃癟的樣子就想笑！」葉德懷拍桌子大笑，「還有沈家，客都請了，早就滿京城的嚷嚷了，這回落了空，我看他還有什麼臉在京城待下去……」

「可是咱們讓皇后失了顏面，她必定懷恨在心，舅父，咱們得小心著點，別讓皇后挑了錯處才好。」林蘭善意地警告大舅爺，別樂過了頭。

葉德懷不以為然道：「撐過這三年，她們想老子伺候，老子還不伺候了！咱就賺個名聲，好歹也是入過貢的！」

林蘭笑道：「還有兩年呢，小心點總沒錯，皇上也不可能三番兩次為這些小事替咱們出頭。」

葉德懷笑道：「舅父心裡有數，這次多虧了妳，那阮家太不上道了，好歹也是姻親……」

這能怪人家嗎？你女兒把人家家裡弄得雞飛狗跳的，擱誰心裡能舒服？再說了，這趟還不是多虧了阮公公幫襯？林蘭打了場肚裡官司，想想還是不要多嘴，大舅爺是個聰明人，自己會想辦法的。

送走春風滿面的葉德懷，福安進來回話：「二少奶奶，按您的吩咐，魏家已經安排妥當了。魏青山會做泥瓦活計，就讓他負責莊子裡的修葺工作，他媳婦有身孕，就讓她幫著蔡嬸養養雞鴨，剛好葉氏綢緞莊要招收學徒，就讓他妹子去學刺繡了……」

林蘭放下帳本，抿著嘴笑了笑，「就先這樣安排，讓你爹留心些，魏青山若是個能吃苦又耐勞的，再委以重任吧！」

「是。」福安躬身領命。

「上次我給玉容開的藥，她吃了可有效？」林蘭關心地問。

福安笑呵呵道：「有效，有效，已經不害喜了，也能吃得下飯了。」

林蘭點頭，「這就好，讓她安心養胎，別總想著出來做事，孩子要緊。」頓了頓，她又道：「我原本想讓你出趟遠門，現在看來……還是算了，玉容身邊也離不開人，你去把老吳叫來。」

福安忙道：「二少奶奶有什麼事儘管吩咐小的，家裡凡事有我娘呢！」

「這次就讓老吳去，藥鋪裡的事，以後還是要交給你的。」林蘭微笑道。

去東阿的事，因為各種原因，一直拖著，現在李渣爹的事已經解決了，是該騰出手來好好籌畫阿膠的事。

這日，趙卓義護送藥材北上，林蘭再三交代他，一定要把信親手交到李明允手上，家中的事不許告訴李明允，免得他在邊關不能安心。

趙卓義一一應承，帶著兄弟們，護著二十車藥材離開京城。

翌日，林蘭又送文山和老吳出了南門，這次是先探探路，看看那邊的情形。古代交通不便利，辦起事來也沒效率，考察一趟起碼要兩個月，再要實施計畫，起碼又得好幾個月，哎……只有耐著性子來了。

轉眼，回京都快兩月了，林蘭整日就是李府、藥鋪兩點一線，偶爾去看看裴芷箐和喬雲汐。京中命婦們聽說她回來了，倒是送來些帖子，邀請她去做客什麼的，她都以各種理由婉拒了。這年頭看似太平，其實暗潮洶湧，還是低調一點的好。她是掛名太醫，但宮裡沒要求她點卯，宮裡的娘娘也沒有誰點名要她看病，宮裡那些都是人精，有什麼事不知道的，皇后看不上她林蘭，還有誰敢請她看病，這不是自找麻煩嗎？所以，林蘭只進了兩趟宮，落得個清閒。

奇怪的是馮淑敏，按說，別人都知道她回來了，馮淑敏能不知道？依馮淑敏的性子，早跑來詢問那個老傢伙的情況了。既然馮淑敏沒有任何動靜，那就只有一種可能，馮淑敏已經知道了。想必馮淑敏也是覺得尷尬，憑空多出一個比自己小不了幾歲的女兒，而且這個女兒之前還是談得來的朋友，換誰也不可能坦然處之，或許她心裡還有另外的想法也不一定。不見最好，反正她也不想見馮淑敏。

趙卓義一行人走了一個多月才到勝州，把藥材送交醫藥處。楚君浩看到滿滿二十車的藥材，那張千年寒冰臉總算有了點春意。

趙卓義交接了公事，趕緊又去辦私事。

「李大人，這是嫂夫人讓屬下轉交大人的書信。」趙卓義遞上一個匣子。

李明允按捺著心中的迫切，故作淡定地接過匣子，問道：「京中一切安好？」

趙卓義笑嘻嘻地說：「大人看了嫂夫人的信不就知道了？屬下就不打擾大人看信了。」說罷，趕緊退了出去。做人要識相，嫂子都說了，只許報喜不許報憂，為謹慎起見，他還是什麼也別說的好。

趙卓義一離開，李明允就關上門，一個人安安靜靜地看書信。雋秀的字體卻是跳脫的言詞，林蘭使壞時的得意模樣躍然紙間，不是提吃的就是提好玩的好笑的，存心饞他，存心讓他羨慕嫉妒，看得李明允又是好氣又是好笑，恨不得立刻飛回去，狠狠捏她的臉，將她按在床上好好懲罰一頓。

趙卓義才出門，就被林將軍的近侍叫了去。

「信可送到了？」林致遠問道。

「回將軍，屬下按您的吩咐，已經將信送交夫人手中。」

林致遠捋著長鬚微微頷首，忽而壓低了嗓音問道：「那個……林大夫不知道吧？」

「屬下敢保證林大夫不知道將軍給夫人捎信的事。」趙卓義回道。

「那，夫人可有回信？」

趙卓義搖搖頭，「屬下離京之前還特意去了趟將軍府，夫人沒讓屬下帶信。」

「夫人可曾跟林大夫見面？」

趙卓義又搖頭，「好像沒有，不過屬下也不是時時刻刻跟著林大夫，這事屬下不敢保證。」

林致遠神情凝重起來，嘀咕了一句：「真不會辦事……」

趙卓義心裡憋屈，將軍大人，您也沒讓小的時刻不離地跟著林大夫啊，怎麼能怪他？

林致遠鬱鬱地揮揮手，「你先退下。」

趙卓義應了聲，趕緊退下。

林致遠皺著眉頭：夫人這是什麼意思？他的長子、長女失而復得，難道她還敢不高興？他還指望著夫人能助上一臂之力，誰知道……女人啊，就是小心眼！難道這事還得他自己回京再解決？他可是一日也等不及了。

林致遠越想越坐不住，霍然起身，直奔李明允的房間，咚咚咚的敲門。

「明允啊……開門！」

李明允正看信看得高興，猛地聽見老丈人敲門，趕緊把信塞到枕頭底下，方才去開門。

「將軍找我有事？」李明允笑呵呵地問。

林致遠未開口先搖頭，背著手走了進去，隨便拉了把椅子坐下，心事重重地問：「明允，蘭兒有沒有跟你提我夫人的事？」

李明允笑笑，蘭兒在信中非但沒有提及馮氏，連一點煩心事也沒提。他是不相信家中會一點事都沒有，蘭兒不過是報喜不報憂罷了，怕他不安心，但他相信，蘭兒不提馮氏，肯定是因為馮氏那邊沒有動靜。

「將軍，我覺得這事您還真得耐心些，等您回京城了再做商議比較好。」李明允知道老丈人在煩惱什麼，本以為馮氏跟蘭兒有交情，希望馮氏能出面緩和一下父女關係，誰知馮氏一聲不吭。如今馮氏心裡怎麼想的，不好隨意猜度，但馮氏的尷尬可想而知。

林致遠看見桌上一個打開的空匣子，四下裡瞄了瞄，瞄到枕頭下露出幾張信紙，頓時羨慕不已，人家收到一疊信，他連個毛紙片都沒有，蘭兒不給她寫就罷了，連馮氏也不理他，暗嘆一口氣，腆著笑臉問：「是蘭兒的信？」

別看林致遠是個粗人，實則粗中有細，一猜一個準。

李明允訕訕地敷衍道：「一些家常話而已。」

林致遠探過身來，悄聲問：「信中可有提到老夫？」

李明允默然：怎麼沒有，幾乎每封信中都有特別交代，特別警告，不許理這個老傢伙。

一看李明允的神色，林致遠就知道蘭兒肯定在信裡罵他了，他還是識趣點趕緊走人的好。林致遠裝模作樣地乾咳兩聲，起身道：「你慢慢看吧，老夫先走了。」

李明允巴不得他趕緊走，信還沒看完呢，蘭兒正說到阿膠的事。

「李大人……」楊萬里在外求見。

李明允去開了門，「楊縣尉！」

楊萬里見林將軍也在，神情猶豫。

李明允看了看林將軍，這件事反正也不想瞞著老丈人，便道：「楊縣尉，你進來說話！」

楊萬里回道：「那邊有動靜。」

李明允神情一凜，「仔細說來。」

林致遠直覺這件事要緊，也是嚴肅了神情，仔細聆聽。

「是，屬下奉李大人之命，對秦大人嚴密監視，果然不出大人所料，今日秦大人身邊的近侍，鬼鬼祟祟地來到城西一間客棧，隨後客棧裡有人出來，屬下的人一直跟著，見那人出了城，到了一戶牧民家，沒多久，那牧民就趕著幾隻羊出去放牧了。屬下的人等牧民走得遠了，方才將他拿下，在他身上搜出這個……」楊萬里呈上一張羊皮紙。

李明允接過來看了看，又交給林致遠。林致遠一看，大驚失色，「這不是咱們擬定的前去木塔河接受投降的時間和路線？還有我軍的布防圖……」

林致遠怒目圓睜，咬牙切齒，「這廝居然敢通敵賣國，老夫當日就說該防著他，你還讓他參加軍務會！」

李明允淡然一笑，「防能防到幾時？還不如請君入甕，引蛇出洞。」

林致遠恍然大悟，「原來你是故意的。」

「秦承望此次來北地，絕非想要分一杯羹，占一份功勞這麼簡單，他是來破壞和談的，抑或是要跟突厥達成某種協定。你想，如果你我在去木塔河的途中遭埋伏，被突厥人幹掉，會是什麼後果？」李明允笑看著林致遠。

林致遠蹙眉分析道：「你若是遭遇不測，那負責談判的職責就落在了他頭上。我若是遭遇不測，我軍必定軍心大亂，突厥人手中又有了我軍布防圖，再對我軍來個突襲，我軍很有可能敗退，到時候，由他秦承望出面，安排他的人力挽狂瀾，便是大功一件，他的人就能趁機奪取北方的軍權……」

李明允嘖嘖讚嘆：「將軍果然英明！據我了解，秦承望稱病退回勝州後，去了趟代州，代州的守軍是誰，將軍應該清楚。」

林致遠倒抽一口冷氣，代州守軍是忠勇公當年的部下，是秦家的勢力。秦承望此次來，不但要奪功勞，還要培植自己的實力，林致遠摸了摸額頭，「玄啊，這事真玄！我說突厥特使怎麼答應得這般爽快，幸虧你早有提防！」

李明允心說：不提防行嗎？事關生死，他還要留著小命回去跟蘭兒過小日子呢！

楊萬里問道：「林將軍、李大人，現在怎麼辦？」

林致遠道：「人證物證俱在，押送至京城，由皇上定奪。」

李明允道：「你速速將秦大人擒住，斷絕他與外界所有聯繫，務必從他身邊的近衛處套出口供，有了供詞，再將證物、供詞一併送去京城。」

楊萬里神色一凜，大聲道：「屬下即刻去辦！」

◆◆◆

李家的大老爺還沒到京城，林家的大姑卻是喜孜孜地拖家帶口全到了京城。

馮淑敏這心裡堵了兩個多月，備受煎熬，終於等到大姑來。本是想把這事問清楚，沒想到大姑卻是一副要在京城安家落戶的勢態。

大姑叫林大芳，原本還有個小姑，林小芳，還沒嫁人就得病死了。

「嘖嘖嘖，這京城到底是帝都，就是氣派。我弟早就說要接我們來京城住，我說，我們都是莊戶人家，到了京城繁華勝地，只怕手腳都不知道該放哪。住在鄉下，自在倒是自在，可我就剩這麼一個親弟，心裡想得緊啊！既然弟妹這麼盛情，我們也就不好推辭了……」林大芳進門就東張西望，看著氣派華麗的將軍府，不禁兩眼放光，嘴巴都合不攏了，趕緊叫兩個兒子跟馮淑敏見禮：「康寧、康平，還不快見過你們舅母！」

兩個大小夥子趕緊向馮淑敏鞠躬作揖，「外甥見過舅母。」

馮淑敏嘴裡說著客套話：「幾年不見，康寧、康平都長大了。」她的眼睛一直瞅著姑父，那個叫趙全的，只見他一雙手東摸摸西摸摸，眼裡露出貪婪的神色，不由得心生厭惡。

「當家的當家的……」林大芳看弟妹似乎不太高興，忙拉了趙全過來，暗掐了他一把，小聲道：「給我放老實點，別招人嫌！」

趙全立即對馮淑敏點頭哈腰地笑道：「弟妹……」

馮淑敏勉強一笑，點點頭，算是見禮了。她不是嫌大姑他們是鄉下人，只是姑父這人她當真不喜，有道是相由心生，這人賊眉鼠眼的，一看就不是個安分老實的人。

「大姑、姑父，你們一路辛苦了。王嬤嬤，妳先帶大姑他們去安置，讓他們現在西跨院住下。」馮淑敏吩咐道。

王嬤嬤趕緊帶人下去。

林大芳笑眯了眼，「弟妹真是客氣，那我先去安置，回頭找弟妹說話。」

剛走了兩步，林大芳忽又想起，去翻她的包袱，「差點忘了，我還給弟妹帶了些老家的特產，這是毛筍乾，這是白果乾……這些都是林三最愛吃的。」說著，把東西一樣樣拿出來，每樣一小包。

馮淑敏勉強笑著，讓王嬤嬤收下，心中甚是擔憂：可別是請神容易送神難。本想解決問題，這下，問題卻是越來越麻煩了。

晚飯後，馮淑敏特意把林大芳請來說話。

「大姑住得可還習慣？」

「哎呀，我們鄉下人住慣了瓦房，睡慣了硬板床，這一下掉富貴屋裡，還真是有些不習慣，不過，這是弟妹一片心意，不習慣也得習慣不是？」林大芳笑眯了眼。

馮淑敏淡淡一笑，「老爺一直念叨大姑，說要接大姑來京享幾天福。」

「哎呀，三兒真是有良心，還惦記著我這個大姊！妳不知道三兒打小就跟我親，一天到晚跟在我屁股後頭轉悠……話說回來，三兒再有良心，也得弟妹有心才行！」林大芳笑道。

馮淑敏微訕，親媽？也不見得，其實老爺極少提起這位大姑的。

「大姑若是覺得有什麼不合適的地方，只管與我說，我會叫下人去安排。」馮淑敏客氣道。

林大芳眉開眼笑地擺手，「沒有沒有，已經很好了！」

馮淑敏默了默，道：「其實，這次請大姑來，是有件事想問問大姑。」

林大芳笑呵呵的，「啥事？妳問。」

「是關於老爺的前妻……」

林大芳驚訝道：「沈氏都死了好多年了，弟妹怎麼好端端提起她來？」

馮淑敏靜靜地望著她，「大姑確定沈氏已經死了嗎？」

林大芳一副篤定的表情，「那是當然，這事能胡說嗎？沈氏早就死了，鬧饑荒那年就死了，哎……沈氏是個福薄之人，還有那對可憐的娃，當初我就勸她別走，日子過不下去，我這個做大姑的還能眼睜睜看著他們餓死？能不幫襯著？可她不聽勸啊！結果呢？客死他鄉，還拖累了一對娃，虧得我們同村的一個老鄉替她們母子三人收了屍……哎，可憐唷！」

馮淑敏聽她說完，又問：「是哪位老鄉替他們收的屍？」

林大芳支吾道：「就是村裡那個老吳……哎呀，跟妳說妳也不認識。」

「那老吳如今可還在老家？」

「死了，死了都好幾年了。」林大芳回道。林大芳心裡打鼓，當年她是信口胡謅的，那個可惡的沈氏，巴不得她早死了的好，要不是沈氏攛掇，三兒能跟她這個大姊生分了嗎？以前三兒可是有求必應的，就是這個沈氏進門後，三兒就不待見她這個做大姊的了。後來風兒又回湖州打聽他爹的消息，也被她回了，之後，這麼多年，風兒他們就再沒回來過，這事，她以為就這麼過去了，沒想到，今兒個弟妹又提起來。說出去的話潑出去的水，如今她是只能咬定沈氏母子三人死了，要不然讓三兒知道她誆騙了他，肯定饒不了她了。反正老吳頭死了好幾年了，你們還能挖了人家墳頭去問？就算真的挖了人家墳頭，也得死人會開口才行。三兒如今已經更名林致遠，做了將軍，她才不信沈氏還能找到這裡來，天底下哪有這麼巧的事，又不是說書。林大芳這樣一想，又平靜下來。

「大姑，您確定？」馮淑敏追問道。

林大芳睜大了眼，「當然，我騙妳做甚？弟妹，妳怎麼突然問起這個？」

馮淑敏笑笑，「沒事，就是想知道一下，不知道那沈氏是怎樣一個人。」

林大芳神色間有鄙夷之意，「她哪能跟妳比啊！鄉下女人，要容貌沒容貌，要見識沒見識，哎呀，她人都死了，就不說她了！」

馮淑敏心中已然明瞭，顯然大姑對沈氏不怎麼待見，姑嫂之間能和睦相處的還真不多。沈氏的為人如何，她且不論，但這個大姑絕不是什麼好東西。雖然大姑說得有鼻子有眼，還有人證，可這人證是個死人，怎麼證明？她相信老爺不會連自己的親生兒女都認錯。再說林蘭的為人她也清楚，林蘭絕不是那種為求富貴隨便認爹的人。李明允才華出眾，將來前途必定不可限量，林蘭沒這個必要給自己弄一個做官的爹，更何況，林蘭根本沒有要認爹的意思，要不然，老爺也不會來信，這麼鄭重其事地請她幫忙去討好林蘭，要不然，林蘭也不會回京這麼久也不來找她。馮淑敏很是糾結。

林大芳聽弟妹這麼說，心頭大石落了地。估計是三兒還想著那沈氏，弟妹心裡不痛快了，故而有此一問。

「我弟他還在邊關打仗嗎？」林大芳關心起弟弟來。

馮淑敏道：「老爺都幾年沒回家了，山兒都快不認得他爹了，也不知什麼時候才能回來。」

林大芳嘆氣道：「弟妹也真不容易，一個人把山兒拉扯大，我弟娶到妳，那是前世修來的福氣，等他回來，我定要好好跟他說說，可不許欺負妳。他若是敢欺負妳，妳就來告訴我，姊替妳捶他一頓出出氣。」說著她撿了盤子裡一塊核桃酥來吃，含糊著：「這京城的點心做得就是好，咱們那鄉下地方，有米糕吃就不錯了。」

馮淑敏看她胸前掉著的碎渣，不禁蹙起了眉頭。

其實她心裡早知道，即便叫大姑來，也是這樣一個結果，只是她心不死，就要當面問上一問，才能安心。可如今問了，心裡卻是更糾結。從老爺的信中可以看出老爺對這一對子女有多在意，認子認女之心有多迫切，她若不順著老爺的意思，只怕老爺對她有成見，可若是順著老爺的意思，她……她當真不知該如何面對林蘭。

馮淑敏憂心忡忡地回了屋，山兒來請安。

「娘，您不高興嗎？」山兒藕節一般的小胖手去摸母親緊蹙的眉頭，「今天先生稱讚山兒了，說山兒背書背得好。」

馮淑敏捉了山兒的手貼在臉上，柔柔的、嫩嫩的，熨貼著她惆悵的心。

「娘沒有不高興，山兒這麼乖巧，娘很喜歡。」

山兒昂著小臉，眨巴著大眼睛，一臉純真，「娘，山兒很喜歡林蘭姊姊的，娘不喜歡她嗎？」

馮淑敏一怔，「山兒怎麼會這麼問？」

山兒一本正經，老氣橫秋地說：「山兒知道娘為什麼不高興，林蘭姊姊是山兒的親姊姊，山兒還知道山兒有個哥哥，娘不喜歡林蘭姊姊做山兒的姊姊。」

馮淑敏詫異道：「這是誰告訴你的？」

山兒做出一副你小瞧我的神情，「山兒識字的，爹的信，山兒看到了。」

呃？這小傢伙，眼睛夠快的！

馮淑敏摸摸山兒的圓腦袋，「山兒不要胡說，娘沒有不喜歡你林蘭姊姊，只是……有些事情，山兒還小，不懂。」

山兒嘟了嘟嘴，「山兒不小了，山兒都六歲了。」

馮淑敏啞然失笑，揉揉山兒的小胖臉，「是，山兒不小了，山兒是個小大人了。」

山兒嘿嘿一笑，小短胳膊圈住母親的脖子，小臉貼了上去，糯聲糯氣地說：「娘，林蘭姊姊都很久沒來咱們家玩了。」

馮淑敏抱著兒子苦笑，現在就算她去請林蘭，林蘭也未必肯來。

林大芳回到屋子裡，只見趙全拿著一雙銀筷子在咬。

「哎……你這是幹麼呢？」

趙全晃了晃手中的銀筷子，笑瞇了眼，「這真是銀子做的，拿出去能換好幾個錢呢！」

林大芳氣不打一處來，「這是你偷的？」

趙全道嘿嘿笑道：「妳怎麼說得這麼難聽，什麼偷不偷的，我只是留下看看，看看。」

林大芳走過去一把搶過銀筷子，鄭重警告道：「趙全，你給我手腳放乾淨點，別使你那偷雞摸狗的花招！這是我弟家，惹毛了弟妹，咱們得不償失，康寧和康平的前程還指望著我弟呢，你別給我添亂！」

趙全訕訕道：「不就是看看嗎？這麼大驚小怪幹麼？」

林大芳氣道：「你是狗改不了吃屎，早知道就不讓你跟著來。」

趙全嘟囔著：「我老婆兒子都來，憑啥我不能來……」

林大芳狠狠瞪他一眼，趙全悻悻地住了口，又伸手去摸桌上的茶壺，「這瓷壺多細緻，也值好些錢吧……」

這兩天，林蘭很忙，老太太的病情突然惡化，風癱之症不是她的專長，她只好請范大夫和華文柏幫忙。經過一番搶救，總算把老太太從鬼門關拽了回來，但這樣的情形還會發生，而且間距會越來越短，下一次病發恐怕就無力回天了。要命的是，這個時候丁若妍突然有孕了，一天到晚病殃殃地歪在床上，更別提主持家事了，一家子的重擔就落在林蘭和李明則頭上，兩人俱是焦頭爛額，哎……老家的大伯父也不知怎麼回事，按說也該到了。

事情總是喜歡湊到一起來，林蘭尚且自顧不暇，沒想到馮淑敏的丫頭末兒急慌慌找上門來，說她家老夫人病了，夫人得趕回蘇州老家一趟，然後就把山兒扔給了她，託她先照顧一兩個月。不等林蘭回過神來，末兒丟下山兒又急慌慌地走了，像逃難似的。

林蘭瞅著一臉天真無邪的小蘿蔔頭，再看看桌上一個大包袱，只覺腦袋發脹，這算什麼事？馮淑敏就這樣把人塞給她了？照顧一兩個月，這不是要她的命嗎？這馮淑敏到底在耍什麼花樣？

「山兒，你外祖母真的病了？」林蘭俯下身，認真地問道。

山兒昂著小臉，眨巴著大眼，也很認真地點頭。

林蘭做了個深呼吸，道：「山兒，小孩子可不能撒謊，撒謊鼻子會變長喔！」

山兒心中鄙夷，林蘭姊姊這是在騙小孩子呢，那個冤死的元思一天到晚說謊，也沒見他鼻子變長，還是塌塌的，難看死了。

山兒摸摸鼻子，仍是認真的模樣，「林蘭姊姊，妳看，山兒的鼻子沒變長，山兒沒說謊。」

林蘭和銀柳對望一眼，心裡鬱悶，這年頭的小孩子都賊精賊精的，不好騙啊！

「銀柳，叫冬子備馬車。」

銀柳看看山兒，應了一聲出去了。

林蘭牽著山兒往外走。馮淑敏，妳把山兒扔在這，是想叫我們培養姊弟感情，然後來個水到渠成嗎？沒門，我憑啥給妳當奶媽，我憑啥便宜那個老東西！

「林蘭姊姊，我們要去哪兒？」山兒邁著小短腿，幾乎是小跑著才能跟上林蘭的腳步。

「帶你回家。」林蘭面無表情地說。以前聽山兒叫她姊姊，她還很高興，這說明孩子跟她親，說明她很有親和力，招小屁孩喜歡，可現在聽山兒叫姊姊，她心裡就不是個滋味，刺耳得很。儘管她不想承認，但山兒的確是她的親弟弟，貨真價實的。

「可我娘不在家。」山兒提醒道。

林蘭頓住腳步，低頭看山兒，定定說道：「你娘肯定在家。」

山兒撇撇嘴，一副信不信由你的神情。

馬車一直駛到懷遠將軍府，林蘭讓冬子去敲門。

門房開門出來，見是林大夫和小少爺，詫異道：「小少爺，您怎麼回來了？夫人不是讓您在李家住一陣子？」

山兒耷拉著腦袋不說話。

「你家夫人呢？讓她出來。」林蘭冷冷地說。

門房的表情更吃驚，「林大夫，難道夫人沒告訴您，夫人她回蘇州去了。」

林蘭根本不信，「那我進去瞧瞧。」

門房趕緊側身讓道，做了個請的手勢。

林蘭一腳邁進去，山兒卻站在原地，林蘭伸出手，「山兒，過來。」

山兒嘻嘻一笑，「林蘭姊姊，妳進去看就好了，山兒走累了，在這裡等姊姊好了。」

呃？這小鬼頭是吃準了她會無功而返？

林蘭改變主意了，馮淑敏既然使出這招，定是做了萬全之策，人肯定是躲出去了，也吃定她不忍心丟下山兒不管！哼，這回卻是要叫馮淑敏如意算盤落個空，她還偏就不管了！

林蘭咧嘴一笑，蹲下身來跟山兒說：「山兒，你聽話，你娘就出去一下，很快會回來的。我現在很忙，沒時間照顧你，你乖乖待在家裡，我以後再來看你。」林蘭說完起身對門房道：「小少爺就交給你了。」

門房傻眼，「林……林大夫，這可不行，小的照顧不來的……」

「你不會，家裡的嬤嬤丫頭總會的，就這樣，我先走了。」林蘭拔腿就走，馮淑敏要跟她玩苦肉計，也不想想這是誰的肉。

銀柳看了眼癟著嘴幾乎要哭出來的山兒少爺，不安地小聲道：「二少奶奶，您真的不管啊？萬一林夫人真有事不在家，那山兒少爺……」

林蘭淡定道：「不用擔心，林夫人肯定沒走。」

銀柳往後瞧了一眼，「二少奶奶，山兒少爺跟上來了。」

呃？這小鬼頭不聽話？林蘭轉身去看，山兒就停住了腳步，癟著嘴，大眼睛水汪汪的，可憐兮兮地看著林蘭，活像個被丟棄的可憐小孩。

林蘭狠下心腸，瞪眼道：「山兒，快回去！」

山兒嘴巴癟得更厲害了，要哭不哭的，讓人看著揪心。

林蘭不管他，道：「銀柳，咱們走。」

林蘭上了馬車，讓冬子趕緊駕車，卻聽見身後門房大喊：「少爺，少爺……」

銀柳掀開後窗的簾子看去，山兒少爺正邁著小短腿跟著馬車跑，銀柳看著心疼不已。

「二少奶奶，您看……」

林蘭直皺眉，這苦肉計還真是越演越烈了啊？但是不得不承認，看到山兒跟在馬車後頭跑，這種視覺衝擊力還是很大的，林蘭覺得自己快頂不住了。

砰！山兒摔了一跤。

「停車！」林蘭急忙叫冬子停下馬車，跳車下去。

「山兒，摔著沒有？快讓我看看，哪摔疼了？你怎麼這麼不聽話呢……」林蘭抱起山兒，拍掉他身上的灰塵。

山兒哇的哭出聲來，淚如落珠，大顆大顆往下掉，邊哭邊斷斷續續地說：「娘走了……姊姊也不喜歡山兒了……山兒沒人要了……」

林蘭被山兒的眼淚攻勢攻得潰不成軍，「姊姊沒有不要山兒啊！姊姊……」

不知不覺的，林蘭原本刻意迴避，十分介意的「姊姊」這兩個字眼脫口而出。

山兒卻是一把推開了林蘭，一邊抹著淚一邊向前跑，「我要去找娘，娘……娘……」

林蘭徹底被打敗，趕緊追了上去，拉住山兒，「山兒，山兒，聽姊姊說……」

山兒很生氣地掙開林蘭的手，衝她哭喊道：「我不要理妳了，妳是壞姊姊，壞姊姊，丟下山兒，不要山兒！妳以前誇山兒，說喜歡山兒都是假的，妳鼻子會變長……娘說讓山兒跟姊姊住，山兒高興得一晚上都沒睡覺，我不喜歡妳了……不喜歡……」

林蘭心裡甚是內疚，怎麼說這也是大人之間的事，跟山兒有什麼關係？山兒到底還是孩子，她這麼做真的傷到山兒了。

「山兒，聽姊姊說，姊姊是跟你開玩笑呢！姊姊怕山兒跟姊姊住兩天就厭了，所以要考驗考驗山兒是不是真的喜歡跟著姊姊，姊姊絕對沒有要丟下山兒，姊姊發誓……」林蘭趕緊哄人。

山兒委屈地癟著嘴，淚眼汪汪看著林蘭，負氣地說：「姊姊騙人！」

「不騙你不騙你，姊姊這就帶你回去！」林蘭抱起山兒上馬車，就算被馮淑敏算計了，她也認了，誰叫她心軟呢，見不得小孩子傷心委屈的小模樣。

半個時辰後，山兒左手捏著一串糖葫蘆，右手拿著兩個小糖人，開開心心地跟林蘭進了李府。小臉上滿是得意的神情，好像在說：想甩了本少爺，最後還不是得哄著本少爺回來！

林蘭瞅著山兒眉飛色舞的樣子，不禁懷疑自己是不是被這小鬼頭忽悠了？

銀柳很喜歡山兒，歡喜地拉著山兒的手，「山兒少爺，奴婢帶您去挑間屋子。」

山兒昂著頭大聲道：「不，我要跟姊姊住一間房！」

林蘭頓時頭大如斗，難道她當真得做兩個月全職老媽子？

門房見林大夫把少爺抱上了車，嘿嘿一笑，小少爺真行啊，這戲演得真好！

馮淑敏根本就沒離開將軍府，不過是從正院搬到了後院。這幾天她算是想明白了，林蘭是老爺親生女兒的事是鐵板釘釘，不容置疑了，她若是一味裝糊塗，不拿出點誠意來，不但老爺回來會怪罪她，將來林蘭與老爺父女相認，她會更尷尬，說不定，林蘭還會因此對她心生嫌隙，可是讓她去跟林蘭說好話，她實在說不出口，所以，想來想去，還是先讓山兒去跟林蘭搞好關係，這樣對山兒也有好處，不過，這件事其實她心裡挺沒譜的，林蘭精明得很，哪能輕易上當？

馮淑敏在屋裡坐立不安，思忖著，萬一被林蘭識破，該怎麼辦？

末兒來報：「剛才林大夫把小少爺送回來了。」

「啊……」馮淑敏驚跳起來，就說騙不過林蘭的，只是沒想到林蘭動作這麼快，毫不猶豫就把人送回來。

「不過，林大夫又把小少爺帶走了。」末兒接著道。

馮淑敏怔了怔，「又帶走了？」

末兒笑道：「門房老柯說，小少爺哭著追著馬車跑，林大夫不忍心，又把小少爺帶走了，還好一頓哄。」

馮淑敏拍拍心口，長出一口氣，總算是過了第一關。

林蘭把山兒交給銀柳，自己去朝暉堂。

李明則正陪著華文柏出來，見到林蘭，李明則道：「弟妹，妳來得正好，華院使正要找妳談談祖母的病情。」

林蘭微微欠身施禮，「大哥，您且忙去，這裡交給我便是。」

李明則這陣子累得夠嗆，他是在韓秋月的羽翼下長大的，從來不需要為生活的瑣事操心，他唯一的任務就是念書，做他的少爺，稀裡糊塗過日子，如今，李敬賢和韓秋月都不在，李明允又遠在邊關，他身為李家長子，責無旁貸，更何況他馬上就要做爹了，所以，不會的逼著也得學起來，不想做的逼著自己也得去做。

「那這裡就交給弟妹了。」李明則又轉身對華文柏拱了拱手，兀自忙去了。

等李明則走遠，林蘭抱著歉意道：「真是麻煩你了。」

她知道華文柏也很忙，在太醫院出不得一點差錯，所有太醫們開出去的方子，他都要一一審核，宮中所進的藥材也要一一查驗，還得不定期召集太醫們研討貴人們的病情，尤其是最近，太后的鳳體每況愈下，太醫院就更忙了。據華文鳶說，他常常幾天不回家，回家也是天黑了，第二天一大早又得進宮。就這樣，他還是抽空過來，實在是難得。

華文柏淡淡一笑，「中風之症是我一直想要研究的病症，我這算是公私兼顧了。」

林蘭笑了笑，心知華文柏這樣說不過是為了讓她安心罷了，便請他去前廳坐。

「如今老太太的眼睛也瞧不見了，神智也越來越糊塗……」華文柏坐定後，頗為遺憾道：「林大夫，妳該早做準備才是。」

林蘭默了默，悵然道：「我知道了……」老太太的後事已經在著手準備了，棺材壽衣什麼的，去年病發的時候就已經備下，現在只等大伯父能及時趕到。這麼多年來，老太太對韓秋月一直多有維護，結果，病發因韓秋月而起，病情加劇又是韓秋月之故。也不知，老太太在神智清明的時候，會不會怨恨韓秋月，怨恨自己看錯了人？會不會對葉氏心懷愧疚？老太太心裡怎麼想的，如今已經沒人能知道了，也不重要了，他們這些做晚輩的，只能盡自己的心力讓她在這個世上多留幾日，盡一份所謂的「孝心」。

這個話題有些沉重，華文柏又是個不善言談的，看林蘭黯然，也不知該如何安慰，默了半晌，才找到個話題：「近來，太后的偏頭風加劇，常常痛得徹夜難眠，食不下嚥，太醫院所用的祛風通絡、舒肝豁痰、補肝養血諸法收效都不大，皇上為此事十分憂心，不知林大夫有何高見？」

林蘭思忖著，偏頭風多因風邪襲於少陽，或肝虛痰火鬱結所致，太醫院醫法不可謂不得當，但是太后的病症非但沒有減緩，反而加劇，應該是太后自己思慮太重的緣故。諸事不順，太后能不心急上火嗎？若是皇上此刻保證將來他龍御歸天，皇位定由太子繼承，估計太后的病馬上就會好了。當然，皇上是絕不可能做出這樣的承諾，所以，太后的病也就好不了。

「華兄所用之法乃是治偏頭風的正法，換了我來，也是取這幾種法子。偏頭風乃是頑疾，不是一時三刻便能好的。」林蘭委婉推諉，太后的事，她還是莫要插手的好。

華文柏蹙眉嘆道：「是啊，翻遍醫書，也尋不到更好的法子了。哎，我聽說妳用針灸之法替裴夫人醫治偏頭風，收效甚為顯著，是不是……」

林蘭笑道：「裴夫人的病況與太后不同，一來裴夫人的偏頭風不及太后厲害，二來……裴夫人心中鬱結，我還能說幾個笑話開解開解，太后的心病，又有誰能開解？針灸之法不過是輔助而已，要想根治，還得從病源著手。華兄，有些事，不是你我盡力就能為之。」

華文柏豁然開朗，釋然而笑，到底還是林蘭厲害，一語中的，太后的病因心而起，他是沒有辦法化解的。

送走華文柏，林蘭想去看看丁若妍，跟她商量一下老太太的後事該怎麼操辦。這種事情，她真是一竅不通。兩輩子，她只送走過母親沈氏，但窮人家辦喪事沒那麼講究，況且，當時她還小，都是村裡的長輩還有大哥操辦的，她光顧著哭就是了。

走到微雨閣，見到巧娟，巧娟說，丁家老夫人來了，正在樓上跟大少奶奶說話。林蘭和丁夫人之間有過不愉快，碰面只會徒增尷尬，便囑咐巧娟，等丁夫人走來再來知會她一聲。

回到落霞齋，如意等人一個也不見，只有雲英坐在廊下學繡花，東廂房裡不時傳出嬉鬧聲。

雲英見二少奶奶回來了，連忙放下針線活，迎上來，「二少奶奶……」

林蘭指指東廂房問：「裡面在做什麼？」

雲英笑著回道：「銀柳姊姊、如意姊姊和錦繡姊姊，還有周嬤嬤，都在幫山兒少爺洗澡呢！」

林蘭愕然，一個小蘿蔔頭洗澡要這麼多人伺候？

林蘭很快就明白是怎麼回事了，東廂房裡，山兒在林蘭的大浴桶裡玩得不亦樂乎，像條泥鰍似的鑽來鑽去。浴桶又大，銀柳她們根本抓不到他，不過，林蘭認為她們根本就沒有要把小鬼頭揪出來的意思，還在那邊潑水玩，連周嬤嬤都在湊熱鬧。

「哎喲，我的好少爺啊，快別玩了，再玩水就該涼了……」周嬤嬤滿臉堆笑，眼底全是寵溺的之色。

「讓我再玩一會兒嘛！」山兒撩起花瓣撒向銀柳，濺得銀柳一身水。

銀柳一點也不惱，反而跟他打起了水仗。

山兒咯咯的笑著，肉嘟嘟的小臉上滿是水珠，白白胖胖的小身子，活像年畫上的善財童子，委實招人喜愛。

林蘭咳了兩聲，眾人這才注意到她的存在，忙住了手，垂首而立，神情訕訕的。

山兒更是連忙縮進水裡，做出一副很認真洗澡的模樣。

林蘭一一掃過去，見她們幾個滿臉滿身的水，狼狽不堪，心中暗嘆，這才第一天呢，就把她屋子裡的人搞得人仰馬翻，實在難以想像，山兒若是在這裡待兩個月，她這落霞齋會被他鬧成什麼樣子，會不會被他拆了。林蘭覺得應該給山兒立立規矩了。

「山兒，我給你一刻鐘的時間，一刻鐘後，你若還沒有穿戴整齊出來，我就把你送回去。」林蘭繃著臉說完，轉身就走。

山兒衝林蘭的背影吐了吐舌頭，做了個鬼臉。周嬤嬤指了指山兒，無聲警告他。四人上前，七手八腳把山兒撈出來。

林蘭定定地坐在屋子裡喝茶，一邊看著牆角條案上的鐘漏。

不到一刻鐘，周嬤嬤牽了穿戴整齊的山兒進來。

山兒似乎一點都沒覺得自己惹人生氣了，撲到林蘭懷裡，伸出小胖手放到林蘭鼻子底下，笑嘻嘻地，軟軟地說：「姊姊，妳聞聞看，山兒香不香？」

藕節似的小手臂在林蘭眼前晃啊晃，林蘭恨不得捉過來狠狠咬上一口。這小鬼頭還跟她賣萌？不過，這唇紅齒白，胖嘟嘟，大眼睛黑亮亮的，加上略帶討好意味的笑臉，的確是個萌萌的小正太啊！

林蘭不由得想，如果山兒是個陌生的孩子，突然有人告訴她，這是她那個渣爹跟小老婆生的，是她的親弟弟，她還會不會接納山兒？依著她的性子，怕是看也不會多看一眼，還談什麼孩子是無辜的聖母論調，哎……感情這種東西，總是先入為主，她喜歡山兒，疼山兒不是今日開始，也不是敷衍客套，她是真的很喜歡，包括喬雲汐家的宇兒，所以，儘管現在知道山兒是她弟，她也沒辦法推開他。

這樣的小身子軟綿綿地倚在她懷裡，讓人想生氣也生不起來。林蘭努力繃住，嚴肅地說：「山兒，以後洗澡不得超過兩刻鐘，萬一著涼了，是要吃藥的，你想不想吃很苦的藥？」

山兒連忙搖頭。

「住在姊姊這，就得聽姊姊的話，要不然，姊姊會生氣的。」林蘭繼續繃著臉。

山兒又點頭，「山兒會很聽話的。」

林蘭這才放鬆面部肌肉，摸摸山兒的圓腦袋，「聽話的孩子，大人才會喜歡。快去準備一下，一會兒咱們開飯。」

山兒湊上來在林蘭臉上親了一下，諂媚地笑道：「姊姊真好！」

林蘭驚訝，這小鬼頭真會討好人。

周嬤嬤的眼睛就沒從山兒身上挪開過，笑道：「家裡有個小孩，真是熱鬧多了。」

林蘭拍拍山兒，讓他出去找銀柳。

山兒應了一聲，邁著小短腿跑出去。周嬤嬤怕他摔著，忙要去扶他。

「周嬤嬤，妳留下，我有話跟妳說。」

周嬤嬤只好站住，還不忘叮囑道：「山兒少爺，您慢點跑……」

林蘭讓周嬤嬤關上門，周嬤嬤一邊關門一邊笑呵呵地說：「這山兒少爺真招人疼！」

「山兒是我弟弟。」林蘭開門見山道。這事，她不想張揚，但得告訴周嬤嬤，讓周嬤嬤心裡有個數。

周嬤嬤愣住，緩緩轉過身來，不可置信地看著二少奶奶，只見二少奶奶神情肅穆，鄭重道：「同父異母的親弟弟。」

周嬤嬤張著嘴老半天都沒緩過神來，這事從何說起？

林蘭自己也覺得頭疼，簡單地說了下原委，也沒提老東西薄情寡義，一聽說老婆死了馬上就娶繼室的事。周嬤嬤深吸一口氣，點點頭，明瞭是明瞭了，但這事太過突然，二少奶奶原本一介村姑，突然間成了將軍家的大小姐，這也太離奇了。

周嬤嬤一面替二少奶奶高興，一面又是憂心。高興的是，二少奶奶雖然有一手精湛的醫術，自己又會做人，但二少奶奶出身農家，她的身分總不免遭人輕視，現在好了，二少奶奶是懷遠將軍的女兒，以後還有誰敢輕視二少奶奶？可問題是，二少奶奶似乎沒有要認爹的心思……

「那……山兒少爺知道嗎？二少奶奶準備怎麼辦？」周嬤嬤詢問道。

林蘭惆悵道：「這小鬼頭精得很，興許是知道的。現在馮氏把山兒扔我這，她心裡打的什麼算盤我也清楚。她有本事就躲上兩個月不要露面，否則被我抓到，我立刻把山兒送回去。這件事，妳先放在肚子裡，幫我好好看著山兒。」

周嬤嬤心不在焉地應著，滿腦子想的是二少奶奶認爹的好處。咱也不圖從將軍那撈什麼好處，只一樣，二少奶奶有了個做將軍的老爹，占著這個名頭，便是好處多多了。

微雨閣裡，丁夫人見女兒害喜害得都瘦成了一根筋，又是心疼又是生氣。不管怎麼說，女兒總是自己身上掉下的肉，捧在手心裡寶貝大的，在家時，何曾受過一星半點的委屈，凡事都替她安排得妥妥當當，周周到到。為了給女兒找一門合意的親事，她是慎之又慎，沒想到千挑萬選，選了這樣一戶倒楣人家，選了這樣一個沒出息的女婿。她恨自己沒眼光，更氣女兒死腦筋，硬要留在這樣的人家受苦，好端端的官家小姐，成了商人婦，入了賤流，如今有了身孕，要想女兒回頭就更難了。

「哎……說來說去，娘只怨自己，當初若是將妳許給李家老二，也不至於落到今日這般地步。」丁夫人怨嘆著，忍不住抹淚。

丁若妍心下大驚，忙出聲制止：「娘，您胡說些什麼？」這屋子裡還有下人在呢！若是傳了出去，叫弟妹聽見了可如何是好，她還要不要做人了？

紅裳機靈，忙道：「奴婢去看看大少奶奶的藥熬好了沒。」說著轉身出去，叫上外頭的兩個丫鬟，一起下樓。

丁夫人猶自自責：「娘是知道妳的心思，娘原本瞧著老二挺不錯的，想著過兩年再議婚事，沒想到憑空跑出個老大來……老二又不知所蹤……」

丁若妍十分不悅，道：「娘，過去的事別再提了，女兒現在挺好的。」

「好什麼好？妳說說妳哪裡好？別以為娘什麼都不知道，明則開茶葉鋪子賺的那點錢根本不夠家裡開銷，妳還偷偷摸摸拿嫁妝貼補家用！咱也不指望夫貴妻榮，可是嫁漢嫁漢，穿衣吃飯，好歹他也能養得起妳不是？若妍啊，妳說妳傻不傻，賠上自己一輩子就跟著這麼一個人一條道走到黑，也不想想娘該多心疼！」丁夫人抱怨道。

「娘……明則剛學做生意，能賺到錢就不錯了，以後肯定會越來越好的，眼下的困難是暫時的。再說，明則對女兒是真心的，女兒一點不覺得苦，娘就不要為女兒操心了。」丁若妍不耐煩地說。

丁夫人沉著臉，刻薄道：「他對妳是真心的？他敢不對妳好？就他現在這副模樣，配個丫頭給他都算不錯了！」

「娘……您到底是來看女兒的，還是來氣女兒的？」丁若妍頭疼不已，本來人就不舒服，母親還老拿話堵她。

看女兒蹙著眉頭，很不舒服的樣子，丁夫人滿腹怨氣也只好作罷。女生外向是一點也不錯，嫁了人就知道護著自己的丈夫，親娘的話全當耳邊風了。

「我聽說老太太的情形似乎不太妙。」丁夫人轉了話題。

說到老太太，丁若妍一臉愁苦，「女兒正為這事憂心，大夫說老太太怕是撐不過這個月了。」

丁夫人道：「妳有什麼好憂心的，李家又不是沒人了？妳只管安安心心養妳的胎，妳有了身孕，本就該遠著點這種事，免得沾了晦氣。老二媳婦不是回來了嗎，讓她去操心便是。」

丁若妍本想跟母親討個有經驗的老嬤嬤來幫襯一下，被母親這樣一嗆，便什麼心思也沒了，索性開口趕人：「娘，您出來久了，該回去了。」

丁夫人氣鼓鼓地說：「妳這個沒良心的，娘還不是為妳著想？算了算了，不說了，妳自己好生將養，若是明則不好好對妳，妳捎句話來，娘即刻收拾了他！」

丁若妍神色鬱鬱，母親還真是心不死，總想著拆散他們。

陸之章

大伯寡義耍把戲

小鬼頭絕對是個人精，吃頓飯，又把桂嫂哄得個團團轉。

「桂嫂，您做的飯菜真香，比我家的大廚手藝好多了，我長這麼大，還沒吃過比這更好吃的菜！」山兒大口大口扒拉著飯菜，吃得極香，用實際行動證明他的話有多真。

桂嫂樂呵呵地說：「山兒少爺喜歡吃什麼只管告訴桂嫂，桂嫂給您做。」

林蘭心中鄙夷：小鬼，你長這麼大？你才多大？毛都沒長齊呢，居然說得跟歷盡滄桑似的！

林蘭嗔了山兒一眼，不疾不徐道：「小孩子不能挑食，桂嫂做什麼就吃什麼。」

山兒含著一口飯，用力點頭，笑眼彎彎，含糊道：「桂嫂做什麼都好吃。」

桂嫂樂得合不攏嘴，心想：等二少奶奶不在的時候，再問問山兒少爺喜歡吃什麼，真是個討人喜歡的孩子！

林蘭忍不住腹誹：馬屁精，你一刻不拍馬屁就會憋死嗎？這性子也不知道像誰，那個老東西可不是這模樣，老東西只會一天到晚沉著臉裝威嚴、裝深沉！馮氏也是個老實人，怎麼就生出這麼個鬼靈精來？

周嬤嬤自打知道山兒的真實身分後，對待山兒的心情也不一樣了。原是看在馮氏的面上，加之山兒確實可愛，招人喜歡，不免多疼著他點，把他當成小客人來招待。如今知道山兒是二少奶奶的親弟弟，便又多了一份親近感，情不自禁把山兒當成小主子來看待。

其實他們姊弟兩，還真有三分相像，尤其是那雙大眼睛，靈動得很，周嬤嬤越看越喜歡，不由得又想，二少奶奶什麼時候能生個小少爺就好了。

儘管林蘭滿腹牢騷，可是看著山兒吃得那麼香，被他影響著，也多吃了半碗飯。

這邊飯桌剛收拾了，那邊姚嬤嬤支人來傳話，說是老家的大老爺和大夫人到了，大少爺正在前廳接待大老爺。

林蘭忙整理了下儀容，吩咐周嬤嬤好生看著山兒，自己帶了如意去見大伯父。

剛進院子，林蘭就聽見一個男人斷斷續續地哭道：「娘啊……大家都說您到京城享福來了，誰知道福沒享成，連命也送了……明則，你說，你們到底是怎麼伺候老太太的？老太太來時都好好的，之前你們來信說祖母病已大好，如今卻又說不成了，你今天必須給我解釋清楚，要不然，李家族人可不答應……」

林蘭聽著這話就冒火，大伯父什麼意思？敢情老太太是被他們謀害的？你這麼孝順，早幹麼去了？這前前後後也快一年了，知道老娘病了，你們又在哪裡？還不是怕受連累，躲在老家避禍？這會兒倒來興師問罪，還李家族人呢！李家有幾個族人？還不都是見李渣爹做了大官，都來攀親附貴？

李明則囁嚅地解釋道：「原是好些了，只是年前突然病情又加劇了……」

「別跟我說這些沒用的，若是你們盡心伺候，老太太的病怎會突然加重？」李敬義粗著嗓門帶著哭腔指責道。

俞氏嚶嚶啜泣，「我還想著老二媳婦是個大夫，老太太由你們來照顧肯定比我照顧得要好。早知如此，我就該讓你們早早把老太太送回老家，我自己來照料，老太太也不至於這麼快就……」說到傷心處，又哽咽起來。

李明則急得滿頭大汗，他又不能說是因為母親的緣故，母親如今在老家，若是讓大伯父他們知道祖母是被母親氣成這樣，母親還有好日子過？可大伯父、大伯母一味指責他們不用心照顧，讓他實在是承受不起。

好啊，連她都編排上了！林蘭快步進屋，只見大伯父和大伯母正垂淚哀慟。

「大伯父和大伯母終於來了啊，侄媳婦是盼星星盼月亮，總算盼到你們來了。」林蘭不溫不火地說道。

李敬義怔怔地看著林蘭，不知道這是大侄媳婦，還是二侄媳婦。俞氏抹了把淚，悶聲抱怨道：「老二媳婦，妳是大夫，妳是怎麼給老太太治的病，老太太怎麼就不行了呢？」

李敬義也道：「是啊，妳是怎麼治的？」

李明則看大伯父、大伯母又衝弟妹去了，忙解釋道：「大伯父、大伯母，弟妹已經盡力了，她還給老太太請了御醫，請了京城最有名的大夫……」

「不管怎麼說，老太太是在你們家出的事，這個責任……要你們來承擔。」俞氏囁嚅著，想裝老虎又裝得不像，活脫脫一副紙老虎模樣。

林蘭找了張椅子緩緩坐下，抬眉，嘴角含著一絲譏誚，不疾不徐問道：「但不知，大伯母要我等如何承擔這個責任？」

看林蘭神情傲慢，李敬義覺得自己作為長輩的尊嚴受到了挑戰，都說老二媳婦是個鄉下丫頭，看來不假，見了長輩一點禮貌也沒有，長輩都還站著，她竟敢坐下，不由冷哼一聲：「老太太的後事，以及運送靈柩回鄉的一應開支全部由你們負責，明則和明允須跟我們一道扶靈回鄉，在祖宗墳前磕頭告罪。」

林蘭心裡冷笑，說來說去就是為了一個「錢」字，李敬賢這棵大樹倒了，李氏一族的風光不再了，大伯父知道要節約用錢了，老母親的後事也不想管了，呵呵，真是笑話啊！老太太一輩子辛苦養育兒女，自以為自己比昔日孟母也差不多了，沒想到教出來的兒子都是這副德性，老大摳門，老二缺德，個個都是自私的貨色，老太太要是聽見這番話，不知道會不會氣到暴血？

「對，這禍事都是你們父親引起的，如今他被流放千里，也算罪有應得。既然他不在，他的過錯自然得由兒子來承擔，再說，老太太變成今天這副模樣，你們這些在身邊伺候的，難辭其咎，說什麼都沒用。」俞氏見丈夫開口了，膽子也大了起來。

李明則懊惱道：「大伯父，扶靈回鄉一事，侄兒自然不會推諉，原本就是應該的，但二弟他身負皇命，遠在邊關，怕是趕不回來……」

「趕不回來也得回來，百善孝為先，天大的事也得先放下。」李敬義態度粗暴，大手一揮，喝斷了李明則的話。

林蘭實在聽不下去，這位大伯父霸氣啊！傻了吧？你說回來就回來？你是皇上他爹，還是老天爺啊？說你無知都覺得對不起傻子。李敬賢風光得意之時，你們事事巴結，如今李敬賢落魄潦倒，就撈到一句罪有應得。沒錯，李渣爹是罪有應得，但這話她和明允可以說，葉家可以說，朝廷可以說，老百姓們可以說，唯獨從他們倆嘴裡說出來，太不厚道。李渣爹再壞、再渣，也沒壞到自己兄弟頭上，說句不好聽的，李家能有今日，全仗了李渣爹不要臉、黑心腸換來的，你們敢說你們不知道李渣爹停妻再娶？你們敢說你們不知道你們建大宅子、買良田花的是葉家的錢？你們享福的時候心安理得，就沒有資格在這裡裝聖賢。

「既然大伯父這麼堅持，那就請大伯父去跟皇上說好了，我們膽小，可不敢違抗皇命，弄不好是要掉腦袋的，還不是一兩個人的腦袋，因著父親的事，皇上心裡正不爽呢！若不是明允一力承擔，願意接受去邊關和談的重任，李家上下早沒人了，大伯父還要明允回來嗎？」林蘭不鹹不淡地說道。

李敬義剛才只是想擺擺做長輩的威風，也沒多想，現在聽林蘭這麼一說，立刻打消了這個念頭，虛張聲勢道：「既然明允皇命在身，那就算了，明則是必須去的，老太太的後事一定要辦得風風光光。按我們鄉里的規矩，要宴請全村老少，唱三天大戲，再做七七四十九天水陸道場，這些事，跟你們這些晚輩說，你們也辦不來，這樣吧，你們出錢，我們辦事，夫人，之前，妳盤算過，大約需要多少花費？」

俞氏忙道：「老爺，您還忘了說墓地的事，如今墓地可貴了，上回縣太爺給他的母親辦後事，就花了五萬兩銀子，咱們老太太怎麼說也是鄉里有頭有臉的人物，咱們李家更是數一數二的體面人家，這花費……少說也得三萬兩吧！」

李明則已經傻了眼，別說三萬兩，現在就是讓他拿三千兩也是困難啊！

林蘭覺得自己今天又開了一次眼界，本以為李渣爹是李家的一朵奇葩，沒想到李家盛產奇葩，而且一朵比一朵開得大。她原以為大伯父只是摳門，現在才明白，大伯父是想借死人發橫財啊！最後來一次廢物利用啊！老娘還沒嚥氣呢，賺錢的法子倒是想好了！三萬兩銀子，你以為你是葬一品誥命，還是郡侯老娘？獅子大開口也不怕閃了舌頭！

林蘭起身緩緩踱到俞氏身邊，目色和悅地說道：「大伯母，按說，祖母的後事需要多少銀子，我們這些做晚輩的就算砸鍋賣鐵也得湊出來……」

俞氏聽著這話，面色緩和下來訴苦道：「老二媳婦，這不僅是為了老太太的體面，更是為了李家的體面。鄉里都知道二老爺出了禍事，這人呢，都是趨炎附勢，勢利得很，以為二老爺倒臺，咱們李家就完了。若不給老太太風光大葬，他們還真道咱們李家從此落沒，以後誰還會給咱們李家面子，不來落井下石就好了。」

「大伯母說的沒錯，這人都是勢利眼，想我公爹得意之時，大伯父不也年年特意捎來一大車一大車的土產，每回來信，不都是感恩戴德、感激涕零的？如今，我公爹獲罪，流放千里，李氏一族又有誰想過自己的榮華富貴是誰給的？明允和大哥被關在牢獄中數月，生死難料之時，李氏一族又可曾有誰想過來信詢問一聲，關心一句？便是知道老太太病了，又有誰前來伺候病榻盡盡孝心？便是知道老太太病危了，連送信之人早一個月都回來了，大伯父和大伯母依舊姍姍來遲？便是到了此地，大伯父、大伯母也不先急於探望老太太，而是在此討要豐厚的喪葬費？大伯母，世態炎涼，人心不古，侄媳婦今兒個算是真真見識了，連自己的親人都是如此，旁人就更不必說了。」林蘭譏誚道。

李明則真想拍案叫好，弟妹這一番話算是狠狠打了大伯父和大伯母一記響亮的耳光。大伯父、大伯母的言行實在是太過分了，他只是礙於自己是個晚輩，想著祖母的病確實是因為父親和母親而起，心裡虛，底氣不足，故而死死忍著，都快憋死了。現在看到大伯父、大伯母一臉菜色，著實痛快。

李敬義面黑如鍋底，惱羞成怒，「老二媳婦，妳這是在指責我們嗎？長輩訓話，晚輩出言頂撞，還極盡譏諷之能事，這是哪門子的規矩？我們李家可容不下這種忤逆長輩的不肖之人！」

林蘭一點也不惱，輕嗤一聲，「敢問大伯父，忘恩負義可是李家的規矩？老母親還沒嚥氣，就這在裡盤算著怎麼撈銀子可是李家的規矩？侄媳婦今兒個才知道李家的規矩都調教出什麼人，盡是些不孝不義無賢無德之輩。大伯父、大伯母有本事就把剛才說過的話去老太太跟前再說一遍，祖母這會兒還聽得見呢！倒是讓祖母來評說評說，這樣的規矩要得要不得。我醜話說在前頭，若是祖母因此有個什麼不測，可不是我們的過錯了。」說罷，林蘭扭頭對李明則說：「大哥，咱們現在就去跟祖母說。」

李明則立即配合道：「這樣的大事，是得讓祖母知道知道。」

兩人說著就要走。

俞氏急忙拉住林蘭，「哎呀，我說老二媳婦，咱們這不是正商量著嗎？你們有什麼意見也說出來，大家一起商議，怎麼動不動就發脾氣呢？老太太如今情況不好，這種事還是莫去煩擾她老人家的好……」

俞氏不傻，老太太若是聽了這些話，還不得氣得一命嗚呼？到時候林蘭把責任全推到他們頭上，非但撈不著銀子，還得落一個氣死老母親的不孝大罪。因此，俞氏死死拉住林蘭，不讓她出去，一面給老爺使眼色，讓他說句話。

李敬義還真被林蘭這不管不顧的性子鎮住，先前俞氏還說老二家的兩個媳婦都是隨和的性子，老二家也就明允難搞，如今明允不在，他以為只要擺出長輩的威嚴來，幾個小輩就會乖乖聽命，沒想到明允媳婦是個潑辣貨，不好對付。

林蘭冷笑道：「大伯父都給我們扣上忤逆之罪了，還有什麼好商量的？」

「好商量好商量，都是一家人，有什麼不好商量的？來來，坐下坐下。」俞氏把林蘭按坐在椅子上，自己也坐了下來，好言道：「妳大伯父這不是心裡著急嗎？妳大伯父是最孝順的，當初聽說妳公爹出事，老太太又病了，急得幾天都吃不下飯，就要趕來京城，是我給拉住了，我說，你去能幹啥？一個鄉下人，要門路沒門路，要銀子沒銀子，除了去添亂還能幹啥？再說如今還不知道京城情形如何，萬一朝廷要李家滿門獲罪，這一大家子的人如何安排？總得有個主心骨在家坐鎮，拿拿主意。老家的人事照顧好了，就是幫忙了，萬一將來你們沒了去處，還能回老家討生活不是？我們是從大局著想，這才沒來京城。這次收到你們的信，說老太太怕是不行了，妳大伯看完信當場就暈過去了，大病一場，這才耽誤了行程……老二媳婦，大伯母說的可都是真話，妳得信。」

一旦看清了一個人的本質，任你再說的天花亂墜，巧舌如簧，也只會讓人更嫌惡罷了。

林蘭嗤的一笑，緩緩道：「我信不信無所謂，真的假不了，假的也真不了，只要大伯母自己覺得心安理得就好了。我這人呢，最喜歡講道理，但若有誰想當我是個軟麵團，這算盤就打錯了。」林蘭說著，刻意瞄了大伯父一眼。這叫醜話說前頭，大伯父和大伯母最好識相點，別想仗著自己是長輩就可以為所欲為，她不吃這一套。

俞氏碰了顆軟釘子，訕訕道：「老二媳婦這是說哪兒的話，咱們都是一家人，自家人有什麼不好商量的，什麼算盤不算盤的，這話多傷感情啊！」

李明則滿心腹誹，卻只能打肚裡官司，默默忍著。

林蘭冷笑，溫聲道：「大伯父、大伯母進門都這麼久了，也不先去關心關心老太太，說起來……這才真叫傷感情呢！」

李敬義給俞氏遞了個眼色，俞氏忙道：「我們這不是先跟你們了解下情況嗎？也好知道待會兒見了老太太該怎麼說話不是？」

李敬義故意板著臉數落俞氏：「就妳廢話多，趕緊先去看看老太太要緊。」又對李明則道：「明則，快點帶路。」

看來計畫暫時是無法得逞了，反倒讓老二媳婦拿了話柄，還是先去關心關心老太太。老太太的身後事，等老太太嚥氣了再說也不遲。

李明則側身做了個請的手勢，李敬義背著手，大步先行，俞氏慌忙跟林蘭說：「老二媳婦，回頭大伯母再找妳說話。」也忙跟了出去。

林蘭對如意招招手，「妳跟過去聽著。」

如意點點頭，福身退下。

林蘭是懶得跟去看他們演戲，免得噁心得把隔夜飯都吐出來，便轉而去了微雨閣。

「大伯父、大伯母這也太過分了，祖母還沒走呢，他們就這麼迫不及待想從咱們這訛銀子！這些年，他們從咱們家撈的好處還不夠多嗎？真叫人心寒！」丁若妍聞言也很是氣惱。

林蘭見桌上的飯菜幾乎都沒動過，丁若妍自從懷了身孕，胃口一直不好，都瘦了一大圈，本不想告訴她這些煩心事，但李家如今就只剩李明則和她們兩妯娌，李明則的性子軟弱，今兒個若不是她撐著，李明則估計什麼都能答應出去，所以，她不得不來給丁若妍通個風。

林蘭剝了個柳丁，遞給丁若妍，邊道：「妳跟大哥提個醒，咱們可不能做這個冤大頭。不是咱們不想盡孝心，只是這孝心不是這麼個盡法，到時候咱們出了錢出了力，反倒落個不是。」

丁若妍接過柳丁，掰了一瓣送到嘴邊又放下，「妳說的對，他們既然存了這種心思，咱們就不能太好商量。讓他們裡子面子全占了，那咱們成什麼了？這事我會跟明則說的，只是……他們畢竟是長輩，老太太活著還能鎮他們一鎮，等老太太一閉眼……我和明則倒是無所謂了，可明允還要仕途前程，若他們胡言亂語詆毀咱們，傳了出去，於明允的名聲不利，弟妹，這事，妳得好生計較才是。」

林蘭苦笑著嘆一口氣，「放心吧，這事我心裡有數。」

丁若妍愧疚道：「妳也知道我不善與人爭執，也沒什麼主意，幫不上妳什麼忙，總之，妳怎麼說，我便怎麼做就是了。」

林蘭就是欣賞丁若妍這一點，有自知之明，不像那些沒有本事，卻什麼都要爭上一爭之人，丁若妍懂得示弱，卻不失真誠。

林蘭拍拍丁若妍的手，安慰道：「妳安心養好身子才是最要緊的，家裡的事就交給我。」

丁若妍勉強一笑，嘆道：「我知道妳也挺難的，咱們都是年輕的媳婦，沒見過這種事，我原想跟我娘討個老嬤嬤來幫襯一下，可我娘……哎，不說她也罷。」

「這事妳就不用操心了，我看姚嬤嬤是個得力的，再不行，我去跟葉家大舅爺討幾個有經驗的老嬤嬤來幫襯也是一樣的。」林蘭勸道，看來丁夫人今天過來又說了讓丁若妍不開心的話，這人啊，都是勢利眼。

回到落霞齋，周嬤嬤在屋子裡跟山兒講故事。

「周嬤嬤，您說的是真的嗎？您真的見過鬼？那鬼是長什麼樣的？」山兒滿臉好奇地問。

周嬤嬤哭笑不得，「周嬤嬤當時嚇都嚇死了，哪敢睜眼去瞧那鬼長得啥樣？」

山兒皺眉搖頭，遺憾道：「周嬤嬤，您真是錯過一個千載難逢的好機會了，要是換了我，我肯定要好好瞧瞧那鬼是啥模樣的。」

銀柳道：「山兒少爺難道不怕鬼嗎？」

山兒奶聲奶氣的，偏學著大人的口吻，老氣橫秋地說：「我才不信這世上有什麼鬼怪，我先生說，人死了就化作塵土了，若真有，肯定是人在搞鬼！」

喲，山兒的先生還是個無神論者，不過，周嬤嬤也真是的，怎麼跟小孩子講鬼故事，若換個膽小的，還不得嚇破膽？

「在說什麼呢？」林蘭笑著走進去。

周嬤嬤和銀柳忙起身，周嬤嬤訕笑道：「沒什麼，陪山兒少爺說笑呢！」一邊朝山兒努努嘴，山兒笑嘻嘻地說：「姊姊，您給山兒講個故事吧！」

林蘭倍感壓力，這小孩子怎麼都喜歡聽故事？她可不擅長！

林蘭只作沒聽見山兒的要求，問道：「山兒，你到姊姊家，那上學怎麼辦？」

山兒想了想，說：「山兒的先生走了，山兒現在不用上學了。」

「那怎麼行？學業可是一天也耽誤不得。這樣吧，我給你制定一個讀書計畫，從明兒個開始，念書、寫字一樣不能少。」

山兒的小腦袋立時耷拉下去，苦著臉，垂頭喪氣，卻是不敢說不要。

林蘭看著好笑，小孩子都愛玩，不喜歡念書，可若是不給山兒找點事做，這小鬼頭一天到晚閒著，保准折騰出花樣來，她可吃不消。

如意沒多久就回來回話，說大老爺和大夫人在老太太屋裡跪地磕頭，嚎啕大哭，老太太也直流淚，後來祝嬤嬤怕老太太情緒太激動，硬把大老爺和大夫人趕了出去。現在，大少爺安排人帶大老爺和大夫人休息去了。

林蘭冷笑，老太太怕是見到大兒子，傷感得很吧？還道兒子多孝順，這麼大老遠趕來送終，可惜她不知道自己的兒子是個什麼貨色，想想都替老太太悲哀。

而馮淑敏這一日都覺得不得勁，山兒不在，就好像丟了什麼要緊的東西，心裡空落落的，一會兒擔心山兒在李家住得不習慣，一會兒又怕林蘭給山兒氣受，越想越覺得自己這個主意糟糕透了，山兒還那麼小……

末兒見夫人心神不寧，時不時唉聲嘆氣，便勸道：「夫人不用擔心，林大夫一直很喜歡小少爺，一定會對小少爺好的。」

馮淑敏又是重重一嘆，林蘭以前喜歡山兒疼山兒不假，可此一時彼一時，如今知道山兒是她弟弟，她心裡肯定覺得彆扭，要不然，她也不會不認老爺了，怕是恨老爺又娶了別人。

「要不？奴婢明日偷偷去打探一下？」末兒小聲建議道。

「不要！」馮淑敏連忙制止：「別忘了，妳已經跟著我去蘇州了，這陣子妳也小心著點，沒事別出門。」

末兒笑道：「奴婢不能去，就讓秋荷去唄！秋荷原是伺候少爺的，讓秋荷給少爺送些衣物過去，就說夫人昨日走得匆忙，好多東西都沒來得及收拾……」

馮淑敏眼睛一亮，鬆開緊蹙的眉頭，頷首道：「這倒是可以。」

「奴婢覺得，若是夫人還不放心，索性讓秋荷過去伺候，這樣，不就能隨時知道小少爺在李家的情形了？」末兒笑道。

馮淑敏想想有道理，沉吟道：「那就這麼辦吧，原也是我考慮不周，山兒去李家，身邊也該有個知根知底的丫鬟伺候著才是。」

「那奴婢這就去安排。」末兒笑嘻嘻地福身退下。

末兒剛走，王嬤嬤過來回稟：「夫人，大姑奶奶說要見您呢！」

馮淑敏對這位大姑沒什麼好感，懶懶地問：「知道什麼事嗎？」

王嬤嬤道：「老奴不知，大姑奶奶只說要見您。」

馮淑敏扶額，心煩得很，「讓她進來吧！」

林大芳眉開眼笑地進門來，「弟妹啊，好好的大院妳不住，怎麼搬到這裡來了？」

馮淑敏腹誹：還不都是您老信口雌黃惹的禍！

「夏日這邊涼快些，就搬過來了。」馮淑敏不冷不熱地說道：「王嬤嬤，看茶。」

「大姑住得還習慣嗎？」馮淑敏問道。

林大芳忙不迭點頭，「習慣習慣，弟妹一應事務都安排得周到妥貼，哪能不習慣？」

馮淑敏露出一絲淡笑，「習慣就好，大姑找我有事嗎？」

「沒事沒事，就是找弟妹嘮嘮家常。妳說您嫁給我弟也好幾年了，也就成親頭一年來過老家，匆匆忙忙的，咱們姑嫂都沒時間好好說說話。」林大芳滿臉堆笑。

馮淑敏心說：我跟妳有什麼好聊的，您老怕是無事不登三寶殿吧？

「大姑，您有什麼事就說吧！」馮淑敏抿了一口茶。

林大芳笑道：「也不是什麼大事，這幾天，我在府裡轉了轉，發現府裡的下人都散漫得很……」她認真了神情道：「弟妹啊，不是我說妳，當家做主就該有股子狠勁，得讓下人怕妳，那些個下人最會瞧人臉色了，像弟妹這樣，夫婿不在身邊，自己又是一副好脾氣，下人們能不偷懶耍滑蹬鼻子上臉嗎？」

馮淑敏故作驚訝，「有嗎？我怎麼沒覺得？」

林大芳道：「當著妳的面她們自然不敢，但妳總不可能時時刻刻盯著他們吧？」

馮淑敏已經了然，大姑這是想幫她管家呢！

「要我說啊，這偌大一份家業，要是沒個信得過的人幫襯著，還真是不容易。」林大芳說著邊觀察弟妹的神色，希望弟妹能接過話碴去，可弟妹只顧著悠閒喝茶，似乎沒明白她話中之意。

林大芳只好敞開天窗說亮話：「人家都說官家出身的小姐瞧不起鄉下人，可弟妹妳待我們那是真真的好，我這個做大姑的心裡感激啊，都不知該說什麼才好。我和妳姑父商量了一下，覺得總該替弟妹做點什麼，我們這心才能安啊。別的，咱也不會，但是替弟妹管管家，分擔一些還是可以的，也省得弟妹勞心勞力，叫大姑我看著心疼啊！」

馮淑敏心裡冷笑，還從未有人說她管家不行。別的她不敢自誇，但管家她還是有一手的，府裡的下人誰不是規規矩矩做事，老老實實做人，這一到大姑的嘴裡，卻成了偷懶散漫，陽奉陰違的刁奴了，而她也成了夫君不在身邊，軟弱無能的主母了。大姑這張嘴，她實在不敢恭維，想討差事就討差事，沒得踩著別人抬高自己，再說了，大姑這人心術不正，姑父就更別說了，一雙眼睛賊溜溜的，若真叫他們管事，怕是會把她的家底都偷了去。

馮淑敏翻著茶蓋，慢悠悠地說：「大姑的好意，我心領了。我請你們來是來做客的，哪能叫你們受累？老爺若是知道了，還不得責備我不知禮數，不懂規矩？」

林大芳道：「都是自家人，自家人不幫自家人，這哪說得過去？再說，我們鄉下人原是勞碌命，這一日不做事，渾身骨頭都閒得難受。」

馮淑敏笑著打斷她：「大姑就別為難我了，你們只管安心在這住一段時日，等天氣涼爽了，我再讓管家送你們回去。」

呃？林大芳怔了怔，沒想到弟妹會說出這話來。秋天就讓他們回去，那哪成啊？這次來，她就沒打算再走。

林大芳腆著笑臉道：「弟妹啊，不瞞妳說，這次來，我把老家的田地都賣了，不打算再回去了。妳說我們姊弟分開這麼多年，好不容易才能團聚，咱們老林家可就剩下我們姊弟了，我是再也不想跟我弟分開了。」

馮淑敏心頭一沉，這人啊，不怕有本事的，就怕不要臉的，大姑這是豁出臉面要賴在這裡了。她若不允，倒成了要活活拆散他們姊弟的不知人情世故的惡弟媳了，這可真是請神容易送神難啊！

馮淑敏輕蹙眉頭，「是這樣啊……」

「可不是？老家的人都知道弟妹特意派人來接我們到京裡享福，羨慕得不得了，還誇弟妹是個難得一見的明理懂事的好媳婦呢！」林大芳笑咪咪地看著弟妹，這下看妳怎麼趕人？

馮淑敏瞧林大芳一臉得意的神情，微微一笑，「既是如此，那是不好回去了，大姑就安心住著吧！若真是閒得慌，後院還有一塊空地，我原就尋思著植幾株果樹，種種菜什麼的，大姑和姑父想必都是種田的好手，那塊地就交給你們去料理好了。」

你們要賴在這裡，就只管賴，這個惡人她是不做的，自有人會做。老爺若知道當日是大姑誆他，就老爺那脾氣，你們還能討得了便宜去？你們不是閒得慌嗎？管事一職就別想了，府內的事務斷不可能交給旁人，給塊田讓你們折騰一下還是可以的，這下，您老還有什麼話說？

林大芳聞言，臉黑了一半，她費了這許多口舌，繞了這麼多彎，最後只爭取到這麼個種菜的苦差事，這不是搬起石頭砸自己的腳嗎？弟妹這人不好對付啊！看著和和氣氣，說話卻是滴水不漏。

「大姑還有什麼事嗎？」馮淑敏笑問道。

林大芳訕訕一笑，「沒……沒有了。」

「那大姑早點回去歇著吧，我還要看會兒帳冊。王嬤嬤，送一送大姑奶奶。」馮淑敏毫不猶豫下了逐客令。

林大芳興沖沖地來，鬱鬱地走，若不是王嬤嬤跟在後頭，她定要嘀咕幾句，這下好了，回去老頭子肯定要損她沒本事。

而林蘭這一晚失眠了。身邊睡著這麼一個小毛頭，胖乎乎的小手摟著她的脖子，胖乎乎的小腿擱在她肚子上，小臉蛋蹭著她的頸窩，小鬼頭睡得香，可林蘭太不習慣了，一動也不敢動。別看小胳膊小腿的，壓久了，這分量就覺出來了。先時，林蘭還輕輕把他的小腿移開，手剛放下，他又挪放上來，還在她肚子上蹭幾下，手也摟得更緊了，好像她是他的大抱枕。林蘭兩眼望天，悲催地想，她怎麼就鬼使神差地答應讓小鬼頭上她的床呢？要是每天都這樣，她還要不要睡覺了？

林蘭忍了許久，實在忍不下去，渾身都酸了，只好再次試著把小鬼頭移開，可剛一動，小鬼頭就醒了，迷迷糊糊地說：「姊姊……我要尿尿……」

林蘭哀嘆一口氣，喚銀柳掌燈。

銀柳拿來尿壺，山兒卻搖頭，「我用不來這個，我要去淨房。」

好吧，去淨房就去淨房！

銀柳抱了山兒去，林蘭聽見山兒在說：「妳轉過身去，不許偷看……」

銀柳笑道：「您洗澡的時候，奴婢可都瞧見了。」

山兒說：「那不一樣，快轉過去。」

銀柳笑道：「好好好，奴婢出去成了吧？」

「不行，妳不能出去，我一個人……會怕。」

「喲，山兒少爺，奴婢還以為您膽子有多大呢，聽故事還要挑鬼故事聽！」

「別提鬼字，我……我會怕……」

林蘭忍俊不禁，這小鬼頭，事兒真多。

沒多久，銀柳把山兒抱回來。山兒一骨碌又鑽到林蘭懷裡，「姊姊，妳家的淨房太暗了！」

林蘭笑道：「明兒個讓銀柳在裡面放盞油燈，好了，快睡吧！」

林蘭以為這下總該安生了，沒想到山兒一晚起夜三四次，這傢伙是不是腎不好，還是括約肌無力啊？

第二天，林蘭頂著兩個黑眼圈，精神也是萎靡不振，看著床上猶自睡得酣暢的山兒，真恨不得把他也揪起來。

銀柳也是哈欠連天，「二少奶奶，您再睡一會兒吧！」

林蘭鬱鬱道：「事還多著呢，哪有時間睡？快幫我梳頭，弄好了，我得先去一趟回春堂。」

吃過早飯，林蘭把山兒今天要念的書、要寫的字都安排下去，讓如意盯著山兒，晚上回來要檢查功課。

還沒出門呢，雲英來報，將軍府來人了。

林蘭看著眼前這個清清秀秀，十五六歲年紀的丫頭，笑著問：「是妳家主母叫妳來的？」

秋荷道：「回少奶奶的話，夫人昨日走得匆忙，並不曾吩咐奴婢過來，是奴婢昨日收拾小少爺的衣物時，發現小少爺忘了帶幾樣東西，奴婢怕小少爺惦記，就趕緊把東西送過來了。」

林蘭心知肚明，定是馮淑敏擔心兒子，打發人來瞧瞧。林蘭也不點破。

「妳倒是個有心的，都是些什麼物件？」

秋荷回道：「有小少爺平日念的書，還有小少爺最喜歡的衣裳，還有這個，小少爺睡覺的時候就喜歡枕著它，不然就睡不安穩。」說著拿出一把小木劍。

林蘭愕然，這算什麼癖好？

秋荷解釋道：「這把木劍是老爺為小少爺做的，小少爺最喜歡了。」

林蘭看著這把木劍，那些遺失的記憶片段浮現在腦海，她小的時候，老東西似乎也為她做過一把，她還記得，當時老東西給了大哥一把傳家寶刀，她羨慕不已，嚷嚷著她也要，老東西就拿這個應付她了。當時娘還抱怨，哪有給閨女玩木劍的？老東西說，怎麼閨女就不能舞刀弄劍？咱老林家的閨女將來說不定是個女中豪傑……

豪傑個屁，因為你的不負責任，你那親閨女早八百年前就死了！

林蘭憤憤地想，讓如意把東西都收起來。

秋荷支支吾吾地說：「二少奶奶，奴婢……奴婢可不可以留下伺候小少爺？」

林蘭心知，這又是馮淑敏的安排。這死女人，既然把山兒捨出來了，又擔心這擔心那的，怕她吃了山兒還是怎麼的？妳這麼不放心，倒是把人領回去啊，我偏不叫妳如意！

林蘭笑道：「妳還是回去吧，我這裡人手足夠了。」

◆ ◆ ◆

一頓下馬威反被林蘭打落塵埃，李敬義夫妻倆老實了許多，當然這是表面上的，兩人輪流在老太太面前侍奉湯藥，殷勤周到，一副孝子賢媳的模樣，私底下，俞氏偷偷找俞蓮嘀咕。

「妳說妳傻不傻？好好的一個黃花大閨女，給一個老的做小，現在二老爺屁也不是了，這輩子都不可能回來了，妳怎麼辦？啊？妳叫我如何跟妳爹交代？」俞氏責備道，一副怒其不爭的神情。

俞蓮原本心裡就悲苦不已，被姑姑這麼一說，直掉眼淚，抽泣著：「當時姑姑又不在，我能怎麼辦？又不是我願意的，若不是二少奶奶替我出主意，我這會兒怕是見不到姑姑了。」

俞氏氣悶道：「她能給妳出主意？說妳傻妳還真傻，被人賣了還幫著別人數銀子！她巴不得妳給二老爺做小，省得她婆婆把妳塞到她屋子裡去，妳呀妳……說妳什麼好呢？出了這麼大的事，也不知道捎個信回來說一聲，姑姑若是早知道，能讓妳受這樣的委屈？」

「事情都已經這樣了，姑姑，您說侄女兒該怎麼辦嘛？」俞蓮哭著道，這個問題一直困擾著俞蓮，眼下是老太太還在，若是老太太撒手西去，她留在這個家裡算什麼呢？若有個子嗣還能依靠一下，偏偏肚子又不爭氣。

俞氏瞪她一眼，「還能怎麼辦？難道要妳一輩子守活寡？妳娘非怨死我不可！這事妳不用管了，有姑姑在，自然不能叫妳吃虧，不過，妳得聽姑姑的話。」

「侄女兒什麼都聽姑姑的。」俞蓮忙不迭點頭。

俞氏又開始打算盤，俞蓮她肯定是要帶回去的，他們俞家的人還輪不到李家的人來糟蹋，怎麼的也得叫林蘭拿出一筆安置費來。俞蓮是替她擋災，她想撒手不管，撇乾淨了，門都沒有。還有李明珠，這死丫頭，別以為躲起來就沒事了，等老太太的事了了，定要跟她好好算算這筆帳。還有韓氏，這賤人居然有臉回老家，還有臉找上門來要田要地，我呸！這趟回去，定要將韓氏手中的田地都收了充公，那些原本就是李家的財產，她一個姓韓的滾遠點。

俞氏不知道，林蘭早派人盯著她，她的一舉一動都在林蘭的掌控之中。

「二少奶奶，大夫人找俞姨娘說了好久，俞姨娘兩眼通紅地出來，臉上的淚都還沒乾……」翠枝來報。

林蘭合上帳冊，若有所思地微微頷首，「知道了，妳先回去，繼續盯著她們。」

翠枝福身退下，周嬤嬤道：「二少奶奶，這大夫人肯定是要挑唆俞姨娘。當初俞姨娘被明珠小姐算計，說不定大夫人會拿這事說事……」

林蘭輕哼一聲，「她不過是想從我這多訛些銀子罷了，俞姨娘若是個聰明的，我自不會虧待她，她若是犯渾跟大夫人沆瀣一氣，那就別怪我翻臉無情。」

周嬤嬤擔心道：「俞姨娘向來就沒什麼主意……」

林蘭思忖片刻，沉吟道：「妳找個機會提點提點她，她若不聽那是她的事。」

周嬤嬤應了聲。

「山兒少爺呢？」林蘭問。

「做完了功課，錦繡帶他去花園玩了。」周嬤嬤說到山兒就一臉慈祥。

銀柳笑咪咪地拿了一疊信封進來，晃了晃，道：「二少奶奶，二少爺來信了。」

林蘭欣喜，急切道：「快拿來我看看！」

這陣子她一直在嘀咕，她都去了那麼多信，李明允竟一封也沒給她回，想想都氣人。沒想到他一次寫來這麼多封信。林蘭捧著信，心裡什麼怨氣也沒了，迫不及待地拆信。

周嬤嬤和銀柳也伸著脖子，好奇地看二少奶奶拆信。

林蘭拿出信正要展開，驀然想起周嬤嬤和銀柳還在，忙道：「妳們去忙吧，這裡不用伺候。」

周嬤嬤和銀柳有些失望，她們也很想知道二少爺的情況呢，不過，二少奶奶的心情，她們還是能理解的，兩人相視一笑，心照不宣地退了下去。

小蘭子……

呃？就知道這傢伙會報仇，她叫他小允子，他就回敬一個小蘭子！林蘭腹誹了幾句，面上卻是笑容洋溢，心裡甜絲絲的，繼續往下看。

來信已收到，知道蘭兒吃得香、睡得好，為夫心中甚慰，只是，為夫也擔心，等為夫回京之時，小蘭子要變成大蘭子，胖得走不動路了。不過，沒關係，蘭兒變成啥樣，為夫都喜歡……蘭兒說家中一切安好，為夫希望這是真的，但是，蘭兒，不要什麼事都自己扛著，別忘了，還有我，妳的丈夫。雖然我遠在邊關，不能為妳分憂，但我的心時時刻刻都在牽掛著妳……

林蘭笑著，又拆開第二封。

小蘭子，妳憂心的那件事，為夫替妳想了個辦法，二師兄若是想娶銀柳，妳讓他改稱妳為師姊，不然就別想娶……子諭那小子是有些命苦，新婚燕爾，可憐啊！不過，我怎麼就忍不住想笑呢？好像有些不厚道，算了，還是繼續同情他好了……對了，為夫遇到一個很棘手的問題，妳說那個老傢伙老是找我套近乎，怎麼辦呢？我真的很為難……

第三封。

小蘭子，今天竟然有幾個士卒前來打聽，問妳什麼時候回邊關，他們都很關心妳。趙卓義告訴他們妳不回去了，他們很失望，為夫的蘭兒這麼多人惦記，為夫是該高興，還是憂愁啊……

最後一封。

小蘭子，今天為夫辦了件大事，妳說的那個哈巴狗通敵被為夫抓了個正著，如今證據確鑿，為夫打算上報朝廷，這件事非同小可，只怕某些人狗急跳牆會威脅到妳的安危。為夫遠在邊關，鞭長莫及，只好派趙卓義回京保護妳的安全，蘭兒，妳一定要小心啊！為夫馬上就要出發前去木塔河簽受降書，如果事情順利，為夫在八月就能回京了。想妳，非常想妳，妳一定要好好的，等我回來……

林蘭慢慢放下書信，心中喜憂參半。喜的是，邊關一切順利，秦承望也沒戲唱了；憂的是，只怕明允這個摺子一遞上去，一石激起千層浪。她倒不是擔心自己的安危，太后和秦家也不可能明目張膽對付她，怕只怕這一擊不能把秦家扳倒，百足之蟲死而不僵，後患無窮。

林蘭把書信一封一封摺好，塞回信封裡，然後拿個匣子裝起來，上了鎖，等有空的時候再拿出來回味。

趙卓義在李家已經熟門熟路了，冬子領著他去上次住過的小院安置，不過，趙卓義這次不是一個人來的，還有好幾位弟兄，這個院子小是小了點，但也住得下，關鍵是離嫂子的落霞齋不近，這可不利於他們執行貼身保護的任務。趙卓義提出要換個地方，最好離落霞齋近一點，冬子很為難，離落霞齋近一點，那就只有進內院了，可是府裡有規矩，這可怎麼辦呢？正猶豫著，雲英來傳話，說二少奶奶要見趙卓義。

「趙卓義，你出發的時候，李大人他們去木塔河了嗎？」林蘭關切地問。

趙卓義回道：「回嫂夫人，李大人他們已經從出發了。」

「那……他們這趟去木塔河，帶了多少人馬？能確保安全嗎？」

「李大人說，請嫂夫人放心，他們這次去木塔河已經做了萬全的準備，李大人和林將軍一同前往，帶了五千兵馬，這是明的，暗中林將軍早已經派了大軍前去木塔河埋伏，防止突厥異動，確保李大人的安全。」趙卓義回道。

林蘭聽了，心裡稍安，可是自己不跟在他身邊，無論如何也不能徹底心安。

「嫂夫人，屬下有個不情之請。」

「你說。」

「李大人命屬下來保護嫂夫人的安危，屬下希望能住得離這個院子近一些，以防萬一。有道是明槍易躲，暗箭難防，還有，嫂夫人出行，請務必讓屬下等人跟隨。」

林蘭沉吟片刻，明允這是怕秦家使什麼卑劣手段吧？要是秦家拿了她去威脅明允，豈不是壞事？茲事體大，也顧不得那些規矩了，「也好，我讓人把後院的屋子收拾出來，你就住在那裡，但是你的手下還是住在外院的好。」

趙卓義的為人她是了解的，但他手下的那些弟兄就不清楚了，這內院都是女眷，萬一出點什麼事可不好。

趙卓義欣然道：「就聽嫂夫人的。」

林蘭笑道：「你以前一口一個嫂子，這回倒是客氣起來。」

趙卓義摸摸腦袋，憨笑道：「屬下被寧將軍訓過了，說屬下沒規矩……」想到寧將軍訓他的話，趙卓義就忍不住腹誹，寧將軍說：「嫂子嫂子，嫂子是你叫的嗎？那是老子的嫂子，你小子給我放尊重點，以後要叫嫂夫人……」

林蘭笑了笑，「他又聽不見，還是叫嫂子吧，我聽習慣了。」

趙卓義囁嚅道：「屬下可不敢了，回頭讓寧將軍知道，又該敲屬下腦袋了。」

林蘭不禁莞爾，這寧興，哪來這麼多破規矩？

◆◆◆

錦繡帶著山兒在花園裡玩，說是來玩的，但是山兒提議的踢毽子、跳格子、放風箏，全部都被錦繡否決。

山兒悶悶不樂地噘著小嘴，「這也不行那也不行，難道咱們在這裡逗螞蟻玩嗎？」

錦繡好言道：「山兒少爺，如果這府裡有人生病了，還病得很重，而且這個人是你姊姊的長輩，您覺得，咱們玩得太鬧騰合適嗎？」如今老太太情況不好，二少奶奶說了，老太太隨時都有可能斷氣，這些日子，府裡人人說話都得壓著嗓子，氣氛沉鬱得不行，她若帶著山兒少爺在花園裡又笑又鬧，說她不懂規矩是小，可別連累到二少奶奶，她可是二少奶奶院子裡的丫頭。

山兒眼珠子轉了轉，洩氣地說：「那咱們玩躲貓貓行不行？這個一點都不鬧騰」

錦繡笑道：「這個可以。」

山兒興奮地拍手，「哇……玩躲貓貓嘍！」

錦繡忙噓聲：「山兒少爺，小聲點！」

山兒縮了縮脖子，輕聲道：「那我去躲起來，妳在這裡閉上眼睛數到十，不許偷看喔！」

山兒邁著小短腿，樂顛顛找藏身之地去了。

「準備好了嗎？我開始數了，一、二、三……」錦繡老老實實閉著眼睛，慢慢地數。她才不著急，這花園子每個角落她都熟悉得很，不管你躲在哪兒，都能把你揪出來。

山兒聽著錦繡快數到十，可滿意的藏身之地還沒找著，心裡急啊！驀地，他發現一個假山底下有個小洞，忙麻利地爬了進去。這個洞剛剛好能容納他的小身體，他還很細心地撥了撥洞口的草，掩蓋痕跡，然後靜靜地趴在裡面。

「山兒少爺，奴婢看見您了，快出來吧！」

山兒嘴角一撇，想詐他出去，他才不上當。透過草叢的縫隙，他看見錦繡東探探西撥撥，卻是徒勞無功。山兒捂著嘴，得意地笑。

「山兒少爺，您在哪呢？別是耍賴，躲到園子外面去了吧……」錦繡邊說著，漸漸遠離了山兒的藏身之處。

山兒無聊地托著腮幫子，心裡嘀咕：錦繡真沒用，都從他面前經過三次也沒發現他。看錦繡遠去，山兒不屑地撇了撇嘴，錦繡肯定在耍詐，故意走遠了，好誆他出去。

等了好一會兒都不見錦繡轉回來，山兒著急了，錦繡，妳好笨啊！

這還真怨不得錦繡，她對這裡熟悉沒錯，可她忽略了山兒是個小布丁，她能藏的地方，山兒也能藏，山兒能藏的地方，她卻不一定藏得進去。

山兒左等右等，等不到錦繡，正想爬出來，卻聽見有腳步聲，山兒心說：錦繡，妳還真狡猾，原來一直藏著等本少爺自投羅網呢！山兒又把頭縮了回去。

「大夫人，這……如何使得？」一人惶恐道。

「怎麼使不得？我賞妳的妳只管拿著便是，妳這麼盡心盡力伺候老太太，當得起這賞。以前我就覺得妳這個丫頭挺好，做事認真，處事穩重，我啊，就是喜歡妳這樣的。」

「大夫人，您過獎了，奴婢只是謹守奴婢的本分罷了。」

來的不是錦繡啊……山兒好奇地扒著草叢去瞧，只看到一青一白的兩幅裙襬。

「對對對，我就是喜歡妳這種守本分的丫頭。春杏啊，我有個想法，我想，等老太太走後，就把妳要過來，妳跟我回老家去。妳放心，我是不會虧待妳的。」

「這……」春杏猶豫著。

「春杏啊，我是好心為妳著想。妳想啊，妳原是韓氏身邊伺候的，韓氏把二少奶奶得罪的不輕，如今韓氏被趕出家門，妳也失去了倚仗，那二少奶奶還能重用妳不成？二少奶奶之所以還留著妳，還不是因為老太太身邊缺人伺候？老太太一走，二少奶奶指不定怎麼打發了妳呢！妳這年紀按說都該配人了，到時候，她隨便給妳配個草包，妳這輩子豈不是完了？」

春杏支吾著：「二少奶奶對下人都很好的……」

「那是她會裝，她若是個善碴，韓氏豈會栽在她手裡？春杏，妳得清醒著點，李家這麼多事，都是她搞出來的，她就是一笑面虎，吃人不吐骨頭。她對下人好，那只是對她自己身邊的人好，誰來管妳們的死活？」

山兒小拳頭攥得緊緊的，氣得咬牙切齒，這個死老太婆，竟敢講他姊姊的壞話！

俞氏又道：「妳這麼盡心盡力伺候老太太，我是看在眼裡，記在心上，只要妳點個頭，剩下的事我來安排，斷不會叫妳吃了虧的。」

春杏沉默，不得不說，大夫人的話說到她心裡去了，她也正為自己的將來憂心，如今府裡的丫鬟裡就數她年紀最大，按府裡的規矩，去年就該配人了，只是府裡禍事連連，誰還顧得上一個小丫頭的事。當初李府被抄家，二少奶奶就說要走的都可以走，還了賣身契，發放遣散費，她也動過這心思，可是，她從小就被人拐賣了，家在哪兒都不記得了，還能去哪裡？只能留下。她原想著大少奶奶、二少奶奶都是心地善良之人，以後還有個指望，現在聽大夫人這麼一說，又覺得大夫人說的挺有道理，可是，她也不傻，大夫人不會平白無故對她示好。

「大夫人，您……想要春杏做什麼？」春杏試探道。

俞氏故作不悅道：「春杏，我是真心想拉妳一把，可不是來跟妳做交易的。既然妳這麼想，那這事就當我沒說過。」

春杏急忙道：「大夫人息怒，春杏不是這個意思！」

俞氏嘆了一口氣，「我知道妳不是這個意思，算了，這事妳好好考慮，考慮好了就跟我說。」

山兒瞧見青色裙襬先離開，然後白色的裙襬晃了兩下也不見了。他又等了一會兒，確定外面沒人了，這才從洞裡爬出來，拍拍小手，一張小臉氣鼓鼓的，鼓成了一個大包子。

錦繡在花園裡找來找去找不到山兒少爺，又去了別處找了一番，還是沒找著，心裡急得不得了，匆匆跑回花園，迎面碰到俞氏從園子裡出來。

錦繡趕緊福身請安：「大夫人。」

俞氏眉毛也不抬一下，淡淡掃了錦繡一眼，鼻子裡哼了一聲，昂著脖子走掉了。

錦繡原本想問問大夫人有沒有見到山兒，可是看到她一副愛理不理的樣子，就又把問話嚥了回去，還是自己去找吧！

進了園子，錦繡忽見假山後面晃過一個人影，鬼鬼祟祟的樣子。錦繡頓生警覺，躡手躡腳趴在假山上看，卻什麼也沒有，不由納悶：難道是她眼花了？正打算四下裡瞧瞧，忽覺有人拉扯她的裙襬，低頭一看，卻是一身泥土的山兒少爺，錦繡欣喜，道：「山……」

山兒忙把胖胖的手指放在小嘴巴上，做了個噓聲的動作，然後對她招招手，示意她俯下身來。

錦繡彎腰，山兒在她耳邊一陣嘀咕，錦繡臉色一變，輕聲道：「當真？山兒少爺沒聽錯？」

山兒很認真地點頭。

錦繡覺得這事不對勁，拉了山兒的手，小聲道：「山兒少爺，咱們這就回去，把您剛才聽到的話告訴二少奶奶。」

林蘭聽完山兒的複述，微微一笑，幫他拍拍衣上的泥土，「下次躲貓貓可不許亂鑽，萬一洞裡有螞蟻小蟲子爬到你身上咬你怎麼辦？」

山兒被林蘭這麼一說，頓覺渾身發癢，不安地扭了扭身子，擔心道：「真的會有小蟲子嗎？」

林蘭笑道：「讓錦繡帶你去洗個澡，我可不喜歡髒兮兮的小孩。」

山兒聽話地點頭，跟錦繡去洗澡了。

等山兒走了，林蘭面色沉了下來，眸光冷然，「大伯母還真是不安分啊！」

山兒的話絕對不會有差，俞氏和春杏說的那些話，就是讓山兒編山兒也編不出來。

周嬤嬤尋思道：「二少奶奶，您認為大夫人籠絡春杏是要幹什麼？」

林蘭冷冷一笑，「她還能幹什麼？自打韓氏走後，春杏、翠枝還有俞蓮幾個就一直在老太太身邊伺候，大伯母想拿老太太做文章，肯定得拉幾個老太太身邊的人幫腔，俞蓮是一個，但俞蓮是她的親侄女，說的話不能叫人信服，所以她又想籠絡春杏。」

周嬤嬤憂心忡忡，「二少奶奶，那您得趕緊想對策才是，倘若到時候她們聯合起來，給咱們指些莫須有的罪名，或是假借老太太的意思給咱們施壓，那就不好辦了。」

林蘭絞著帕子，蹙著眉頭在屋裡走了幾個來回，驀然頓住腳步，再抬頭時，面上已經恢復了從容淡定，緩緩道：「那……咱們就給她來個螳螂捕蟬，黃雀在後。」

周嬤嬤困惑道：「怎麼說？」

林蘭示意周嬤嬤附耳過來，在她耳邊一陣細語，周嬤嬤臉上慢慢綻開笑容，不住地點頭，「老奴省得了。」

山兒坐在大浴桶裡一邊搓泡泡，一邊尋思著：那個死老太婆，敢說姊姊的壞話，定要想個法子捉弄捉弄她才好！

錦繡往浴桶裡加了兩瓢熱水，見山兒少爺鼓著腮幫子，兩隻眼睛烏溜溜地轉來轉去，模樣甚是滑稽，不禁笑道：「山兒少爺在想什麼呢？」

晚飯後，林蘭傳府中一干下人在抱廈議事，李明則也來了。

「老太太也就這幾天的事了，壽衣壽材是早就備下的，姚嬤嬤，祭奠所需的香燭紙錢、燈油紙紮、素幔等，可都備齊了？」林蘭問道。

姚嬤嬤恭謹回道：「都備妥了。」

林蘭微微頷首，「到時候一應物品出入必登記在冊，誰領走的誰負責歸庫，誰領的差事自己負責到底，不得中途假手他人。姚嬤嬤，明日葉家會派幾個丫鬟嬤嬤過來幫忙，到時候都聽妳調遣委派。」

姚嬤嬤應了聲：「是。」

林蘭轉而看廚房的幾位婆子，「妳們廚房的任務也重，供茶供飯須及時。明兒起，桂嫂過去幫妳們，她是有經驗的，到時候，妳們聽她安排調遣。」

幾位婆子齊齊應聲，林蘭又問張管家：「棚槓都安排好了？」

張管家是新上任的，以前是趙管家的助手，跟在趙管家身後跑，還算得力。

張管家回道：「白布、竹子、木板都備下了，工匠也聯繫好了，隨時可以搭建。」

林蘭思索著還有什麼要準備，她在這方面一點經驗沒有，都是周嬤嬤教她的，按著當初葉家太夫人去世時的規格來辦。哦，對了，還有件極要緊的事。

「大哥，誦經的僧尼可聯繫好了？」

李明則道：「已經聯繫了歸雲寺的僧眾和慈寧庵的師父，我請示了大伯父，給老太太做七日水陸道場，訂金都下了。」

「那就好，大伯父可還有什麼要求？」林蘭問。

李明則苦笑，大伯父才不來管京城這邊的後事怎麼辦，大伯父只在意老家那邊怎麼辦，說來說去還是要銀子。

看李明則這神情，林蘭心裡有數，也就不再多問，反正她只管把這邊的事辦好。

帳房的朱先生站出來回話：「大少爺、二少奶奶，先前的三千兩銀子已經花銷得差不多了。」

李明則道：「你合計一下，大約還缺多少。」

朱先生道：「小的已經合計過了，最少還需三千兩銀子。」

李明則不禁皺眉，還要這麼多啊？他已經把手裡的餘錢都拿出來了，茶葉鋪子前陣子剛進了一批新茶，還沒賣出去呢，這捉襟見肘得，上哪找銀子去？

林蘭微微一笑，「朱先生，短多少銀子，把帳報給我，該花的銀子咱就花。」

朱先生忙道：「小的回頭把帳冊給二少奶奶送去。」

李明則不好意思道：「等我的新茶銷出去，再給弟妹補上。」

林蘭笑道：「老太太的後事又不是大哥你一人的事，這銀子明允也該出一份的。」

「大少爺、二少奶奶，不好了，老太太快不行了……」翠枝神色慌張地跑了進來。

李明則和林蘭俱是一怔，這麼快？

林蘭忙吩咐道：「大家都趕緊去準備準備。」

眾人退下，各自忙碌去。林蘭和李明則急急趕去朝暉堂。

李敬義夫妻倆已在那嚎啕大哭，哭得林蘭還以為老太太已經嚥氣了，俞蓮也在那嚶嚶低泣。林蘭近前察看，只見老太太面若金紙，氣若游絲，嘴唇還在動，似乎想說什麼。

林蘭很是氣惱，人還沒死呢，就開始哭喪，這不催命嗎？

「大伯父、大伯母，請你們安靜些，老太太要說話！」林蘭回頭冷聲道。

俞氏哭哭啼啼地反責林蘭：「妳自是不心疼，可我心疼，老太太待我可比親娘還親，現在老太太快不行了，妳還不許我哭上一哭嗎？」

李敬義紅著眼睛瞪著林蘭，一抽一抽地說：「就知道你們都是虛情假意，老太太都這樣了，你們一點不心疼……」

林蘭倒抽一口冷氣，這人還沒死，就開始宣戰了！

林蘭懶得理他們，對祝嬤嬤說：「祝嬤嬤，妳快聽聽老太太要說什麼。」

祝嬤嬤抹了把老淚，把耳朵湊近老太太的唇邊。

這下李敬義夫妻倆不哭了，都巴巴地看著老太太，不知道老太太要說些什麼。

「二少爺？」祝嬤嬤湊在老太太耳邊輕聲道：「二少爺還在邊關辦大事，辦成了大事，咱們李家就有希望了……」

老太太又張嘴，祝嬤嬤點頭道：「知道了，老太太您是想說，以後李家就靠二少爺了？」

老太太無力地點點頭，睜開眼睛，看向林蘭。林蘭忙上前，老太太動了動手指，林蘭握住老太太的手，「祖母，您有什麼吩咐，孫媳婦一定照辦。」

李敬義趕緊給俞氏使眼色，俞氏便擠到床前，唏噓著：「老太太，媳婦也在呢！」

老太太看了她一眼，目光又回落到林蘭身上，顫抖著雙唇，發出微弱的聲音。

祝嬤嬤聽著，神情微詫，忙起身去打開櫃子，捧出個匣子回來，放到老太太手邊。

老太太握著林蘭的手，放到匣子上。

祝嬤嬤哽咽，輕聲詢問：「老太太，您是要把東西交給二少奶奶？」

老太太疲憊地閉上眼睛，虛弱地點頭。

這下子，俞氏和李敬義的臉齊刷刷地白了。不用猜，這是老太太的體己。老太太到底有多少體己，他們不清楚，只知道數目相當可觀。二老爺每年都會孝敬老太太不少銀子，老太太都自己藏著，而且老太太名下還有不少良田，指不定，這地契都在這匣子裡。

「老太太，敬義也在呢！」俞氏提醒道，老太太莫不是要死了，人也糊塗了，忘了自己的兒子也在跟前，要不然，怎麼會把匣子交給林蘭，卻不交給自己的兒子？

老太太努力動了動嘴，祝嬤嬤聽著：「老太太，您說……信不過？」

俞氏的臉徹底雪白，李敬義激動地衝上來，一把拉開林蘭，大聲道：「娘，您說什麼呢？」

俞氏極度失望中倒激發出急智來，忙道：「老太太，您是說您信不過林蘭？」

老太太驀然睜開眼睛，原本渾濁渙散的目光，這一刻竟變得凌厲無比，狠狠瞪著俞氏。

俞氏被這樣的眼神驚得倒退一步，垂下眼，不敢看老太太的眼睛。

老太太喉嚨裡發出一陣呵呵的聲響，呼吸急促起來，卻是只有出的氣，沒了進的氣。

祝嬤嬤急聲喚道：「老太太，老太太……」

老太太瞪著眼睛，脖子一梗，僵挺了片刻，吐出最後一口氣，整個人頓時癱軟下來。

林蘭知道老太太去了，心裡一陣難受。不管老太太以前做過什麼錯事、對她如何，老太太總歸是明允的親祖母。

祝嬤嬤顫抖著手伸到老太太鼻子底下試探，頓時面色灰敗，又去摸老太太的眼睛，讓老太太閉上雙眼，抖著聲音道：「老太太……去了……」

李敬義和俞氏頓時撲在床邊，搶天呼地地痛哭起來。

李明則也大聲喚道：「祖母……」

屋子裡哭聲一片。

林蘭抹了抹淚，哽咽吩咐翠枝：「叫人來給老太太擦身，換衣。」

俞氏一邊痛哭，一邊盯著老太太身邊的那個匣子，手往那邊伸。祝嬤嬤雖然傷心，但是這一天她早就有心理準備，老太太活著也是受罪，死了倒是解脫了。眼瞧著大夫人的手就要摸到匣子，祝嬤嬤伸手把匣子捧了起來，走到二少奶奶跟前，唏噓道：「這是老太太吩咐交給二少奶奶的，二少奶奶收著吧！」

俞氏恨得直咬牙，衝過來指責祝嬤嬤：「祝嬤嬤，老太太臨終前根本連個字都說不清楚，妳憑什麼說老太太要把這匣子交給二少奶奶的？別以為我不知道妳心裡向著二少奶奶，就故意曲解老太太的意思！大老爺可是老太太的親兒子，是老太太最信得過的人，天底下哪有這種道理，不把東西交給自己的兒子，反倒交給一個孫媳婦？」

祝嬤嬤用力擦去眼淚，深深吸氣，然後平靜地對俞氏說：「老奴在老太太身邊伺候了二十七年，就算老太太不開口，老奴也知道老太太心裡怎麼想的。老奴從來不向著誰，因為老奴只忠於老太太。剛才老太太親手把二少奶奶的手放到匣子上，大夫人，您也看見了，老奴傳達老太太的意思，老太太點頭，您也看見了。老奴想，這屋子裡但凡長了眼的人都看見了，至於老太太為什麼不把東西交給大老爺或是大夫人，反倒交給二少奶奶，原因就只能問你們自己了。老太太雖病著，口不能言，但心裡什麼都明白。」

俞氏嚷嚷道：「妳說什麼就是什麼，鬼才相信，誰知道！是不是被她給收買了！」說著手指直戳到林蘭面門。

林蘭這輩子還沒被人指著鼻子罵，幾乎想發飆，可想到老太太剛嚥氣，身子都還沒冷，這樣鬧起來實屬不敬，就硬生生地忍住。

李明則聽不下去了，一把拉開林蘭，擋在她面前，眼睛裡含著淚水，憤慨道：「大伯母，老太太屍骨未寒，您就這樣鬧，就不怕老太太死不瞑目嗎？」

見俞氏被侄子呵斥，李敬義臉皮也不要了，衝上來罵道：「我看大不敬的是你們，變著法子謀算老太太的東西，識相點就交出來，否則，開宗族治你們的罪……」

林蘭在村子裡的時候聽說過有些人家為爭家產，一只馬桶分不均都會打出人命，但澗西村民風淳樸，她倒沒有見識過，現在看大伯父氣勢洶洶，一副要拚命的架勢，這才相信傳言不假。她不知匣子裡裝了些什麼，但老太太臨終交付的東西肯定是要緊的。錢財什麼的她根本就不在乎，她和明允有藥鋪，有礦山，說句不誇張的話，她的錢花幾輩子也花不完，哪裡會惦記老太太這點東西？老太太也不知怎麼想的，幹麼把這個燙手山芋扔給她？

當然，不在乎是一回事，但也不能任由別人亂潑髒水就想這樣把東西搶過去，那她林蘭也算慫到家了。

林蘭故意嘆了一口氣，緩聲道：「大伯父、大伯母，侄媳婦也納悶，老太太為什麼要把東西交給我，這件事咱們稍緩再議，現在辦老太太的後事要緊，若是叫外人知道，李家的兒孫不顧剛嚥氣的老太太，反倒吵成一團，豈不笑話咱們李家？我先忙去了。」說罷，捧著匣子走人。

李敬義哪裡肯，追上去扯住林蘭，「話沒說清楚，哪也不能去！」

李敬義來勢凶猛，林蘭也沒想到大伯父會這麼豁得出去，竟被他捉住了手臂。

李明則大驚，大伯父這是要對弟妹動手？他忙搶步上前，卻被俞氏給扯住了。

祝嬤嬤見此情形，又急又痛，心中無比悲憤。老太太啊老太太，您糊塗了一世，總算在臨終清醒了一回，可您還是低估了自己的兒子，他們為了錢財，竟是身分臉面都不要了！

「大夫人，您這是要做什麼？」祝嬤嬤上去拉俞氏，被俞氏一把推倒在地上。

翠枝等人忙去扶祝嬤嬤，俞蓮嚇得躲在一旁不敢出聲。李明則想要甩開俞氏，可俞氏扯得緊，嘶的一聲，袖子被她扯了下來。

林蘭怒了，沉下臉來，冷冷瞪著李敬義，「我敬你是長輩，已經對你處處忍耐，我勸你最好趕緊放手，要不然，別怪我不留情面！別忘了，這是李家！」

李敬義已經紅了眼，迷了心，早在他收到老太太病重的消息，他就挖地三尺，找老太太藏的體己，找遍了整座宅子都沒找著，這才火急火燎地趕往京城。到京城後，他是殷勤侍奉，端屎端尿，結果老太太啥也沒留給他，反倒給了林蘭，這讓他如何想得通？如何嚥得下這口氣？

「妳還知道我是妳的長輩？妳還敢威脅我？好啊，妳有什麼手段儘管使出來，妳來啊……」李敬義咬牙切齒道。

林蘭忍無可忍了，跟這種極品人渣還能講什麼？

「你放開我姊姊，你這個惡人，大壞蛋，欺負女人，你不是好東西……」突然一個小胖墩衝進來，抓住李敬義的手，又是踢又是打。

「山兒少爺……二少奶奶……」周嬤嬤聽說朝暉堂那邊鬧起來了，連忙趕過來，山兒少爺卻比她跑得還快。一見到眼前的情形，周嬤嬤大為火光，真想衝上去扇大老爺一巴掌，可她是個下人，不能這麼做。

周嬤嬤還有顧忌，但銀柳和錦繡等人可管不了這麼多，二少奶奶被大老爺扯著，難道還要二少奶奶動手？眼見著山兒少爺都衝上去了，她們幾個也跑了過去，扯住李敬義，一邊勸道：「大老爺，您有話好好說，好好說……」手下卻是不留情，抓住就是往死裡擰。

李敬義沒想到丫頭們這麼大膽，竟敢動手。不留神間，手上一疼，低頭一看，是小胖墩咬他。

「鬆開鬆開，哪來的野種……」李敬義大怒。

山兒氣極了，這壞人欺負姊姊，還罵他是野種，山兒伸出小手在他的卵袋上重重一捏，李敬義頓時渾身冒冷汗，鬆開林蘭，打算一巴掌扇死這個野種，可手剛揚起就被人死死扣住。

扣住他的人正是林蘭，林蘭扣著他手腕上的穴道，冷聲喝道：「大伯父，你鬧夠沒有？你不要臉，我們還要！」

李敬義手疼，蛋也疼，疼得他直不起來，氣焰也沒了。

山兒還不肯歇，梗著脖子大聲道：「我才不是野種，我爹是將軍，我娘是五品誥命夫人，你敢罵我是野種，我叫我爹砍了你的腦袋！」

祝嬤嬤悲慟大哭：「老太太啊，您睜開眼瞧瞧啊……您屍骨未寒，您的話，大老爺就不肯聽了啊……他們就要這樣鬧，您怎麼能瞑目？老太太，您睜開眼瞧瞧啊……」

李明則就是泥人性子也耐不住了，大力一甩，甩得俞氏一個踉蹌。他怒視著大伯父和大伯母，高聲道：「誰他媽的再敢鬧試試？我管你是不是長輩，信不信我一張狀紙告到衙門，治你們一個不孝之罪！」

李明則氣得胸膛劇烈起伏，指指大伯父又指指大伯母，咬牙切齒道：「你們不是要開宗族會議嗎？好，我等著，我倒要讓大家來評說評說，看看誰有理！」

李明則這一頓吼，還真把李敬義夫妻倆吼住了，俞氏本來還想撒潑打滾的，可是一想到老太太剛閉眼，他們就鬧個不休，明擺著理虧，還是從長計議的好。

李敬義見今日是討不到好了，憤憤不平地瞪著兩人，給自己找臺階下，怒道：「你們給我等著，這事，沒完！」

林蘭看都不看他一眼，衝杵在門口手足無措的姚嬤嬤等人道：「還不快給老太太換壽衣！」

姚嬤嬤忙招呼幾個婆子進屋。

「大哥，我去安排布置靈堂，你去準備帖子發喪吧！」林蘭說罷，帶著山兒走人。

李明則瞪了俞氏一眼，撿起被俞氏扯掉的袖子，掉頭出去了。

出了門，林蘭吩咐錦繡去把祝嬤嬤請來，讓人盯緊了春杏。

山兒猶自不忿，「姊姊，那個壞人怎麼辦？要不要叫趙大哥把他抓起來？」

林蘭摸摸他的腦袋，這小鬼頭，下手可真狠呢！

「山兒，你乖乖跟周嬤嬤回去，以後不要到這邊來了。姊姊這幾天有事要忙，你自己乖乖的，好不好？」

山兒撇了撇嘴，「知道了。」

「周嬤嬤，妳趕緊通知葉大老爺，讓葉家派些人手過來。」

周嬤嬤道：「老奴這就去安排。」

周嬤嬤帶走山兒，林蘭親自去布置靈堂。沒多久，錦繡把祝嬤嬤帶了過來，林蘭把祝嬤嬤請到暖房。林蘭看著茶几上放著的匣子，嘆道：「祝嬤嬤，老太太這又是何苦呢？」

祝嬤嬤摸出一把鑰匙交給林蘭。

「這是……」林蘭困惑著。

祝嬤嬤道：「這是老太太房中那只大箱子的鑰匙，老太太留下的東西都在那只大箱子裡。這個匣子中其實沒什麼東西，不過是些首飾。老太太心裡明白，大老爺也是靠不住的，但老太太還是存了一絲幻想，如果二少奶奶您拿了這匣子，大老爺和大夫人能不鬧，那就讓老奴把她這麼多年的積蓄交給大老爺，可是，您也看到了，就大老爺這副德性，實在是靠不住啊！二老爺已經垮了，若是再把家底交給大老爺，大老爺是守不住的，便是守著，旁人是一分便宜也撈不去。大少爺性子弱，大少奶奶也沒有二少奶奶您這份魄力，所以，老太太唯有把東西交給您，她才能安心。老太太有吩咐，若是將來李家的子弟有出息，那就把這些東西留給他們，若是沒有，那就隨二少奶奶怎麼處置了。老太太說，其實這些東西都是葉家給的，留給明允少爺也是應該的。」

林蘭默然，老太太啊老太太，您這是給我留了多大的麻煩！

「二少奶奶，老奴也知道這事難辦，大老爺和大夫人未必肯善罷甘休，他們都是從小苦慣的，一個銅錢一條命，更何況還有三老爺，如今還不知道三老爺會有什麼反應，但這是老太太最後的心願，希望二少奶奶勉為其難，幫老太太守住這份家業吧！」祝嬤嬤悵然道。

林蘭很無語，她怎麼總是碰到這種吃力不討好的事呢？老太太這是要把守家的重任交給她，可她憑啥來挑這重擔？李家都是些極品渣滓，她幹麼要管他們的死活？

「二少奶奶，老太太還有話留下來，老太太希望她的後事一切從簡。」祝嬤嬤道。

林蘭苦笑，「大伯父還想給祖母風光大葬呢，開口就跟我要三萬兩銀子。」

祝嬤嬤倒抽一口冷氣，「大老爺也太不像話了，三萬兩銀子？他怎麼不去搶啊？二少奶奶，您別聽他的，他再提這種不著邊際的要求，老奴自會去應付他。老奴雖然只是個奴婢，但李家的人都知道老奴是老太太身邊最信得過的人，老奴說的話，還是有幾分分量的。」

林蘭無奈道：「這鑰匙我暫且先收著，到時候再看看吧。先把祖母的後事辦好，讓她老人家走得安心。」

祝嬤嬤忍不住又落淚，「老太太走得不安啊！」

林蘭好生安慰了祝嬤嬤一番，也陪著掉淚。

翠枝送來喪服，回稟道：「老太太的壽衣穿好了。」

林蘭點點頭，「我這就過去。」

翠枝欲言又止，林蘭問：「還有什麼事？」

翠枝道：「大老爺和大夫人還在老太太屋裡，二少奶奶，是不是帶上幾個人過去？」

翠枝這是怕大老爺又要鬧。

姚嬤嬤等人辦完了事，留下兩個婆子守著，走到外間，見大老爺和大夫人已經換上了孝服，兩人坐在那一言不發，垂頭喪氣。姚嬤嬤打從心眼裡瞧不起這兩人，敷衍地福身，就帶著僕婦們走了。

俞氏懊惱道：「老爺，這三叔怎麼還不來？他再不到，老太太的東西可就歸了明允媳婦了。」

李敬義哼了一聲，有些洩氣道：「老三那個病秧子，來了也指望不上。」

俞氏撇了撇嘴，「那不一定，咱們現在是勢單力薄，三叔來了，又不需他動手，只要他跟咱們一條心，這事就好辦。」

李敬義心煩地瞪了俞氏一眼，埋怨道：「都是妳這張破嘴，我不是早警告妳，在老太太跟前說話小心著點，這下好了，壞事了吧！」

俞氏叫起屈來：「怎麼怪上我了？我又沒在老太太跟前說什麼不好的話！」

李敬義黑著臉道：「妳一會兒拉著祝嬤嬤，一會兒又拉著春杏，打聽這個打聽那個，也不知道避諱著點，老太太能不對咱們存疑心嗎？」

俞氏更委屈了，「這不是你讓我去打聽的嗎？」

李敬義眼睛瞪得滾圓，粗聲道：「妳個蠢婦，我讓妳打聽，妳也不琢磨琢磨該找誰去打聽，祝嬤嬤她是死心眼，眼裡只有老太太，妳問她？她不給咱捅婁子才怪！」

俞氏見老爺面色不善，雖然心裡委屈，卻也不敢頂嘴了。祝嬤嬤是老太太跟前最得意的婆子，老太太那點底細，祝嬤嬤是最清楚的，不找她找誰？況且祝嬤嬤是李家的老人，誰知道她會心向著外人，這一次算是栽了。

「那咱們現在怎麼辦？」俞氏囁嚅地問了一句。

怎麼辦？李敬義這會兒也是六神無主，事情發生得太突然，他是無論如何也想不到老太太會來這麼一手，做得這麼絕。之前他是氣昏了頭，急紅了眼，沒有考慮周全，就跟明允媳婦鬧起來，這下大家撕破了臉，他還落了個大不敬大不孝的惡名。最讓他頭疼的是，明允媳婦簡直是塊鐵板，油鹽不進，根本沒把他這個大伯父放在眼裡。真是一招棋差，落了下風，能不能挽回局面都難說了。

「現在急也沒用了，還是等老三來了再說。我估摸著他能趕上老太太頭七，等老太太滿了頭七，再來計較這事。這幾天，妳給我放聰明點，把樣給我做足了，不要再跟明允媳婦爭執。」李敬義無奈道，現在當務之急是要把先前丟的面子給補回來。

林蘭出了靈堂，見所有大門都直直打開，扇扇皆用淨白紙糊了，廊簷屋角的燈籠也全換上了白燈籠，丫鬟僕從一色的白衣孝服，沉默地忙碌著。

外頭孝棚很快搭起，僧眾也及時到位。李敬義守靈，李明則負責接待男賓，林蘭負責接待女眷，一直躲在綴錦軒的李明珠也露面了，一身孝服跪在靈堂不起眼的角落。

說起來，李家的親眷除了葉家和丁家，其他都不在京城，加上李家如今不似以前風光，李明允在朝中的地位又很微妙，所以，需要前往報喪的人家並不多，有些人還不一定會來……對此，林蘭並沒有太多的想法，世態炎涼原本如此，能做的她都已經做了。

不過，還好李明允以前的同僚、裴家、陳家、寧家、丁家，還有靖伯侯府，都派了人來探喪，葉家大表哥也來了。讓林蘭和李明則頗感意外的是，四皇子竟然也派人來，不過行事低調，上了炷香就走了，但李敬義聽到四皇子的名頭，內心震動不已，吃不準這四皇子是看在二弟的面子上來的，還是衝著明允來的。若是衝著明允來的，那他是不是該重新掂量一下？萬一明允將來真能有大出息，他還是不要跟明允媳婦鬧得太僵才好。

在老太太過世第三天，李家的三老爺李敬仁和兩個兒子趕到了。

李敬仁本來身體就不好，這一路辛苦奔波，折騰得只剩半條命，要不是兩個兒子攙扶著，立時就會倒下去。一到李府，看見府門前紮的大白綢花，掛的白燈籠，李敬仁兩眼一黑，差點暈過去。

大兒子李明棟趕緊替他揉背順氣，哽著聲勸道：「爹……您別太難過，老太太這是喜喪……」

二兒子李明柱也勸道：「爹，您千萬保重身體。」

李敬仁定了定神，哇的一聲哭出來，踉蹌著往裡奔，「娘……兒子不孝，兒子來遲了……」

林蘭歪在偏房的榻上稍作休息，都三天沒怎麼合眼了，剛迷糊，就被一聲嚎啕給驚醒，忙直起身子問：「外面是誰？」

銀柳說：「奴婢去看看。」

如意進來回稟：「二少奶奶，三老爺到了。」

林蘭驚得睡意全無，霍然起身，忙出了偏房。這幾日她一直在等這位三叔父，而且是一種備戰的心態在等這位三叔父的到來。李家三位老爺，已經出了兩個極品，她實在不敢對三叔父抱有什麼希望。這三天，大伯父還算安生，孝子賢孫的模樣做得不錯，哭得還算賣力，幾度傷心欲絕，但林蘭知道大伯父不過是一時想不出什麼好辦法，要是三叔父和大伯父聯手……

林蘭不是怕他們，實在是現在情勢不樂觀，秦家那邊肯定恨死了明允，若是這個時候李家傳出叔伯跟侄媳婦為爭遺產大鬧靈堂的醜聞，就是給秦家拿到話柄，那就真的是災難了，她不得不顧忌啊！

李敬仁一把鼻涕一把淚地撲在棺材上亂扒，想要再看老母親最後一眼，李明則和李明棟死死拉著，齊齊勸慰。

「爹……您節哀吧……」

「三叔父，您要保重自己的身體……」

李敬義也抹著淚，帶著哭腔道：「三弟，你就讓母親安心地走吧！」心說：三弟，你這戲演得真夠賣力，在家時怎不見你這般孝順？

李敬仁捶胸頓足哭喊著：「娘啊……兒子不孝啊……兒子都沒能給您老人家送終，兒子不孝……」哭到傷心處，再也支持不住，暈厥過去。

林蘭一出來就看見三叔父倒下，忙道：「快把人扶進偏房放平了，銀柳，去取我的藥箱。」

眾人七手八腳把李敬仁抬了進去，林蘭用銀針扎在他的人中和液門穴。李敬仁緩緩甦醒，一醒來又是哭，大家怎麼勸也勸不住。

林蘭看三叔父面色晦暗，顯然身體狀況很不好，再這樣哭下去，怕是情況不妙，便開了副鎮定安神的藥，命人速去煎了來。

好不容才讓三叔父安靜下來，林蘭累得一身汗。李明棟跟李明則相熟，拉著李明則戚然道：「父親身體不好，我們已經盡快趕過來了，沒想到，還是來晚了……」

李明則拍拍他的肩膀，安慰道：「別多想了，照顧好三叔父的身體要緊。」

李明棟黯然點頭，「堂兄，辛苦你了，有什麼需要，你只管吱聲。」

李敬仁平靜下來後，哀聲問道：「母親臨終前，可有什麼交代？」

一屋子的人皆沉默，李敬義看看林蘭，開口道：「三弟，你一路辛苦，又傷心過度，還是先休息一會兒，這件事，為兄稍候再跟你說。」

李敬仁執著道：「不，我現在就要知道。」

想到自己沒能趕上送老母最後一程，已是終身遺憾，他迫不及待想要知道母親臨終有什麼交代，有什麼心願未了，他這個做兒子的，也好幫母親了卻心願。

李敬義琢磨著，現在當真不是說話的時候，若是他說母親把東西交給了明允媳婦，那不就等於承認那是母親的遺願？他是絕對不會承認的。若是明允媳婦出來說話，那他怎麼辦？反駁嗎？再鬧一場？在沒有把握之前，他是不會再跟明允媳婦起衝突的。李敬義不禁氣悶，這三弟怎麼這麼傻呢？他都說得這麼明白了。

林蘭也是猶豫，別看三叔父一副痛心疾首的模樣，萬一跟大伯父一樣是個財奴，聽說老太太把東西都交給了她，也不依不饒鬧起來怎麼辦？這大白天的，前來祭奠的人雖然不多，但還是有的，若鬧起來，那就好看了。

祝嬤嬤看二少奶奶神色不定，猶豫片刻，便出來說話：「三老爺，老太太臨終有遺言，李家以後就靠明允少爺了，老太太把她的東西也交給二少奶奶，由二少奶奶妥善保管。」

祝嬤嬤說得很委婉，老太太是把東西交給二少奶奶妥善保管，而不是給了二少奶奶。

李敬仁聽著又抹淚，點點頭，也沒說什麼。

祝嬤嬤和林蘭面面相覷，這三老爺的反應有點出乎她們的意料。不管怎樣，林蘭還是暗暗鬆了口氣，只要三叔父不在這裡鬧起來就好。

李敬義愕然地看著三弟，三弟是傷心過度傻掉了，還是怎麼的？就沒點意見？他可還指望著三弟跟他統一戰線，搶回遺產呢！

李敬義再三忍耐，才克制住自己的情緒，罷了，等三弟清醒些，再跟他好好談談。

下人送來孝服，李敬仁父子三人換上，李敬仁就要去給老太太守靈，李明棟勸道：「父親，您這會兒站都站不穩了，如何給祖母守靈？還是兒子替父親去守靈，等父親身子好些了，再去盡孝心，祖母在天有靈，一定不會怪罪父親的。」

李明則也道：「是啊，您先養好身子，祖母的後事還有得忙，侄子可還指望著三叔父呢！」

李敬仁這才勉強點頭。

有李明棟和李明柱在此，李明則總算能騰出手去辦別的事，林蘭也要去安排各種瑣事，這靈堂就留李敬義和李明棟兄弟。

李敬義見李明則和林蘭都走了，又回到偏房。

「三弟，你對母親臨終遺言有什麼看法？」李敬義開門見山地問。

李敬仁沉浸在哀傷中，悶悶地說：「既然是母親的遺願，我們做兒子的，自然是要遵從。」

李敬義急得跳腳，「三弟啊三弟，你可知道母親把她手裡的東西都交給明允媳婦了，那不是幾百兩銀子的事情，二弟每年都會孝敬母親一大筆銀錢，數目可觀啊！還有母親名下的地契房契，你算算有多少，這少說也有幾萬兩，全交給了明允媳婦，那咱們可就什麼都輪不上了！再說，你我兄弟俱在，憑什麼把東西交給明允媳婦？」

李敬仁抬頭平靜地看著激動的大哥，說：「母親說了，李家以後就靠明允了，這東西交給明允媳婦也是應該的。」

李敬義差點一口血噴出來，「三弟，我看你是昏頭了！母親不把家底留給兒子，卻交給一個孫媳婦，這事傳出去，外頭的人會怎麼想？定是兒子不賢孝，母親才出此下策，到時候，你我還怎麼做人？還不被人戳脊樑骨罵死，被口水淹死？」

李敬仁怔住，這……他可沒往深處想。

看三弟神色動搖，李敬義再下一城，「以前李家有二弟罩著，你我才有好日子過，明允雖是咱們的親侄子，但再親能親得過自己的兄弟？再說，我來的這些日子可是聽到了一些閒話，明允對你我可是意見大了去，你想，當初二弟停妻再娶，這事咱們可都是知情的，葉氏含恨而終，明允能不恨咱們？咱們將來還能指望上他？三弟啊，你我倒是無所謂，都是黃土埋了半截的人了，但咱們不得不為咱們的子孫考慮考慮。」

李敬仁眉頭蹙得更緊，大哥說的有理，可這是母親臨終遺言……

「三弟，母親自打中風後，就口不能言了，我好歹伺候了母親幾日。說實話，母親連發個音都是含糊不清的，哪來什麼遺言？我看，定是明允媳婦收買了祝嬤嬤，故意為之。母親臨終的時候我也在，我根本就沒聽到母親說什麼遺言。」李敬義道。

李敬仁錯愕不已，「娘沒說嗎？」

李敬義定定地瞅著他，「絕對沒有，我敢斷定是明允媳婦和祝嬤嬤搞的鬼！要知道二弟被抄家後，除了這間宅子，別的產業都沒了，明允媳婦這是在圖謀原本屬於咱們的東西！」

李敬仁奇道：「那大哥當時為什麼不反駁？」

李敬義搖頭嘆息，在床邊坐下，「你以為我沒反駁嗎？當時我和你嫂子差點跟人拚命，這可不是光錢財的事情，還關係到你我兄弟的名聲，我怎麼可能坐視不理？怎奈，他們人多勢眾，我和你嫂子又能怎麼辦？這是他們的地盤。」頓了頓，他又道：「所以我一直在等三弟，我想，你我聯手，應該能對付他們。」

李敬仁默然，明允媳婦是這種卑鄙的人嗎？看著不像啊！他對明允媳婦是不了解，但對祝嬤嬤的為人還是信得過的。祝嬤嬤對母親忠心耿耿，怎麼可能幫著明允媳婦算計母親呢？再說，大哥也不是什麼好東西，原來大哥早就收到了母親病危的消息，卻沒有告訴他，而是大張旗鼓，美其名曰修繕母親的住所，直到後來他才明白，大哥是在找母親留下的東西，這也是導致他沒能趕上送母親最後一程的緣故，所以，李敬仁覺得自己不能只聽大哥一面之詞，若是母親當真有此遺言，肯定是大哥叫母親失望了。

「大哥，這件事，還是等母親的後事辦妥了再議吧！」李敬仁敷衍道。

李敬義點點頭，「我也是這個意思，母親屍骨未寒，咱們不宜大鬧，不明就裡的人還道咱們叔伯聯手欺負侄媳婦，哎，我是真沒想到，明允媳婦會是這種人……」

◆　◆　◆

翠枝端了茶具進茶水間，見春杏坐在那裡發呆，便道：「春杏，在幹麼呢？花廳傳茶了。」

春杏回神，神色有些慌亂，「哦，我這就去。」

翠枝從櫃子裡重新取出一套茶具，打開茶罐，用木匙往茶杯裡放茶葉，邊道：「算了，還是我去吧。看妳這樣心神不寧的，別把茶水灑客人身上了。」

春杏這會兒的確心裡很亂，今早大夫人找她說話，許了她很多好處，要她證明祝嬤嬤是被二少奶奶收買了，編造老太太遺言，妄想霸占老太太的遺產……她知道大夫人一味對她示好定是有所要求，卻沒想到是這麼嚴重的事情。如果大夫人得逞了，二少奶奶就成了貪圖錢財、謊造遺言的卑鄙小人，那她可就是害了二少奶奶了。她是很想為自己的將來打算，可二少奶奶待她們不錯，她怎能做這種事去害二少奶奶呢？一邊是自己的將來，一邊是二少奶奶的名聲，春杏真的很糾結。

翠枝見春杏低著頭絞著帕子不搭話，想了想，問道：「春杏，咱們在一起快四年了吧？」

春杏抬眼，神色茫然，不知翠枝這是何意。

翠枝又道：「以前咱們一起伺候夫人的時候是什麼心情，妳可還記得？」

春杏黯然，當然記得，夫人喜怒無常，下手狠辣，她和翠枝每日都是心驚膽顫的，生怕出一點錯，就惹禍上身。

「以前，咱們哪天不是提心吊膽地過日子，夫人那些手段，想想都可怕，那時妳常念叨，希望夫人那些損人的差事不要落到妳頭上，其實我心裡何嘗不是這樣想。妳我都瞧見了，珠珠、田嬤嬤、巧柔、白蕙、姜嬤嬤她們幫著夫人對付二少爺和二少奶奶，惡事做盡，哪個是有好下場的？這不是因為二少奶奶厲害，而是這些都是有損陰德的事。妳再看看落霞齋的下人們，她們哪天不是開開心心的，為什麼？因為二少奶奶好，因為二少奶奶從來不會叫她們去害人。春杏，大道理我不懂，也說不來，但我知道，如果一個人叫妳去害人，哪怕她許再多的好處給妳，妳也不過是人家手中的一枚棋子，事成，妳我良心何安，事敗，就只有做替死鬼的份。春杏，妳以為大夫人為什麼找上妳，因為我不肯配合她。」翠枝靜靜地望著春杏。

春杏驚愕不已，惶恐地看著翠枝。

「我知道大夫人找妳是為了什麼事，這件事我也沒跟二少奶奶提起，沒跟任何人提起，我以為妳我是吃過苦頭的人，會長記性，但我今日看妳這般心神不寧，我真的很失望。我不希望妳誤入歧途，我敢跟妳打賭，大夫人是不會得逞的，大夫人有夫人精明嗎？夫人想了多少法子都鬥不過二少奶奶，大夫人她行嗎？她那點伎倆，二少奶奶會瞧不出？春杏，妳自己好好想清楚，別一失足成千古恨。」翠枝乾脆俐落地說完，端了茶水出去了。

春杏還沒從震驚中緩過神來，她自以為瞞得好好的，沒想到翠枝早看在眼裡。翠枝的話如同一記重錘，敲得她魂不附體，是啊……連翠枝都能看出來，二少奶奶她會不知道？春杏不禁冷汗涔涔，整個人都清醒過來。她若答應了大夫人，就淪為不仁不義之輩，別說大夫人鬥不過二少奶奶，就算大夫人贏了，只怕未必會兌現諾言，到時候，她便裡外不是人了。不行，她得趕緊找二少奶奶說清楚才是。

翠枝在門口站了一會兒，暗嘆：二少奶奶料事如神啊！周嬤嬤找她的時候，她還不信，還為春杏辯護，沒想到她按周嬤嬤教的話這麼一說，春杏的臉都白了，原來真有這事。翠枝不禁害怕，幸好大夫人找上的不是她，大夫人還以為自己的小動作神不知鬼不覺，殊不料，她的一舉一動都已在二少奶奶的掌控之中。現在只希望春杏能及時醒悟，不要被大夫人利用了才是。

「翠枝……」翠枝剛要走，春杏追了出來，翠枝頓住腳步。

春杏四下裡瞧了瞧，確定沒有人，便道：「翠枝，其實事情不是妳想的那樣，大夫人是想叫我做些不好的事，可我沒答應。」

翠枝心說：妳沒答應，那妳苦惱什麼？害怕什麼？

春杏支吾道：「我……我一直想告訴二少奶奶來著，又怕二少奶奶不肯信我……」

翠枝挑眉道：「妳真沒答應？」

春杏舉手發誓：「我若騙妳，叫我天打五雷轟……」

翠枝道：「行了行了，別賭咒發誓，我信妳還不成嗎？這事，妳得趕緊告訴二少奶奶才是。」

春杏道：「我想說來著，可二少奶奶身邊一直有人，我找不到時機。」

翠枝想了想，道：「這事就交給我吧！」

柒之章

坐地分產見高低

此刻，裴芷箐母女二人正坐在花廳裡。裴芷箐前日已經來過一趟，但是裴夫人一定要來看看林蘭，所以她今日又特意陪母親過來。

裴夫人見林蘭一身孝服，身形越發清瘦，雙眼也熬得布滿血絲，不禁感嘆：「若是妳公爹不曾出事，興許老太太也不會這麼快就……如今事事都得妳一個年輕媳婦來操持，真是難為妳了……」

李家的衰敗來得既突然又迅猛，叫人頗感意外，意外之餘又是感傷。李大人和自家老爺雖談不上摯友，這關係卻也比旁人要更親密些，再加上老爺十分喜愛李明允，一度曾有心把芷箐許配給他……哎，若不是當年李明允和葉氏突然離家，說不定兩家已成兒女親家。裴夫人念及兩家的交情，見到如今李家全靠林蘭一人在操持，心裡實在不是滋味。

林蘭道：「幸好有大舅母派人來幫襯，要不然，我這兩眼一抹黑的，還真不知該如何是好。」

這是實話，古代喪禮的繁複程度大大超過了林蘭的認知，其中有許多講究，一處不妥就會遭人詬病，即便有葉家的人幫忙，她也不敢馬虎大意。

「這是夠難為妳的，莫說妳一個年輕媳婦沒經過這種大事，便是有經驗的老人也得忙得焦頭爛額，要不……我也派幾個人手過來？」裴夫人好心道。

林蘭婉拒：「謝謝伯母好意，眼下人手已經足夠應付了。」

裴芷箐道：「母親，這事我前兒個就問過，還是陳家太公特意囑咐我問的，林蘭也沒答應。」

林蘭苦笑著，她拒絕芷箐的好意也是有苦衷的，大伯父夫妻倆就像顆定時炸彈，不知道什麼時候爆發，有道是家醜不外揚，所以，不管是陳家還是裴家要來幫忙，她都拒絕了。

裴夫人知道林蘭是不想麻煩大家，看這裡裡外外井然有序，也不得不佩服林蘭的本事。

三人又說了幾句話，裴夫人起身告辭，林蘭送她們出二門。

正往回走，周嬤嬤上前在她耳邊低語，林蘭沉吟片刻，道：「讓她應承下來，我自有主張。」

事情還沒完，到了第五日，外頭竟然傳出流言，說李家大少爺和李家二少奶奶串通老太太身邊的人謀取老太太的遺產，傳得有鼻子有眼的，還是廚房的婆子出去採辦食材的時候聽見的，回來立刻回稟了姚嬤嬤。姚嬤嬤不敢馬虎，又來稟告二少奶奶。

林蘭聽姚嬤嬤說完，面容平靜，似乎根本沒當一回事，輕描淡寫地說：「嘴巴長在別人身上，他們愛怎麼說就怎麼說吧！」

姚嬤嬤可不這樣想，這人最要緊的就是名聲，外面的人不知內情，以訛傳訛，到時候什麼瞎話都能編排出來。外人都道李家已經被抄，二少奶奶窮得連老太太的遺產都要覬覦了。

周嬤嬤給姚嬤嬤使眼色，讓她不要多說。姚嬤嬤雖為二少奶奶抱屈，也只好悻悻地住了嘴。

姚嬤嬤走後，林蘭目光一冷，問：「知道是哪幾個人碎嘴嗎？」

周嬤嬤道：「大夫人這幾日跟廚房的馮嫂有過幾次接觸。」

林蘭冷哼一聲，「沒眼力的東西，留著何用？」

周嬤嬤神色一凜，「老奴這就去處置了她。」

林蘭抬手，「這事要發落得漂亮，既不能便宜了她，還得讓大家知道她在說謊，成嗎？」

周嬤嬤蹙了蹙眉，片刻便有了主意，「老奴有數了，老奴會安排妥當的。」

翌日，桂嫂點了馮嫂和另外幾個婆子出去採辦食材。

一到集市，大家就分頭行事，有買魚肉的、買蔬菜的和買果子的。馮嫂被派了個買蔬菜的活，她直接到老熟人張嬸的攤子前，也不還價，直接就把張嬸的菜全要了，引得周圍的菜販子們眼紅得很。

張嬸算好銀兩，馮嫂痛快地給銀子，張嬸很識趣地偷偷塞了二兩銀子到馮嫂手上，眉開眼笑道：「馮嫂，下次有生意，還得您多照應著點。」

馮嫂笑咪咪地接了銀子，掂了掂，心下滿意，笑道：「那是自然。」

「哎，你們府上關於爭遺產的事可是真的？」張嬸湊近了，小聲問道。張嬸是個八婆，平日裡就好道各家長短，然後東家西家去顯擺，李府的事她也聽說了，今兒個馮嫂剛好到她這買菜，她哪能放過這個機會，一心想從馮嫂口中再打聽點別人不知道的內幕來。

馮嫂聞言嘖嘖搖頭，「作孽喲……這老太太屍骨未寒的，哎，妳說李家大少爺開著茶葉鋪子，李家二少奶奶那回春堂更是生意紅火，至於這麼惦記那點東西嗎？真是想不通……」馮嫂先時還壓著嗓子，說到後面不覺揚聲。

一旁的菜販子聽見了，也湊了過來。

張嬸兩眼發光，興奮道：「這麼說來，傳言都是真的？」

「哎呀，我可什麼都沒說，要是讓李家二少奶奶知道我多嘴，我可吃不了兜著走了。」馮嫂見好就收，在這種地方，話說三分就足夠，模棱兩可遠比一清二楚更具神祕性和誘惑力，這些人聽風便是雨，給她們稍微漏點風，她們就會發揮出無窮的想像。

「妳就跟我們說說嘛，我們絕對不會說出去的！」張嬸意猶未盡，空頭許諾。

看著一雙雙求知若渴的眼睛，馮嫂一咬牙，道：「那妳們可千萬不能說是從我這聽說的。」

幾個八婆連忙點頭。

「事情是這樣的……」馮嫂開始編瞎話。

「馮嫂，妳好大的膽子，大夫人許了妳多少好處，讓妳這麼賣力地編排二少奶奶？」

馮嫂正說得唾沫橫飛，身後突然傳來一聲厲喝，原本心虛的她，頓時嚇白了臉，不用回頭，她也知道來人是誰，正是李府內務管事姚嬤嬤。

馮嫂回頭訕笑道：「是姚嬤嬤啊，您怎麼來這種地方？」

姚嬤嬤嚴厲地瞪著她，瞪得馮嫂心裡直打鼓，這下糟了，被姚嬤嬤抓個正著。

幾個八婆若無其事地走開，回到自己的攤位前。

姚嬤嬤並不計較馮嫂剛才說的話，而是跟張嬸要張表，問了總價，張嬸隨口就報上了總價。姚嬤嬤又一樣一樣問清楚，張嬸也一樣一樣地答。

六月天裡，馮嫂硬是冒出一身冷汗，姚嬤嬤這人精明得很，只要她稍一打聽，就知道這裡頭有多少貓膩，這回，便是姚嬤嬤不計較她在這裡造謠生事，也得治她一個收取回扣之罪。

果然，姚嬤嬤聽完後，神色更加嚴厲，問張嬸：「妳給了她多少回扣？」

張嬸訕然，「這……這哪有的事？」

姚嬤嬤冷笑一聲，「沒有這事嗎？妳這些菜的單價每樣都比別家的貴，總數加起來，起碼貴了六七兩，妳跟她非親非故，她會輕易把好處給妳？」

周圍的菜販子原本就眼紅張嬸，這下一聽說貴出六七兩，簡直眼睛都要發綠了。有人陰陽怪氣道：「是啊，張嬸，妳的白菜五錢一斤，我們的才賣二錢一斤……」

姚嬤嬤冷睨了一副心虛模樣的馮嫂，對張嬸說：「妳若說了實話，那這筆生意我也不追究了，但是妳若幫她隱瞞，這些菜全數退回。」

到手的銀子要拿出去，張嬸才不幹呢！這得賣多少菜才能賺到幾兩銀子？當即，張嬸就很不仗義地把馮嫂給賣了，反正馮嫂今兒個被姚嬤嬤抓了現行，能不能在李府當差都兩說了。

張嬸伸出兩根手指，道：「二兩。」

馮嫂急得怪叫起來：「張嬸，妳可不能信口雌黃，我什麼時候收妳二兩銀子來著？」

張嬸囁嚅地不敢看馮嫂，說起來，自己這樣做太不厚道，馮嫂可是讓她得了不少好處的。

姚嬤嬤向馮嫂攤開手，示意她交出銀子。

馮嫂知道這回躲不過去了，怯怯地拿出還沒捂熱的銀子放在了姚嬤嬤手上。

姚嬤嬤掂了掂銀子，再看馮嫂時，眼神裡充滿了鄙夷，冷冷道：「馮嫂，妳有出息啊！想銀子想瘋了？府裡的規矩都忘了？」

眾人見姚嬤嬤要在這裡教訓下人，都伸長了脖子，瞪直了眼，等著看好戲。

馮嫂張了張嘴，想告罪，想求情，可是當著這麼多人的面，又抹不開臉，心裡著急得不行。姚嬤嬤，您要訓奴才，怎麼也得回去再訓，怎好在這種地方……

「馮嫂，妳這幾日忙得很啊，忙得都沒功夫去了解府裡新定下的規矩吧？」姚嬤嬤道。

馮嫂錯愕地看著姚嬤嬤，府裡新定了規矩？

姚嬤嬤對著一旁的婦人道：「于嬤嬤，廚房是歸妳管的，妳來告訴她新規矩。」

于嬤嬤上前道：「採辦物品，若有抽頭拿回扣的，一旦發現，在何處拿的回扣，就在何處跪地示眾三日，並將所犯過錯記錄在冊。丫鬟一律賤賣，僕婦趕出李家，剝奪榮養資格。」

姚嬤嬤冷冷地瞥了馮嫂一眼，「都聽見了？還要我教妳怎麼做？」

馮嫂驚得面無人色，也顧不得什麼顏面不顏面，噗通跪地，對姚嬤嬤實打實地磕起頭來。

「姚嬤嬤，奴婢是一時鬼迷心竅，還請姚嬤嬤寬恕了奴婢這一次，奴婢再也不敢了。」

圍觀人群一陣譁然，李府的規矩好大，別的不說，不論哪家，發現下人抽頭索要回扣都是要嚴懲的，但是跪地示眾三日這招，委實狠。別的人家打的是板子，李府這是不僅要打板子，還要打臉。這樣一來，大家都知道馮嫂的德行，以後還有誰敢要這樣的下人？

姚嬤嬤面對馮嫂的哀求，嘴角牽出一絲譏諷，「妳是一時鬼迷心竅嗎？別以為我不知道，妳鬼迷心竅可不止這一回了。說，妳又收了大夫人多少好處，在背地裡編排二少奶奶？」

馮嫂怔了怔，又哭嚷起來：「姚嬤嬤，這可真是冤枉奴婢了，就算借奴婢十個膽，奴婢也不敢編排二少奶奶！」

眾人心裡「咦」了一聲，剛才還說得眉飛色舞，這一轉臉就否認了。

「妳以為我的耳朵聾了嗎？剛才是誰說二少奶奶圖謀遺產來著？妳以為妳做的那些見不得人的勾當就沒人知道？若要人不知，除非己莫為，妳若自己老老實實交代，二少奶奶興許還能放妳一馬，若等我拿到實據，後果妳自己去想。」姚嬤嬤威嚇道。

于嬤嬤道：「二少奶奶是什麼人，那是滿京城有名的大善人，活菩薩，施醫施藥一次義診就是半月，捨了多少錢財，何曾眨過一下眼睛？二少奶奶這樣的人會去惦記老太太那點東西？妳個混貨，說瞎話也不怕被雷劈！」

「是啊，李家二少奶奶可不是那樣的人……」

「家家有本難念的經，誰知道是不是別人想從李家二少奶奶手裡訛詐錢財，故意陷害。」

「我就說這事不能信，原來是真的有人搞鬼，我聽說李家二少奶奶一次義診捨出去好幾萬兩銀子呢……」

周遭的人你一言我一語地議論開來，輿論頓時一邊倒。

馮嫂跪在那裡六神無主，這認嘛，萬一姚嬤嬤是訛她，豈不給自己多添一樁罪名？這可比收回扣嚴重多了。不認嘛，看姚嬤嬤氣勢洶洶，有十足把握的樣子，便怕錯過了這個機會。

「得了，她既不知悔改，那就這麼跪著吧！于嬤嬤，妳在這裡盯著，不到三日不許起來！」姚嬤嬤吩咐一聲，轉身就走。

馮嫂急了，這就把她撂下了？她忙喊道：「我招我招……」

姚嬤嬤頓住腳步，慢慢轉身，面無表情地看著馮嫂。

馮嫂一咬牙，豁出去了，賭一把。她原本就愛賭博，要不是賭輸了那麼多銀子，把自己養老的本都賠進去了，也不至於受大夫人攛掇。

「是大夫人給了奴婢十兩銀子，讓奴婢在外頭毀二少奶奶名聲……姚嬤嬤，奴婢也是被迫無奈啊，是大夫人威脅奴婢來著……」馮嫂可憐兮兮地說道。

眾人一片譁然，好奇著：這大夫人是誰啊？怎麼這麼惡毒，李家二少奶奶到底哪裡得罪了她？

姚嬤嬤暗鬆了一口氣，正氣凜然地對大家說：「剛才馮嫂的話，還請大家為我做個見證，為我們家二少奶奶做個見證。我們二少奶奶行得正坐得端，大善人這個名頭可不是虛的，沒得叫這些宵小之輩玷污了名聲。」

有人道：「姚嬤嬤，我們都知道二少奶奶是好人，我們不會信那些鬼話，大夥兒說是不是？」

其他人皆應和：「對對對……」

姚嬤嬤給于嬤嬤幾個遞了眼色，于嬤嬤等人上前拉起馮嫂，押了她離開菜場。

姚嬤嬤一行離去後，大家繼續熱烈地討論。

「這位馮嫂真不是好東西，為了幾個銀子就出賣家主，這種人不得好死……」

「可不是？李家的下人們說起二少奶奶都是伸大拇指的，說天底下再沒有比二少奶奶更明理、更大方的主子了。」

「噯……我聽說，那李家大夫人是鄉下來的，他們李氏一族全仗著京城裡這門貴戚發家的，興許是見靠山要倒了，想最後再訛些好處去。」

「有道理，我看八成就是如此……」

許久，人群才散開，幾個婆子拎著菜籃子離開了集市，回到了葉家，今天她們的任務就是引導輿論，誰敢詆毀葉家表少奶奶，就加倍奉還。

當然，這任務是周嬤嬤安排的，包括讓馮嫂出來採辦食材、姚嬤嬤及時出現，這都是周嬤嬤的計畫。

姚嬤嬤並沒有把人直接帶回李府，而是送到一處莊子裡關了起來。

于嬤嬤辦完了事，心裡忐忑得很，畢竟是她手底下的人出了岔子，她一點都沒察覺，還是周嬤嬤來點醒她。

「姚嬤嬤，您說，二少奶奶會不會怪罪於我？」于嬤嬤不安地問。

姚嬤嬤瞪她一眼，「妳手下的人不檢點，可見妳平日管束無方，二少奶奶怪罪也是應該的！」

于嬤嬤囁嚅道：「是是……是我疏忽了。」

「不過，二少奶奶不是那種斤斤計較的人，只要別再出這種事就好，以後給我打起精神來做事。」姚嬤嬤見她惶恐如斯，又安慰了她幾句。

話是說給于嬤嬤聽的，可她不也犯了失察之罪嗎？昨天她還嘀咕二少奶奶怎麼一點不緊張，原來一切早已在二少奶奶的掌控之中。姚嬤嬤對二少奶奶的敬畏又增添了幾分，在二少奶奶手下做事，不得有半點馬虎啊！

得到周嬤嬤的回話，林蘭滿意地點點頭，這差事辦得不錯，她倒要看看，俞氏還能折騰出什麼花樣來。

此事暫且按下不表，李敬仁休息了兩日總算緩過神來，趁著大哥不在的時候，悄悄找了李明則問話。李明則從家中變故開始說起，一直說到老太太去世。

李明則這孩子在老家待過幾年，李敬仁對他還是有一定的了解。所謂三歲看到老，一個人的本性如何，從小就可以看得出來。李明則生性有些懶散，沒有主見，當然，這跟韓氏管得太嚴管得太寬有一定的關係，但是李明則有一個優點，就是不撒謊。

說到三月初他們就給老家送了老太太病危的消息，最遲四月上旬就能收到了，就是那個時候，大哥突然說要翻修母親的住所，翻了許多日，突然又把活給停了，急急忙忙趕往京城。原先李敬仁只是猜測，這下得到了證實，不禁對大哥心生埋怨。母親都病危了，他們不先急著來探望，卻是先急著找東西，可惜如意算盤落了空，現在李敬仁是徹底認清了大哥的嘴臉，這個不孝不義之徒，害得他見不到母親最後一面，留下終身遺憾。

看來母親還是有先見之明的，要是把東西交給大哥，大哥肯定會獨吞，到時候，別人休想從他身上拔出一根毛來。而明允媳婦，聽明則說起來，應該是個很不錯的人，精明能幹，大方得體，開藥鋪，懸壺濟世，是個心地善良之人，二哥家遭難時，多虧了明允媳婦四處奔波，母親的病也都是她在照顧。母親既然把東西交給明允媳婦，顯然是信得過她，也只有她才鎮得住大哥。

李敬仁又找了祝嬤嬤問話，得到的答案是一樣的。於是，他心中也有了答案，他寧可東西留在明允媳婦手裡，也不要落到大哥手裡。

轉眼到了頭七，七天水陸道場完畢，僧眾們撤出李家，按著算好的時辰，焚香祝禱，上酒肴祭奠，然後各自回房睡覺。因為這一日是傳說的「回魂日」，往生者惦記著親人，若是回來看到親人，就不忍心離去，會影響投胎，所以，所有親人都要迴避開。

林蘭總算能好好休息一下，也必須得休息，如果她算得不錯，明天將會有一場大戰，她得養足精神去應付。

山兒這幾日特別乖巧，絲毫不見淘氣的行為，他知道姊姊這陣子很忙，他可不敢給姊姊惹麻煩，萬一惹惱了姊姊，姊姊一氣之下把他送回家就不好了。

見林蘭神色疲憊，山兒爬到床上，貼心地說：「姊姊，山兒給您捶捶背吧！山兒捶背捶得可舒服了，我娘最喜歡山兒給她捶背！」

看著山兒胖乎乎的小手，林蘭莞爾，這小鬼頭還知道心疼人呢！好吧，這幾天真是累壞了，渾身酸痛，比在北地行軍的時候都累。身累，心也累，讓山兒的小胖手捶幾下也好。

「好啊，那山兒就給姊姊捶捶，捶得舒服了，姊姊有獎勵。」林蘭翻身趴下。

山兒捋了捋袖子，煞有介事地給林蘭捶背，邊道：「山兒才不要獎勵呢，只要姊姊舒服就好！」只要姊姊高興了，要什麼獎勵沒有啊，還用得著他開口相求？山兒眯著笑眼，這道理，他早就懂了。

林蘭笑了笑：這小馬屁精拍馬屁的本事爐火純青啊！

不過，這嫩嫩的小拳頭捶起來還真是舒服，林蘭愜意地閉上眼睛。

山兒賣力捶了一會兒，小手臂就酸了，可是看姊姊很舒服的樣子，便咬著牙奮力地捶。

「喲……山兒少爺可真是貼心，還知道給二少奶奶捶背啊！」銀柳端了蜂蜜水進來，見山兒少爺像模像樣地給二少奶奶捶背，不禁笑道。

山兒連忙噓聲：「不要大聲說話，姊姊快睡著了。」

銀柳笑了笑，壓低了嗓子說：「山兒少爺真懂事。」

林蘭根本沒睡著，滿腦子都是明天要應付的事，聽見山兒體貼的話，這才想起來，山兒已經給她捶了好半天了，這小傢伙手該酸了吧？竟然一聲不吭的！林蘭心中暖暖的，其實……有這個弟弟也不錯，山兒是山兒，老東西是老東西，兩碼事。

第二天一早，林蘭就起身了，可有人比她更早，是葉家的管事，捎了葉大舅爺一句話來……如果需要撐場子，他立刻過來。

葉德懷也是個人精，早算到頭七一過，李家大老爺就會耐不住。先前俞氏使的那些伎倆，試圖詆毀林蘭的名聲，差點把他的肺氣炸。葉德懷最是護犢子，有人要欺負他外甥媳婦，他肯甘休他就不姓葉，若不是王氏勸著，他早發飆了。他怕林蘭不好意思麻煩他這個大舅爺，所以，特意派人來問一聲。

林蘭讓管家回去告訴大舅爺，這事她自己能解決，多謝大舅爺好意。經過前段時間的布局，以及對三叔父的觀察，林蘭自認為還是有八成把握的，但葉家若是插手，反倒讓大伯父拿了話柄。

果然，早飯沒吃完，李敬義就派人來傳話，說是讓大家去前廳，有要事商議。

「姊姊，山兒也要去。」山兒揉著惺忪的睡眼，穿了鞋子挪到林蘭身邊。

林蘭瞧他人還迷糊著呢，就要跟去湊熱鬧，便柔聲道：「山兒乖，大人們談正事呢，小孩子不能去的。」

山兒仰著小臉，神色擔憂，「山兒怕那個壞人又要欺負姊姊。」

林蘭莞爾一笑，捏捏山兒的小鼻子，現在她總算知道李明允為什麼這麼愛捏她的鼻子揉她的臉，因為她自己面對山兒的時候，就經常會有這樣的衝動。

「山兒放心，誰也欺負不了姊姊，姊姊本事大著呢，你看……」

林蘭隨手拔下頭上的簪子，手腕一抖，簪子如利箭疾馳而去。眾人只覺眼前一花，聽到嘶的一聲，忙四處尋找簪子。

林蘭笑道：「在槅子後面呢！」

錦繡繞過槅子，驚呼起來：「簪子扎在大衣櫃上了。」

當初在書樓，二少奶奶隨手一甩就把毒蛇釘在柱子上，而且釘的恰好是蛇的七寸，這功夫，銀柳等人是見識過的，但這一回，二少奶奶漫不經心地一甩，簪子竟是穿過了十錦槅子鏤空雕花的間隙，穩穩扎在了距離槅子四米開外的櫃門上。這一手，再次把大家驚得目瞪口呆。

山兒愣了好一會兒，已是睡意全無，三分驚訝七分崇拜地嚷嚷：「姊姊，妳太厲害了，上回山兒看趙大哥射箭，他自稱百發百中，結果十箭只九箭中了紅心，姊姊，妳比趙大哥厲害多了！」

林蘭訕訕，剛才她也是一時玩心起，在山兒面前顯擺顯擺，省得這小傢伙又跟上次一樣偷跑了過來。林蘭乾咳了兩聲，道：「山兒，你趙大哥能中九支紅心已經是很了不得了。」

「山兒還是覺得姊姊比較厲害，不行，山兒也要學這本事，姊姊，山兒要拜妳做師父。」山兒興奮不已，雖然娘常吹噓爹如何如何厲害，但他都沒見過，倒是姊姊露的這一手，叫他震撼極了。

「行，如果山兒聽話，姊姊就教你。」林蘭許諾道，山兒小胖團，是該鍛鍊鍛鍊身體，好好減肥了。

山兒一聽姊姊肯教他，哪裡還會不應承，當即用力點頭，「山兒保證聽姊姊的話，姊姊叫山兒往東，山兒絕不往西。」

搞定了山兒，林蘭和周嬤嬤相視一笑，心照不宣點點頭。

這次，林蘭帶了銀柳和趙卓義同去前廳。

前廳裡，李敬義神情嚴肅地坐在主位上，俞氏也是一副端肅的表情坐在右下首第一位，李明則和李明珠老老實實站在一旁伺候，因為大伯父沒讓坐下，而三叔父李敬仁和兩位堂兄還沒到。

林蘭從容地走了進去，施了一禮，溫言道：「不知大伯父召集大家，要議何事？」

李敬義這會兒注意的是明允媳婦身後那個鐵塔似的壯漢，大眼濃眉，眸光中一股冷然的肅殺之意，讓他的心不自覺顫了顫，不過，他很快穩住心神，這大漢再凶悍，也是個下人，難道還敢對他動手？上次吃了那個小鬼頭的虧，他是沒辦法計較也不敢計較，誰知道那小鬼頭竟有這麼厲害的背景，就算給他十個膽子，他也不敢對他如何。定下心來，李敬義恢復了冷傲的神情，目光淡淡地飄在林蘭頭頂，擺出一副長輩的架子，不鹹不淡道：「待會兒妳就知道了。」

林蘭嘴角微揚，起身走到俞氏下首，泰然自若地坐下，還對李明則道：「大哥和明珠怎麼站著？快坐下吧！」

李敬義臉沉了下來，不悅地冷哼一聲，卻是沒開口訓斥，反正三弟還沒來，況且今天要辦的是大事，不必為了這點小禮數而跟明允媳婦鬧起來。

李明則看了看大伯父的臉色，再看弟妹若無其事、滿不在乎的樣子，便也走到左邊第二張椅子上坐下。

大哥都坐了，李明珠自然也不會站著，與林蘭隔了一個位置也坐了下來，目光一直低垂著，不與林蘭交集。

李敬義的臉更黑了，俞氏給他使眼色，示意他稍安勿躁。

不一會兒，李敬仁在兩個兒子的攙扶下進來，李敬仁隨意跟大哥大嫂打了個招呼，林蘭等晚輩起身行禮。

「都坐吧！」李敬仁的聲音還是沙啞的，這陣子哭得太多了。

李敬義心中不悅，三弟對他們這麼客氣幹麼？

祝嬤嬤和翠枝、春杏隨後也到了，林蘭讓祝嬤嬤坐，祝嬤嬤哪裡肯坐，她是奴，這一屋子的都是主，豈不是亂了規矩？

李敬仁道：「祝嬤嬤，您伺候老太太這麼多年，也算是咱們李家的功臣，坐也無妨。」

祝嬤嬤這才肯坐下，翠枝和春杏則站在她身後。

李敬義目光威嚴地掃了一圈，緩緩道：「既然人都到齊了，那咱們就開始吧！」

李敬仁不合時宜地咳了幾聲，李敬義忍耐地看了三弟一眼。

李敬仁低了低頭，他有肺癆，這咳嗽可不是自己能控制的。

「母親的頭七已過，我想等三七過後，就扶靈回鄉。上次，我已經跟明則和明允媳婦商議過，咱們得給母親風光大葬，現在咱們就來議議這喪葬所需費用。」李敬義道。

林蘭已然明瞭大伯父的策略，先提喪葬費，然後再引出遺產一事，便耐心地聽著。

李敬仁咳了兩聲，道：「這個是應該的，大哥有什麼想法只管明說，只要是為母親好的，我無一不應承。」

李敬義這才痛快了些，三弟配合得還是很好的。

李明則今日過來之時，丁若妍再三吩咐，一切按弟妹的意思行事，所以，他不輕易開口。

李敬義一改先前肅然的神情，眸光一黯，溢滿感傷，「二弟一直是咱們李家的希望和依託，咱們李家誰不以二弟為傲，便是鄉里人說起二弟也甚為自豪，沒想到，成也二弟，敗也二弟。二弟在外的行事如何，我就不說了，我等受點連累也不怕，可是……二弟累得母親因此一病不起，撒手人寰，實在叫人痛心……」說著，李敬義眨了眨眼，擠出兩滴淚來。

「大哥，二哥也不想這樣的，說來說去，只怪造化弄人。」李敬仁想起母親，也是悲戚。

林蘭腹誹：戲演得這麼賣力，還不是想讓她多出點錢。

「老太太在家時，身子骨多硬朗，算命的都說老太太能活到八十八，不曾想，到京城才幾日就被氣得大病……」俞氏唏噓不已。

「可見這算命的是個騙子。」李明珠輕聲嘀咕。

俞氏耳尖聽見了，立刻帶著哭腔嚷道：「誰說周瞎子是個騙子？人家可是鐵口直斷，一卦二兩銀子呢！」

幸虧俞氏沒說出一卦千金來，要不然林蘭準會笑場。這夫妻倆是黔驢技窮了嗎？連算命瞎子都搬出來了。

李明珠自從遭逢變故後，就變得沉默寡言，幾乎足不出戶，但性子還是在的。從大哥那知道大伯父的來意後，她就自然而然對大伯父產生了敵視，就像當初對林蘭，認定了林蘭和二哥回李家是別有居心，就一根筋跟他們過不去。雖然現在她已經意識到自己錯了，但是，這一次，她確定自己不會錯，大伯父上門訛銀子，爭祖母的遺產，錯的肯定是大伯父，所以，她就忍不住出口譏諷。

「既然周瞎子算得這麼準，祖母來京之前，大伯母就該去問問周瞎子此行福禍凶吉才是。」

林蘭暗嘆：李明珠這性子，怎麼還這麼衝啊！

李明則也忍不住瞪了李明珠一眼，早吩咐過她不要隨便開口，怎麼就不聽呢？

俞氏氣得臉都綠了，今天本來就要找李明珠的麻煩，這會兒李明珠自己湊上來，那她也就不客氣了，沉著臉道：「明珠，妳少在這裡逞口舌，妳的帳，我還沒跟妳算呢！」

李明珠被大哥一瞪，只好悻悻地住了嘴，大伯母說什麼，她都當耳邊風了。

李明珠的變故，俞氏不知，但俞氏知道李明珠的脾氣，是個爆竹，一點就炸，本以為李明珠會跳起來爭辯，沒想到李明珠卻一點反應也沒有。

李敬義的話還沒說完呢，被俞氏這麼一攪和，思緒有點亂，不禁瞪了過去，這不是搗亂嗎？都說好了一步一步來的。

李敬義一時間不知該如何回到原來的話題，氣悶得直瞪俞氏。

俞氏正憋著一肚子氣沒地發洩，索性豁了出去，道：「咱們李家，要說學問，就數老二家的高，老二是兩榜進士，明允是新科狀元，明則差點，好歹也考取了明經，父子三進士，別說在咱們老家，就是在當朝也是少有的，這是多大的榮耀啊！可大家的高興勁還沒緩過來呢，你們就一個跟斗從雲頭摔下來，自己倒楣不說，連帶著大家都跟著受罪。我家老三原本今年參加會試，州縣的舉薦信都寫好了，這下好了，黃了；縣太爺原本答應給李家留五十頃地，一出事，也黃了；如今族裡還說要重新選族長，八成你們大伯父這個族長之位也保不住了……」

李敬義悶悶地嘆了一口氣。

李敬仁道：「人都是捧高踩低的，不奇怪。」

俞氏翻了個白眼，繼續說道：「這些也就不說了，關鍵是，你們老二家做的這些事，實在叫人寒心。老二明知老太太年事已高，還整出這麼多么蛾子，把老太太氣得中風，我好好的一個親侄女拜託你們照應，你們是怎麼給我照應的？欺負她軟弱，把個清清白白的閨女作踐成什麼樣了？都說讀書人知禮明事，可瞧瞧你們做的這些事，有哪一點跟禮字沾邊？說難聽點，比那些目不識丁的鄉下人都還不如！」

李敬仁聽大嫂說得難聽，尷尬地咳了幾聲，李明棟連忙幫父親揉背順氣。

李敬義低著頭又是一嘆，「夫人，別說了，好歹給晚輩們留點面子。」

林蘭心裡笑道：開始唱紅白臉了！

「我倒是想給他們留面子，先時我還道是蓮丫頭自己鬼迷了心竅，做出這等醜事，還怪哥嫂不會教養女兒，如今才知道，竟是韓氏和明珠一道算計了蓮丫頭！那老二也是個混帳，偷腥都偷到自家人身上來，這叫我如何跟哥嫂去解釋？」俞氏拿帕子捂臉，就嚎了起來。

李明珠不安地看大哥，說起來，這件事的確是她理虧，是她毀了俞蓮，可她不也遭到報應了？

「這件事，你們的確做得過分，俞家若是知道了實情，定不會善罷甘休。這要鬧起來，咱們李家真沒臉在老家待下去了。」李敬義目光威嚴地落在李明則身上，柿子撿軟的捏準沒錯，「明則，這事你怎麼說？你們總該給俞家一個交代。」

李明則心知大伯父這是要銀子了，可是他一直對這件事挺愧疚的，怎麼辦呢？李明則向弟妹投去徵詢的目光。

林蘭嘴含譏誚，慢悠悠道：「大伯母，您當初帶俞姨娘來京，不就想讓俞姨娘給明允做小嗎？反正是做姨娘，給老的做，給小的做又有什麼關係？若是我公爹沒出事，只怕大伯母這會兒還高興呢！本想釣一條小魚，沒想到釣了條大的！」

一直等在門外的俞蓮聽聞此言，驀然一驚，二少奶奶說的可是真的？

俞氏大怒，「明允媳婦，這飯可以多吃，話可不能亂說，妳憑什麼說我帶蓮丫頭來，就是給人做小的？」

林蘭面不改色，溫言道：「大伯母何必動怒？動怒對身體不好。所謂怒傷肝，一個不慎，血氣上衝，很容易中風的。」

「妳……妳敢詛咒我？」俞氏氣得嘴唇發抖。

「侄媳婦怎敢詛咒大伯母？這是身為一個醫者的忠告而已，侄媳婦也是為了大伯母的身體著想。」林蘭緩緩站起來走到俞氏跟前，不溫不火地說：「忠言雖不好聽，卻是大實話。侄媳婦是個直腸子，從來都是有一說一，不說沒有證據的話。侄媳婦是想給大伯母留幾分薄面，但是如果大伯母執意要侄媳婦拿出證據，那侄媳婦拿出來便是，最好再叫上俞姨娘，也好讓她知道到底算計她的人是誰，大伯母，您說可好？」

林蘭笑得人畜無害，卻讓俞氏心虛起來，疑惑著：難不成明允媳婦手上當真有證據？可是……這怎麼可能？當初也就韓氏在來信中提了這麼一句而已，可是……明允媳婦的樣子似乎胸有成竹啊！俞氏忐忑地去看老爺的神色。

李敬義就更迷糊了，這老娘兒們之間的事，他當真不太清楚。

俞氏一咬牙，駁斥道：「妳別說這些不著邊際的話，俞蓮已告訴我了，是明珠攛掇她去的！」

林蘭輕嗤一聲，「是啊，別人攛掇幾句她就去了，可不是別人拿刀架著她去，拿繩子綁著她去的！去幹什麼？勾引人啊！可惜陰差陽錯，勾錯了人，這怪誰呢？俞家若是問起，大伯母就實話實說吧！如果俞家要鬧，那就讓他們鬧，反正我公爹已經流放黔地了，此生也就這樣了，蝨多不癢，我想，我公爹是不會介意的，而我們更不會介意。李家多大的醜聞都出過了，不差這一件，只是，大伯母可曾替俞姨娘想過，鬧來鬧去，最沒臉的是誰？俞姨娘已經夠可憐的了，大伯母就不要把她往絕路上逼了吧！」

這……這都什麼事？明明是他們理虧，被明允媳婦這麼一說，倒成了她的不是。俞氏一時反應不過來，下巴抖得越發厲害了。

林蘭又道：「我原想等老太太的後事辦妥後，問問俞姨娘的意思，她若願意留在李家，我們也不會虧待她，有我們一口飯吃就少不了她的，她若不想留在李家，想要改嫁，我也會替她好生留意，當然，也少不了給她備一份嫁妝，一切全憑她的意思，我想，我這樣做，也算得上仁義了……」她扭頭望向三叔父，「三叔父，您覺得如何？」

「蓮丫頭自然不可能留下，我會帶她回老家，她的事，自有我做主……」俞氏搶白道，這是她俞家的事，憑啥問三叔？

「大伯母願意做主那是最好不過了，要說俞姨娘的不幸，就是大伯母決定把她當最佳人選開始的，大伯母這也算是將功補過吧！」林蘭快速打斷了俞氏的話。

俞氏不禁噎住，她說俞蓮的事她負責，意思是明允媳婦的補償得交給她，沒想到明允媳婦把自己摘得乾乾淨淨，將過錯全推到她身上，那她豈不是竹籃子打水一場空，還把麻煩攬到自己身上了？

李敬義見自家婆娘被明允媳婦幾句話就嗆得落了下風，一邊暗罵自家婆娘沒用，一邊盤算著如何扳回這個局面。他心思一動，唬著臉說道：「今天叫你們來，不是為了說蓮丫頭的事，是要商議老太太的後事，你們這麼吵吵鬧鬧的，能解決問題嗎？都給我閉嘴！」

林蘭可不會再給李敬義開腔的機會，她徐徐道：「大伯父，您是要舊話重提嗎？容侄媳婦說句實話。您要我們出三萬兩銀子，我們是拿不出來的，便是拿得出來也不能給，其一，三萬兩銀子辦一場喪事，就是公侯之家也不會這麼奢侈，別忘了我公爹可是犯了貪贓之罪，朝廷已經抄沒了我們家的財產，因著你們都在老家，所以躲過一劫，若是此時再大操大辦，要是老家那邊有心人往上面這麼一報，您猜朝廷會怎麼想？到時候，怕是要惹禍上身的；其二，京城這邊的開銷都是我們出的，一共花了六七千銀子，我們可沒跟您要一個銅子，老太太又不是只有我公爹一個兒子，也不是只有明則和明允兩個孫子，沒道理所有費用都由我們來出，要不然別人還真以為老太太就一個兒子呢；其三，老太太生前有交代，她的後事一切從簡，我已經替你們算過了，李家的祖墳已經足夠安葬三代子孫，在老家一帶算得上數一數二，有頭有臉的人家，老太太的墳地無須再重新置辦。如此一來，就算大伯父您要請全鄉的鄉親，要唱三天三夜大戲，花費也不會超過六千兩。這十幾年來，我公爹可是沒少給您好處，這六千兩銀子就是您一人出了，也只是拔根汗毛的小事，還能成全您孝子的好名聲呢！」

李敬仁聽到現在，終於明白母親為什麼要把遺產都交給明允媳婦掌管，明允媳婦厲害啊！除了她，還真沒人能鎮得住大哥。

李敬仁咳了兩聲，道：「老太太的後事自然是要由三個兒子共同承擔的，明允媳婦，到時候我補妳兩千兩銀子，大哥，我再出兩千兩，咱們一家四千兩，辦老太太的後事盡夠了，也不要說什麼宴請全鄉的話。明允媳婦說的沒錯，還是低調一點的好，再說，這也是母親的意思。」

李敬義不可思議地看著三弟，只覺胸中氣血翻騰，差點沒一口血噴出來。三弟這是哪根筋搭錯了？怎麼幫起明允媳婦來了？

李明則起身恭謹道：「三叔父，京城這邊的費用，您就不用管了。您自個兒身子也不好，明柱兄弟明年又要娶媳婦，正是用銀子的時候……」

李敬仁不顧大哥幾乎噴火的目光，毅然道：「明則，你的好意，叔父心領了。叔父再窮，砸鍋賣鐵也要拿出錢來給老太太辦喪事。養育之恩大過天，是這區區幾千銀子能衡量的嗎？再說，叔父的銀子還不都是你父親給的？這事就這麼說定了，你不要再勸叔父。」

李敬義再也按捺不住，事態的發展已經完全偏離了預設的軌道，三弟這一番話，讓他陷入了進退兩難的境地。他若執意堅持要明則和明允媳婦負擔老太太後事的所有費用，他就成了不念父母養育之恩的不孝兒子，可他原本是想借題發揮，把話題引到遺產爭議上面，然後兄弟二人聯手對付明允媳婦，現在，他已經不能對三弟抱希望了，而他更清楚，今日若不能成功從明允媳婦手中奪回遺產，就再也沒有機會了，所以，不論成敗，他都要搏上一搏。李敬義權衡再三，心一橫，牙一咬，兩害取其輕，這三千兩銀子，他出了。

「既然是母親留有遺訓，那咱們只有尊重母親的遺願，喪事從簡。至於需要多少銀子，明允媳婦，妳不了解老家的情況，就不必費心盤算了。」李敬義妥協的同時，也不忘壓制一下明允媳婦，省得她太過自以為是。

三叔父的表態好似一顆定心丸，讓林蘭又多了幾分信心。大伯父吃了癟，心中定然不爽，刺她幾句發洩一下她也不在意，跟這種人置氣，等於跟自己過不去。

林蘭溫婉道：「那是，大伯父自然比侄媳婦有經驗。」

李敬義眼中厭惡之色一閃而過，繼而又擺出一副家主的威嚴。本來老太太不在了，他就是名正言順的家主，但是老太太臨終前把遺產交給明允媳婦，讓他這個家主之位受到了威脅。銀子要緊，地位也很重要，這也是他對明允媳婦耿耿於懷的原因之一。

「現在，我們來說說關於母親臨終所託之事。」李敬義直了直腰桿，以顯示他的理直氣壯。

林蘭看了三叔父一眼，看到三叔父向她微微頷首，林蘭微訝，三叔父這是在表示他的立場是站在她這一邊嗎？

李明則道：「大伯父是對祖母臨終所託有異議嗎？侄兒也知道大伯父對這樣的結果一時難以接受，但這是祖母深思熟慮後做出的決定，她老人家定是有自己的想法。」李明則覺得自己不能總躲在弟妹身後，畢竟這個家裡他是長兄，明允不在，理應他來維護弟妹，他先站出來頂住壓力，也好為弟妹分擔些。

林蘭沒想到李明則會說出這樣的話來，一開口就先堵住了大伯父的話，意思是我們知道您有異議，您接受不了，但這有什麼辦法呢？這可是老太太「深思熟慮」的結果呀！至於為什麼？您自個兒慢慢想唄！

俞氏見自家老爺出師不利，就出來幫腔：「誰說這是老太太深思熟慮後的決定？老太太最後這些日子，大多是神志不清的，連人都認不得，我倒要問問，她老人家如何深思？如何熟慮？」

「可不是？老太太拉著我的手，一會兒叫賢，一會兒叫仁，她連誰是誰都分不清，所謂的臨終囑託，我認為大有問題。」李敬義高聲道。

「就是，從來沒聽說過父母不把東西交給自己兒子，反倒交給一個孫媳婦的，說出去，誰信啊？就算要交給孫媳婦，那也得交給長孫媳婦不是？怎麼也輪不到明允媳婦頭上去，這裡面肯定有問題！」俞氏附和道。

他們夫妻倆一唱一和，他們有異議的根據就是老太太神志不清，故而老太太做出的決定也是不對的，進一步就是有心人蠱惑了老太太。不得不說，這是一個很好的切入點。林蘭並不急於反駁，因為老太太確實有很多時候是迷糊的，但並不能證明老太太就沒有清醒的時候，林蘭耐心地等李敬義的下文。

廳中鴉雀無聲，沒有人出聲反駁，也沒有人出聲應和，只看著他們夫妻唱戲，這讓李敬義夫妻倆既尷尬又窘迫。李敬義朝老三使眼色，示意他配合一下。李敬仁吁了一口氣，挑了挑眉毛，淡淡地說：「就算母親一時糊塗做的決定，可這畢竟是母親的遺言，當時在場的人都瞧見了，也聽見了，一切已成定局，大哥，我看這事就這麼算了吧！」

呸！你個臭小子，是不是明允媳婦把你也收買了？要不然，這胳膊肘怎麼一個勁地往外拐啊？李敬義氣不打一處來，狠狠瞪了老三一眼，冷冷教訓道：「你也說是一時糊塗，母親若真是一時糊塗，那咱們就錯當錯著？這不是讓母親死不瞑目嗎？」

「就是，萬一這不是老太太的本意，她老人家在天之靈也不會安寧！要知道老太太可是把李家的前程看得比性命還重，怎麼可能把家底都交給一個不經事的孫媳婦？」俞氏見縫插針地說。

「可我瞧著明允媳婦挺能幹的，聽說老二家出事的時候，都是明允媳婦擔待著，又要跑關係，又要照顧老太太，忙裡忙外。再看這場喪事，辦得多體面，裡裡外外都打理得安穩妥貼，這本事，就是咱們老一輩的也要自愧不如，晚輩媳婦裡更是無人能出其右，我覺得明允媳婦挺好的。」李敬仁慢條斯理地說道。

「老三，你是不是吃錯藥了？」李敬義怒火中燒，他算是看明白了，老三根本就不是來幫腔，而是來拆他的台，不禁怒斥道。

李敬仁面無表情地閉上了嘴。

林蘭微笑道：「三叔父謬讚了，侄媳婦哪有那麼大的本事，不過是大家齊心罷了。內有大嫂打點家事，還有祖母穩著人心，外有貴人相助，侄媳婦不過是腿跑得勤快些而已。祖母以前常教導侄媳婦，人心齊，泰山移，一個家族要想穩住基業，要想百年不衰，是需要不斷有出色的後輩崛起，但更要緊的是，一家人心往一處想，力往一處使，若是各家都只想著各家的利益，那就離分崩離析不遠了。侄媳婦一直將祖母的教誨記在心上，遇事便想想祖母的話，受益匪淺。大伯父，您說，祖母說的在不在理啊？」

李敬義哪裡聽不出來明允媳婦這是借老太太的話教訓他，他能指責一個晚輩，卻不能說老太太的不是。李敬義悻悻道：「老太太的智慧與遠見非一般婦道人家可比，若沒有老太太的教誨，二弟能有這樣的出息？」

這話一說出口，李敬義就知道自己說錯了，二弟如今是「出息」了，出息得被流放黔地，這不等於變相譏諷老太太了？而且這話題被明允媳婦幾句話似乎又繞偏了。

俞氏急得直眨眼，埋怨道：真是哪壺不開提哪壺！

林蘭極艱難才忍住笑意，說真的，大伯父這話還真不差，老太太的智慧與遠見果真非一般婦道人家可比，不然，怎能教出兩個極品兒子，倒是那個她很少過問的病秧子，還有幾分明理。

李敬仁心中嘆氣，大哥再說下去，只是其取其辱了。

李敬義窘迫得乾咳了兩聲，說：「總之，我是不信老太太會做出這樣的決定，況且，所謂的老太太臨終遺言，我一個字也沒聽見，都是祝嬤嬤在那說的，到底是不是老太太的意思，還值得推敲。」

一直不說話的祝嬤嬤開腔了：「大老爺，您的意思是，老太太的遺言都是老奴瞎編亂造的？」

李敬義冷哼一聲，「也不是沒有這個可能！」

祝嬤嬤氣得臉色發青，霍地起身，肅然道：「老奴雖然人微言輕，但所說的每句話、所做的每件事，都對得起自己的良心。今天既然大老爺把話說到這個分上，老奴也斗膽說一句，大老爺只怪老太太糊塗，卻不曾自省為什麼老太太要把李家交給二少爺夫妻，而不是您這個長子？」

「祝嬤嬤……妳太放肆了，別以為妳和明允媳婦串通好了誆騙老太太，弄虛作假，就沒人知道，俗話說，若要人不知，除非己莫為！」俞氏憤然起身維護自家老爺。

祝嬤嬤毫不示弱地迎向俞氏的目光，「大夫人，老奴雖然低賤，但也有尊嚴，您既然說老奴和二少奶奶串通，您倒是拿出證據來。」

俞氏冷笑一聲，「妳以為老太太不在了，死無對證，妳們就可以肆意妄為？要證據，好，今兒個我就剝下妳這張假面具讓大夥兒好好看看，所謂的忠僕是怎麼個忠心法！」

俞氏大聲喊：「春杏妳」

春杏垂著頭，低低應了一聲。

俞氏一派篤定，趾高氣揚地說：「春杏，妳把妳看到的聽到的，當著大家的面說出來，不用怕，有我在，誰也不能拿妳怎麼樣！」

春杏絞著手帕，怯怯地看大夫人和大老爺，突然上前幾步，噗通跪地，向俞氏磕起頭來，哀求道：「大夫人，您就饒了奴婢吧！您讓奴婢說的那些話，奴婢實在不敢說，也不能說啊……」

俞氏還道春杏這是在演苦肉計，高聲道：「春杏，有我、有大老爺為妳做主，妳怕什麼？」

春杏哭道：「大夫人，奴婢真的不能，真的不能冤枉二少奶奶和祝嬤嬤……」

俞氏和李敬義恍若耳邊炸雷，目瞪口呆地看著跪在地上哭的春杏，這……這是怎麼回事？

李敬仁看大哥夫妻倆的臉色，就知道他們這回慘了。本想收買春杏對付明允媳婦，誰知春杏臨陣倒戈。李敬仁才不相信春杏是突然良心發現，定是明允媳婦早就有所準備了。大哥也因著是家中老大，兼著二哥的身分地位，鄉里人都奉承著他，才讓他做了一族之長。要說大哥真有多能幹，摳門也算的話，是有那麼一點。若論智謀才學，實在讓人不敢恭維。大嫂就更別提了，小家小戶的出身，要見識沒見識，要手段沒手段，也學人家勾心鬥角，使陰謀詭計，這下好了，出醜了吧？

不是他這個做弟弟的要落井下石，大哥大嫂安逸慣了，被人捧得都快忘了自己姓啥，讓他們受點教訓，吃點苦頭也是好的。今非昔比，李家失去了二哥這座靠山，大哥若不學著點什麼叫低調，什麼隱忍，以後還會吃大虧的，況且，今日若不把大哥的氣焰徹底壓下去，這件事還有得爭執，於是，李敬仁出聲詢問：「春杏，妳這是何意？」

祝嬤嬤也道：「春杏，妳何出此言？」

春杏愧疚難當，一副痛心疾首的模樣，伏地哭泣道：「大夫人，您吩咐的事，奴婢真的不答應！奴婢這幾日天天做噩夢，夢見老太太責怪奴婢為什麼要說謊，夢見小鬼要把奴婢打入拔舌地獄……大夫人，這些……奴婢還給大夫人……」春杏說著，從懷裡抖抖索索摸出一包東西，雙手捧上。絹帕散開，露出一錠銀子和一支金釵、一副鐲子。

俞氏如躲避毒蛇般的急退開去，頭腦一片空白，腳下虛浮，撞到後面的椅子，差點摔到。她結巴著，惶恐著道：「春……春杏，妳……妳這是做什麼？我……我何曾給妳這些東西？」

祝嬤嬤上前一步，把春杏手上的東西拿過來，拿起金釵仔細一端詳，目光陡然變冷，她直直瞪著俞氏，責問道：「大夫人，若是老奴沒記錯，這金釵是您四十五歲生辰時，老太太送您的禮物吧？上面還刻有『周記珠寶行』的印記。」祝嬤嬤冷笑著：「這金釵，還是老奴親自從周記珠寶行取回來的。」

聽祝嬤嬤道出金釵的來歷，俞氏收買春杏的事實已經無可狡辯，眾人皆向俞氏投去鄙視的目光，當然李敬義看俞氏的心情與別人不同，他是怒，他是恨，他是怨。這個臭婆娘，真是成事不足敗事有餘。

俞氏面如死灰，此刻的她彷彿將要溺水之人，想掙扎擺脫困境，然而現實讓她惶然無力，只能虛弱地辯解：「這……這，我也不知道這東西怎麼會到春杏手上，莫……莫不是她偷的？對，是她偷的，一定是……」

春杏錯愕地看著大夫人，哭喊道：「大夫人，您可不能血口噴人啊！這些東西明明是您給奴婢的，讓奴婢誣陷二少奶奶跟祝嬤嬤串通，密謀奪取老太太的遺產！大夫人，您還答應事成之後給奴婢重賞，帶奴婢回老家，給奴婢許一門好親事……大夫人，這些可都是您親口對奴婢說的啊！」

李敬仁實在為大嫂的惡劣行徑感到不齒，太不像話了。

「大嫂，妳這麼做，太過分了！」李敬仁氣憤地指責道。

林蘭一言不發，只看大伯父和大伯母要如何收場。

俞氏知道自己就算渾身是嘴也說不清楚了，真是一招棋差，滿盤皆輸。她怎麼也沒料到春杏會臨時變卦，俞氏無助地看向老爺，眼下的局面她是無力挽回了。

李敬義還沒傻到承認他知道這事，俞氏自己辦事不牢靠，自取其辱，他可不想被拖下水，當即沉了臉呵斥道：「俞氏，誰讓妳這麼幹的？沒腦子的東西，原本正正當當的一件事，妳要這種小聰明做甚？」

俞氏簡直要崩潰了，老爺不但不幫她，還當著大家的面責罵她。她費盡心思，上躥下跳，為了什麼？還不是為了維護老爺的利益？現在倒好，她成了沒腦子的東西，她裡外不是人……

看到俞氏露出憤恨的神色，李敬義就知道要壞事，忙道：「妳還不快滾下去，這件事妳不要摻和了。」

李敬義想趕緊打發了俞氏，可俞氏已經氣昏了頭，哪裡還能領會老爺的「用心」，便不顧一切衝老爺嚷道：「李敬義，你個沒良心的東西，我這麼做還不都是為了你？你倒是撇得乾淨，叫我一人背黑鍋，你簡直混蛋……」

李敬義又窘又怒，渾身的血液往上湧，上前一揮手，就給了俞氏一巴掌，把俞氏搧得轉了好幾個圈，最後撞翻了一張椅子，摔倒在地上。

「妳個無知蠢婦，再敢口出狂言，看本老爺不搧死妳！」李敬義氣得胸膛起伏不定。

俞氏被打懵了，愣了好一會兒才哇的嚎啕大哭，邊哭邊罵：「這日子沒法過了……老的腦子不清楚，明明該留給兒子的東西偏交給了外人，小的沒良心，想要回東西偏又沒本事……我怎麼這麼命苦啊……」

李敬義被俞氏鬧得一張臉一陣青一陣白，恨不得將她拖起來再搧她幾個巴掌。

眾人冷眼旁觀這場鬧劇，沒有人出聲勸阻。

李敬仁暗暗搖頭：丟人啊！丟人啊！

祝嬤嬤暗暗慶幸：虧得老太太想明白了，若把東西都交到他們手上，那可真完了！

李明則和李明珠看著眼前的情形，不由得想起了自己的爹娘。李家的衰敗似乎就是從爹娘反目開始的，如今大伯父和大伯母又重蹈覆轍，兩人皆是感慨萬千。

林蘭冷笑，就你們這點本事也想去算計人？沒這個金剛鑽，攬什麼瓷器活啊？

還是李敬仁看不下去了，開口道：「大哥，這件事，你還要繼續說下去嗎？」

李敬義無比怨恨地看著眼前這些人，就算他心裡有一萬個不情願，卻也知道今天是成不了事了，他懊惱地重重一哼，沒有回答三弟的話。

祝嬤嬤淡淡說道：「其實，老太太的遺願並非臨終才交代，而是早就有所準備。的確，老太太原先是要把東西交給大老爺，可是大老爺的言行實在叫老太太失望，故而老太太改了主意，大老爺，您真該好好自省。」

李敬義毫不客氣地道：「本老爺做事，還輪不到一個奴婢來置喙！」

「大哥，你對祝嬤嬤尊重點，她可是咱們李家的老人了。」李敬仁很不高興地道。

「老人？老人如何？她也知道自己是李家的老人，這胳膊肘淨向外拐，算什麼東西！」李敬義恨死了祝嬤嬤，都是這個老不死的奴婢壞了他的大事。

林蘭上前幾步，拉起春杏，「妳先下去。」

春杏含淚點點頭，退了出去。一出門，看見站在門外神思恍惚的俞蓮，春杏擦了眼淚，道：「俞姨娘，二少奶奶是好人，大夫人不一定靠得住。」說罷，徑直先離去了。

俞蓮身子晃了晃，靠在了柱子上，才沒倒下。

林蘭從袖袋裡掏出一枚印鑒，緩緩走向李敬義，「大伯父，這是老太太留下的印鑒，你也知道這枚印鑒代表著什麼……」

李敬義心下大驚，他當然知道這枚印鑒代表什麼，誰擁有這枚印鑒，誰就是李家的家主，沒想到，老太太把這個東西也交給了明允媳婦。

「這是老太太交給明允的，老太太有言，以後這個家就交給明允了。如今明允遠在邊關，那就由我代行家主之職，大伯父、三叔父，你們有什麼意見？」林蘭緩緩說道。

李敬仁道：「既然是老太太的意思，三叔父自是遵從的。」

李敬義橫了林蘭一眼，撇過臉去。

俞氏原本坐在地上哭，看林蘭拿出印鑒，驚詫得連哭也忘了，反正沒人來勸，更沒人來攙扶，甚是沒趣，自己怏怏地爬了起來。

林蘭又把目光投向李明則、李明棟等人，他們皆無異議，她才微微頷首道：「既然大家都沒有異議，那我今日就斗膽說上幾句。大伯父，其實我真心瞧不上老太太留下的這點東西，有本事的人，不會總盯著老人家的東西不放。」

李敬義心中鄙夷：漂亮話誰不會說，妳不稀罕，那妳倒是把老太太的東西交出來啊！

林蘭哪能看不穿大伯父的心思，不緊不慢地說道：「侄媳婦再不濟，回春堂也開得有聲有色，好歹也是皇上親封的校尉太醫。明允就更不用說了，狀元出身，是翰林院史上最年輕的學士，即便公爹出了這麼大的事，皇上還是對明允委以重任，明允將來的成就如何，但凡有點眼力的都應該能預見吧？可這是老太太臨終囑託，侄媳婦不能違抗老太太的遺命，只好挑起這副擔子。別的侄媳婦不敢說，但侄媳婦能保證，李家在侄媳婦的手上不會敗。大伯父，老太太的遺產您就別惦記了，您應該清楚，這事已成定局，您再鬧也無濟於事，徒惹人笑話而已。您雖不是家主，但您好歹還是李家的大老爺，說話行事也該符合自己的身分才是。」

這後面幾句話說得頗重，李敬義臉色發白，可是林蘭的話也讓他不得不重新考量。於理，這是老太太的遺命，他要鬧，站不住腳；於勢，明允的前途或許真的無可限量，若是把明允媳婦得罪太深，只怕將來有好處也輪不到他了。

李敬義的神色變化皆落在林蘭眼中，林蘭道：「至於老太太留下的這些財物，今天我給大家交個底。老太太一共留下六十頃的地契、老家宅子的房契、八萬兩銀票，還有一些首飾，折合銀兩約莫是五千兩。」

李敬義倒抽一口冷氣，母親果然藏了好些東西，頓覺心痛肉痛，這些原本是屬於他的呀！

林蘭又道：「這些財物我會按照老太太的意思處理，六十頃地，地契不分，由我掌管，咱們三家一家二十頃。我和大哥都不可能回去耕種打理，所以，我和大哥的那一份，就由大伯父或者三叔父打理，你們每年上交三成的收益充入公中。這些銀子加上那八萬兩銀子以及老太太的首飾，作為培養李氏一族子弟的費用，辦家學，請最好的先生，多培養一些人才，扶持他們成長，大家以為如何？」

若說李敬仁先時幫著明允媳婦，一是因為老太太的遺命，其實還存有那麼一點私心，怕大哥得手後，他們三房連口湯都喝不上，現在聽明允媳婦如此安排，於情於理都讓人信服，他哪有不認同的，這簡直是最好的結果了。李敬仁暗暗慶幸，老太太果然慧眼識人，明允媳婦厲害啊！

「侄媳婦，妳的安排，三叔父絕對支持。」李敬仁當即表態。

得到了三叔父的支持，林蘭轉看向李敬義，道：「大伯父覺得呢？」

李敬義猶自不甘心，可是財產要搶過來已是不可能，而且老三已經表態……

俞氏倒是清醒過來了，臉上淚痕還未乾，已是腆著笑臉道：「成成，侄媳婦若是早這麼說，我們也就……不會那啥……」她尷尬地笑道：「先前是我們誤會侄媳婦了，畢竟咱們相處的時日短，相互之間都不太了解不是？若知道侄媳婦是這等光明磊落、大公無私之人，哪還有那麼多事啊？這事就這麼定了，至於妳和明則的那份耕田，你們就不用擔心了，有大伯母在呢，大伯母一準幫你們打理得妥妥貼貼！」

林蘭心底冷笑，俞氏變臉的速度都快趕上川劇絕活了，剛才還橫眉怒目的，轉眼就笑臉相迎，打起那二十頃地的主意來了，等地分到他們手裡，還能叫他們吐出來？她昏頭呢！

「大伯母，這事可不是我說了算，我還得跟大哥商議。」林蘭推諉道。

俞氏殷勤道：「這還有什麼好商議的，難道你們還信不過大伯母啊？妳三叔父身子不好，哪裡管得過來這麼多田地？」

林蘭和李明則俱是心中鄙夷：信妳這種人還不如信鬼呢！

李明棟紅著臉道：「我父親是身體不好，但我們三房也不是沒有人了！堂嫂、堂兄，你們若是信得過我，你們的二十頃地，我幫你們打理，收益全歸你們，你們只須付些成本費和人工費就好！」

俞氏頓時沉下臉來，這李明棟真可惡，居然壞了她的好事，讓她平白又損失一筆。要不是怕林蘭不高興，以為她想從中撈好處，她當即就要開腔罵人了。

林蘭微微一笑，「這事不急，既然大家都認可我的安排，那麼，就在這申明書上簽字畫押吧！」林蘭說著，給趙卓義遞了個眼色。

趙卓義從懷裡掏出一份文書，攤開來拍在茶几上，又拿出一盒印泥，打開蓋子。

李敬義的臉更黑了，冷冷地說：「有這個必要嗎？」

林蘭溫言道：「有道是親兄弟明算帳，還是留個憑證的好，免得日後有人反悔，拿這事做文章，豈不傷了大家的感情？」跟這種反覆無常的小人打交道，不防著點是不行的。有了這份申明在手，就不怕大伯父和大伯母再出么蛾子。

趙卓義從進門到現在，已經忍耐多時了，要不是關鍵時刻某些人渣自己窩裡鬥起來，他定忍不住出手教訓。他淡漠地睨了李敬義一眼，慢吞吞道：「大老爺，您先請吧！」

李敬義見這壯漢眼中流露出冰冷的寒意，不禁打了個寒顫。罷了罷了，大勢已去，退而求其次吧！怎麼說也還有二十頃良田，就算上交三成，剩餘的也是一筆不小的財富了。

李敬義黑著臉，悶聲不吭走過去，伸出手指蘸了印泥，手指停在申明落款處，猶豫掙扎了片刻，終於重重落下，心頭一陣抽痛，這下，連反悔的機會也沒有了。

李敬仁則乾脆地按了手印，李明則代表二房也在上面按了手印。

老太太留的麻煩事終於解決了，林蘭暗鬆了一口氣。

回到落霞齋，姚嬤嬤來請示馮嫂怎麼處置。

林蘭眼中閃過一絲冷意，「就按府裡的規矩辦，欺主的惡奴，該怎麼處置就怎麼處置。」這種為了區區幾兩銀子就敢出賣主子的人，賣到別家也是禍害。對付這種人，她從不心慈手軟。

姚嬤嬤會意，「老奴這就去辦。」

銀柳端來一碗銀耳湯，「二少奶奶，喝點銀耳湯潤潤嗓子吧！」

林蘭看著銀耳湯，蹙眉道：「銀柳，這可不合規矩啊！」現在是熱孝期間，家人都得披麻戴孝，粗茶淡飯，哪能吃這個東西？

銀柳訕訕道：「這是桂嫂偷偷熬的，桂嫂也是心疼二少奶奶連日辛苦……二少奶奶放心，沒人會知道的。」

呃？叫她偷吃啊？現在她可是當家主事之人，自己先壞了規矩，以後怎麼約束下人？不過她也不想拂了大家一片好心，便道：「這個給山兒少爺送去吧！」

山兒不是李家人，卻要跟著大家吃苦受罪，實在是委屈這個小傢伙了，就當給他開個小灶吧！銀柳癟了癟嘴，仍是聽二少奶奶的話，把銀耳湯送去給山兒少爺。

周嬤嬤道：「二少奶奶，您這樣安排，豈不是便宜了大老爺？」周嬤嬤不甘心，那些可都是葉家的錢啊！

林蘭嘆息道：「也只能便宜他了，誰讓他是二少爺的親大伯呢？二少爺姓李，這是無法改變的事實，我若做得太絕，他們這種要錢不要命的人，怕是什麼事都做得出來。我倒不是怕他，如果今日二少爺不在官場，不走仕途，他休想從我這拿一個銅子去，我這麼做，還不是為了二少爺？我不求李家有多大的出息，他們能給我安守本分，不給二少爺添麻煩就好了，其次，也是看在三叔父的面子上。三叔父是個明理之人，明棟和明柱兩位堂兄弟人品也不錯，能幫就幫他們一把。」

周嬤嬤感嘆道：「好在李家的人沒有壞絕，總算還有幾個正氣的。」

林蘭露出一絲苦笑，可惜這個正氣的，身體卻不爭氣。她觀察三叔父的面色，情況很不好，若在現代，治癒肺癆根本不成問題，只要不對抗生素過敏，基本上都能痊癒，但古代只能用中醫治療，十個裡面能治癒兩個就很不錯了，那還得是得病初期，及時治療才有可能，而三叔父已是沉痾難治……林蘭想著，哪天給三叔父好好診一診，就算不能治好，調理一下，讓他多活些日子也是好的。

林蘭這邊的大麻煩總算解決了，但這幾日懷遠將軍府的馮淑敏焦躁得很。李家老太太去世的消息，她早就知道了，本想派人去弔唁，但她已經撒謊說去了蘇州，自然不可能再派人去。最關鍵的是，山兒在李家……

馮淑敏十分懊惱，自己怎麼就挑了這麼個「好時機」？如今山兒在李家的消息她是一丁點也打探不到，林蘭這是故意讓她著急。老爺也不知道什麼時候能回來，這麼一個爛攤子叫她來收拾，真是太為難她了。

「夫人……」末兒進得房來，神色慌張。

「何事？」馮淑敏正煩躁著，面前攤著一本書，卻是一個字也看不進去。

「夫人，大姑太太跟看園子的柳嬤嬤吵起來了，現在還……還打起來了，您快過去看看吧！」末兒道。

「什麼？」馮淑敏又驚又怒，這大姑就沒一天安生的，來府裡才多少日，跟這個吵跟那個鬧，現在還打上了。

「王嬤嬤呢？」

「王嬤嬤早就過去了，可是這一次沒能勸住，大姑老爺帶著兩位表少爺氣勢洶洶的，把柳嬤嬤和園子裡的幾個婆子好一頓打。」

馮淑敏聞言，更是氣不打一出來，沉聲問道：「為什麼事爭執？」

末兒回道：「奴婢也不是很清楚，好像說是大姑太太要把後院的竹子砍掉，拿來種菜，柳嬤嬤不讓……」

「真是太不像話了！」馮淑敏驀地起身就往外走，末兒連忙跟上。

馮淑敏還未走到後園，就聽見一陣爭吵。

「我就打妳了怎麼樣？這園子是我弟的，我親弟的……我們愛砍幾根竹子就砍幾根竹子，弄到老娘不爽，老娘就把整個園子都拆了，看誰敢多一句廢話……」林大芳大聲嚷嚷，氣焰囂張得很。

「一幫子瞎了眼的狗奴才，也不看看我們是誰，懷遠將軍可是我親舅，我們就是這裡半個主子，惹惱了我們，沒你們好果子吃，等我舅回來，定叫我舅把你們都趕出去……」

老的囂張，小的更是混帳。

馮淑敏怒火中燒，給你們幾分臉面，就忘了自己的身分，還把自個兒當正經主子了，見過不要臉的，沒見過這麼不要臉的。

王嬤嬤和管家老于的面色都難看至極，林府的下人們更是怒不可遏，有兩個年輕的小廝按捺不住，捋了衣袖就要衝上去把這幾個討厭的傢伙暴揍一頓，這種貨色還敢說自己是將軍的親姊親外甥，簡直就是丟人。

老于喝道：「別衝動，這事夫人會處置！」

王嬤嬤很是著急，夫人怎麼還不來啊……剛才好不容易把兩撥人拉扯開，夫人再不來，又得打起來了。

林大芳躲在兒子身後，跳著腳大罵：「少拿夫人來壓我，夫人是我親弟媳，她哪會幫著你們……你們這幫子沒眼力的蠢貨！」

「吵什麼吵？當這裡什麼地方？是大街還是集市？一個個的沒規沒矩，不想在這裡做事都給我滾！」馮淑敏進院門後，厲聲訓斥。她極少對人發火，但不表示她好商量，惹毛了她，誰也別想有好果子吃，尤其是對某些自以為沾親帶故，就敢在她面前作威作福的人。

馮淑敏凌厲的目光從林府一干下人面上一一掃過，最後落在了大姑一家子身上。

柳嬤嬤的頭髮被抓散了，臉上也是好幾道血痕，其他幾個婆子的情況也好不到哪裡去，不是黑了眼圈就是流了鼻血，衣衫也被撕破，而大姑一家的情形明顯好很多。三個大男人欺負幾個半老的婆子，他們也真好意思動手。馮淑敏眼中的寒意又深了幾許，對大姑一家無比的厭惡。

夫人的一聲厲喝，場面立即安靜下來，在夫人的威壓下，林府的下人們只敢用憤怒的目光來抒發心底的怨氣，而林大芳一家四口，在片刻的心虛忐忑後，就變得若無其事起來，他們就吃定了這個弟妹不敢拿他們怎麼樣。

林大芳換了一張笑臉，從兒子身後鑽出來，正想跟弟妹套近乎，弟妹的目光卻是冷冷地轉開了。林大芳的笑容僵在臉上，甚是沒趣。

馮淑敏的視線落向虛空的遠處，沉聲道：「怎麼回事？大姑太太他們才來幾日，府裡就沒一日安生。我一再囑咐你們，大姑太太他們是客，住不了多少日子就要走，讓你們好生伺候，你們都把我的話當耳邊風了嗎？三天一大吵，五天一大鬧，都很閒是吧？」

夫人這話說得，明面上是罵林府的下人，實際上是在指責大姑太太會生事。王嬤嬤和老于都心知肚明，希望夫人這回不要再忍了，好好收拾大姑太太一家，要不然，這個家可真要雞犬不寧了。

王嬤嬤等人是明白了，可柳嬤嬤身為今日最大的受害者，而且是為了維護夫人的利益才跟大姑太太起爭執的，原本就倍感委屈，再被夫人這一頓指責，心裡更難受。大姑太太一家實在太不像話了，還真不把自個兒當外人，什麼東西都往自己屋裡搬，連給夫人燉的補品也敢端了去喝，兩位表少爺更是一雙色眼一天到晚盯著府裡年輕丫鬟，不是出言調戲就是動手拉扯，再這樣下去，遲早會出事。柳嬤嬤懷著捨得一身剮，也要把大姑太太趕出府的勇氣，準備諫言，可沒等她開口，有人就先告狀了。

「弟妹，妳來得正好，不就是為了幾根竹子嗎？這幾個婆子就好像我挖了她們的心似的，還跟我動手，要不是妳姑父他們來得及時，我就要被她們打死了……」林大芳說著，指著臉上的傷痕給馮淑敏看，做出一副義憤填膺、委屈萬分的模樣。

林大芳不是沒聽出來弟妹言語中的責備，不過，她以為弟妹也只能是指桑罵槐，不敢跟她撕破臉。她為什麼要鬧，弟妹也該好好想想，她可是林家唯一的大姑，唯一的親戚，居然就用這麼一小塊地打發她，當她是叫花子嗎？不達到她的目的，她就是要鬧，鬧到大家都不安寧。

「妳胡說，我們只不過勸了妳幾句，妳就動手打人！」柳嬤嬤氣得臉都青了。

「那些竹子可是老爺吩咐種下的，妳說挖就挖，老爺怪罪下來，妳來擔著？」另一個吃了虧的婆子氣鼓鼓地嚷道。

林大芳努力擠出幾滴眼淚，「弟妹，妳看看，她們動不動就把老爺抬出來，我弟要是在家，他能為了幾根竹子跟我這個親姊置氣嗎？」

馮淑敏用眼神制止柳嬤嬤等人，淡漠地不帶一絲感情說道：「大姑，您還真別說，老爺若是知道有人砍了那幾根竹子，甭管是誰，他都會翻臉。」

林大芳愕然地看著弟妹，弟妹這是要跟她撕破臉？

馮淑敏瞄了眼被砍倒在地上的竹子，頓了頓，說：「因為那是府裡的風水竹，您砍了風水竹，等於是在壞林家的風水，您說老爺會不會跟您翻臉？」

林大芳大驚，不會這麼邪門吧？幾根破竹子還跟風水扯上關係了？趙全和兩個兒子面面相覷，心裡慌張起來，媽啊，這回可捅了大婁子了，壞了舅爺家的風水，舅爺暴怒起來，可是吃不消的！

柳嬤嬤等人也是一臉驚詫，這些竹子是風水竹？

馮淑敏心底冷笑，以前是不跟妳計較罷了，只要別鬧得太過分，沒想到你們一點自知之明都沒有，就別怪她不客氣了。竹子是普通竹子，並不是什麼風水竹，但府裡的一草一木，沒有她的允許，誰也別想破壞。

「所以，也難怪柳嬤嬤她們著急，若是換作別人，早就打死勿論了。」馮淑敏輕飄飄地甩出這麼一句。

李府的下人們不由得腰桿都直了起來，夫人這話隱含暗示，以後這家人要是再敢胡亂來，大家就甭客氣，想怎麼招呼就怎麼招呼。

「大姑，這府裡的一草一木可都是老爺精心設計的，壞了一處便壞了風水，這可比不得您隨便拿點吃的喝的。壞人風水，擱誰家都是不依的。您是老爺的親姊姊，我可不想壞了你們姊弟的情誼，看來讓你們打理這園子，是我失策了。柳嬤嬤，以後這園子歸妳打理，務必盡快把風水竹種回去。」馮淑敏沉聲吩咐道。

柳嬤嬤精神抖擻，大聲應道：「老奴遵命！」

林大芳極為不平地嘟囔著：「可她們事先沒告訴我這是風水竹，我若是知道這竹子那麼要緊，我會砍嗎？」

馮淑敏對著大姑莞爾一笑，「大姑，這事都怪我考慮不周，不曾跟大姑言明府裡的諸多忌諱，這樣吧，大姑若是嫌府裡規矩多、忌諱多，住不慣，我這便派人送你們回鄉。」

林大芳驚道：「我還沒見到我弟呢，我……我不能走！」

趙全也來幫腔：「就是，我還沒見到我大舅爺呢！好不容易來一趟，哪能就這麼走了？」

林府的下人們心裡暗罵：真是不要臉，還不是想在這裡蹭吃蹭喝撈好處，這陣子你們偷摸去的東西還少嗎？

馮淑敏就著他們的話道：「既然大姑、大姑父想留下，那就留下吧！」

林大芳一聽弟妹服軟了，立刻又囂張起來，恢復了趾高氣揚的神態。

「老于、王嬤嬤，大姑太太一家不懂府裡的規矩，你們以後多提醒著點，不該碰的東西不要碰，不該拿的東西不要拿，不該去的地方不要去，若是再有今日這樣的事發生，我唯你們是問。」

馮淑敏緩緩道。雖是平和的語氣，但話裡透著不容質疑的威嚴。話是對老于和王嬤嬤說的，卻是說給大姑一家子聽的。

老于和王嬤嬤恭謹應諾。這下好了，有夫人這幾句話，以後大姑太太一家還想在府裡橫行霸道，門都沒有。你們自己不會做人，那就別怪別人不給你臉面。

林大芳琢磨著弟妹這話，怎麼覺得這麼不對勁啊！

趙康平小聲咕噥道：「把我們當賊防嗎？」

林大芳的臉頓時黑了下來，「弟妹，妳這是何意？」

馮淑敏笑著說：「就是字面上的意思，大姑若是有不明白的地方，王嬤嬤會詳盡地跟您解釋的。」你們要留就留，但若再不安分，可沒人會對你們客氣，她相信王嬤嬤和老于有的是法子修理人。

馮淑敏說完，淡淡地瞥了眼這討厭的一家子，轉身走人。

林大芳張著嘴，瞪著眼，呃……弟妹就這麼走了？弟妹這是來教訓奴才的，還是教訓她？

夫人一走，王嬤嬤上前道：「大姑太太，你們請回吧！剛才夫人的話你們也聽見了，這園子以後不用你們打理了！」

趙全悻悻一甩手，「一個破園子，誰稀罕啊，誰愛幹誰幹！」

王嬤嬤存心氣他們，笑道：「大姑老爺說的是，這就是個破園子，種些竹筍種些花草什麼的，一年頂多也只能產出幾百兩銀子而已！這些辛苦活，還是讓這些下人去做吧！」

趙全目瞪口呆，什麼？一個破園子種種花草也能得幾百兩銀子？他回頭看看這個園子，也就七八畝空地，能賺這麼多？

王嬤嬤又道：「這京城裡的花草賣得可貴了，若是種些珍稀品種，還不止這個價呢！」

林大芳和趙全面面相覷，不會吧？那他們豈不是損失慘重？

老于高聲道：「剛才夫人的話大家都聽見了啊，以後大姑太太他們若有什麼不明白的地方，一定要好好提醒，出了什麼差錯，你們可是擔待不起……」他刻意加重「好好」兩個字的口氣。

眾人齊聲應諾，心底甚是高興，終於不必再受這幾個人的惡氣了，不由得一個個暗暗摩拳擦掌，最好大姑太太再犯點錯，再橫一點，他們就可以名正言順地出手教訓了。

林大芳看大家喜形於色，個個眼神不懷好意，心裡直犯怵，這些個奴才莫不是要造反了？

捌之章

山林截殺揭老底

天蒼蒼，野茫茫，風吹草低見牛羊。

湛藍明淨的天空下，微風習習，碧波層湧。

碧波間，一隊騎兵緩緩前行，似閒庭信步，悠哉悠然。

那為首的大將軍舉目遠望，笑聲爽朗，豪氣干雲：「從此以後，這片草原便是我朝疆土了！」

他身邊的白衣青年，笑容淺淡，「該抓緊修建防禦城了。」

大將軍回頭看白衣青年，笑道：「明允，這一次，你可算立了大功了。」

李明允淡笑依舊，一副寵辱不驚的神色，「小子豈敢居功，實乃將軍神威，天佑我朝。」

不是李明允要自謙，別看此刻雲淡風輕，就在幾天前，身處在木塔河畔的他幾乎命懸一線，若非林將軍運籌帷幄，將士們浴血奮戰，一舉滅掉了突厥伏兵，斷了突厥後路，讓突厥人最後一線希望破滅，突厥人絕不會輕易投降，好在，有驚無險啊！

林致遠大笑，「老子征戰邊關十幾年，終於讓老子等到今天了！突厥人此番元氣大傷，待防禦城修築完畢，突厥人十年內休想再興兵進犯我朝！」

身後的將士們也是喜形於色，精神振奮。和突厥人盤旋多年，以前總是被動挨打，如今要把利箭架於突厥之門，以後就看突厥人老不老實了。不老實的話，隨時可以給他們迎頭痛擊，何等痛快？若非軍務在身，實該不醉不休。

「任務完成了，你也該回京了。」林致遠斂了笑容，吐出一聲感慨。

「將軍戍邊多年，也該回京看看家人了。」李明允微微一笑。

林致遠扭頭看了看身後不遠處那位與人在談笑的年輕小將，思緒複雜。

那小將感受到異樣的目光，抬眼看來，立即面沉如霜，漠然地轉開了去。

林致遠心中失落：這小子脾氣挺強，就不肯給他一分好臉色！哎，怪只怪自己當年糊塗！

默然片刻，林致遠道：「是該回去看看家人了，一些未了之事，也該了結了。」

可是該如何了結，能不能了結，林致遠是一分把握也沒有。要想父子冰釋前嫌，這場戰鬥的艱難程度絕不亞於跟突厥人作戰，但是，不管多難，他都要去做，否則此生難安。

李明允哈哈笑道：「那就得加快腳步了，說不定能趕回去過中秋！」說著，他馬鞭一揮，策馬奔馳起來。

林致遠搖頭笑了笑：就知道你這小子惦記蘭兒了！

「都給老子打起精神來，全速前進！」林致遠長臂一揮，高聲大喝。

鐵騎們頓時奔湧，在碧浪中飛馳如箭。

京城李府。

林蘭為李敬仁診脈，李明棟、李明柱等人在一旁急切地等待著。看林蘭神色凝重，李明棟忍不住問：「堂嫂，我爹的病……」

林蘭抽回手，眉頭鬆開，微笑道：「三叔父是久病沉痾，陰陽兩虛，氣血兩虧，用不得猛藥，只能慢慢調養。先使衛表鞏固，心肺之陰得以復原，華大夫開的方子應該是起到了作用，三叔父這幾日盜汗、心悸的症狀應該有所改善吧？」

「哈哈，是好多了，連氣都順暢了許多！」李敬仁笑道，他肺癆日久，看了多少大夫都說沒得治了，他自己也很清楚，想治好是不可能的，但求能多活幾日而已。這七天藥吃下來，身上確實痛快了許多，這已經讓他很是欣慰了。

聽父親這麼說，李明棟、李明柱的面色也緩和下來，似鬆了一口氣，能有好轉就好。

「三叔父，您在京城多留些時日，讓侄媳婦替您好生調理，定能好起來的。」林蘭建議道。

李敬仁笑了笑，「明允媳婦，妳的心意叔父領了，不過，送老太太回鄉是頭等大事，我這個做兒子的，總要親眼見到老太太入土才能安心。」自己的病雖然也重要，但是孝道為先，再說，把母親的後事交給大哥，他還真不放心，得在一旁盯著點才是。

林蘭也知道說不動三叔父，只好道：「那侄媳婦明日請華大夫再來一趟，看看需不需要改個方子。」說著，她從藥箱裡拿出一張食譜，「這是一份輔助治療的食譜，羊髓生地羹、銀耳鴿蛋羹，還有甲魚滋陰湯什麼的，長期服用，可以有效彌補因病導致的消耗，對身體的復原很有好處。這下面我還寫了一些忌口的食物，還請三叔父務必按照上面所擬的安排飲食。」

李明則笑道：「三叔父，弟妹的飲食療法很有效的，堪稱一絕。」

李明棟大喜，忙上前接過食譜，「讓堂嫂費心了。」

林蘭道：「回鄉後，常來信告知三叔父的狀況，我這邊也好隨時替三叔父改方子。」

「那是那是，多謝堂嫂！」李明棟拱手道謝。

「都是一家人，說什麼謝不謝的，多生分。」

李明則道：「就是，一家人不言謝。」

李敬仁老懷欣慰地嘆道：「李家還好有你們，要不然，可真就要敗了。」

林蘭從三叔父屋裡出來，聽見身後有人怯怯地喚她：「二少奶奶……」

林蘭回頭，看是俞蓮，想必俞蓮對去留已經有了決定。

俞蓮最後沒幫著大伯母爭遺產，所以林蘭對她還是客氣的。

「到我房裡去說話吧！」林蘭溫言道。

到了落霞齋，如意上了茶後退了出去。

「這會兒屋子裡也沒旁人了，有什麼話就說吧！」林蘭面色溫和道。

俞蓮低著頭，抿了抿嘴唇，似乎下了很大的勇氣才道：「二少奶奶，我……我不想回鄉了。」

這樣的決定，她並不意外。對俞蓮來說，與其回鄉受人白眼嘲笑，還不如留在京城，起碼這裡不會有人為難她。

「也好，我說過尊重妳的決定，妳不想回就留下吧。我也不會食言，妳以後的生活，我會替妳安排。」林蘭道。她說過的話就一定會兌現，俞蓮能懸崖勒馬，她就既往不咎。

俞蓮起身向林蘭福身行禮，「多謝二少奶奶成全，至於將來……我實在沒什麼想法，能有一處安身之所就足夠了。」

林蘭淡淡笑道：「以後的事，咱們以後再說，妳若不願意，不會有人逼妳。若是真能遇上一個好的，妳也不要有什麼顧慮，妳還年輕，這樣虛度光陰，太罪過了。」

俞蓮鼻子一酸，眼睛裡便蒙上了一層水霧，說話也哽咽起來：「二少奶奶，真不知該如何謝您……我……我差點就做了對不起您的事……」

林蘭拍了拍她的手，「都是過去的事了，就不要再提了，妳的心性如何我很清楚。」

俞蓮心中更加愧疚，其實，若不是聽到二少奶奶那些話，知道了姑母的「用意」，她差點就做了糊塗事了。

「那……我姑母那邊……」俞蓮擔心道，姑母是一再要求她跟她回鄉的。

「這事妳不用擔心，大伯母那裡，我會跟她說的。」林蘭安慰道。

轉眼三七已過，老太太的靈柩擇吉日回鄉。李明則作為二房的代表，一同回去。送走了老太太的靈柩，林蘭看著空蕩蕩的大宅，越發思念遠方的李明允，也不知和談進行得怎樣了。原以為自己已經適應了古代這種慢節奏的生活，可這一刻，她多想有一個手機，撥個號碼就能聽到日思夜想的聲音，知道他好不好，而不是像現在這樣，無奈地等待。

這陣子忙老太太的後事，外面的情形也不太清楚，只是聽華文柏說，太后的病情又加重了，大靠山要倒了，秦家這會兒應該也沒什麼功夫來對付她這麼個小人物吧？不過，也不能馬虎。

「山兒呢？」林蘭回到院子裡，沒見到山兒，便問周嬤嬤。

周嬤嬤道：「大少奶奶派紅裳來把山兒少爺帶走了。」

林蘭嘴角微揚，這個小鬼頭人緣就是好，她只帶他去了一回微雨閣，丁若妍就喜歡上了這個小鬼頭，每天讓人來請他過去玩。李明珠也只見過小鬼頭一面，就跟小鬼頭好得跟她親弟弟似的，這小鬼頭還真有魔力啊！

林蘭苦笑，「隨他去吧，不過妳得盯著山兒把每天的功課完成了，才能讓他出去玩。」

周嬤嬤笑道：「二少奶奶，您安排的那些功課，山兒少爺不消半個時辰就完成了。」

「是嗎？」林蘭眉頭一擰，這小鬼頭該不是偷懶了吧？這陣子沒好好檢查他的功課呢！

「是的是的，您讓山兒少爺背的書，山兒少爺都背出來了，可流利呢！這裡還有山兒少爺寫的字……」周嬤嬤轉去書房，把小少爺練的字拿出來給二少奶奶看。

「二少奶奶，您看，這是山兒少爺臨摹二少爺寫的字，老奴是看不懂，就覺得寫得挺像那麼一回事的。」

林蘭接過來，一張一張翻開，心中驚訝，山兒今年才六歲，就算他四歲開始練字，也不可能寫得如此沉穩老練，沒有五六年以上的功底，是斷斷做不到的，除非他天資獨厚，或者，還有一個可能……山兒也是個穿越者？林蘭被自己的想法嚇到，可是，她能穿越，誰能保證這個世界上就只有她一個穿越者？林蘭頓時一身冷汗，看來以後行事得更低調些才好，若被人識破，誰知道會有什麼嚴重的後果。

雖然林蘭心裡存了一分疑慮，但她還不至於傻到去試探山兒。如果山兒是個穿越者，那麼試探之時也必將暴露自己，這個祕密還是爛在肚子裡的好。這會兒，林蘭真心覺得當初讓唐師傅隱瞞地雷一事，實在是明智之舉。

山兒不在，林蘭倒是能安穩休息幾個時辰，這陣子勞心勞力不說，吃得還沒營養，若不是她身體底子好，怕是要累趴下了。

朦朧間，似乎聽見山兒小聲驚詫道：「姊姊檢查我的功課了？」

周嬤嬤輕笑道：「是啊，二少奶奶誇您的字寫得好。」

過一會兒，山兒才嘟噥道：「平日裡都不查的，哎……算了！」

林蘭眼睛瞇起一條縫，看見山兒鼓著小臉，很懊惱的樣子，不由得暗笑：小鬼頭，嘆什麼氣？是覺得自己寫得不夠好，不夠讓人驚豔，還是覺得自己一時疏忽漏了底？但願是她多心吧！

晚飯後，姚嬤嬤拿來這些日子府裡開支的帳冊。

林蘭仔細翻看後，道：「這陣子大家都辛苦了，妳轉告大家，這個月的月例，每人加倍。」

姚嬤嬤卻沒有喜色，而是擔憂道：「二少奶奶，這都是奴婢們的分內事，怎好要獎賞？奴婢知道，如今二少奶奶手頭也不寬裕。」

林蘭微微一笑，妳怎知道我手頭不寬裕？若不是怕招人眼紅，別說翻一倍，翻十倍也是小意思，不過姚嬤嬤有此心卻是難得。

「手頭再不寬裕，也不能短了大家的月例。大家都是跟李家共患難過的，那時候四個多月未發一文月例，大家照樣盡心盡力，不曾有一句怨言，我看在眼裡也記在心上。妳不用替我擔心，這點開支我還是能應付的，你們對李家忠心不二，我自不會虧待大家。」林蘭溫言道。

姚嬤嬤這才福身道謝，能跟著這樣的主子，也算是大家的福氣。

姚嬤嬤剛走，銀柳拿了一封帖子進來。

「二少奶奶，這是邱夫人命人送來的帖子，人還在前院候著呢！」

林蘭眉頭微擰，這帖子來得可真是時候啊，老太太的靈柩剛送走呢！

林蘭接過帖子一看，原來是邱夫人請她前去看病的。

這位邱夫人是大理寺卿邱大人的夫人，當初還是通過裴芷箐才認識的，也替她開過幾個方子，無非是調理陰陽氣血、美容養顏之類的。按說是老客戶了，應該去一趟，可林蘭總覺得有些不妥當，邱家似乎跟三皇子妃章氏走得很近呢！她可沒忘記三皇子跟太子是同穿一條褲子的。

林蘭思量再三，讓銀柳去回來人，就說她如今熱孝在身，不便出診。

林蘭以為這事就這麼過去了，誰知邱夫人第二天又來帖子，言辭更加懇切。林蘭再拒，一連拒絕了三次，邱夫人那邊才作罷。而事情還沒完，邱夫人只是個開頭，接下來幾日，陸續有人前來請她前去看病，其中還有一個是跟喬雲汐要好的，林蘭同樣也都回絕了。既然邱夫人相請她都不去，那就誰家也不能去。

接二連三的邀請，讓林蘭心中的不安更甚，她索性閉門不出，藉口要為老太太誦經祈福百日，同時叮囑二師兄和五師兄也要小心謹慎。

凡事不怕一萬，只怕萬一，小心點總沒錯。

秦府書房裡，忠義公秦忠面色陰鬱得如要滴出水來，房中所立的兩人皆低著頭，惶恐得大氣不敢出。

砰的一聲，秦忠重重撂下一本摺子，怒道：「這些個老匹夫，就知道落井下石！」

底下兩人被這聲響嚇得哆嗦了一下，其中一人戰戰兢兢地說：「承望這次婁子捅大了，四皇子那邊的人肯定會抓住這次機會，對我們秦家下手……」

另一人也小心翼翼地說：「如今太后鳳體有恙，皇上為了顧全母子情誼，暫時不動聲色，只怕等皇上要動手之時，咱們秦家就要遭殃了。」

秦忠的面色越發凝重，這點不用他們提醒，他比誰都明白。別看皇上每日晨昏定省、伺湯俸藥、殷殷垂詢，一副孝子的模樣，若是太后當真有什麼不測，皇上第一個要對付的就是秦家，更何況秦承望這個不爭氣的東西，還落了這麼大一個把柄在皇上手裡。

看著兩個兒子驚惶的模樣，秦忠厲眼瞪過去，「慌什麼慌？事情還沒到那一步！承嗣，派出血紅，一定要在人證押解回京之前做掉他，至於怎麼做，你應該清楚！想辦法轉告承望，讓他必須死死咬定他是被人誣陷的，就算是脫十層皮也必須給我頂住！」

秦承嗣正色道：「兒子馬上去辦。」

「承重，聯繫各方暗中勢力，隨時做好準備，還有，舞陽的婚事，必須盡快辦妥。」秦忠頓了頓道：「給太后沖喜，是個不錯的契機。」

秦承重肅然領命。

兩個兒子離開後，秦忠的神色一黯，疲憊之色盡顯，身子重重往後一靠，扶額嘆息：「沒想到，秦家會走到這一步……」

秦承嗣出了書房，立刻傳秦辰澍來見。

「李府的事辦得怎麼樣了？」

秦辰澍鬱鬱道：「那個女人很謹慎，誰家相請也不出府，而且，她身邊似乎有高手跟隨左右，一時找不到下手的機會。」

秦承嗣濃眉一擰，罵道：「沒用的廢物，這點小事也辦不好！」

秦辰澍被罵得縮頭，怯怯地看著震怒的父親，心中也是委屈。這差事的確是不好辦，既不能明目張膽去對付那個女人，還得把這事做得滴水不漏，偏偏那個女人又是個極謹慎的，水潑不進，針插不入，讓他怎麼辦？

「那個女人不肯出府，你就不會從其他人身上下手？沒腦子的東西！」秦承嗣看兒子一副窩囊樣就來氣。

秦承重回到房裡，只對夫人說：「讓舞陽準備出嫁吧。父親已經決定了，選最近的吉日讓舞陽與鎮南王世子成婚，為太后沖喜。」

秦夫人眼中閃過一抹痛楚之色，轉而是深深的無奈，無力地點了點頭。

靖伯侯府。

喬雲汐抱著宇兒，哄他睡覺。輕輕拍打的節奏，輕柔的帶著點吳儂口音的兒歌，宇兒聽著聽著，很快就耷拉下眼皮。

「小世子就愛聽夫人唱歌，夫人一哼，他就睡著了。」芳卉輕聲笑道。

喬雲汐嗔她一眼，「妳這是誇我呢？還是損我呢？」

芳卉笑道：「奴婢是誇小世子記性好著呢！在夫人肚子裡的時候就常聽這歌，一聽就安靜，如今也是，非得聽著夫人哼唱才能安穩睡覺。」

喬雲汐低眉看著懷裡粉妝玉琢的小可愛，心裡柔柔的，唇角不覺漾起了慈愛的微笑。

外面丫鬟傳道：「侯爺回來了。」

芳卉忙把小世子接過去。

喬雲汐略整了整妝容，剛要出迎，靖伯侯已經大步進來。見芳卉抱著睡著了的宇兒，腳步立時輕緩下來，原本嚴峻的神色也變得柔和起來，小聲道：「宇兒睡著了？」

喬雲汐笑道：「剛睡著。」

靖伯侯摸摸兒子柔軟的頭髮，輕笑道：「這小傢伙越來越壯實了！」

喬雲汐示意芳卉抱孩子出去，丫鬟端來茶水，也輕手輕腳退了下去。

「侯爺，看您今兒個氣色不太好，又有煩心事？」喬雲汐遞上熱茶，柔聲問道。

靖伯侯接過茶水，看著茶盞中蒸騰的熱氣，微瞇起雙眼，須臾嘆道：「秦家按捺不住了。」

喬雲汐笑容一滯，朝廷紛爭她也清楚，只是她是個婦道人家，不好置喙，總之，侯爺做什麼決定，她都支持便是。侯爺一貫謹慎小心，她沒什麼好不放心的，所以，她略感驚訝後，旋即恢復如初。

「這一次，秦家恐怕是想從李家二少奶奶入手。」靖伯侯又淡淡地拋出一句，秦家打的什麼如意算盤他很清楚，用林蘭逼李明允就範絕對是好主意。只要李明允承認誣陷，那秦家就能化險為夷，逃過一劫，只是，這個想法還是太天真了些。

這下，喬雲汐平靜不再，有些急切道：「不會吧？那林蘭豈不是有危險？」

秦承望通敵一事已經在京城傳得沸沸揚揚，而拿到秦承望通敵罪證的正是李明允，秦家定恨李明允入骨，要對林蘭不利也是情理之中，但林蘭是她的救命恩人兼好友，她豈能坐視不理？

靖伯侯點點頭，「好在李家二少奶奶謹慎，閉門為李家老太太誦經祈福，足不出戶，而且李明允在她身邊安排了人手保護，秦家想動她也沒那麼容易。」

「可是人家有心算計的話，還是防不勝防啊！」喬雲汐擔心道。

靖伯侯挑眉道：「我已經安排了人手暗中保護李家，只要李家二少奶奶不出門，他們也沒辦法。我現在擔心的是回春堂，回春堂畢竟是李家二少奶奶開的藥堂，如果回春堂出點什麼事，李家二少奶奶難辭其咎。」

喬雲汐面色一凜，急切道：「那……那該怎麼辦？」

靖伯侯默了默，說：「妳給她遞個信，讓她暫時關閉回春堂，等風平浪靜了再開。」

收到喬雲汐的提醒，林蘭果斷地關門歇業，怕師兄們住在外面不安全，便讓他們先住到葉家，同時提醒大舅爺也要小心，以防秦家在她這裡找不到下手的機會，便退而求其次找上葉家。

秦家越是著急，就說明明允的勝算越大，這個時候，她絕不能出岔子，讓明允陷於被動境地，只希望明允能盡快趕回來吧！

林蘭像隻遇敵的烏龜，把頭深深縮在龜殼裡，死活不探頭。天子腳下，秦家不敢有太大的動作，奈何林蘭不得，眼看著李明允回京的日子越來越近，而刺殺人證的事也遲遲沒有消息，這讓秦家幾乎發狂。秦忠一咬牙，命秦承嗣派出秦家所有死士，連李明允一併收拾，誰想對付秦家，只有死。

晨曦初透，太行山腳下行來一隊人馬，三千鎧甲在晨輝中閃爍著冰冷的金屬光澤，透著森冷的肅殺之意。

「前面便是太行山脈，過了北山道，離京城就不遠了。」寧興指著前方連綿雄威的山脈道。

李明允舉目遠望巍峨的群山，神色略顯凝重，離京城不遠了，那麼危險就更大。這一路，他已經受到三次伏擊，刺客一次比一次多，出手一次比一次狠，若非身邊有寧興的三千勇士，只怕他是走不到這裡。

寧興看出他的擔憂，眼中也是透出一絲狠厲，一手握緊腰間刀柄，道：「前方山道狹長，密林深幽，是個伏擊的好地方，不過，有我寧興在，他們休想得逞。」

李明允眉頭微蹙，彷彿已經看到那深邃叢林裡隱藏的殺機。的確，要想阻止他回京，北山道是最後也是最好的機會，這一次，秦家會不留餘力。

李明允扭頭看了眼在身後不遠處的馬友良，心中隱憂，他不怕秦家在北山道埋伏了多少殺手，依寧興的實力，應該能解決，但若隊伍中有內賊……自從整編了隊伍之後，以馬友良為首的北山大營的勢力已經逐漸減弱，而秦承望的落馬，也讓馬友良安分了些，但是，這些還不夠，不怕一萬，只怕萬一，這萬一的可能性也許會造成不可估量的後果。

「大哥，要不……」寧興隱蔽地做了個「殺」的手勢，李明允的擔憂也正是他的擔憂，馬友良始終是個隱患，只有除了他，才能永絕後患。

李明允長吁了口氣，搖搖頭。馬友良在沙溢城和勝州的表現雖然讓不少北山大營的弟兄失望，但他統領北山大營多年，在北山大營兄弟的心目中還是有著不可動搖的地位，若是這時殺了馬友良，難保北山大營的弟兄軍心不會動搖，這樣一來，秦家更是有機可乘，再說，馬友良有沒有異心也只是他的猜測，他總不能因為懷疑人家就要殺人吧？

「留意他的舉動便是。」李明允嘆道：「人證那邊還須加派人手。」

寧興有些失望，但還是尊重大哥的意見。

「人證那邊沒問題，有葛彪看著，只要葛彪沒倒下，誰也別想靠近囚車。」

李明允點點頭，再次凝望遠山，「那……就出發吧！」該來的躲不過，明知山有虎，也必須向虎山行。他是可以選擇更安全的路徑回京，但得多走十多天的路程。前些日子收到密報，秦家居然派殺手夜探李府，幸虧李府有趙卓義守衛，靖伯侯也有派出暗衛守護李府，這才有驚無險，可他不放心，萬一秦家狗急跳牆，林蘭出什麼事，他會後悔一輩子，所以，即便這條路凶險萬分，他也毫不猶豫地踏上去，只求能盡快趕回京城。

寧興大手一揮，高聲道：「全體將士聽令，全速前進，務必在天黑前出北山道！」

北山道橫穿太行山脈，蜿蜒數十里，山路並不長，但有幾處艱險，保持正常行軍速度，天黑前出北山道絕對沒問題。

三千鐵甲很快消失在群山之中。

一進北山道，道路兩邊濃密的樹林遮天蔽日，溫度驟然降下來，絲絲寒意透過戰衣，透過毛孔，滲入血液，讓人不禁汗毛聳立。風在林間穿行，帶出一聲聲呼嘯低鳴，彷彿鬼哭狼嚎，陰森的氣氛讓人生出緊張與壓抑感。眾人的精神都高度集中起來，一邊快速前行，一邊觀察周圍的情況。

突然，前方開路的林風勒馬停住，寧興忙示意隊伍暫停，神情凝重。

「怎麼回事？」寧興問前來回話的士卒。

士卒道：「前面是一片密林。」

寧興心一凜，這麼說，前面就是最適合埋伏的地點了嗎？

寧興做了個手勢，幾十個護衛頓時抽出長刀，手持盾牌，把李明允圍護起來。後面的葛彪接到前方傳來的暗示，一揮手，他的隊伍以囚車為中心迅速收縮，也做好了防禦的準備。而那幾個奉命盯緊馬友良的護衛也握緊了手中的鋼刀，一旦目標有異動，就全力擊殺。

「前進！」寧興低沉的嗓音隨著呼嘯的風傳開去。

隊伍緩慢前行，當寧興等人進入到這片密林中，風中忽然傳來異樣的聲音。寧興瞳孔緊縮，大喝一聲：「小心敵襲！」

林中數支羽箭閃電般飛出，目標直指李明允。

「鏗鏗鏗！」一陣金屬撞擊的聲音響起，幾支羽箭被打落，同時身後傳來如雷奔騰的聲音，李明允回頭望去，只見後方山道上方滾下無數巨石。

「糟了，囚車還在山道上！」李明允失聲道。

寧興急道：「保護李大人。」

話未落音，無數飛箭如暴雨般從密林深處飛來，嗖嗖作響，直將呼嘯的風聲都掩蓋了去。

李明允立即翻身下馬，護衛們手持盾牌，把李明允嚴嚴實實圍護起來。

箭矢擊在盾牌上，紛紛掉落地上。

箭雨不曾停歇，而是越來越密集，如鋪天蓋地的飛蝗，這一次，目標是林中的所有人。

有將士中箭，哀嚎聲此起彼伏，甚是恐怖駭人。

寧興打落幾支羽箭，心中大罵：一群縮頭烏龜，只知道躲在暗處放冷箭，有種就出來跟爺真刀真槍地幹一場！

「立盾！立盾……」寧興大聲喊道。

所有將士紛紛立起盾牌，圍成一個鐵桶。

箭雨足足射了一刻鐘才停下，密林深處突然沒有了動靜，死一般的沉寂。

這一刻，彷彿風也凝住，而濃重的血腥與殺機逐漸瀰漫，像黑暗吞噬光明那般，無聲無息。

沒有人會天真地認為攻擊已經結束，敵人的沉默是在等待時機，伺機而動。每個人都保持原來的姿勢，每一根神經都繃得如滿弓的弦，一雙雙如鷹般冷靜而犀利的眼，死死盯著密林深處。

劫殺不是第一次，但這樣大規模卻是第一次，秦家當真是下血本了，足見秦家現在有多恐慌。李明允盯著前方，露出冷笑，想要他的命，那就來吧，看你們有沒有這能耐！

林外的隊伍顯然被山上滾下的巨石擋住了去路，三千鐵甲被一分為二，首尾不能相顧，但寧興並不擔心，南征的時候遇到過比眼前更驚險的狀況，而且不止一次，將士們都有經驗，一旦與他失去聯繫，葛彪會指揮後面的軍隊迎敵。現在，他要解決的是躲在林子裡的烏龜。

寧興做了個手勢，隊伍迅速變換陣型，由一條長龍分化成一個個小圈，立盾為牆，緩慢前行。敵在暗，我在明，敵不動，我動，看你們這些死烏龜能縮到何時。

「大人，怎麼辦？他們有盾牌，射箭無用，他們再往前，可就要出了咱們的包圍圈了……」一蒙面黑衣人聲音壓得極低說道。

為首的黑衣人眸中凝重之色越濃，該死的，西山大營的人果然訓練有素，處變不驚，還能迅速轉變陣型。這一轉變，李明允藏於何處就不得而知了。失去目標讓他不安起來，林中的伏兵不過三百餘人，而對方差不多有六百餘眾，這些傢伙可不是一般的士兵能比，那些都是在戰場上浴過血搏過命，不怕死的主。讓他三百人去對付多出自己人數一倍的勁敵，那還有什麼勝算？性命交代在這裡倒無所謂，關鍵是捨了命還不能完成主子交代的任務，他有什麼臉面回去覆命？

「再等等……讓先頭隊伍過去，聽我號令再動手。」黑衣人首領的目光幾度梭巡後，落在了中後段那個盾圈，看得出來那裡的防守最為嚴密，人數也最多。

是時候了，黑衣首領低聲道：「傳令下去，信號一發，所有人全力攻擊中後部。」得到指示，下屬立即把命令用手勢傳遞下去。

嗖的一聲，一朵黃色火焰升起。

就在黃色焰火升起的那一刻，林風手中的箭幾乎是本能反應，衝著密林深處飛射而去。他打獵多年，聽覺最是靈敏，聽聲辨位是他的看家本領。

黑衣首領看見疾馳而來的羽箭，瞳孔緊縮，一偏頭，羽箭堪堪擦著鬢髮飛過去，刷的沒入身後的樹幹。箭尾顫抖著，嗡嗡作響，驚得他一身冷汗，沒想到隊伍中還有這等高手存在。

還未等他緩口氣，第二支箭、第三支箭又到面門。黑衣首領就地一滾，躲過一支，手臂上卻是中了一箭，痛得他齜牙咧嘴。

瞬息之間，一連串的爆炸聲劈啪響起，數團白霧瀰漫開來，模糊了寧興等人的視線。隊伍中原本有序的隊伍，因為這變故有些亂了陣腳。

「穩住！禦敵……」寧興忙喝道，透過白霧，隱約看見數十道人影朝隊伍襲來。寧興眼中透出嗜血的光芒，來吧，老子在邊關還沒打過癮，正手癢，就拿你們這群烏龜王八蛋過過癮。

「噗噗……」隊伍中發出了刀刃入肉的聲響，緊接著響起幾聲慘叫。

「馬將軍是奸細……」有人高喊起來。

一直盯著馬友良等人的士兵，立刻出手擊殺，一時間，金屬碰撞的聲音不絕於耳。

靠，馬友良這貨果真靠不住！寧興暴起，大喝：「馬友良通敵造反，格殺勿論！北山大營的弟兄如果也想當賣國賊，一併收拾！」

與此同時，林中埋伏的黑衣人發動了攻擊。

這一聲喝，那些原本看見自己首領突然對西山大營的士兵下手，也稀裡糊塗地想要跟著動作的北山大營士兵們，不由得打了一個激靈，原來馬將軍通敵賣國……當下紛紛打消了跟馬將軍叛亂的念頭，刀鋒外轉，跟黑衣人幹了起來。

馬友良大怒，這個寧興好計謀，這次的行動只有身邊幾個親信知道內情，對其餘部下只說是西山大營想在北山道殲滅北山大營。只要混亂一起，北山大營的士兵們不知內情，肯定跟著他行動，沒想到被寧興這一吼，嚇住了大半人手。

「不要聽他們胡扯，是西山大營的人想趁機消滅……」馬友良話未說完，一陣凌厲的刀風已到耳際。

「馬友良，早知道你會造反，今天我便先收拾了你！」寧興大刀虎虎生風，直攻馬友良要害。

「呸！想收拾老子，你還嫩了點！北山大營的弟兄們，跟西山大營的狗賊拚了……」馬友良急喝道。雖然進入林中的北山大營弟兄不多，但是有外援給他壯膽，他怕個球啊，當即揮舞著長刀跟寧興戰成一團。

這最壞的結果，最不希望看到的情況還是發生了，但李明允沒有時間嘆息，只冷冷地看著馬友良的部下一個個被近衛營的士兵斬殺。為防止馬友良叛亂，他特意留下寧興的八百人馬及馬友良的一千多人馬跟隨林將軍部回京，削弱馬友良的勢力，而現在被困在林中的馬友良部也只有百餘人而已。寧興早已經吩咐下去，三人盯一人，所以，能在最短的時間內對馬友良的叛亂做出反擊。馬友良成不了氣候，現在關鍵是那些黑衣人，對方人數不少，李明允暗暗擔心。

在內亂突起，敵人突襲的情況下，寧興部絲毫不見慌亂，並且越戰越勇。

本已停住的風驀然又颳了起來，呼嘯著，將白霧吹散。

林風帶著先頭部隊迅速往回殺，與後面的隊伍形成夾擊之勢。

雖然這些黑衣人來勢凶猛，擺出拚命的架勢，但西山大營的弟兄也不是吃素的。當兵的，哪個不是把腦袋掛在褲腰帶上，吃的是玩命的飯，一番混戰之後，黑衣人的攻勢明顯弱了下去。

李明允的身邊圍起了數層鐵桶，黑衣人根本無法突破。

媽的，還有說強力內應，原來不過幾十人，才動手就被人砍掉了大半，這算什麼內應？

黑衣首領捂著受傷的手臂，看著膠著的情勢，咬牙暗罵。

馬友良原先認為寧小霸王不過是有幾斤蠻力而已，沒想到寧興不僅力大無比，招數更是狠厲，招招奪命，幾個回合下來，馬友良漸感招架不住，再看自己的部下，幾乎都被幹掉了，不由得心慌起來。媽的，這就是秦家所說的全部力量？若真如此，那秦家還有什麼戲？

「馬友良，去死吧！」寧興虎目圓睜，大刀朝馬友良肩膀砍去。

馬友良長刀一架，硬生生接下寧興這一記重擊。

鏗的一聲，馬友良的虎口被震裂，長刀差點脫手。

寧興收刀擊肘，砰的擊中馬友良的胸口，直將馬友良的護心鏡都震碎。蠻力大到這程度，確實有些駭人。

馬友良遭此重擊，哇的噴出一口血來。寧興手腕一轉，長刀變砍為刺，刷的刀尖沒入馬友良的腹部，直接貫穿。

馬友良睜大了眼睛，不可置信地看著沒入身體的長刀。

一個黑衣人舉刀向寧興背後砍來。

寧興一記蠍子擺尾，將來襲之人重重踹了出去。那人飛出老遠，撞在一根樹幹上，砰的掉在地上，噗的一口鮮血噴濺在枯葉上，頭一歪，斷了氣。

寧興冷漠地抽出長刀，馬友良睜著血目，直直向後倒去。

「就這點本事還想造反，唯有死路一條！」寧興冷冷哼道。看也不看地上的人一眼，隨即撲向圍攻李明允的黑衣人。

「將軍，大概還有百餘敵眾。」林風砍殺了兩個黑衣人，退到寧興身邊彙報。

寧興眼中浮起濃重的殺意，從齒縫中迸出幾個字：「一個不留！」說話間，又砍翻了一人。

「是。」林風大聲道：「將軍有令，一個不留！」

風依舊呼嘯，帶著濃濃的血腥之氣，喊殺聲、哀嚎聲、金屬撞擊聲，讓這片原本靜謐的深林不再平寧。

黑衣首領見勢不妙，大喊一聲：「撤！」

可是，寧興的部下已經殺紅了眼，哪容他們逃竄？護衛的、追擊的、截殺的，分工有序。

「一個也別想跑！」寧興下令。

林風盯住那個逃出重圍的黑衣首領，手中長刀變作長矛，用力一擲。長刀化為利箭，勢如破竹直射黑衣首領後心。

李明允急道：「留活口……」

黑衣首領卻是噗通倒下，被林風的刀射了個對穿。

其他人見首領已死，更是拚死攻擊。

戰鬥持續了半個多時辰，最後幾個黑衣人被眾人團團包圍，幾十把長刀指著，眼見著求生無望，當即反轉刀柄自裁了。

「阻止他們……」李明允趕來時，已經晚了。

寧興檢查了幾個黑衣人身上，皆是無果。

「這些都是死士，身上沒有任何記號。這種人就算留下活口，也不可能從他們口中問出什麼來。」寧興悶聲道。

李明允望著滿地的黑衣人屍首，還有不遠處躺著的馬友良，心情格外沉重。若非早有防備，一步步算計著，也許今天躺在這裡的就是他了。

兩個時辰後，被堵的山路打通，所幸後面的隊伍並沒有受到攻擊，看來這些人是專為刺殺李明允而來。在這期間，李明允和寧興把沒跟馬友良一起叛亂的北山大營士兵們集合起來，讓他們在證詞上畫押。

隊伍稍作整頓，繼續前行。

◆　◆　◆

林蘭這幾日總是心神不寧，自從有人夜探李府後，趙卓義的守衛升級，夜裡也有侍衛在門外站崗。這意味著秦家已經沒有多少耐心了，也意味著李明允就快回來了。

這讓林蘭更擔心李明允的安危，說不定秦家狗急跳牆會對他不利。

趙卓義卻不以為然，他認為即便秦家要對李大人不利，有寧將軍在，誰也別想動李大人。

轉眼，山兒在李家已經待了兩個多月，按說馮淑敏也該來接人了，卻遲遲不見動靜。林蘭覺得李家現在不安全，還是回將軍府的好。派人去將軍府問了幾次，都說夫人還沒回來。林蘭氣悶，馮淑敏，妳還真是沉得住氣啊！

其實馮淑敏也想見兒子，想得都快發瘋了，可家裡有那麼一家子在，還是讓山兒再在李家待幾日的好，於是山兒就這樣無限期地待在李家。

林蘭是不出門也沒關係，正好可以抽出時間好好鑽研食譜、藥方，但山兒是孩子，孩子天性愛玩，雖說不出門，但好歹園子裡還能耍一下，可如今林蘭連園子裡也不讓他去玩了，山兒哪裡憋得住。

這日午後，林蘭又關起門來看醫書，山兒在院子裡跟雲英和錦繡玩九連環。

「哎，錦繡，妳真笨，教妳這麼多回，妳還是不會！」山兒托著腮幫子，無聊地看著錦繡拆九連環，學著老先生教訓愚笨學生的口吻道。

錦繡也不惱，一邊拆一邊笑嘻嘻地說：「奴婢哪有山兒少爺這麼聰明啊！」

「不是這樣的，是這樣……」山兒看她第三步就卡住了，怎麼弄都弄不對，心裡著急，忍不住又去指點。

錦繡看山兒肉呼呼的小手靈巧地套上套下，一會兒就把環解下來了，可她還是沒記住。

「不玩了，一點也不好玩！」山兒看學生太笨，沒了耐心，嘟起小嘴，皺起眉頭。

「那山兒少爺想玩什麼？」錦繡也是苦惱，這陣子為了逗山兒少爺開心，她把招都想遍了。

山兒眼珠子轉了轉，說：「算了，我去廚房找東西吃，妳們在這裡玩吧！」

雲英道：「山兒少爺想吃什麼，奴婢去拿便是。」

山兒想了想，悻悻道：「我想吃糖葫蘆，有嗎？」

雲英陪笑道：「這還不容易，讓冬子哥出去給您買。」

「好啊好啊！」山兒高興地拍手，雲英笑道：「奴婢這就去找冬子哥。」

打發了雲英，山兒眼中閃過一絲狡黠的笑意，看門的總算打發了。

「錦繡姊姊，咱們再來拆九連環。」山兒嘿嘿笑道。

趁著錦繡全神貫注拆九連環，山兒躡手躡腳溜出了落霞齋。昨兒個聽明珠姊姊說，園子裡的桂花開了，準備今兒個下午去摘些桂花做桂花蜜，泡茶喝或者做糕點很香的，他去湊湊熱鬧。

雲英找冬子回來，見錦繡獨自一人在那玩九連環，便笑道：「錦繡姊，山兒少爺不教妳啦？」

錦繡頭也不回地說：「誰說不教的，山兒少爺，您看奴婢能拆到第五環了呢！」

錦繡這才回神，左右看看，山兒少爺果真不在了，「奇怪了，剛才明明還在的……」

兩人怔怔地對視了三秒，異口同聲道：「糟了！」

雲英愣了愣，道：「山兒少爺在哪呢？」

錦繡忙道：「妳去外面找，我去房裡找。」

兩人分頭行動，找了一圈還是沒見人。

錦繡急得直冒汗，「山兒少爺這是去哪了呢？」

雲英的臉也白了，怯怯道：「咱們趕緊告訴二少奶奶吧！」

二少奶奶可是再三吩咐，不讓山兒少爺出這個院子的。

周嬤嬤進來，見兩人杵在院中一副慌張的神色，便問道：「怎麼了？」

錦繡囁嚅道：「剛才奴婢們和山兒少爺在院子裡玩，一不留神，山兒少爺不知跑哪去了。」

周嬤嬤一聽，面色嚴峻起來，斥責道：「兩個大活人居然看不住一個小孩，妳們是怎麼做事的？還不趕緊讓大家都去找！」

這下，把林蘭也驚動了。落霞齋上下齊齊出動，把李府找了個遍，可山兒就像人間蒸發了似的，不見蹤影。

錦繡自知闖了禍，又急又怕，一味地哭，大家也不知道該念叨她還是安慰她。這陣子府裡的緊張形勢每個人都清楚，眾人都是加倍小心，就怕出亂子，現在好了，山兒少爺不見了，二少奶奶非得急瘋不可。

趙卓義叫來手下，去李府各處查看。

「二少奶奶，有丫鬟說看見山兒少爺去了後花園。」如意總算是打聽到了一點有用的消息。

「山兒少爺會不會故意躲起來，跟咱們玩？」銀柳小聲猜測道。

林蘭面色無比凝重，沉聲道：「叫上所有人，去後花園找。」

「山兒，山兒……」

「山兒少爺，快出來……」

眾人叫得嗓子都啞了，找了好幾圈，每一個可能藏身的地方都找遍了，還是沒見到人影。

「頭兒，這裡有蹊蹺。」一個護衛在圍牆下喊道。

林蘭和趙卓義連忙走過去。

「頭兒、二少奶奶，看這個……」護衛遞上一隻金鐲子，「這是在牆角發現的。」

林蘭一看那鐲子，激動道：「這是山兒手上戴的！」

李府的地形趙卓義早就摸熟了，這堵牆外是一條僻靜的巷子，他不禁心中一凜，腳一蹬，躍上牆邊的一棵杏樹，借勢跳出圍牆。

林蘭心跳加速，心裡充斥著強烈的不安與恐慌，山兒可別出事啊！要是山兒有什麼好歹，別說沒法跟馮淑敏交代，她自己想想也要心痛死了。幾個月的相處下來，她和山兒已經建立了深厚的感情，更可況山兒還是她弟弟。

在場的人都焦急得盯著那堵圍牆。

差不多一刻鐘後，趙卓義從圍牆上跳下來，神情凝重地道：「二少奶奶，山兒少爺恐怕落入賊人手中了。」

饒是林蘭已經有了心理準備，但聽得這話從趙卓義口中說出來，還是禁不住一陣暈眩，身子晃了晃，幾乎站立不住。

趙卓義內疚道：「嫂子，是我疏忽了。」

林蘭的心像被一隻無形的手狠狠捏住，一陣一陣的鈍痛。她努力地深呼吸，努力地讓自己鎮定下來。許久，她才無力道：「這事不怪你……」

的確是怪不得趙卓義，他們人手有限，不可能做全府的防禦，能守住落霞齋和微雨閣已是很辛苦。她也早下了禁令，不准山兒出落霞齋，可是……百密一疏，她一直以為山兒很乖巧，很聽話，卻忽略了山兒再乖巧聽話，也是個孩子。

錦繡哇的哭出聲來：「都是奴婢不好，奴婢沒有看住山兒少爺，二少奶奶，您打死奴婢吧！」

林蘭真是又氣又痛，少有的嚴厲道：「現在打死妳有何用？打死妳山兒少爺就能回來了？」

錦繡不敢哭了，抽泣著，肩膀劇烈抖動。她是真的後悔死了，她怎麼就沒看住山兒少爺呢！

周嬤嬤忙給如意使眼色，讓如意把錦繡帶走。

趙卓義蹙眉道：「嫂子，我這便去趟西山大營，找幾個幫手過來。」毋庸置疑，肯定是秦家派來的人把山兒少爺擄走了，他們已經大膽到白天都敢上門來擄人，李府的形勢不妙，需要更多的人手才行。

林蘭沉吟道：「好，再麻煩你去趟將軍府，把消息告訴將軍夫人，請她速速過府一趟，另外幫我去請衙門的鄭捕頭來。」

趙卓義抱拳道：「我這就去。」

「銀柳，妳去一趟靖伯侯府，把這件事告訴侯夫人，請她務必幫忙尋找山兒少爺的下落。」林蘭又吩咐銀柳。

丁若妍聞訊趕來，急道：「弟妹，山兒出什麼事了？」

林蘭忙扶著她，「大嫂，妳怎麼出來了，妳的身體……」

「我沒事，快告訴我山兒怎麼了？」丁若妍十分喜歡山兒，聽到山兒不見了，她哪裡還管自己的身體好不好，急急忙忙就過來了。

林蘭眼眶驀然盈淚，哽咽著：「山兒不見了……」

丁若妍驚詫得半天都沒回過神來，良久，她不可置信地小聲問道：「是秦家？」

周嬤嬤憤恨道：「除了他們還有誰？」

馮淑敏聽到山兒不見的消息，初時還以為是林蘭詐她，可見來人是趙卓義，頓時心裡一沉，差點昏過去。顧不得自己跟林蘭之間那種微妙的尷尬，急忙前往李府。

鄭捕頭得到消息，立即放下手中的案子趕過來。

銀柳去靖伯侯府報信，恰好靖伯侯在府裡，聞訊，也不由得眉心一跳。秦家已經急到這種地步，連不是李府的人都要擄了嗎？這山兒可是林致遠的寶，林致遠半生戎馬，立功無數，膝下就這麼一個兒子，如果山兒出事，那可真是糟糕了。

林蘭並沒有等多久，鄭捕頭和馮淑敏齊齊趕到。

林蘭讓雲英和趙卓義把事情經過詳細說了一遍。

「……奴婢去外院找冬子，傳了個話馬上就趕回來了。這一來一回的，最多不過兩刻鐘，山兒少爺就不見了，然後奴婢和錦繡在院子裡找了一遍，沒找著，就趕緊報二少奶奶了……」雲英說道。

鄭捕頭沉吟著：「如此說來，山兒少爺失蹤前後不超過半個時辰。」

趙卓義說：「我的手下是每隔一個時辰就巡府一遍，午飯後，剛巡了一回，後花園也沒落下，當時並未發現有異常。後花園外那道牆後是一條僻靜的小巷子，平時沒什麼人來往，但出了巷子，東西兩頭都是熱鬧的街市，巷子對面是刑部郎中蔣大人的後園子。我已經派人去兩旁街市上詢問可有人見過山兒少爺，均無消息。」

趙卓義的言下之意便是，賊人不太可能帶著個大活人招搖過市，若有，街市兩邊擺攤開鋪子的，總有人會留意到，不可能就這般銷聲匿跡了。

鄭捕頭是行裡高手，一聽便會意，「這事我有數了，放心，我馬上會安排人手暗中進行調查。你們也先別慌，他們既然擄了人去，定是有目的，說不定很快就會有信的。」

「那就麻煩鄭大哥了。」林蘭這會兒心已經平靜下來，鄭捕頭的話沒錯，秦家大費周章擄了人去，肯定是有後招的，只是秦家是否知道山兒的身分，若是知道自己擄了一個跟李府不相干的人，會不會索性滅口？一想到這點，林蘭就心驚肉跳，所以，這會兒還不能大肆宣揚，只能暗地裡查。

鄭捕頭點點頭，問雲英：「妳再說說山兒少爺的衣著特徵和樣貌特點。」

「山兒少爺今天穿的是蔥黃色團花錦緞圓領衣衫、松花色撒花綾褲，脖子上帶著金鑲玉的如意鎖，手上戴了一副金鐲子，身高約莫這麼高……」雲英在自己身上比了比，山兒少爺差不多到她胸口，「臉圓圓的，胖乎乎的，眼睛大大的很可愛。」

衣著的描述還過得去，可這樣貌……似乎貴家公子差不多都這個樣，鄭捕頭皺起了眉頭。

林蘭給銀柳遞了個眼色，銀柳拿了張畫像交給鄭捕頭。

「鄭大哥，這是我畫的山兒的模樣，雖不是十分像，卻也有八九分相似。」

馮淑敏一直在一旁默默流淚，心如刀割，山兒是她的命根子啊！她是腸子都悔斷了，早知道會這樣，她根本就不該理會老爺。他自己要認兒子認女兒自己去，憑啥要她想法子？當初她嫁給他的時候，可是說得好好的，孑然一身的……她恨老爺，更恨自己，想的什麼破點子，這下好了，把山兒給賠進去了……

鄭捕頭拿到畫像，拱手告辭，趙卓義送他出門。

林蘭看著傷心的馮淑敏，一時也不知該說什麼才好。

周嬤嬤暗嘆一口氣，把不相干的人都帶了出去。

屋子裡只留下兩個女人各自傷懷。

林蘭想說，早讓妳把人接回去，妳偏躲著，不然哪有這事？可想想山兒是馮氏身上掉下的肉，山兒出事，最心痛的莫過於馮氏，她再責怪馮氏，就等於在人家傷口上撒鹽，太不厚道，人畢竟是在她府裡丟的，她的責任最大。

想來想去，林蘭只能安慰她：「山兒會沒事的。」

她不開口，馮淑敏還能忍著，這一說，馮淑敏當場就掩面痛哭起來。

林蘭被她哭得方寸大亂，原先還有那麼一點點責怪馮氏的意思，現在都變成了深深的自責，嗓子哽咽得難受，「對不起，是我沒看住山兒……」

「妳現在說對不起又有何用？山兒若是回不來了，我也一併跟了去，反正我也是個多餘的了，不礙著你們一家團圓……」馮淑敏憋了數月的氣，一股腦兒發作出來。不是她矯情，她是真的這麼想過，走得遠遠的，什麼也不管了。

林蘭是很恨那個老東西，但她也不是是非不分的人。老東西薄情寡義，另娶新歡，的確也怪不到馮淑敏頭上，人家多半是不知內情的。她不怪馮淑敏，卻也無法接受馮淑敏是她後媽這個事實，聽馮淑敏說這樣的洩氣話，她心裡很不是滋味。

「山兒會回來的，我保證。等山兒平安回來，你們安安心心過你們的日子，我從沒想過要認那個人，我只當他早死了。」

馮淑敏怔了怔，旋即又哭道：「都是那個老東西作的孽，聽他那個不著調的大姊胡謅，稀裡糊塗就當了真！他們老林家就沒個好的，害苦了妳也害苦了我！要不是他那個大姊在我家鬧騰，我早就接山兒回去了，也不會發生這種事！山兒，我的山兒……」

什麼？原來那個殺千刀的大姑來京城了？林蘭頓時怒火叢生，她還想著等大哥回來，一道去湖州找大姑算帳的，她倒好，送上門來了，等找回山兒，她定要大姑好看。

此時，在一間不知何處的小屋裡。

山兒睜著一雙烏溜溜的大眼，看著眼前這個一臉凶相的大漢。聰明如他，已經知道自己身處險境，說不怕那是騙人，山兒心裡怕得很，小手心都是汗。

大漢的眼睛也是瞪得滾圓，頭兒讓他來看這麼個小屁孩，這種活還是第一次幹。他已經想好了，若是這孩子哭鬧起來，他就一巴掌打暈了他，可眼前的孩子不哭也不鬧，只怯生生地看著他，讓他頗有一種英雄無用武之地的感覺。

「大叔……」山兒怯怯叫了一聲。

「幹麼？」大漢聲如洪鐘，凶巴巴吼道。

山兒縮瑟了一下，可憐兮兮地說：「大叔，我餓了，中午只吃了一碗麵。」

「吵什麼吵？忍著！看你一身肥肉，餓個三天也死不了！」大漢凶道。

山兒癟了癟嘴，低下頭去，小小聲地說：「我餓了就想哭……」

「敢哭我就打死你！」大漢揚起手威脅。

山兒耳朵都被快被他震聾了，看這人委實凶惡，只好先忍著。好漢不吃眼前虧，看待會兒能不能來個好商量一點的。

「老鐵，你小聲點行不行？房子都要被你震塌了！」一人推門進來，也是個粗壯的漢子。

「魏子，這破小孩你不凶他，他就不老實。」老鐵悻悻地哼道。

叫魏子的漢子衝他擺擺手，「好了好了，你先出去吃飯，這裡我看著。」

老鐵指著山兒的鼻子，恐嚇道：「臭小子，給老子安分點！」又握起沙包大的拳頭，在山兒眼前晃了晃。

山兒連忙點頭，老鐵這才心滿意足地出去了。

呸，你個壞蛋，就只會在小孩子面前耍威風，算什麼本事？有種你跟趙大哥單挑去，肯定被趙大哥揍成花臉貓！山兒在心裡暗罵。

「小子，要聽話，不然那個傢伙可是真下得去手。」魏子閒閒說道。

山兒睜著無辜的大眼道：「我很聽話的，可是我餓了，他不給我飯吃。」

魏子遲疑了片刻，道：「你乖乖待著，我給你拿點吃的。」

魏子一走，山兒跳下炕頭，趴在門縫裡瞧，見外面院子裡圍坐著三個漢子，正在那裡喝酒吃肉。這院子半舊不新的，不大不小，還算乾淨。院中還放了一個大磨盤及一些農具，應該不是什麼有錢人家的院子。山兒聽過林蘭姊姊和趙大哥說話，好像什麼秦家要對付林蘭姊姊和姊夫，那這些人應該就是秦家的人吧？這裡又會是哪裡？

看見魏子端了個碗從對面的屋子裡走出來，院中一個漢子說：「魏子，你說頭兒讓咱們四個看這麼個小破孩有必要嗎？就他那小胳膊小短腿的，還能跑了？」

魏子面無表情道：「少灌些黃湯，頭兒可說了，這差事要緊，要是有什麼閃失，你也知道頭兒的手段。」

那人啃了一口蹄膀，張嘴含糊道：「行了行了，就這麼個破孩子，能整出什麼花樣來？我看他還挺老實的，沒事……」

魏子彎下腰，端走了桌上一盤肉，「二牛，你吃完了就去外面守著。」

山兒見魏子要進來，連忙爬回炕上，老老實實坐著。

魏子推門進來，把一碗飯放到山兒面前，「喏，吃吧！」自己則端了那碗肉坐到一旁吃。

山兒看他吃得口角流油，不由得嚥了嚥口水，眼巴巴瞧著魏子碗裡的肉。

魏子見狀，挑了塊小的扔到山兒碗裡。

山兒立馬笑嘻嘻地奉承道：「大叔，您真好，您比剛才那位大叔好多了！」

魏子怔了怔，啞然失笑，這輩子還沒有人這麼誇過他，這孩子，哎，興許還弄不清狀況，傻裡傻氣的，不過，卻是有點討人喜歡。

別看山兒平時吃東西挺挑的，這會兒卻是明白得緊，能有東西吃就不錯了，總比餓肚子強，當下大口大口吃了起來。

啃完了肉，山兒端了飯碗跳下炕頭，笑嘻嘻地挨到魏子身邊，眼睛盯著他碗裡的肉。

被個孩子這麼盯著，魏子有點吃不下去，便把碗往山兒面前一送，「得，這塊歸你了。」

山兒立即撿了肉來吃，邊吃邊道：「大叔，你家的紅燒蹄膀做得可真香，比我家廚子做得好多了，我家廚子做的我都不愛吃。」

魏子哭笑不得，「餓了自然吃什麼都香，你是公子哥兒，哪裡嘗過餓肚子的滋味？」

山兒吃飽了，梗著脖子打了個嗝，順了口氣，滿足地摸摸肚子，昂著小臉天真地問：「大叔，明天還有蹄膀吃嗎？真的很好吃啊！」

魏子嘴角抽了抽，這小傢伙到底知不知道自己是被人擄了，興許明天小命就沒了，居然一門心思惦記著吃食。

「那個……你就不想你娘？」魏子好奇地問。

山兒撇了撇嘴，「我娘老是管東管西的，煩都煩死了，我出來幾天也好，省得聽她囉嗦。」

呃？出來幾天？你這小子難道以為自己還能回去？真是個傻孩子！魏子十分無語。

山兒一個接一個地打飽嗝，皺著小眉頭，苦著臉看魏子，「大叔，吃太飽了怎麼辦？」

魏子道：「那你自己在屋子裡走幾圈。」

山兒眼珠子一轉，「大叔，咱們到院子裡玩吧！」

魏子馬上道：「不行，我可不能讓你出這屋。」

山兒黏了過去，抱著魏子的手臂搖啊搖，奶聲奶氣道：「大叔，您最好了，您是好人，您就讓我出去玩一會兒嘛！我保證乖乖聽您的話，大叔……」

魏子這輩子過的是刀尖上舔血的生活，有今朝不知明日的，身邊也沒個親人，何曾體會過被一個小破孩這樣黏著撒嬌的滋味？被他這麼兩搖三搖，竟有些心軟。哎，這孩子倒是討人喜歡，只是命不好，落到了頭兒手裡。頭兒說，留他幾天，等事成了就幹掉。看著這張粉嫩嫩的小臉，魏子突然有些不忍。罷了罷了，這孩子也可憐，就讓他再開心幾日吧，反正有這麼多人看著，他也跑不了。

一刻鐘後，院子裡四個大漢或坐著或抱著手臂靠在門邊，就看院子中間的小胖子鍥而不捨拿小石頭扔樹幹上畫的圈圈，可惜一顆也沒扔中。

無聊，小破孩真沒用！

「嗨！」

「嗨……」

「這回肯定中。」

山兒在那自得其樂，變著花樣扔石頭。

「奇怪了，趙大哥怎麼隨便一扔就中，我扔了這麼多，一顆也中不了……」山兒摸著腦袋，自言自語。

二牛看不下去了，站起來，「喂，小破孩，別玩了，就沒見過你這麼慫的！」

山兒一臉不服氣，梗著脖子道：「你不慫，你來試試！」

二牛一愣，「喲呵，還跟老子槓上了？」

山兒翻了個白眼，嘀咕道：「別是怕出醜，不敢吧！」

二牛還從來沒被一個小孩子這麼瞧不起過，當即一捋袖子，上前來，「石子拿來！」

山兒趕緊遞過去，「給你扔五顆，要是扔不中，你就是慫蛋。」

魏子等人一副看好戲的神情。

二牛傲慢道：「小子，瞧好了。」

二牛手腕一抖，一顆石子咻的飛出去，正中樹幹上的圈圈。

山兒頓時拍手歡叫：「哇，叔叔，你好厲害！」

二牛得意地咻咻咻又連扔四顆，皆命中目標。

山兒一臉崇拜地咋舌，「叔叔，你太神了，你一定是這裡面最厲害的人了！」

「小子，那是你沒見過更厲害的。」一個瘦瘦的漢子隨手抓了桌上一把花生，走過來。

「瞧著點，小子，看看誰才是最厲害的。」

瘦子一手攤開，一手彈花生，花生一顆接一顆，幾乎聯成一條線，噔噔噔朝樹幹射去。

山兒見了，開心得直拍手，「原來這位叔叔才是最厲害的！」

「走開走開，瞧老子的。」老鐵耐不住了，就二牛和瘦猴這點伎倆也配稱最厲害？

被山兒一番阿諛奉承下來，老鐵幾個對山兒也不是那麼凶巴巴了，覺得這孩子還挺好玩。

晚上，山兒說一個人睡怕鬼，硬拉了魏子陪他。魏子要去辦事，就讓老鐵陪著了。山兒說睡就睡，睡得呼嚕呼嚕的，睡得那叫一個香。老鐵起初還一本正經坐著盯人，後來見山兒睡得連口水都流下來了，別說叫醒他，就算把他扔到大街上也醒不過來，漸漸的他也就不防備了，抱了手臂，靠在床柱子上打起呼嚕來。

馮淑敏晚上也不回將軍府了，就歇在李府，好及時了解情況。林蘭也沒好意思攔她，讓人收拾了間屋子給馮淑敏住下。

夜裡，林蘭輾轉反側睡不著，摸摸枕頭底下的小木劍，想到山兒現在落在賊人手裡，可能會挨餓，會挨打，會……她的心就像被人用鈍刀割著，連呼吸都痛。那樣小心防著，卻終究是功虧一簣，偏偏出事的還是山兒，如果可以，她寧可用她自己換回山兒。

老鐵睡到半夜，被一陣冷風吹得打了個冷顫，猛地醒過來，見床上已沒了人影，屋子裡空空如也。再看原本關著的窗子大開著，窗下放著一張凳子，頓時驚跳起來，衝出屋子，對坐在門口和大門邊打瞌睡的二牛和瘦子大聲喊道：「快起來，快起來，小鬼跑了！」

二牛被老鐵的聲音震了一下，身子一個哆嗦，下巴砸在豎著的刀柄上，又把舌頭給咬了，捂著嘴含糊抱怨道：「大半夜的，你鬼嚷什麼？老子正夢見跟小桃紅在一起快活呢！」

瘦子揉了揉迷糊的眼，看大門關得好好的，道：「老鐵，你做夢吧？那小子能翻牆還是有穿牆術啊？跑得了嗎？」

老鐵這才醒悟過來，可不是？那小鬼頭小胳膊小短腿的，哪有翻牆的能耐啊？指不定正躲哪嚇唬人。

二牛卻愣愣地盯著牆角一架二輪車，車上還倒放著一隻木桶，這下驚得舌頭也不知道痛了。

「老鐵、瘦子，你們看……」二牛指著牆角道。

老鐵和瘦子對看一眼，腦子裡嗡嗡嗡的足足懵了三秒，齊聲道：「真跑了……」

「趕緊追，小鬼肯定跑不遠……」二牛跑去開了大門，三人追了出去。

等院子裡安靜了，山兒才從床底下爬出來，躡手躡腳走到門邊，看看院子裡果然沒人了，趕緊向大門跑去。這是唯一的一次機會，要是跑不掉，以後就別想跑了。山兒心跳得厲害。這次要是能順利逃出去，回去一定好好謝謝趙大哥，這可多虧了趙大哥跟他說的那些故事。

山兒出了院子，見門口就是條巷子，大半夜的，巷子裡黑漆漆的，幽深靜謐得可怕。山兒膽怯了一下，隨即鼓起勇氣，先生說過這世上沒有鬼，做怪的都是人。山兒也不辨東西，甩開小膀子就跑。跑到巷子口，見巷子口堆著一堆雜物，他停下腳步，飛快躲進了雜物堆裡，也不管臭不臭，髒不髒，把垃圾往身上一蓋。

果然，不一會兒，就聽見急促的腳步聲傳來。

「二牛，你那邊有沒有？」是老鐵的聲音。

二牛喘著氣，「沒有，按說那小鬼跑不了那麼快。」

老鐵急道：「這下糟了，頭兒饒不了咱們！」

「真是奇了怪了，這小鬼還能有隱身術不成？東邊兩條大街我全找遍了。」

瘦子說：「我說，這小子會不會給咱們來了一個調虎離山？」

三人怔了怔，老鐵說：「走，回去看看！」

腳步聲逐漸遠去。

山兒聽著沒了動靜，也不敢動，一直等到他們再次從院子裡出來。這一次，他們一個往東，一個往南去了。山兒這才小心翼翼撥掉頭上的垃圾，輕手輕腳爬了出來。出了巷子往西邊跑，他也不清楚家在哪個方向，只知道離那些個惡人遠一點才會安全。

這一晚，秦家的書房裡燈火通明，秦忠的面色沉鬱得幾乎要滴出墨汁來。

「廢物，都是些廢物，損了這麼多人，連人家一根毛都沒傷到，簡直就是廢物！」秦忠氣憤地吼道。

面對父親的震怒，秦承嗣大氣不敢出，藏在袖子裡的手隱隱發抖。這一次截殺失利，秦家派出的三百死士無一生還，連馬將軍也給搭了進去，那可是秦家安插在北山大營多年的人，不到萬不得已是決計不動的。這次的損失簡直難以估量，最要命的是，李明允已經過了太行山，不日就會抵達京城，秦家再想殺他，怕是更不容易。

「父親，李明允身邊有寧興的三千兵馬護衛，要截殺他，確實不易，好在咱們現在手裡有了個人質，應該能牽制他。」秦承嗣小心道。

秦忠眸光一凜，冷哼道：「人質？就你們弄回來那個孩童？李明允可還沒兒子。」

秦承嗣硬著頭皮道：「那孩童雖不是李明允的兒子，卻是李家二少奶奶時時帶在身邊的，想來

也是他家的親戚。」

「李明允連自己老子的死活都能不顧，親戚頂什麼用？」秦忠極不看好那所謂的人質。

秦承嗣無言以對，李明允的確是個狠角色，一般人質對他還真起不了作用。

秦忠發了一通火，想想事已至此，光著急也沒用，只好道：「先把人留著，好生給我看住了，等李明允回來，看看他們的動靜再說。」

「是。」秦承嗣諾諾應聲。

「這幾日太后的病情稍有好轉，明日我進宮求見太后，先把舞陽的婚事定下來，趁著鎮南王父子在京，趕緊把婚事給辦了。有了鎮南王這個助力，當真走到那一步，咱們也不怕。」秦忠自我安慰道。

「父親說的是，北山大營那邊，兒子會盡快安排人手接替馬將軍的職位。」秦承嗣恭謹道。

秦忠點頭，「此事要緊，莫讓四皇子的手伸到北山大營裡去。」

秦承嗣從父親的書房裡出來，一道黑影立在廊下。

秦承嗣皺了皺眉頭，徑直出了院子，方才問道：「何事？」

黑影悶悶地說：「人質跑了。」

秦承嗣腦子裡恍若炸起一道雷，「什麼？跑了？」

天濛濛亮，隨著一聲雞鳴，京城西邊一間舊宅子裡，破舊的木門吱呀打開，一個年輕的媳婦捧了個陶碗，走向雞舍，打開雞籠，把雞放出來吃食。

「咯咯咯……咯咯咯……多吃點，多下幾個蛋。」年輕媳婦撒了米糠在地上，幾隻小花雞咕咕叫著，歡快地啄著地上的米糠。

年輕媳婦笑咪咪地放下陶碗，又去草垛邊取掃帚準備打掃院子。

「啊……」年輕媳婦一聲驚呼，嚇得掃帚扔出去老遠。

「翠娥，妳一大早的一驚一乍做甚？娘還病著呢，別驚著了娘！」一個漢子出門來，一邊穿衣裳一邊不滿地說道。

「當家的，你快來看！」年輕媳婦連連招手。

「怎啦？」漢子走過去，順著媳婦的手指一看，也是嚇了一跳，這草垛子旁怎麼睡著個小孩啊？哪來的？

夫妻倆蹲在小孩邊上看。

「當家的，你看，這孩子身上的衣料多鮮亮，定是有錢人家的孩子。」

漢子點點頭，「咱們窮人家可養不出這麼細皮嫩肉的孩子。」

「你說他怎麼就進了咱們院子，這門都還沒開呢！」

漢子扭頭看了看牆角下的狗洞，「興許是從那裡鑽進來的。」

「那……怎麼辦？報官？」

山兒昨晚沒命地跑，跑得累極了，瞧見一戶人家的狗洞就鑽了進去，縮在草垛堆裡想瞇會兒眼，這一瞇就睡沉了。這會兒被兩夫妻的話給吵醒，迷迷糊糊地睜開眼。

「叔叔……嬸嬸……」

見孩子醒了，還乖巧地叫人，漢子問道：「你是哪家的小孩？怎麼上我家來了？」

山兒嘴巴一癟，眼圈紅了起來，要哭不哭地說：「有幾個壞人拐了我要把我賣了，我是偷偷跑出來的。叔叔、嬸嬸，麻煩你們去懷遠將軍府叫人來接我，我家人自會重重酬謝叔叔嬸嬸的。」

夫妻倆傻眼，這孩子竟是將軍家的……

馮淑敏好不容易撐到天亮，隨便梳洗了下就過來找林蘭。

「林蘭，鄭捕頭不是說那些賊人會給咱們信，這都一夜過去了，怎麼還沒信呢？也不曉得山兒昨夜是怎麼過的，有沒凍著？有沒挨餓……」馮淑敏說著，淚水又溢出眼眶。

林蘭看馮淑敏兩眼腫得跟核桃似的，嗓子也是啞的，顯然是哭了一夜。當然，她自己也好不到哪裡去，眼圈都是黑的。

「妳先別急，山兒是個機靈的孩子，肯定不會吃虧的。」林蘭安慰道。

「山兒再機靈又有什麼用，那些人擄了人去可不是玩的……」馮淑敏拭著眼角，哽咽道。

「林夫人，山兒少爺有福相，必定能逢凶化吉，遇難成祥。」周嬤嬤也來安慰，可自己心裡也不是滋味，那麼可愛的一個小人兒，別的不敢想，光是挨餓受凍就已經讓人心疼得不行了。

林蘭也道：「是啊，山兒福大命大，不會有事的，再說，鄭捕頭查這種案子是有經驗的，靖伯侯也答應了會派人去查，咱們就算把整個京城翻過來，也要把山兒找到。」

周嬤嬤把馮淑敏扶到桌邊坐下，示意銀柳去拿熱水來，親自絞了方帕子遞給夫人擦臉，「夫人且放寬心，那些人擄了山兒少爺去，是想拿山兒少爺作籌碼的。在我家二少爺回來之前，那些人是不會對山兒少爺不利的。」

馮淑敏淒苦道：「這會兒沒事，難保以後沒事。若是妳家少爺不答應他們的條件，山兒豈不是死路一條？」馮淑敏又開始後悔，是自己把山兒送進了狼窩啊！

林蘭挨著她坐下，好言道：「不會的，明允不會不顧山兒的生死，他會想法子的。」

馮淑敏抽泣著，憤憤道：「我已經讓于管家給老爺送信去，他在邊關拚死拚活守衛疆土，自己的兒子反叫人害了，他保的哪門子家？衛的哪門子國？山兒若不能安然回來，我跟他不死不休！」

林蘭默然，老東西若是知道山兒出事，會是什麼反應？當初他聽說他們母子三人沒了，可就另娶了妻房。

「三小姐……」屋外傳來雲英的聲音。
「二少奶奶呢？」
「在屋裡跟林夫人說話呢！」
「山兒有消息了嗎？」
雲英道：「還沒信呢！」
李明珠似乎很失望地哦了一聲，頓了頓，說：「那我先走了，山兒有了消息，告訴我一聲。」
「三小姐走好……」
沒多久，紅裳也來問訊，林蘭親自去回她：「回去告訴大少奶奶，讓她別擔心，山兒一有消息，我會馬上告知她的。」
馮淑敏見李府的人都這麼關心山兒，心裡說不出是什麼滋味，越想越心疼。
用過早飯，林蘭正要打發冬子去找鄭捕頭問問進展如何，姚嬤嬤帶了個人進來說要見林夫人。
「王嬤嬤，妳怎麼來了？是不是那幾個不省心的又惹事了？」馮淑敏心裡正亂著，沒好氣道。
王嬤嬤忙道：「夫人，您快回家吧，山兒少爺回來了。」
林蘭和馮淑敏皆是愣住，以為自己聽錯了，馮淑敏急問道：「妳說什麼？誰回家了？」
王嬤嬤回道：「夫人，真的是山兒少爺回來了。今兒個大早，一個漢子跑來報信，說山兒少爺在他家，讓人去接。老奴怕有詐，親自跟他去了一趟，結果，山兒少爺果然在那人家中，正啃著饅頭呢！老奴本想帶山兒少爺過來的，山兒少爺說李府不安全，還是讓夫人和二少奶奶去家裡說話的好，老奴這就趕緊過來稟報了。」
馮淑敏狂喜，「我這不是做夢吧？林蘭，妳掐我一下！」
林蘭也是不敢相信，哭笑不得道：「我掐妳做甚？王嬤嬤還能騙咱們？妳快回去瞧瞧，我是一步也不敢出這府門的，我讓趙卓義跟妳過去。」

周嬤嬤歡喜得落下幾滴淚，雙手合十，直念阿彌陀佛。

銀柳也道：「我這就去告訴錦繡，這丫頭從昨兒個到現在滴水未沾，眼淚都快流乾了。」

馮淑敏急急忙忙走了。林蘭在家焦急得等了個把時辰，趙卓義才回來，一臉笑容。

「二少奶奶，山兒少爺沒事了，這小子真是個機靈鬼，用了我當初偷人家香腸被人發現逃命的經驗，居然真的被他逃出來了。」

林蘭聞言，心頭一塊大石落了地，真是老天保佑，讓山兒虎口脫險。

「山兒少爺說，他被關在一個院子裡，看守他的有四個人，領頭的叫魏子，另外幾個叫老鐵、二牛、瘦子，因為那些人看他年紀小，就沒怎麼防備他，被他使計逃了出來。不過這大半夜的，烏漆抹黑，他也不知道那院子在什麼地方，但是沒關係，有了這幾個人名，鄭捕頭應該很快能把人揪出來。」趙卓義笑呵呵道。

林蘭感嘆道：「真是個機靈的小傢伙！」

「可不是，四個大人都看不住他，這小子簡直就是個人精！」趙卓義深有同感。

林蘭思忖道：「這件事你跟鄭捕頭說一聲，讓他繼續查，然後再去趟將軍府，跟林夫人通個氣，讓她把山兒藏好了，別讓人知道山兒已經回府。」

趙卓義納悶道：「這是為何？」

林蘭嘴角凝起一抹冷笑，「既然山兒已經脫險，那咱們就不怕了。他們想擄人就擄人，當咱們是好欺負的不成？等鄭捕頭把人抓到，咱們就把這件事鬧大，看他們怎麼收場。」

秦家抓了懷遠將軍的兒子，這事傳出去，那些武將們勢必會憤怒，反秦家的聲勢就會更浩大。這可是你們自己送上門的把柄，不用豈不可惜？

趙卓義略一回味，笑道：「嫂子這點子好，我這便去安排。」

懷遠將軍府裡，山兒早換了身乾淨的衣裳，吃了碗燕窩粥和一個肉餅、兩個肉包子，吃得小肚子都鼓起來了。

馮淑敏坐在邊上，一瞬也不瞬地看著失而復得的寶貝疙瘩，生怕一眨眼山兒又不見了。「慢點慢點，小心噎著……」看山兒吃得這麼香，馮淑敏心疼不已，忍不住又掉淚，「那些賊人太可恨了，對一個孩子也這麼心狠手辣，都不讓你吃飽飯！」

山兒咬了口大肉包，說：「娘，我這不是餓的，他們沒餓著我，我就是想多吃點好壓壓驚。」

末兒眼睛通紅，鼻子也不通氣了，哽咽道：「奴婢再叫廚房拿些好吃的來。」

山兒忙道：「末兒姊姊，不用了，我吃飽了，再吃可就真撐了。」旋即又安慰母親：「娘，您別難過了，山兒這不是好好地回來了嗎？」

馮淑敏唏噓道：「你長這麼大，何曾受過這樣的驚嚇？娘是想想都害怕不已。」

山兒本來還想母親誇他幾句，要從四個賊人手裡逃脫多不容易啊！換作「冤死」那小子，肯定就只會哭，然後被老鐵揍成豬頭三了，可是見母親這麼傷心，他也不好意思得意了，乖乖倚進母親懷裡，胖乎乎的小手給她擦眼淚，「娘，您別哭了，山兒以後一定聽娘和姊姊的話，不隨便亂跑。」

馮淑敏緊緊抱住兒子，貼著他嫩嫩的小臉，感嘆不已：「是娘不好，娘再也不會讓你離開娘了，娘會好好看著你，不會再讓你被壞人抓走……」

有了山兒提供的線索，鄭捕頭很快把那幾個賊人的底細摸了個清楚。老鐵幾個原是保定一帶的混混，仗著有幾手拳腳功夫，替人做打手。那魏子的底還沒摸出來，隔日，在順義一帶，擒獲了老鐵幾人。據他們交代，人不是他們擄的，他們只是負責看守，事情都是魏子跟上頭聯繫的。山兒逃走，他們怕上頭饒不過他們，當即也逃了。他們也不太清楚魏子的底細，只知道魏子早年在兵營裡待過。

兵營裡的事鄭捕頭插不上手，林蘭就給靖伯侯府遞了信。

隨後，京城裡就傳開了，懷遠將軍的獨子林山失蹤，被賊人擄了。一時間，此事鬧得沸沸揚揚，各家都緊張起自己的小孩，叫內院管著，大門都不讓出，這事還驚動了皇上。皇上大怒，懷遠將軍可是朝廷的大功臣，人家在邊關流血流汗，兒子竟在天子腳下被人擄了，豈不叫功臣心寒？立時嚴責京都府尹、巡城司務必將孩子找回，嚴懲賊人。

一些平日裡與馮淑敏要好的夫人們紛紛上門，藉安慰之名打聽內情，馮淑敏託病不見。

與此同時，京中又有傳言興起，說懷遠將軍的小公子是在李府做客的時候被人擄走的，那些人原是想對李府的人不利……誰要對李府不利？大家的腦袋瓜子都是活絡的，很快把秦家出了個叛賊的事情聯繫到一塊兒，更何況這叛賊還是被李大人拿獲的。如此諸般猜測越演越烈，把秦家推向了風口浪尖。

秦承嗣又被秦忠狠狠訓了一頓，差點被鎮紙砸死。秦家與朝廷那些武官們原本關係緊張，好死不死偏生抓了懷遠將軍家的公子，這事要捅破了，又是一樁大禍。

秦承嗣心裡有冤也不敢叫，只能自認倒楣，誰知道李家二少奶奶天天帶在身邊的孩子是懷遠將軍家的公子呢？秦承嗣不禁氣餒地想，秦家這兩年諸事不順，眼看著一步步陷入窘境，是不是大限將到？

林蘭總算鬆了一口氣，就目前的情況來看，秦家為避嫌，是再也不敢對她起什麼歹心了。別說秦家不敢，秦家還得祈禱李府不要再出什麼意外才好，李府要是再有什麼不好的事發生，這帳可都得算到他們頭上去。

好事一樁連一樁，靖伯侯讓人遞來消息，說懷遠將軍已經班師回朝，這意味著李明允也快回來了，韜光養晦的日子快到頭了。

（未完待續）

漾小說 116

古代試婚④

國家圖書館出版品預行編目資料

古代試婚 / 紫伊著. -- 初版. -- 臺北市：
麥田, 城邦文化出版：家庭傳媒城邦分公司發行,
2014.04
冊；　公分. --（漾小說；116）
ISBN 978-986-344-064-2（第4冊：平裝）

857.7　　103002210

著作權所有・翻印必究
本書如有缺頁、破損、裝訂錯誤，請寄回更換
Printed in Taiwan.

城邦讀書花園
www.cite.com.tw

作　　者　紫伊
封面繪圖　若若秋
責任編輯　施雅棠
副總編輯　林秀梅
編輯總監　劉麗真
總 經 理　陳逸瑛
發 行 人　涂玉雲
出　　版　麥田出版
城邦文化事業股份有限公司
104台北市中山區民生東路二段141號5樓
電話：（886）2-25007696　傳真：（886）2-25001966
發　　行　英屬蓋曼群島商家庭傳媒股份有限公司城邦分公司
104台北市中山區民生東路二段141號2樓
客服服務專線：（886）2-25007718；25007719
24小時傳真專線：（886）2-25001990；25001991
服務時間：週一至週五上午09:00~12:00；下午13:00~17:00
劃撥帳號：19863813；戶名：書虫股份有限公司
讀者服務信箱：service@readingclub.com.tw
麥田部落格　http://blog.pixnet.net/ryefield
香港發行所　城邦（香港）出版集團有限公司
香港灣仔駱克道193號東超商業中心1樓
電話：852-25086231　傳真：852-25789337
E-mail：hkcite@biznetvigator.com
馬新發行所　城邦（馬新）出版集團【Cite (M) Sdn Bhd】
41, Jalan Radin Anum, Bandar Baru Sri Petaling,
57000 Kuala Lumpur, Malaysia.
電話：(603) 90578822 傳真：(603) 90576622
Email：cite@cite.com.my
美術設計　沇譜創意設計股份有限公司
印　　刷　鴻霖印刷傳媒股份有限公司
初版一刷　2014年03月27日
定　　價　250元
ISBN　978-986-344-064-2